去年天气旧亭台

叶广芩 著

北京出版集团公司
北京十月文艺出版社

目　录 Contents

太阳宫

在坑边，日头脱了衣裳，钻到水里去……我怕他钻泥里去出不来，在岸上使劲喊，黄狗也跟着叫唤。日头从水里伸出脑袋说，嚷嚷什么，鱼都让你们吓跑了！别在这儿裹乱，哪儿凉快哪儿歇着去！

太阳宫

一

我们家住在北京戏楼胡同，在雍和宫东边，是和国子监的成贤街相对应的一条胡同。胡同东西走向，安静、宽展，邻里街坊都熟识，关系处得都很好。胡同西口卖香烛的赵大爷，胡同中间柏林寺的和尚广玉，东口打烧饼的刘大大，对门的小裁缝孙顺儿都是我的好朋友。他们都喜欢我，管我叫“小丫头片子”，说我是胡同里最年轻的女孩。当然还有一个更“年轻”的，就是孙顺儿的闺女，那才是真正的小丫头片子，落生还不到一礼拜，早产，不该出生的时候就出来了，不会吃奶，闭着眼就知道睡觉。孙顺儿背着他媳妇跟我说，他家那个小丫头片子能不能成人还不一定，八成得夭折。我问什么是夭折，孙顺儿说就是死了。我看孙顺儿说小丫头片子夭折的时候一点儿也不难过，好像一切都是应该的一样。

我常到对门去看小丫头片子，那丫头片子实在是小，猫儿一样，挤着眼睛，一脑袋小白泡，鸡爪子一样的手一抓一抓的，不中看。妈不让我到孙家去看小人儿，说人家正坐月子，我出来进去的讨人嫌。可是我管不住自个儿，我说我就是想抱一抱那个小人儿，没别的意思，您别拦着我。后来妈给我缝了一个小布人儿让我去抱，布人儿戴了顶花花帽儿，瞪着死鱼一样的眼睛，假模假式的一个小红嘴唇。我知道，帽子底下塞了许多棉花，身子里头装了不少锯末，那张脸是老七拿毛笔画上去的，比孙家的小丫头片子还难看。

老七是我的七哥哥，没有正当职业，就会画画。老七老在家待着，足不出户，因为他的性情太闷，没有姑娘喜欢他，挺大岁数了还没成家，成了我妈的一块心病。

在我快忘了小丫头片子的时候，一天，对门里传出了哭声，呜呜咽咽的，我要进去看看，被妈一把拽了回来。快午饭的时候，我看见孙顺儿夹着一个白茬儿的小木匣子出门往东去了。裁缝的脸色很难看，肯定是他闺女夭折了，那个木头匣子里装的应该就是小丫头片子。这一切，我在给我们家看门的老张嘴里得到了证实。老张说，那个匣子叫“火匣子”，未成年的孩子死了只能装那匣子里头，拿到乱葬岗去埋，不能入祖坟。我问为什么不能入祖坟，老张说，因为她是偷生鬼，是专门来祸害孙顺儿的，要债的。

我问妈我是不是要债的，妈说差不多。我说，要是这样，我也不用死，您时常地给我点零花钱，咱们就两清了。

妈说，你想得美！

日子过得有一搭没一搭，挺憋闷，主要是没有“事情”可干。我的活动范围就是院里，到胡同都得征得妈的许可。妈说胡同里有拍花子的，拍花子的专门逮小孩，手上抹了迷魂药，往小孩脑袋上一拍，小孩就迷迷瞪瞪跟着拍花子的走了，走到乡下被卖了，再也回不了家。按现在说法就是拐卖儿童，想法子哄着小孩跟他走罢了。可是搁六十年前，就有了太多的诡异色彩。院里的活动是有限的，跳皮筋没有伴，玩拽包没有对手，只好对着猫歌唱，什么“苏三离了洪洞县”，什么“三轮车上的小姐真美丽”，想起哪出唱哪出，搜肠刮肚，一直唱到“弹尽粮绝”。花猫不会欣赏，趴在台阶上睡了一觉又一觉，呼噜打得很美。

有时候也在看门老张的带领下到胡同东边的柏林寺去转转。柏林寺是元朝大庙，曾经是北京八大庙之一，有先有柏林寺，后有北京城之说。据说曾经有过十里柏林的称谓，后来柏林逐渐消失，名字没变。在我记忆中，柏林寺很大，有大殿几重，高台阶，还有精美的砖雕影壁和老得说不出年龄的榆树，以及“万古柏林”的大匾。大匾的印嵌在正中，当是哪位皇上的作品。柏林寺给我的感觉有两个，一是大，二是破。庙里边阴森森的，有很多柏树，都跟老爷子似的，一副不苟言笑的模样，一点儿也不好玩。柏林寺里住了几个和尚，没有住持，散兵游勇，平时各干各的，有法事，有活动的时候才纠集到一块儿，得了什么好处，大伙均分。我虽小，也看出来了，这里头主事儿的是广玉。广玉叫释广玉，我推断他应该姓施，老张说，出了家的和尚都姓释，意思是说他们和佛祖释迦牟尼是一家子的，姓都是一样的。广玉的俗家姓氏是张，老张说跟他是同族，更准确说是他一个没出五服的堂侄，他们都是唐山张各庄人。我问什么是“没出五服”，老张说，就是说往上数五辈，他和广玉是同一个爷爷生的。

广玉不喜欢小孩，这我从他的眼神里就能看出来。所有的小孩都有这本事，谁喜不喜欢你，一看眼睛就知道。在柏林寺大庙里，老张和广玉肆无忌惮地说着唐山话，广玉说到兴头上，还跳上板凳，蹲着，把个和尚袍撩得高高的，一点儿也不像个师父。我在广玉屋里越待越没劲，索性溜达出来，大殿前头有王八驮石碑，我就骑在大王八脖子上，像赶骆驼一样催它快跑。石头王八当然不会跑，爸告诉我，驮石碑的也不是王八，它叫赑屃。是龙的儿子之一，排行老七，生来喜欢负重，所以就让它驮着石碑。我问爸，龙有几个儿子，爸说，九个，龙生九子，九子各异。

我说，比您还多两个哪！

我爸生了七个儿子，他常说，这七个儿子搞得他头痛，没有一个省油的灯。

我问爸，龙的九个儿子为什么都不一样。爸说，它们就跟你几个哥哥似的，性情各异，做派各异，坐不到一张桌子上去。龙的长子叫囚牛，喜欢音乐，常被刻在琴头上；次子睚眦，嗜杀成性，被安排在刀剑的吞口上；三子狴犴，好争讼，在监狱门口待着；四子狻猊，喜吞烟，就让它蹲上房檐；五子饕餮，好吃懒做……

我说那就跟我一个样。

从龙的九个儿子，我想到了我的哥哥们。爸生七子，七子各异，有当官的，有教书的，有当职员的，甚至还有要饭的。他们各有各的家，各有各的孩子，自成一统，日子或者顺畅，或者艰难。无论顺畅或者艰难，谁也没有关心过我这个小妹妹。跟父亲一样，他们都很忙，忙得没有工夫拿正眼瞧我一眼。

夏天到了，北京每年的夏天都要下暴雨，那雨下得像大盆子往下浇。我寂寞地坐在窗户后头看下雨，东西厢房的房顶上有云彩在跑，像是一股股的烟。云彩都降到房顶了，可见它飞得有多么的低，我最向往的事情是坐在高高的，白白的云彩上，棉花堆一样柔软厚实，在云彩上打滚、翻跟头。从高处往下看，看爸爸去上班，看妈做针线，还看什么呢？没了。在我的日子里，再没什么可填充的了。这天的雨下得很大，时间也很长，房檐下哗哗地流着水，成了一道雨帘，院子里也积满了水，像是公园的水榭。在百无聊赖中，我看见老张戴着草帽在院里蹚水，我立刻兴奋起来，隔着玻璃对着老张大声喊："下雨喽，冒泡喽，王八戴着草帽喽！"雨声太大，老张没听见，我就再喊，一遍一遍的，喊得脖子上青筋蹦得老高。妈出来了，站在廊下，递给老张一根捅火炉的铁通条。原来是沟眼堵了，秉妈的命令，老张在通沟眼，让院里的水快排出去。妈说照这样再下，水就进屋了。老张撅着屁股在水里掏，整出不少枯树枝烂树叶什么的，其中最重要也是最精彩的要数我的小布人儿了。老张拎着已经不堪入目的小布人儿，愤怒地一甩，啪，小布人儿上了北屋房顶，趴在房脊上，真正地居高临下，看爸上班，看妈做针线去了。积水很快下去，没了老张，没了小布人儿，院里恢复了常态，趋于平静。看下雨，看下雨，看得我越来越困，眼睛睁不开了……砰！脑袋撞在玻璃上。

听见妈正和老七说要到太阳宫住两天。

去太阳宫，我简直要高兴死了！

一下来了精神。

二

太阳宫是北京过去、现在都不太有名的地方。小时候我很自豪地跟别人谈论太阳宫，却几乎没人知道。现在跟人说起太阳宫，会有人哦一声说，地铁十号环线上的一个车站。除此之外再说不出更多。当年那美丽、快乐、神秘的地方竟不为人所闻，仅成为我的个人收藏，这点让我什么时候想起来什么时候觉得遗憾。为纪念太阳宫，所以我才给你们写下这篇文字。这是我世俗的宿命，也是我对这一地方的感念和期许。

太阳宫是乡下，妈到太阳宫去得做好几天准备。去太阳宫对妈和我来说，是件很大的事，不是站起来拍屁股就走的简单。在我单调寂寞的院落生活中，那是一种放开了的张扬，是可着心的撒欢，这样的机会一年也就一次。

上世纪 40 年代，去太阳宫出东直门坐三轮车得走半天。不似现在，坐公交车十几分钟就到了。每回去，妈把时间都掐算得很准，不多不少，两天，还得是没风没雨的两天。那时候没有天气预报，我真不知妈是怎么掌握天气的。

去太阳宫的季节多是夏末秋初，早晚天气渐渐转凉，各种瓜果开始上市，气候不冷也不热，是个敞开了玩，敞开了吃的季节。

我喜欢这样的季节。

太阳宫也是我和农村接触的初始，从这里我知道了什么是“乡下”，知道了什么是沤粪、浇地、除草、打尖。以致我长大后到农村插队，当农民，望着异地的河沟水渠，黄狗白杨才并不觉得生疏。

我们出发那天，老张叫来了三轮车，停在大门口，母亲得跟蹬车的讲半天价。因为人家不愿意去，老张只跟人家说“出东直门”，并没详细交代上哪儿去。及至知道上太阳宫，蹬车的就不想去了，嫌太阳宫偏远，回来拉空，挣不着钱。妈不住给人家说好话，还答应送他十个芝麻火烧，蹬车的才勉强答应了。原本上太阳宫是可以骑驴的，东直门外有驴窝子，有许多驴歇在门脸儿，供人雇用。讲好价钱，驴主在驴背上搭条褥子，在前边拉着，雇主上去骑就是了。那驴我跟妈骑过两回，妈教给我说，女人家骑驴得偏身坐着，不能叉腿骑，那样不雅。还说骑驴不比骑马，马是骑腰，驴是骑屁股……可是这回我们不能雇驴骑了，因打仗，驴主怕兵们拉差征用牲口，有去无还，都把驴处置了。这使得东城的焖驴肉、驴霜肠一类驴制品货源很充足，驴却不见了踪影。

跟蹬车的谈好价儿，老七把妈准备好的包袱从屋里拿出来，一件一件搁在车上。我已经迫不及待上了车，妈还在台阶上磨蹭，给看门老张请了个蹲安说，您看家，受累了。老张回了礼，让母亲走好。老北京人的这种礼数忒多，繁杂得让我反感，我巴不得老张们快点进去，好让我们蹬车走人。妈上车后，我们的三轮车走得连门口都快看不见了，老张和老七才转身进院。妈说这是送人的规矩，没有行人还没动身，送行的就不见了身影的道理，那样会让人笑话。

三轮车三拐两拐到了东直门，那时候的东直门还有门楼，非常气派。钻过城门洞，里头嗡嗡的，回声很大，我喜欢在里头哇哇地喊两嗓子，听听自己的回音儿，是件很好玩的事情。想着东直门那些消失了的进了汤锅的驴，我想学着胡同里推车卖驴肉的二头喊一句：“驴肉——肥呀！”结果刚喊个“驴——”就被妈拍了一巴掌，下边的憋回去了。妈说，闺女家家的，当着众人喊什么驴肉！

闺女家家的不能做的事情真多啊！

出东直门是个大粪场，东城一片茅房的粪便都在这里集中晾晒。这里永远的臭气熏天，永远的苍蝇成群蚊子打蛋，但是这里的土地相当肥沃。那时候北京的厕所叫茅房，都是在自家院里，蹲坑旱厕，没有冲水马桶什么的，位置在西南角的方向。按风水来说，西南角是煞位，用厕所压邪是再好不过了。用现在的建筑学理论，风向学看，厕所异味也飘不到院里来。过三五天就有人背着细长的高粪桶，拎着大勺子进院来淘大粪。淘粪是义务的，从不向主家收费，并且还有打扫厕所的义务。这些粪被集中到了东直门，晾晒成粪干，卖给需要的人。别小看了这些粪肥，全东城的粪都在这儿，相当可观了。久之，粪场的行业被个别人垄断，成为粪霸。粪霸是有钱有势的人，跟黑社会都有关联，是惹不起的人物。

过了粪场往北拐，路渐渐不好走，两边都是乱葬岗子，坟头起起伏伏，道路坑坑洼洼，有的棺木腐朽破烂，露出地面，里边的内容一览无余暴露在阳光下。逢到这情况，我都要扭过脸使劲看，看那里头除了骷髅以外还有什么新奇。母亲不让我看，我偏看。母亲说我是“贼大胆”，不像闺女，像小子。其实我是想看看这里有没有孙顺儿家的小丫头片子，那天孙顺儿夹着她的小匣子就是往东走的。倘若他将小丫头片子扔在了这里，我正好可以看看那个一脑袋白泡儿的小婴孩是不是有可能活了过来。

蹬车的开始抱怨路坏，做后悔状，母亲就一大枚一大枚地慢慢往上加钱。对母亲来说，这都是计划内的，并没有超出预算。蹬车的说这样的地界以后他说什么也不来了，他回去大半会遇到“鬼打墙”。他的内弟晚上路过东直门坟地，转了一宿也没转出去，天亮一看，一地的脚印，全是他自己的，敢情净是原地转圈儿了。母亲说他回城里，太阳还老高，让他放心，有太阳什么鬼也不敢出来。我说我就是鬼，我就出来了，说着朝前头做了个斗鸡眼。蹬车的回头看了我一眼，扑哧笑了。

太阳还没到头顶，我们就到太阳宫了。车夫在村口停住，再不往前蹬，说村里的路太烂，他心疼他的车。我们雇车的时候只说是到太阳宫，并没说到哪一家。我和母亲只好下了三轮，大包小包地拎着东西往村里走。

我们去的那家姓曹，我管女主人叫二姨，管男主人叫二姨父。我母亲没有姐妹，这个二姨用现在的话说是她在朝阳门外南营房做姑娘时的闺蜜。她们俩都是给作坊做补活的，各自凭着手艺养家糊口，是患难的姐妹。后来，二姨嫁了种菜的曹大大，我母亲嫁了教书的父亲，姐妹俩的环境由此而大相径庭。母亲是父亲的填房，成了教授夫人，二姨成了种地养羊的村妇。夫人与村妇在文化程度上相同，都是文盲，不同的是我母亲会歪歪扭扭地写“陈美珍”三个字，那是她的大名，是我父亲教的。二姨到死也不知道她的名字怎么写，逢有必要场合，她只有按手印，那比一笔一画写名字方便多了。

二姨有个儿子，在太阳宫村生的，给取了名字叫“曹太阳”，二姨父嫌这个名字太大、太满、太正式，顺了个小名叫“日头”。全村人都日头、日头地叫，叫得挺顺嘴，知道他大名“曹太阳”的反而没几个了。日头爱画画，我把他画的鸡冠花拿给我爸看，爸说，曹太阳长在太阳宫可惜了。

我说，太阳可不就得住在太阳宫里嘛！

爸却说太阳住在东海，歇在一棵大树上，那棵树叫扶桑。

我说，太阳是个大火球，火球落在树上会把大树烧死。

爸说，歇下来的太阳是只三条腿的乌鸦。

我总是不能理解。爸说，后羿射日故事知道吗，十个太阳在天上同时照耀，把地上搞得焦赤干涸，寸草不生。后羿是好射手，搭箭把太阳一个一个射杀下来。被射中的太阳在天空发出了金石碎裂之声，掉到地上，是三只脚的乌鸦。

我问乌鸦怎么会是三只脚，爸说太阳属阳，奇数为阳，所以是三只脚。成年后，我在湖南马王堆出土的帛画中看到了三条腿的乌鸦，代表着太阳，照耀着那个拄着拐杖的老妇人；在北京机场的壁画上也见过三条腿的乌鸦，站在金光闪耀的圆圈里。见到它们我便感念后羿，亏得他没将乌鸦赶尽杀绝，还给我们留了一只，要不天上就没太阳了。没有太阳的日子大概是过不下去的。

我们还没进村，曹家的大黄狗就从旁边的菜地里钻了出来，绕过母亲，照直奔我，立起身子把前腿搭在我的胸口上，要不是我个儿长得高，非被它扑倒了不可。我说，去！

黄狗摇着尾巴不去，我摸摸它的脑袋，它脑袋上顶着许多草籽。

到底是秋天了。

母亲说，一年了，黄狗还认识你。

我说当然，我跟它是姐儿俩，就跟您跟二姨似的。

母亲说，把自个儿降到了畜生档次，不嫌寒碜。

我说，王阿玛家的太太还管狗叫儿子呢，我这算什么！

曹家的黄狗耳朵竖着，尾巴朝上卷，四个爪子肉乎乎的，很有个狗样儿。依现在宠物店的判断，给个好听的学名是中华田园犬，说白了就是土狗，一文不值的。可是一文不值的土狗在我的意念中，和名犬一样的高贵，一样的通人性，它们有自己的尊严，自己的情感，比人真实，比人强烈。我此生对狗的无限热爱，就是从大黄狗开始的。

黄狗在前头屁颠屁颠地跑，不时地回头看我们，我和母亲在后头跟着。母亲说，这狗招人待见。

我说，跟我一样。

母亲说，黄狗怎知道咱们今天来了呢？

我说，它会闻味儿。

黄狗回家报了信儿，曹家的人迎出来了。

三

我和母亲的到来让曹家人惊喜，也让他们措手不及，本来一家人正在葫芦架下吃饭，都丢下饭碗赶到了门口。

二姨拽着妈的胳膊不撒手，嘴里一个劲儿说，提早给个信儿啊，让日头爹套车到村口接去！

二姨父也说，城里人走不惯乡下的土路，净是烂泥……

一年没见，我看眼前矮胖敦实的二姨比去年又壮了一圈儿。二姨眼小嘴大，属于不好看的老娘们儿系列；二姨父身板直溜，眼大嘴小，应该划入英俊老爷们儿行列。他们说话的腔调带有滚动滑溜、一带而过的京东味儿，让人想起了京东肉饼，感觉着亲切自然，哪怕是初次见面，也让你有八百年前就认得的感觉。

大人们没完没了地寒暄，我掺和不进去，就来到小饭桌前，探索桌上的午饭，我对吃向来比较钟情，从小到老不能更改，禀性使然。

曹家的饭桌上摆着几碗豇豆、棒子稠粥，当间有一瓦盆暴腌老洋瓜，饭食简单、清素，是平时的吃食。日头笑眯眯地端来两个小板凳，又盛了两碗粥，添了两双筷子，从坛子里摸出两个咸鸭蛋，算是待客了。看得出，我的到来他很高兴，一双小狗牙朝外龇着，用手把小板凳抹了一遍又一遍。按年龄，我应该管他叫哥哥，他比我大。

这里所有的农户都种菜，有人早上专门来收菜，用挑子挑进城里去卖。城里人都知道，太阳宫是北京城有名的老菜乡。太阳宫鼎鼎有名的菜是韭菜中的“野鸡脖”和青韭，在春秋两季长出的新一茬韭菜，一拃多长，紫根，叫“野鸡脖”。夏天长成的韭菜，白根，粗壮，吃起来辛辣、烧心，不值钱。我知道造反的黄巢有首诗说，“冲天香阵透长安”，老黄说的是菊花，我爱拿这句代替“野鸡脖”，“冲天香阵透燕京”，在城里，一家吃“野鸡脖”，一条胡同都能闻见，味道那叫蹿！青韭是冬天过年出现的鲜货，产自太阳宫的暖棚。细嫩的青韭比头发丝粗不了多少，黄绿黄绿的，包馄饨吃，那是冬天无可替代的一口。年根下二姨父进城办年货，顺便会给我们家捎去一小捆青韭，青韭是用二姨的棉坎肩包着进城的，怕冻了。青韭只能用来包馄饨吃，用小猪前腿肉剁馅，配以鲜姜末，鸡汤打馅，吃一个能香人一跟头。

但是青韭馄饨都紧着父母亲吃，孩子们只有尝尝的份儿，这东西太稀少太珍贵了。厨子老王说给我们吃，那是糟蹋。

瓦盆里的老洋瓜肯定是曹家自产，才从地里摘下来的。暴腌，是临吃之前抓把大粒儿海盐突击性地腌制，既有咸味也不损食物原本的鲜嫩，用现在时髦说法是“保留了食物原生态的品质”。当然，只有新鲜的菜蔬才能暴腌，蔫了的，走了水的，只能腌咸菜。盆里的老洋瓜夹杂着星点红辣椒和青蒜，颇引人食欲。我捏了一片仰着脑袋搁进嘴里，嚓嚓地脆，好吃！妈远远地瞄了我一眼，显示出了她的不满。我不怕，进了太阳宫，她的一切规矩都不管用了，在这里，我行我素，每个人都是王爷！看大人还没有往饭桌前坐的意思，我又捏了一片瓜，很夸张地嚼着。现在想，老洋瓜是个很有意思的东西，在今天的菜市上已是鲜见，但在那个时代却是繁盛得要命，推车卖菜的，车上都有一筐老洋瓜。老洋瓜比西葫芦细，比黄瓜粗，白皮白瓤，皮厚籽硬，没有任何味道，最大特点是便宜好存放，老百姓拿它当主打菜。那个时候，北京胡同的孩子，把老洋瓜基本都吃伤了，夏天，顿顿是老洋瓜，没别的菜。话说回来，现在的孩子，哪个又见过老洋瓜呢，那些下里巴的老洋瓜都跑哪儿去了？想念老洋瓜！

我和母亲的到来使饭桌上多了天福号的酱肘子和芝麻烧饼，酱肘子是让老七到西四牌楼特意买来的，烧饼是昨晚让刘大大提前打出来的，这是每回我们来的必带吃食。有了这两样，农家的饭桌立刻变得奢华而热闹。烧饼夹肉，我一顿能吃俩，可是现在母亲暗示我只能喝粥，烧饼省下给日头吃。二姨和二姨父在吃上不吝，也不客气，把肉大块大块地往嘴里填，顺嘴顺手往下流油。看他们的样子，简直舒坦极了，幸福极了。日头的筷子长了眼，专挑肥的往自个儿跟前夹，真正是吃着碗里的，看着盘里的。二姨父说，过年也吃不上这么地道的酱肘子，真解馋哪！

二姨说，他大姨想着日头缺嘴，回回来了带东西，不是酱肘子就是烧羊肉，什么是亲姨啊，这就是亲姨。

在曹家人的攻击下，一个大酱肘子，顷刻就少了大半拉。妈说留下半个明天吃，细水长流。二姨说，留什么留，要吃就痛痛快快吃，一年就这一回滋润。

二姨父赞同二姨的，日头的筷子把挨着骨头的一大块肉又拧了下来，二姨父搛起了一片颤颤巍巍、通红滑溜的肉皮，一家人没有顾忌，吃得痛快，吃得美！

知了们在头顶毫无倦意地歌唱，撒尿，细细的知了尿洒在粥碗里也没人介意。头顶上的小葫芦长得有茶碗大了，生着细细的茸毛，在风里轻轻摇晃，好像也要参与到吃的队伍中来。黄狗不知什么时候悄悄凑了过来，拿嘴使劲拱我的腿，尾巴扑棱扑棱摇得很欢。黄狗心里想的什么我知道，我心里想的什么黄狗也知道。不顾母亲的眼神，我夹过一块肥瘦相间的肉，不敢立即兑现，偷偷攥在手里。黄狗当然心知肚明，在桌底下用嘴拱开我的手，悄没声儿地把肉吃了，而后把我的手舔得精湿。最终，我的膝盖上枕着狗脑袋，黄狗也不看肉，黑眼睛不错眼珠地盯着我，等待赏赐。二姨踢了一下狗说，这东西是人来疯，蹬着鼻子上脸！

我喜欢曹家的稠粥，大柴锅熬的，棒子粒很粗，有嚼头，还搁了豆子，红黄红黄的。这样的粥一开锅在院里都能闻见香味，粮食的香味，每每闻到这样的味道，我都觉得踏实和感动，它们才是生活的真谛。酱肘子毕竟是虚华的，浮在表面的东西，没有根基，十分的靠不住。我认识的老中医彭玉堂说过，肥腻生痰，肘子不能多吃，大人容易得紧痰厥，小孩容易痰迷心窍，都是不大好治的病。我们家有根老祖留下的拐棍，上头嵌着几个字，“布衣暖菜根香诗书滋味长”。对衣服和诗书我没有特别记忆，对菜却是念念不忘，牢记于心。人哪，什么时候也不能忘了吃！

这样美好的柴锅烀的豆粥在太阳宫以外的地方，我还没喝过。

吃过饭以后那些盘碗就在小饭桌上堆着，二姨不想收拾，二姨父也懒得拾掇，日头自然也认为不是他该干的活儿，大家都呈慵懒自在的状态。我想起了“狗熊吃饱了不耍叉”这样很贴切的词儿，意思是马戏团的狗熊多有耍叉的节目，节目之前不能给它饭吃，一旦它吃饱了，便不再听吆喝，趴在那儿动也不动了。这样的状态在我们家是不允许存在的，一撂下筷子，妈就吩咐我，把盘盏端厨房去，该刷的该收的分类放好。妈认为这是闺女家家应该做的事情，不能让人催，要主动。将来闺女家家的一旦出了门子，吃饱了犯懒，会让婆家笑话。可是眼前，曹家人就没人笑话，顺其自然，恣意而为，挺好！干吗自个儿老跟自个儿过不去。

酱肘子之外，母亲还带来一些哥哥们穿不着的旧衣裳给日头。日头在人前话语不多，一双大眼睛很亮。二姨说过，日头的精气神全在这双眼睛上，他的眼睛里树呀、人呀、云彩呀装了不少东西，想要什么立马就能掏出来画在纸上。二姨一边夸日头的眼睛一边称赞那些旧衣裳，说日头穿上我哥哥们的衣裳一点不比城里人逊色，谁也看不出他是太阳宫种菜的。母亲说，那是，咱们的日头模样周正，长大了能干大事情，比如当科员什么的。

在母亲眼里，“科员”是个很大很重要的职务，我父亲在受任国立北平艺专教员之前当过几天科员。母亲认为科员是个很体面的职业，不是谁想当就能当的。这么一来，把我熏陶得从小立志要当科员。“文革”期间工厂到农村招工，我问人家，是招科员吗？人家说是招工人，我说我想当科员。招工的说，工人好，工人阶级领导一切，进了工厂你就知道了，工人发工作服，有劳保，一个月还有两块肥皂，科员什么也没有。

日头对我哥哥们的衣裳不感兴趣，他感兴趣的是我带给他的一大沓子废纸。那些纸都是我平时的积攒，有包茶叶的、包药的、包雪花膏的，还有别人没使完的作业本。日头需要这些纸，纸的背面都是空白，他在上头可以画画，画葫芦，画小庙，画蛐蛐，什么都可以进入日头的画纸，连黄狗也可以。这些纸被日头很仔细地压在炕席底下，一张纸画得满满的再抽第二张，绝不浪费。

我说我的七哥哥也是喜欢画的，他是拜了大画家徐悲鸿为老师的，老七平时也画葫芦，画蛐蛐什么的。日头说他很希望自己也有个会画画的哥哥，可惜他没有。我说倘若有机会我可以替日头引见。日头很高兴，问了许多老七画画的事情，盼着能见一见老七。我觉着，在日头的心目中，老七已经跟神一样了。

四

吃过饭，不用二姨吩咐，日头就知道该做什么，他摘下了墙上的鱼篓子，捡了顶破草帽扣在脑袋上。我一看他这举动，立刻说我也去，二姨说野地太阳太毒，留神中暑。我说我不怕。母亲说，让她去吧，哪回从这儿回去不晒得跟红虾米似的?！二姨说，白白净净的小丫头晒得黑老包似的，你们家该埋怨我们了！

我说，不埋怨，我愿意！

我跟着日头出了村向南直插下去，日头把他的草帽给我戴上了，草帽太大，遮着我的眼睛，只能看见脚底下一片地。钻进一片老玉米地，玉米叶子把胳膊拉出一条一条血口子，生疼。日头早没了踪影，黄狗从后头超过了我，四周密不透风，所有的庄稼都比我高，往哪儿走都逃不脱玉米秆的包围，我有种鬼打墙的感觉。我向黄狗求救，嘴里"大黄、大黄"地喊着，声音已经带了哭音儿。黄狗在南边叫唤，我摸过去，很快出了鬼打墙的玉米地。黄狗和日头在地边上等着，我的模样很狼狈，一脸的汗，一身的划痕，草帽也不知丢到哪儿去了。日头让黄狗回去找帽子，黄狗又钻进了玉米地，不一会儿把草帽叼出来了。

前边的小村叫夏家园，夏家园村边有个水泡子，长着大片大片的荷叶。水泡子当地人称之为窑坑，是过去挖土烧砖留下的深坑，积了水，长了水草，表面上清幽幽地水波不兴，其实底下深浅无测，走着走着，刚到腿肚子的水一下就没了顶。常听人说，谁谁家的孩子在东直门外窑坑玩水被淹死了。窑坑是个可怕的所在，没哪个孩子敢轻易下到窑坑里去扑腾。倘若哪家的妈听说孩子上窑坑玩了，一顿臭揍是绝对无法逃脱的，哪怕你躲到天涯海角也逃不过。附近炮局胡同的小远儿跟一群伙伴到窑坑玩水，淹死了，弄回家躺在街门口的墙根，盖着一领席，脚和手露了出来，涨得很粗，紫色的，十分可怕。我跑去只看了一眼，就吓得缩了回来，那紫色的脚丫子让我做了一宿噩梦，那张被草席盖着的脸更让人想入非非。

城里的孩子谈坑色变，都认为那是一个比大老虎还可怕的地方。

日头要到窑坑去摸鱼，这让我心里特别忐忑。跟在他后头，怕他下水又有点盼着他下水，不住地说，你行吗，你行吗？

我是想吃鱼，又怕他淹死。

日头拍拍鱼篓子说，待会儿看这个你就知道我行不行了。

在坑边，日头脱了衣裳，钻到水里去。水很清，我能看到他的两条腿在水里蹬，日头说他是在踩水，窑坑这边水深够不着底。他指指东边说，那边水浅，有太阳，暖和，鱼多。或许坑东边的水真不深，有时候日头一个猛子扎下去，水面上蹬出一片泥花；有时候钻进去半天也不见露头。我怕他钻泥里去出不来，在岸上使劲喊，黄狗也跟着叫唤。日头从水里伸出脑袋说，嚷嚷什么，鱼都让你们吓跑了！别在这儿裹乱，哪儿凉快哪儿歇着去！

我说，我得看着你，你淹死了，我好回去报信儿。

日头说他淹不死，他是属龙的，是龙王爷的二大爷。

日头逮鱼，我在窑坑附近转悠。夏家园也是种菜的地界儿，夏家园的菜长得比太阳宫的好，这里离东西坝河更近。坝河曾经是元代通大都的漕河，因水源丰富，土地更肥，所有的菜都很水灵。我还知道，太阳宫和夏家园的西北，有个叫芍药居的地方，我对那个地方很向往，曾经想让日头带我去看那盛开的芍药花。日头说芍药是春天开，现在秋天了，就剩了狗尾巴花。二姨父说，芍药居还是种菜的地方，那儿并没有芍药花，菜农老赵在自家院里种了几株芍药，文人们便附会成了芍药居。

二姨说，芍药居哪儿有太阳宫好，太阳宫多大气！

让我没料到的是几十年后，被附庸风雅的芍药居竟然成了北京城铁的一个大站，成了一片繁华热闹的社区。有些事儿呀，真是不好说呢。

窑坑东的一片草丛里，立着一块石碑，石碑旁边我竟然发现了几棵西红柿！要知道，那时候的西红柿可是珍贵的东西，卖菜的挑着菜挑子沿街叫唤，“香菜、芹菜、辣青椒、茄子、扁豆、嫩蒜苗……”其中没有西红柿，西红柿很晚才在老百姓的饭桌上出现。那时候的西红柿，只是偶尔才能在孩子们的眼前闪亮一下，通红的，圆润的，多汁的，昂贵的，当水果吃。

石碑旁边的这几棵西红柿长得过了头，红得发紫了，充满着诱惑，充满着招摇，让人无法拒绝。我过去，毫不犹豫地拧下了一个，地里长的东西，难分是你的我的。四下张望，除了黄狗歪着脑袋欣赏我以外，周围并没有眼睛。我问黄狗，咱们还揪不揪？

黄狗高兴地摇尾巴，表示赞同，我不客气地又揪下个更大的，用衣裳兜着，四处踅摸弄个再辉煌点儿的，拿回去大吃一通。石碑横在眼前，挡住去路，看碑上的字，多不认识，只识得“夏……大人……”

几个字，便对着墓碑说，夏大爷，吃您几个西红柿……没法子……馋啦！

自然没谁搭理我，只有草窠里的虫子在叫唤。

打过招呼，我心安理得地来到窑坑旁边，日头的篓子里已经装了不少鱼，都是小麦穗，也有不安生的小泥鳅。

日头看见我手里的西红柿说，你怎么动了夏二的洋柿子，这是夏家留籽的柿子，夏二看见了得拿锹拍死你！

我说，夏二有什么可怕，我连雍和宫的鬼都不怕！

我知道，日头对雍和宫的鬼很向往，他不止一次地跟我说过，想到雍和宫看打鬼，雍和宫打鬼仪式在正月。除了送青韭，曹家人怵头上我们家，他们不愿意见我爸，怕我爸嫌弃他们。其实对于乡下的“亲戚”，爸从来也没说过什么，既不热情也不冷漠。爸是教书的先生，大凡先生都是这副模样，让人老觉着隔了一层。

猛然，日头指着我后头喊，夏二来了！

我撒腿就跑，日头后边紧跟，黄狗窜得没了踪影……

蹦过河渠，蹚过冬瓜地，穿过柳树林，绕过荆条丛，我一路狂奔，不敢回头。

跑回太阳宫才发现，哪儿有什么夏二，都是日头胡编的。我怪日头骗人，日头狡猾一笑，狗牙往外一龇说，你不是不怕夏二吗，不怕你跑什么？

我说，我不是偷了人家的西红柿嘛！

日头拉着我的手，背着鱼篓朝家走。我抬头看，西边天空一片晚霞，美丽动人，我说这景致能入画。日头说那是火烧云，明天准是个大晴天，秋老虎没几天了。

二姨在门口招呼日头，让他回去帮忙烧火做饭。

五

今天晚饭是曹家的精彩——贴饼子熬小鱼儿。

鱼就是日头在夏家园摸来的小麦穗，大锅、柴火、风箱、小板凳。日头在灶下烧火添柴拉风箱，有条不紊，一会儿就把锅里的水烧开了。二姨把拾掇好了的鱼倒进锅里，从小缸里舀一铁勺自做的大酱，扔一把香葱，丢两瓣小蒜，用勺子慢慢地搅；二姨父抓一把和好的棒子面，团了团，使劲地甩在热锅锅帮上。氤氲的蒸汽里，那些生面团像一圈手拉着手的娃娃，谁也不乱动，可爱极了。紧接着大锅盖严丝合缝地盖上，蒸汽在锅盖上冒圆了，日头便抽了硬柴，灶底的火变得平顺、温柔，由着小火慢慢地炖。一家人配合默契，像共同完成了一场演出，各有角色，各司其职，真好！

锅里冒出了喷香的鱼味和贴饼子的香气，撩拨得人心里发慌，我坐也不是，站也不是，光想往锅跟前走，想掀开锅盖瞅瞅，那里边变成了什么。晚饭的桌上还有顶花带刺的黄瓜，嫩得一咬流水的小水萝卜，甜而不辣的羊角葱，它们都是蘸酱用的。酱是纯黄豆酱，晒了一夏，揭开酱缸，噗噗地冒泡，酵发得火候正好。我摘来的西红柿被二姨切成瓜瓣模样，搁在糙碗里，摆在我跟前。西红柿的籽硬了，吃在嘴里得吐核，肉也发干，不好吃。就这个吐核的东西还让我落了个偷的名声，想想真划不来。

贴饼子和鱼是同时熟，同时起锅的。夕阳斜照在饭桌上，金黄的饼子和太阳的光糅合在一起，美丽动人，不像人间之物，却又是人间之物，让我激动得不行。小鱼的刺已经酥软，不再扎嘴，鱼肉也被酱汤煨得细腻入味，捡一条搁在嘴里，先嘬汤再吃肉，人间美味啊！在以后的日月里，我走了很多地方，吃了很多鱼肉，红烧的、清蒸的、侉炖的、油煎的、水煮的、生吞的，觉得都没有太阳宫的贴饼子熬小鱼鲜美。吃了一回，让我记了一辈子。

这晚上，我吃得不少，肚子里至少装进二十条小麦穗的身子，我不敢吃鱼脑袋，怕它们进到肚子里造反，咬我。真要那样，我怎能敌得过它们！饼子我只吃下层的焦嘎渣儿，嘎嘣嘎嘣，又香又脆，吃几块都丢不开手。至于被揭了嘎渣儿的饼子，日头很主动地接收了。

黄狗在远处趴着，不时拿眼睛往这边瞅，模样委屈极了。我问二姨怎不给黄狗吃饭，二姨说，乡下的狗从来不喂，它们会自己出去找食吃。我觉着黄狗挺可怜的，对曹家人这么忠心还得不到曹家一口饭。我要是狗呀，早就“不跟你们玩了”。

吃完饭，母亲和二姨坐在院子里聊天，她们总有说不完的话。二姨父不说话，坐在旁边一袋又一袋地抽烟，烟笸箩就搁在他脚底下，他一边抽烟一边揉搓那些烟叶。烟叶是他们家自己种的，收下来晾干，先用剪子剪碎，再用手搓，抽起来烟味很冲，辣而呛人。二姨父看我对他那些烟叶有兴趣，敲敲烟袋锅说，丫儿将来也得学着抽烟，抽了烟身上就有了烟油子味儿，土鳖、蜈蚣、蝎子什么的就不敢靠近你，省了很多麻烦。

我说我不敢抽烟，连我的哥哥们也不敢抽烟，他们怕我那个反感抽烟的爸爸。有回老三在茅房偷着抽烟，被爸发现了，一顿臭揍，屁股肿得不敢着凳子，龇牙咧嘴的，让老二替他抹了半瓶子松节油。

二姨父说，那是你们家，你们家规矩忒多。在我们这儿，连长虫也有烟瘾呢。夏家园夏二家的老爷子抽了一辈子烟，当然，人家抽的是大烟，每天要躺在炕上吞云吐雾，生生把一个家抽穷了。夏家老爷子死了的第二天，一条大黑长虫也从房梁上掉下来直直地挺在棺材盖上。有人说，长虫是家神，黑长虫是舍不得夏家老爷子，难过得昏过去了。其实呢，是老爷子每天在炕上抽大烟，房梁上的长虫也跟着闻味儿，久而久之也上了大烟瘾。老爷子死了，不抽了，上头的长虫犯了烟瘾，受不了了……

我问夏二家那条黑长虫后来怎么样了，二姨父说这个他没打问过，不知道。妈说，这丫头就爱刨根问底，有时候问得很不着调。

二姨说，夏家老爷子死了有二十年了，谁还记得那条长虫！

二姨父装了一袋烟递给我妈，妈接了，很内行地就着二姨手里的火嘬了两口，吐出了悠悠的烟。我真不知道妈还会这个，在家里从没见她动过烟，到了太阳宫连大烟袋都叼上了，也是放得很开了。我想，这事我回去一定得告诉我爸爸。

二姨问二姨父，羊喂了没有，二姨父说下晚往圈里扔进去两筐草，早晨日头拉出去拴村外了，回来时肚子吃得圆圆的。二姨对妈说，太阳宫的羊只能圈养，方圆十几里都是菜地，啃了谁家的都不合适。他们家的羊是德胜门外羊店逯来的两只半大羊，估摸今年底就能杀了，到时候给我们送羊肉去。

我立刻想到了羊肉胡萝卜馅饺子，使劲吸了吸鼻子，闻到一股羊臊味儿。

日头拿着荆条在编筐，天渐渐黑了，乡下没有电灯，也不点油灯，借着微弱的光也还模糊看得清楚。日头说他在伸手不见五指的情况下也能编筐，编筐是凭感觉，不是凭眼睛。日头让我猜现在他编的是什么筐，我说肯定是带提梁的圆筐，就像你们家屋后装草的那个。日头说不对，他手里编的是元宝筐，两头圆当间细的那种，这是女孩子使的筐。我猜日头的筐一定是给我编的了，想着把那个筐拿到城里能派什么用场，最后觉得给花猫做窝倒是很合适，省得它睡觉老是钻我的被窝。

二姨父要到棚子里值夜，他种了半亩香瓜，马上要开园了，不是怕人偷，是防备地里的野物糟蹋。二姨父夹着衣裳走了，黄狗跟在后面，它是值夜的主要成员。我透过篱笆看外面，田野里黑洞洞的，有萤火虫在远处扎堆，一团一团的，像是精灵在舞蹈。黑暗里有一双绿眼倏忽闪过，我朝妈身边挪了挪，尽管她身上有陌生的烟味儿，也不计较了。二姨说，窜过去的是黄鼠狼，它惦记着屋后的小鸡儿。

日头说他天黑前已经把鸡窝门顶上了石头，黄鼬那双小爪想扒也扒不开。

一个乡间的小野物，二姨叫它的小名黄鼠狼，日头叫大名黄鼬，就像有人叫日头，有人叫夏太阳一样。我问黄鼠狼什么模样，是不是像书上画的灰狼一样。日头说，黄鼬细长细长的，一尺多长，它有缩骨法，多小的圆洞它也能钻进去，是偷鸡的高手。我让日头来日给我抓几只看看，日头说，还几只，我一只也捉不到。那东西鬼精鬼精的，带着几分仙气儿，不能招惹。

日头还告诉我，有一天夜里他从瓜地回来，月亮照得地上明晃晃的，连道上的土坷垃都看得很清楚。突然，他看见一只黄鼬在路上直立着身子对着月亮手舞足蹈。日头问我，你知道它在干什么吗？

我说不知道，黄鼠狼的事情我怎么会知道。

日头说它是在拜月亮。我问黄鼬为什么要拜月亮，日头说，黄鼬和狐狸一样，老到一定岁数就成了精。它们不停地修炼，练到相当的火候，就能随意变化，变成美女，变成老头什么的。不过，黄鼬的道行比狐狸低多了，狐狸会炼丹，黄鼬不行。

我说那晚上应该把那只黄鼬像捉小鱼儿一样捉回来。日头说，哪能轮到我捉，我还没靠近，那黄鼬就打了个喷嚏说，呸呸呸，晦气，今儿个不该出来！

我问为什么，日头说，我搅了它的好事，它还得再练五百年。

可怜的黄鼬！

有股轻微的风从西边吹过来，挟带着丝丝凉意，树叶没动，草也没动，但是我感觉到了。西边是燕山，北京人管它叫西山，西山盘卧在天边，蜿蜒得像条不老实的大龙。我朝西望，看不见西山，西边天上有光，那是城里的灯。看头顶，头顶是满天繁星，牛郎织女遥遥相望，包括牛郎担子里挑着的两个孩子，两颗忽闪忽闪的小星星都显得很亮。又粗又壮的银河，恍恍惚惚，密密匝匝，横亘琼宇。想那浩荡大水隔断牛郎一家人，母亲和孩儿再不能相见，只是让人心酸。二姨说，丫儿看银河呢吧？教给丫儿个秘密，你记着，银河调角，棉裤棉袄；银河分叉，单裤单褂。将来丫儿当了妈妈，这是应该知道的。什么时候给孩子穿什么衣裳，得看天，银河会告诉你。

我问二姨，什么是调角。二姨说就是调了方向，比如现在，它是南北向，是夏天，一旦它横过来了，就得穿棉袄了。我问现在银河是调角了还是分叉了，二姨吭唧了半天说大半是正在调角。

其实二姨自己也说不清。

田野里的秋虫聒噪得震耳欲聋，满世界似乎都成了它们的声响。每一只虫子都在努力张扬着自己的歌喉，宣告着自己的存在。包括那只想吃鸡，还得继续修炼的黄鼬，它们使得黑夜中的太阳宫田野充满了生机，充满了灵动，充满了诡异和未知。我对日头说，明天你领我去看看太阳宫。

日头说，太阳宫有什么好看的，小破庙，快塌了的。

我说，破庙也是“宫”啊，出东直门，称得上“宫”的也就是这儿。

日头说，雍和宫不算？

我说，雍和宫在城里，在安定门。

日头想了想说，我带你上太阳宫，你得带我上雍和宫，我要看打鬼。

我满口答应说，没问题。

前年、去年我跟着父亲连着看了两回打鬼，把细节给日头讲了，他很期待，日日盼着能看一回。清朝的皇帝信奉密宗，雍和宫过去又是雍正的府邸，所以每年正月雍和宫打鬼的仪式就成为了北京城的大事。为这个，庙里早早就提前准备了，届时皇上要派钦差来现场参与。到了民国，皇上倒了，打鬼的仪式依旧热闹隆重，不因时局的变化而有所改变，老百姓祈福禳灾的心愿什么时候都是一样的，不管有没有皇上。我们家看门的老张，最信奉雍和宫的神灵，动辄就跑到雍和宫去烧香、打问，连他脸上长了个疖子要不要挤破了，也要去雍和宫问佛爷。好在雍和宫近，我们家住戏楼胡同，胡同口就是雍和宫，几步路的事，跑去又跑回来，锅里蒸的包子还没到火候。有一回他崴了脚，脚脖子肿老高，做饭老王打趣他说，咱们是上医院呢还是上雍和宫呢？

打鬼这天，雍和宫天王殿前搭了台子，铺上红毡，台下人头攒动，密不透风，千万人鸦雀无声，静等仪式开始。时辰一到，锣鼓号声震天而起，先是有金盔金甲的四大天王上场，威武庄严，舞蹈之后在四角站立。又上来几个活泼小儿和弥勒佛，欢快跳跃，引人入胜。接着鼓声一转上来个白鬼，头戴骷髅面具，手握招人牌子，阴森可怕。白鬼走得离观众很近，边走边撒白色粉末，沾上白粉不是什么吉利的事，人群纷纷后退，把场子清扩出来。所以，有经验的看客一般都不往跟前挤，站在后头远远地观望。白鬼演毕金刚上场，还有鹿首、牛首的神，耍着各样法器，把妖魔团团围在当间，捉拿、清除，皆大欢喜。整个过程，无异于一部巨大舞剧，服装艳丽，造型特殊，充满神秘色彩。

日头拿笔认真地在墙上记下“正月三十，雍和宫打鬼”的字样。

六

第二天一大早，天还没大亮我就起来了，睡不着了。为什么呢，因为咬，蚊子整宿在耳边飞，嗡嗡嗡，你刚一迷糊它就来了，刚一迷糊它就来了，成心不让你睡觉。土炕上的跳蚤也很活跃，钻到我的裤腰上转圈咬，那些大红包连成了串，痒得钻心。乡下的一切也不是全好，比如这些大包，回去让我抓挠半个月怕也不能平复。母亲和二姨还在熟睡，她们昨天叽叽喳喳聊了大半宿，比蚊子还讨厌。

我这么早起床，不知干些什么。来到院外，外面天气有些凉，草上有了露水。二姨院里的花都很普通，喇叭花、草茉莉、向日葵、鸡冠花，经了一夜的歇息，都很精神抖擞。茉莉花有的已经结了黑黑的籽儿，剥开那黑壳，里头是一窝白粉，可以往脸上擦，这是孙顺儿的媳妇教给我的。原本她是应该教给自己的闺女，那个夭折了的小丫头片子的，谁能想到小丫头片子是个偷生鬼呢！想起了小丫头片子，心情有点儿沉重。

不知什么时候，东边天空开始泛红，天边的云彩染上了胭脂的颜色，房子、大树、菜地、水塘，在云彩的渲染下好像画出来的一般，都映着红。树后头的天空最亮，我知道，待会儿太阳就会从那里升起来。我不错眼珠地盯着那块地方，生怕错过了伟大庄严的时刻，这个时刻很难得。很快，树后冒出了一个通红的亮点，那应该是太阳的脑门了，太阳的脑门一蹿一蹿的，蹿一下高一点儿，似乎不忍和大地分离。我的眼花了，只是感到一个大鸡蛋黄在上上下下地抖动，跟大树若即若离。

日头从院里跑出来，黄狗也跑出来，日头问我在干什么。我说在看出太阳。

只这一转脸，没盯住，太阳就跳出了树枝升上天空。大地一片金光，连风吹动树叶也带了金属的声音。光明中，迎着太阳，沐浴着晨风，我感到自己变得清澈透明，好像能飘起来一样。低头看，黄狗的表情也变得十分神圣，阳光下它的一双黑眼睛很亮很亮。我觉得在这样重要的时刻我得像我爸爸一样作一首诗，才对得起这为我而升起的太阳。我爸爱写诗，看月亮写诗，看菊花写诗，看卖小金鱼儿的写诗，看人家放风筝还写诗，他画的每幅画上几乎都配着他的诗。现在，我看到了太阳的升起，怎能没有诗歌相佐，而让太阳孤寂地上天呢？

我对日头说我要为太阳宫的太阳写诗。日头说，那你就和皇上一样了。

我问此话怎讲。日头说这事夏家园的夏二知道，夏二说乾隆有一天东巡，走到这里，正好看见出太阳。望着光芒万丈的大地，皇上跟现在的我一样很感动，作了一首诗，说这里像是太阳宫！后来，村里人就在这儿盖了庙，叫太阳宫。

我说那个夏二怎什么都知道？日头说夏二念过半年私塾，他们家是书香门第。我说，他怕是连《三字经》也没念过。

日头说，有可能。

我让日头带我看太阳宫，日头说我身后就是，我回身看，哪里有什么红墙黄瓦的宫，不过是座颓废的小院罢了。院子门口有个看不出模样的影壁，露着土坯的内胆，残留的墙皮上画着一棵歪歪扭扭，没精打采的树，是不是爸所说的太阳落脚的扶桑也未可知。院门口两棵老榆，房后一株病柳，三间歪斜的平房，一只半埋的破钟，无一不显露出破败残缺。我说皇上的庙应该有琉璃瓦，比如雍和宫，黄灿灿一大片屋顶，那才应该叫太阳宫。日头说他不知道什么叫琉璃瓦，他从来也没见过琉璃瓦。太阳宫不是皇上的庙，是他们村里自己盖的庙，每年二月初一太阳过生日，有人过来烧几炷香，仅此而已。我说，太阳比黄鼬还可怜，那么大的名声，住这么个小地方，委屈了。

日头说，比土地庙好多啦，我们村的土地庙还没有我膝盖高。

走进“宫”门，内里比外头还荒凉，草有半人高，地上堆着渣土、垃圾、粪矢，一条腐烂了的长虫横陈在台阶上，被一群蚂蚁包围着……三间小屋的房顶露了天，北墙有二尺高的土台子，上头坐着四个缺胳膊少腿的神像，神像泥皮脱落，面部塌陷，粗糙拙劣，无法打眼。我问四个人是谁，日头说，夏二说过，是日月水火四个老爷。

又是夏二！

我说，太阳宫一个太阳就够了，那三个跑这儿凑什么热闹？

日头说大概是怕太阳一个人闷得慌，来做伴的。

我分不清四个老爷中哪一个是太阳神，太阳神才应该是这座“殿宇”的主人。日头说他也不知道哪个是，村里人也没谁说得清。

我对太阳的宫殿十分失望，它打破了我对“宫”的认知和憧憬。破烂的太阳宫坚定了我要让日头见识雍和宫的决心，我一定要他看看真正的“宫”是怎样的气派，怎样的不同凡响。傻日头虽然会抓鱼，会编筐，但是认知毕竟有限。

早饭后我和母亲就要回城了，日头搬来昨晚编的筐，果真是很漂亮的元宝筐，筐里装着金黄的倭瓜，黑紫的茄子，紫根野鸡脖韭菜，还有四个花皮香瓜。蔬菜之外还有半口袋棒子楂，二十个柴鸡蛋……这些东西，真够我们拿的。

二姨父和日头将我和母亲送到东坝河，路上，日头还追问我作的太阳诗，我说下回来了带给他看。日头说等不到下回，他就会跟他爹去戏楼胡同，去雍和宫。

曹家爷儿俩看着我们上了三轮车才离开，黄狗追着车跑了很远。

七

正月底，二姨父带着日头来了，专门来看雍和宫的打鬼。

曹家爷儿俩是做了充分准备的，衣裳都是新做的，二姨父是长黑布棉袍，系着褐色棉布腰带，日头是短打扮，崭新的棉裤棉袄。爷儿俩的头上是两顶一模一样的毡帽，一看便是在同一时间同一个地方买的。日头的衣裳明显偏大，裤腿、袖口都挽着，那是二姨的心劲儿，这会儿大，穿穿就小了，日头还得长个儿。

老张把二姨父他们领到正屋，他们把从太阳宫带来的东西都放到客厅的花砖地上，有羊肉，有一只扑棱着翅膀的老母鸡，有包心的大白菜，还有一筐鸡蛋，自然更少不了一捆用二姨棉背心包着的嫩青韭。跟在太阳宫比，二姨父多了许多拘谨，搓着两只手站在屋地上不知怎么待着才合适。妈让他坐，他看了那把镶螺钿的太师椅，犹豫了半天，才把半个屁股搁在椅面上，整个身子显出随时站起来的姿势。日头抄着手站在他爹的椅子后边，看着墙上的四扇屏发呆。四扇屏是老七的画，工笔花鸟，画里牡丹花下的大花猫就是照着我们家的猫画的。惟妙惟肖，无论你站在哪个位置，猫的一双眼睛都盯着你，绝了！日头的嘴张着，眼睛发直，模样傻得不能再傻。

我给太阳宫的父子俩端来了茶，北京吴裕泰的茉莉香片，那小小的碗盏让二姨父看了吃惊，他琢磨了半天，到底没有用那割韭菜的粗手指头捏起那弯弯曲曲的茶碗把儿。

父子俩说已经吃过了饭，妈问什么饭，说是晌午饭，妈就知道了这爷儿俩还没有吃晚饭。妈把他们安排在南屋，南屋是一进大街门的倒座儿房，平时不住人，有时候爸的学生到家来，晚了出不了城门，就在南屋临时凑合一宿。南屋没火，老北京那会儿也没有暖气，都是生洋铁炉子。讲究的安上一截儿一截儿烟筒，一般的是在院里生了炉子，看火苗旺了再端进来，房里永远弥散着一股呛人的煤烟味儿。那天，妈没有给二姨父生炉子，因为打仗，西山门头沟的煤拉不进来，家家户户都是限量供应。在京城滴水成冰的日子里，睡惯了太阳宫热炕的父子俩，其难熬程度可想而知。但是老张却说，傻小子睡凉炕，全凭火力壮！老张将曹家父子比喻成"傻小子"，让我的心里老大不痛快。

厨子老王为曹家父子蒸了一锅发糕，做了熬白菜，虽然简单粗粝倒也热热乎乎。二姨父和日头都很满足，就在厨房的案板上吃，吃得满头冒汗。老张又多嘴说，吃饭冒汗，一辈子白干。

我说，老张你贫不贫呀，你的话怎那么多！他们是我妈的客人，也是我的客人。

这个老张，自己本身也是乡下人，张各庄耪大地的。进了城十几年竟然看不起乡下人了，忒势利，我不喜欢他。

听说我爸爸领着学生到河北鸡鸣驿写生去了，二姨父松了一口气，日头说早知这样应该让他妈也来雍和宫逛逛。二姨父说，你妈来了咱家那些鸡呀狗的怎么办？

日头说，饿它们一两顿也没什么。

话是这么说，但是二姨父看到我那位同父异母的七哥哥便不再说让日头妈来的话了。父子俩在院里碰到了正回家的老七，当日头知道眼前站立的就是画牡丹花猫的七哥哥时，立刻显出了无限的恭敬和虔诚，朝着老七深深鞠了一躬。老七了解到跟前站的是太阳宫的菜农，只是点点头就过去了，连个问候的话也没有。看老七不回头地往后院走，我喊道：呔！老七你站住！

老七问，什么事？

仍旧是连头也没回，傲慢得厉害。

我说，曹太阳要跟你学画画，人家盼了大半年啦！

老七慢慢转过身来，也不看满脸期盼的日头，慢条斯理地说，想学画画，考艺专去呀，那儿是专门学画画的地儿。我不带徒弟，我不是往木头上画金龙合玺的画匠。

让日头考徐悲鸿的艺专，啊——呸！亏他说得出！

日头已经听出了老七的揶揄和拒绝，低下头一言不发，拿脚尖搓着地面。我想他心里一定很失望，很难过。我没想到，平时老七跟我没大没小的，任着我欺负和摆布，却不知他对乡下人还会这样端架子耍派头，冷落了客人，让我好没面子。

最失落的应该是日头，本来兴冲冲想着跟神一样的老七讨教画艺的，却不想热脸碰了个冷屁股，让我以后再怎么跟他谈论老七和他的画？不想，日头抬起头看了我一眼，淡淡一笑说，七哥哥今天累了。

我跟妈说，您说这个老七，他怎么是个这样的人?!

妈只有像日头一样地笑笑，她是老七的继母，继母就是后妈，后妈能对前房的儿子说什么？什么也不能说！

看起来，我们家只有我和母亲视曹家人为亲戚，别人谁也没进入角色，难怪平时二姨父不愿意上我们家来。

我觉着，人得将心比心。夏天我到太阳宫去，曹家全家实打实地待承，让我挑不出一点儿不好；现在人家到了我这儿，我们就拿熬白菜对付人家，拿风凉话挖苦人家。我都替我妈害臊，下回还怎么去太阳宫呢！好像妈不在乎这个，妈有妈的招数，我看见她偷偷塞给日头十块大洋，让日头想吃什么到外头买什么。十块大洋，真不少啊，二姨父和二姨一年大概也挣不出这个数来。所以，二姨父和日头都很高兴，他们没太挑礼儿，冷就冷呗，风凉话就风凉话呗，怀里揣着钱呢！

第二天，曹家爷儿俩出去整整逛了一天，说是去了天桥，看了杂耍，看了要叉的黑狗熊，给二姨买了过生日戴的绒花和碎花布，那块花布是紫地绿花，土得不能再土。我真奇怪，以日头的美术水平怎么会给他妈挑这么一块布料。二姨父说日头在东四牌楼摊上吃了四碗卤煮火烧，把卖卤煮的吓怕了，第五碗说什么也不卖了。卤煮火烧是北京小吃，严格说它更应该属于河北的小吃，把烙好的火烧放进带有猪肉和下水的卤汤里一块儿煮，一般每碗两个火烧，多要另算。吃的时候把火烧捞出来，横竖切四刀，再舀进卤汤，放进蒜汁和多种佐料，肉烂饼香，非常进味儿，是受欢迎的大众食品。可惜，我到现在也没吃过北京的卤煮火烧，每回从卤煮的小馆前走过，都为香味吸引，但是一见那眉目甚不清爽的大锅和锅里那些腾挪翻滚的莫名其妙，立刻没了胃口。真难想象，日头连火烧带汤竟然吃进去四大碗，他的肚子总共才有多大地方啊！

比起我的二十条小麦穗鱼，日头真是吃多了。刚开始还没觉怎的，后来肚子越来胀得越厉害。老王叫他抠嗓子吐出去，日头舍不得，情愿撑着。后来我母亲采取了治我的办法，让老王沏了半碗起子(苏打)水，给日头灌下去了，日头才勉强躺下睡了。

第三天是雍和宫打鬼的正日子，妈不让我去看打鬼，说喇嘛手里打鬼的鞭子胡抡，抽着人的事情年年都有，爸不在，没人能管得住我。不让我去，妈也不去，让老张带着曹家爷儿俩去雍和宫。还特别嘱咐，看看就回来，别看到底，工夫太大，把人冻坏了。我为不能陪日头看打鬼郁闷了一早晨，巴不得把那些喇嘛冻翻了，打不成鬼才好。

老张和曹家爷儿俩出门的时候天上飘起了雪花，刮起了灌脖子北风，气温降得厉害。不到一个时辰，房上、树上、院子里就全白了。院里没人走动，一片寂静，只有花猫从雪地上跑过，留下一串好看的梅花印儿。妈给我点了个手炉让我抱着，得意地说，不去好吧？在家暖暖和和的多好，大下雪天的跑雍和宫看什么打鬼，闹不好把鬼再带回家来。

锣鼓声还有大铜号沉闷的呜咽声从西边借着风雪传过来，号声低沉却富于穿透力，颇具煽动意味，仿佛这漫天大雪就是借助号声从高天翩翩而来的。妈的想法太简单，太直接，她哪能理解雍和宫那些色彩艳丽，造型怪诞，动作夸张的傩舞对小孩子是一种多么大的诱惑啊！

自鸣钟刚转了两圈，老张就领着曹家爷儿俩回来了，老张说再不回家日头的小命就没了！妈急着问怎么了，二姨父说日头的魂让白鬼拘走了。

再看老张身后的日头，顶着一脑袋一身的白粉，牙关紧咬，眼睛发直，簌簌地哆嗦。妈问他话他也不回答，把牙磨得咔咔响。妈说，这还真是中魔了，合着喇嘛把鬼赶日头这儿来了！

老张说，他使劲往前挤，站到台跟前儿了，这要命的粉末子不攘(ráng)他身上攘谁身上。

妈赶紧过去拍打日头身上的白，老张让妈别拍，说这白落到哪儿哪儿倒霉。妈说这怎么好，老张说拍到大街门外头去，让过路的踩了带走。

我说，这么做，有点儿缺德。

老张说，到了这份儿上也别说什么德不德的了，谁让咱们摊上了呢。

日头像街头耍“呜丢丢”的小木偶一样，被老张和二姨父提溜到当街，在雪地里好一通拍打。被拍打的日头眯着眼睛，像睡着了一样，有点儿魂不守舍。二姨父说，日头，日头，你说句话呀！

日头自始至终一声不吭。

没想到日头看打鬼看成了这种模样，我心里觉着怪对不住日头的。老张说，小门小户的日头属草芥之命，太薄，扛不住这轰轰烈烈的场面；在场子上被追赶得团团乱转的邪气、孽障自然是奔他而来。

妈让老张不要说了，越说越邪乎，她让老王烧了滚烫一锅姜汤，逼着那爷儿俩喝了。半夜，日头开始发高烧，嘴唇起了一圈燎泡，不停说胡话。妈说日头昨晚卤煮火烧吃多了，停食着凉，到胡同口药铺买了一大包焦三仙。煎了，给日头灌下去了。

焦三仙没起作用，下午日头起了一身密麻麻的红疙瘩，整个人都变成了红的。

老张说这是鬼风疙瘩，日头真是让鬼扑了。

妈让老张赶紧想驱邪的办法，老张顶着大雪和二姨父去了东边的柏林寺。

老张找的是广玉，他请广玉帮忙想想办法，救孩子一命。广玉一听就拒绝了，说无能为力，另请高明。听老张回来学说后，老王说，该着绝你，喇嘛惹的事你找和尚，人家不让你“另请高明”才怪。

情急之中我还是请来了老七，老七有知识，毕竟比妈强，妈毕竟是一字不识的文盲。老七在日头的床头站了半天，说日头的病不是一般小病，可不能马虎了。说着就穿了大衣，冒着大雪去南城请大夫了。我站在门口，看着老七消失在风雪中的背影想，老七对日头其实还是很好的，不似我想的那般冷漠。错怪他了。

老七请来了大夫彭玉堂，彭玉堂是我们家多年的老朋友，给我也看过病。他本是留过洋的西医，擅长做脑外科手术，有人点着名要他执刀，他做一台手术要用金条来计算酬劳。当然，我们家是没有金条给他的，他肯过来，是看在爸的分儿上，他和爸曾经是同学。

彭玉堂给日头看了，说日头是急性传染病猩红热。

猩红热是小孩子的病，妈一听就害怕了，比听见鬼进了家门还害怕。胡同里年前死了一个叫小明的孩子，就得的是这病。小明死后，有穿着白大褂的人到各家往孩子身上喷药水。当时老七说都是瞎掰，猩红热是飞沫传染，喷孩子管什么用?！妈说喷总比不喷好，特意让人家把我前前后后都喷了个遍。不管怎么说，猩红热在那个年代是个可怕的病。

妈前脚雇车把曹家爷儿俩送回太阳宫，后脚就把我隔离到小套间，不让出来了。她说日头留下的病菌还在屋里飞散活跃着，让我撞上哪个都会像小明一样，必死无疑。妈天天看我的嗓子，量我的温度，风声鹤唳，我稍微咳嗽一嗓子，她都急着让老七去叫彭玉堂。我被封闭在小套间，想着法子吓唬妈，今天说脑袋疼，明天说身上痒痒，后天说肚子胀。我喜欢看妈着急的样子，喜欢看她因为我而无处抓挠，提心吊胆的紧张。一时，我成了家里的中心，仿佛我“病”得很重，没有几天活头了。为此我自己也觉得自己活不了几天了，所以尽着想象给妈提要求，今天要吃鸡蛋羹，明天要吃核桃酪，后天要吃贴饼子熬小鱼……

老七对妈说，把她放出来吧，都惯成什么了，没样了。

八

一晃大半年过去，又到了夏末初秋，给日头攒的废纸已经厚厚的一沓，跟着老七逛旧书店，老七还给日头找了一本画画的书，上头有萝卜、白菜、蝈蝈、喇叭花什么的，想的是快该跟着母亲上太阳宫了。

没想到，我们还没动身，日头自己来了，没坐车，是走来的，浑身的油汗浑身的土，最让人惊心的是那一身热孝，在夏日的热浪中，头上顶着的麻包片说明了曹家有重要的至亲过世了，披麻戴孝啊！日头进门就磕头，给老张磕，给老王磕，给我磕，妈从屋里跑出来大声喊叫，日头啊，咱这是怎么啦?!

日头说，我爸爸殁了——

母亲说，正月不还好好儿的吗?

日头说，昨天夜里咽的气。

妈一听，拽着日头就往门口跑，边跑边喊着让老张赶紧雇车。老七给母亲递了些钱，说这个是必须带着的。母亲接过钱，有些木然，带着日头上了三轮，让车夫快蹬，要多少钱都给。我追出大门，黄狗一样跟着三轮跑，叫着，妈！妈！还有我哪！

妈回过头说，在家老实待着！

我哪儿跑得过三轮车，眼瞅着妈和日头的背影到了胡同东口，往南一拐，没影了。

太阳宫那场丧事办得很简单，母亲第二天就回来了。曹家死了当家的，二姨成了寡妇，日头成了没爹的孩儿。原来正月日头那场猩红热没有传染给我，却传染给了他的父亲。敢情大人的猩红热麻烦程度远过于孩子，没多久，二姨父就转成了肾炎，全身浮肿，尿中带血。人说这个病是最怕累的，可是种菜的二姨父哪里歇得下来，一家人的嚼裹儿都在他身上啊……

肾炎病人挣扎着下地，挣扎着干农活，庄稼没长好，人也慢慢不行了，最后倒下了。

听说二姨父入殓的时候头膀得有斗大，看不清鼻子眼睛，脚肿得穿不上鞋和袜子，鞋和袜子是用纸糊的。

几十年后我成了一名医生，传染科的医生，这与曹家二姨父并没有什么因果关系。我在西北的传染病院干了八年，在我的手里，处理过无数猩红热病人，有大人有孩子，也有转化成肾小球肾炎的患者，基本都痊愈了。在医学科学发展的今天，这个病对人类已经构不成威胁。但是，面对病人，我常常想起太阳宫，想起了那风光秀丽的乡村，想起穿着纸袜子纸鞋入殓的日头爸爸，想起他的烟袋和烟笸箩……

日头爸爸去世不到一年，是二姨大喜的日子，二姨为日头找了一个继父，母亲作为娘家人，婚礼是必须要参加的。母亲在路上教导我，到了太阳宫脸上要喜兴，嘴要甜，多说吉祥话，不能提死了的曹大大。最重要的是还得管那个新进门的男人叫“二姨父”，要叫得自然亲切，不能打磕巴，这样新二姨父才高兴，二姨才踏实，我们这趟才算没白来。

母亲问我听懂了没有。我说，没懂。

母亲说，你已经是小学生了，怎么还不懂人情世故，你二姨一个女的，带个孩子，在乡下活得下去吗？她不往前走这一步这个家就得散！你得替她想想……

母亲说着哭了。

我问日头的新爸爸是谁，母亲说是夏家园的夏二。

我说，啊呸——

母亲说，你这是什么态度？我最不愿意听你说“啊——呸”，夏二怎么得罪你了？

我一路没有说话。

无话可说！

一切还是老样子，土房、篱笆墙，鸡窝、葫芦架。但不能说是曹家，现在得称夏家了。

夏家的喜事办得简单潦草，做了一锅打卤面，随到随吃。卤做得很咸，浇半勺能把人齁死。二姨穿着紫花夹袄，是二姨父去年正月给买的那块花布做的，没想到在这儿派上了用场。夏二穿了件蓝布长衫，穿长衫以示自己的半年私塾学历，出自书香门第。母亲给二姨请安道喜，背过身来却偷偷抹眼泪，二姨的眼圈也红红的，强装欢笑地把红糖蒸饼往我手里塞。

夏二的身板很壮，秃顶，留着山羊胡子，眼睛有些斜视，这样你就看不出他的眼神到底在瞅谁，怪怪儿的。夏二夸张地招呼着我们，说我们是城里大宅门的亲戚。他说他到北小街炮局送过菜，路过过我们家，广梁大门，高台阶，上马石，一看就是有身份的人家。这下好了，以后他再上炮局就有地方歇脚了，可以进大宅门喝茶了。夏二一边说着一边递给我一个梨，梨太大，他切了一块给我，我接过来，偷偷搁在窗台上了。大喜的日子，吃梨，这个兆头可真不怎么的！我不喜欢眼前这个叫夏二的男人，他话太多，斜眼珠子太灵活。跟原来的二姨父比，我更喜欢先前的那个。所以，自始至终我也没管夏二叫一声“二姨父”，母亲暗示了我几回，我就是张不开嘴，奈何！

那天，我在太阳宫小庙里找到了日头。他抱着腿在四老爷脚底下坐着，目光呆滞，脸色苍白，全没了昔日的活分和明朗。见我进来，他的第一句话是，我害死了我爸爸。

我说，你怎么这么想？不应该的。

日头说，是我把病传给他的，不害那病，他不会死，他的身体很结实。以后不论遇到什么，我都罪有应得。

我说不是那么回事，老张嘴头常说，死生有命，富贵在天。老天爷就这么安排的，谁也不能不听老天爷的。

日头把脑袋扎在胳膊弯里，我能想象那张满是眼泪，满是痛苦的脸。在新爸爸进门，妈妈大喜的日子里，日头泪流满面。我让他以后好好待承他妈，他妈最可怜。日头说，她可怜什么，又有了新男人，她高兴着呢！

半天日头说，你知道吗，我现在不叫曹太阳，叫夏太阳了。

我说，我以后还叫你曹太阳，叫你日头。

日头摇了摇头说，嘁，一个贱名儿，怎么叫都行。

我说，咱们一点儿也不贱，光芒万丈的太阳，能贱吗？

日头说，我没了爸爸也没了妈，没爹没妈的孩子，比草还贱。

我说，说什么哪，你妈可是亲妈！

日头说，我爸坟上的草还没长圆……她就又嫁了……

我学着妈的话说，她一个女人家，不嫁怎么活呢，她不嫁，你们这个家就散了。

日头说，你没看出来吗，已经散了。

我说，日头，我也不能常来看你了，我上学了，以后逮着机会你来戏楼胡同找我吧。老七答应教你画画了，还给你买了书。

日头苦笑了一下，没说话。

我陪着日头在太阳宫里坐了半天，妈来找我，说是要回城了。妈和二姨都知道，以后我们再不可能在这儿住了，这家已经换了主人。

日头就在破庙里坐着，相伴着四个老爷，一直到我们走，他也没回来。二姨说，日头太拗，心思太重……

母亲劝二姨说，时间长了慢慢儿就好了。

我说，乡下的孩子也不是没心没肺的。

母亲让我不要火上浇油，二姨的心里现在够乱的了。

九

以后，我再没有到太阳宫去过，主要是身不由己，在方家胡同上了小学，已不是儿时脱缰的野马，被戴上笼头了。这期间母亲去过太阳宫，是为二姨去的。

二姨死了，死得很突然，说是不留神滑进窑坑淹死了。母亲不解地说，她待得好好儿的，上窑坑干什么呢？

夏二说她是去找日头，很多时候她是满村喊着日头的名字，四处寻找。日头这孩子有点不合群，性格孤僻，不招人待见。母亲奇怪她的朋友怎会进了窑坑，夏二的解释是，窑坑是个没深浅的地方，里头有淹死鬼，每年都要拉替身，非此而不能托生。

连母亲都说，那是迷信，不可能！

我觉得是二姨活得没了意思，自己寻了短见。听母亲说，从坑里捞出二姨，她身上穿的是那件紫地绿花的夹袄，脑袋上还别着红绒花，怕花掉了，用丝线扎得很紧，看来一切都是特意。按老张的分析，雍和宫打鬼，日头被撒一身白即是被鬼跟上了，性情已然迷乱，厄运便接连不断，这都是冥冥中阎王爷的安排。

我说老张是胡说八道！

很快夏二再婚，又有了自己的儿子，叫夏晓阳。

日头真的没爹也没妈了。

1952 年抗美援朝，日头当了志愿军。

出发前他特意到我们家来告别，穿了军装的日头威武英俊，再不像四老爷脚底下那个萎靡不振的半大小子。我摸着他的崭新衣服和大皮帽子，十分羡慕。我告诉他，我们这些学生正给前线的志愿军做慰问袋，写了信，装上书签、毛巾、笔记本什么的交给学校，再由学校交区里分配到朝鲜去。大家都希望自己做的袋子能送到英雄的手里，那该是多么幸运，多么有意义的事情呀！日头说他不要毛巾，他希望他的慰问袋里装一本美术书。我说打仗怎可能一心二用，你要保家卫国呢！

母亲在旁边插嘴，日头，你真要离开太阳宫呀？

日头说，姨，我真要离开。

母亲说，走了以后，你不想家？

日头说，那里有什么需要我想的吗？

接下来母亲的话让我吃惊，母亲让日头到火线上要多长心眼，枪子儿是不长眼睛的。子弹尽量别往人致命地方打，无论谁都是一条人命……

我母亲在当时是街道积极分子，治保委员，委员对即将上战场的志愿军战士说出这样的话，让我对她有了新的看法。母亲把她的另一面毫无保留地亮给了日头，她或许有了什么样的预感，但她对我，却一直都是硬铮铮的街道治保委员。那天日头离开我们家的时候，突然想起什么似的对我说，呃，太阳宫的庙现在改成小学校了。

我问，四位老爷呢？

日头说，扔窑坑，彻底化成泥了。

日头走了，到朝鲜去了。

时间过去一年、两年、三年……我没有收到他的音信。

回国的人一批、两批、三批……我没有看见他的踪影。

一直到1958年底，志愿军全部回国，我也没有得到日头的任何消息。

“文革”的时候遇见夏二，已经是个白发苍苍的老头子了，佝偻着腰，趿拉着鞋，邋遢不堪。他说还住在老地方，夏晓阳在城里当学徒，他是来看儿子的。我向他打听日头的消息，他说没有信儿，一直没有信儿……

停顿了一下，夏二说，按说他姓曹，跟我们夏家没关系。

日头这是被连根拔了。

我说，曹太阳会回来的。

十

北京只几十年的工夫便已是沧海桑田。几个月不上街，识不出本来面目的情景常有。

因为拆迁，我们家从戏楼胡同搬到了城市东北角的望京，住在高高的21层楼之上。每天云里雾里地看着北京，看一片片高楼从远处、近处拔地而起，越看越模糊。我每天要坐三站公交车到早市买菜，菜场的名字叫“夏家园市场”，市场的旁边是地铁十号线“太阳宫站”。

在人群熙攘的市场，窑坑、菜地、夏大爷的石碑已经幻化成鲜鱼水菜，幻化成玻璃钢大棚和忙碌的小贩。小贩们虽与夏二没有任何关系，但个个身上都有夏二的影子。一个留着山羊胡的男人在卖西红柿，价格比别家贵两倍，广告上注明是“本地产传统沙地西红柿”，见我在摊前流连，山羊胡子说，买斤回去尝尝，能吃出小时候的味道，保你明天还来！

花鸟市上有卖小仓鼠的，小鼠在笼子里无休止地蹬着转筒，坚忍不拔。我想起了日头说的，在月光下修炼的黄鼠狼。五百年时光，还很遥远，都是车水马龙的马路，它到哪里去练呢？改蹬转筒了吗？花坛里盛开着粉色的月季，那是城市的同一绿化。无意间，在月季丛中，我看到了一棵细嫩的喇叭花，小小的花朵怯怯地张着，窥探着花丛外边的世界……太阳宫的精灵，让我在有意无意间碰撞，心被一次次触动。有些酸涩，有些温馨，更多的是只属于自己的怀念。

提着一兜菜我站在汽车站，周围林立的高楼让我不知身在何处。太阳从东边升起，懵懂模糊的一个红团，刚露头便闪在了楼房的身后，很有羞于见故人的模样。太阳宫，太阳的宫殿，如今又有谁还知道它曾经的模样？我想起了我要为太阳宫而写的诗，几十年了，一直没有完成它，关键是再没有看过那样动人的日出，没有过那样的心情和感动。不远处有南湖和南湖公园，它的前身大概和窑坑有关系。风景依然秀丽，草坪新铺，假山人造，没了野趣，少了自然。一只黄狗摇头摆尾地从马路对面跑过来，我惊喜地迎了过去，狗在我跟前停顿了一下，看那眼神，竟是似曾相识的熟悉。我问跟在它后头的主人，这是什么品种。主人说，拉布拉多。

哦，洋种的。

抬起头再看那太阳，太阳已隐入云层，再不肯露面。一群人从太阳宫地铁站涌出来，这个站或许就建在太阳宫的小庙上，对面那座玻璃墙的大超市，难道就是日头过去的家？

曹太阳，你是否还在人间？

月亮门

妈抄起画案上的镇尺就拍在我的屁股上，看来她动了真格的，这一下打得很重。我哇的一声，躲到了老七身后。

月亮门

苏惠来电话说要跟我见面，将见面地点定在北海公园琼岛的月亮门里头。她说那儿有片假山，清静阴凉没干扰，还说她会自带香茶和小点心，她的玫瑰花茶较她的母亲更加炉火纯青了。我说，好久没喝你们家的玫瑰花茶了，几十年了，还没忘了呢。苏惠说，咱们快五十年没见了，有好些话要说。

“五十年”这个数字听着让我有些惊心，半个世纪哪！用现在时髦的话说，时间都去哪儿了？一转眼俩人都六十多了，成老太太了。苏惠说的五十年，其实有点夸张，细细推算，从1968年底我去陕西插队至今，满打满算应该是四十六年，苏惠采取的是大概其的说法，也没错。

1968年冬天，全班同学都响应号召下乡了，注销户口、置办行李，忙得不亦乐乎；苏惠却独留北京，进了工厂，优哉游哉地晃荡于大家的圈子之外。苏惠进的厂子是腌菜厂，是造大酱，腌小酱萝卜的街道小厂。小厂也是厂，是拿工资的，旱涝保收的地方。我们是什么呢，我们什么也不是，我们要在陕北当农民，得凭力气种地挣粮食吃。不可同日而语哪！

集体出发的时候，苏惠来北京站送站，同学们见了她感情都有些复杂，好像她是叛徒，我们都是即将“赴死”的壮士。有人怪声怪气地称赞她有福气，她不好意思地说，什么福气呀，一个月十八块五毛的学徒工，比你们广阔天地大有作为差远啦！

有人说她是得了便宜卖乖，故意装孙子。私下里也有人说她留北京是她妈用×给她换来的……

总之，苏惠在同学跟前显得有些尴尬，有些没面子。她站在月台上，隔着车窗不安地看着我，眼神闪烁不定。火车站的大钟奏响《东方红》乐曲，乐声中火车开始滑动，我们显得很悲壮。苏惠的眼圈和鼻子有些红，不知是冻的还是雪光映的。她追着火车跑，把两个橘子塞给我，叮嘱我一定照顾好自个儿，多给她写信。我明白，其实苏惠是专来送我的。别人都有家人来送站，只有我没有，她不来，我的离京仪式将是稀里哗啦的残缺，是没有祝福的凄凉。可是我偏偏不领情，不愿意让大家看出这一点，对她的做法，表现出了冷淡而不在意。我把头扭向了一边。

我不愿意大家知道我们是朋友，我们也根本不是朋友。

两个橘子从小桌滚到了地板上，在混杂的车厢里，不知去向。

也不找。

离京后，我没有给她写过信，她也没有任何信息传递给我。

水米无交，相忘江湖。

五十年——

现在联系上了。通过网络。

物非人非，我们已经不是我们，北京也不是北京了。对我来说，五十年变化太大，想必她也是。

在东直门交通枢纽我登上 107 无轨，往北海后门赶。这是一条熟悉的路线，少年时候过队日，除了景山就是北海，我和苏惠不止一次，手拉着手出北海后门，过地安门、北新桥，回到戏楼胡同家中。她家住 1 号，我们家住 2 号，门挨着门，是邻居。

小时候的苏惠是个中规中矩的孩子，长得比我漂亮，身条细溜，皮肤白皙，一双眼睛水灵灵的。唇下有颗痣，那颗痣长得很有名堂，叫美人痣。我母亲说苏惠是个美人坯子，说这丫头长大了是个了不得的人物。我希望母亲也说我是个美人坯子，可是母亲对我相貌的称赞永远是十分吝啬。

学生时代的我和苏惠像是一对形影不离的姐妹，看见她就能看见我，看见我就能看见她。不是我们的关系有多么铁，我们的友谊有多么牢固；是人为因素硬把我们拴在了一起，想分也分不开。五六十年代，学校里的学生都有学号，老师把我们按座位分成 1 号 2 号 3 号，在教师登记册上也依此顺序登记。上课老师提问不叫姓名，叫号，同学之间习惯了也多以号相称。我的座位和苏惠挨着，她是 5 号，我是 6 号。5 号、6 号，我们从小学一年级一直叫到六年级。

现在的孩子放学都有大人在门口等着接，学校门口在放学时候人头攒动，爷爷奶奶站了一堆，翘首盼望，等待孩子出来。我上小学的时候没有家长接，老师将东西南北住得近的学生组成一个个队，谓之“路队”，我们先是在操场，在班主任的目光下“半臂看齐”，把队伍排整齐了，然后背着书包一队队走出校门。走出去的路队不能散，走到谁家门口了，谁自动撤出，常常是最远、最后的同学担任路队队长。谁住哪儿，在哪儿出队，队长心中有数，他要对路队的成员负责到底，不准哪个中途溜号。出校门往东的这支路队数我和苏惠住得最远，走到最后就剩了我们两个人，这时候，我就和苏惠走成了一横排，苏惠很严肃地让我“排后边去”，说还没到家呢，不许“乱队”！我不以为然，说横着也是队，谁能否认横着排不行？苏惠说我这样捣乱队形，她明天要把我“告诉老师”。

那时候的孩子们有三怕，一怕“告诉老师”，二怕“留校”，三怕老师“请家长”。这三怕一怕比一怕厉害。“告诉老师”比较简单，顶多老师在全班批评一顿，脖子一缩头一低就扛过去了，脸都可以不红的。我被“告老师”的机会很多，我父亲下班回来见我的第一句话常常是“你今天又被禀先生了吧”，父亲是老派人，他把“告老师”叫“禀先生”，其实是一个意思。“留校”比较麻烦，放学大家都回家了，你得在教员办公室站着。这种情况老师先不理你，让你晾着，寒碜着你，别的老师进进出出，都得瞄你两眼，有的还得说几句风凉话，所以你得有足够的抗打击准备。出路有两个，或是把脸皮撕下来装书包里，做出死猪不怕开水烫的二皮脸相，或是号啕大哭，痛心疾首地彻底认错投降。最后一招“请家长”比较损，不到万不得已老师不会使这撒手锏。家长来了，老师简单说几句，让把孩子领回去教育。常常是刚出校门，大巴掌就扇上了，几乎所有的家长都等不得到家就开始动武，不怕街上的人看热闹，学校门口打孩子，再正常不过的事情，谁都能够理解。那时候的孩子，没有谁没挨过打，就是我这个小丫头，挨我妈的打也是无数。好在我们记吃不记打，心胸都很开阔。

女生一般轮不到“请家长”的份儿，男生就难说了。但是苏惠不同，她动辄就被老师“请家长”。我们的班主任老师姓郭，叫郭梓仁，男性，四十左右，平时爱找大个女生聊天，喜欢盯着女生的胸口使劲看，还借机会拉女生的手。按说老师喜欢学生无可厚非，但我却很讨厌他，嫌他恶心，给他取了个外号叫“瓜子仁”。瓜子仁这个绰号在同学中被叫得很广泛，使用频率很高。

苏惠是乖孩子，乖孩子也会因为各种原因被请家长，比如上课说话，比如课间吃东西，比如听课跑神……在我们身上是小小不言的事，到了苏惠身上就成了大错，就得“请家长”了。苏惠放学被留在教员办公室，向苏惠妈传达“到学校领人”的命令一般是我的责任。往1号捎话，对我是捎带脚的事儿，甚至连正门也不用走，从我们家后院穿东墙月亮门直接过去，就是1号后院。苏惠家住1号后院西屋，三间平房，当间是饭厅，摆着八仙桌、椅子，北边是苏惠妈的卧室，南边是苏惠的卧室，苏惠和她妈妈不住在一个屋。苏惠妈给街道缝纫厂的服装钉纽扣，把衣裳拿回家来做，所以她妈妈老在家，老是坐在窗户底下锁扣眼。苏惠妈接了老师“请家长”的信儿会扔下手里正干的活儿直接往学校跑，急赤白脸的好像她闺女受了多大委屈，她护犊子的劲头比我妈大多了。苏惠就像老母鸡翅膀底下的小鸡雏，不是小鸟依人的模样，是小鸡依人的模样。为这个我常跟我妈掰扯较劲，说她不喜欢我，不是亲生。我妈的回应是：你懂个屁！

苏惠妈比苏惠长得还漂亮，一个干干净净、利利落落的小媳妇，穿件麻纱的小碎花褂子，脸上扑着淡淡的粉，眉毛又细又弯，身上散发着“绿宝”香胰子味儿，脚上穿着白凉鞋，光脚的时候能看见她的脚指甲上涂着红艳艳的指甲油。苏惠妈很注意细节的修饰，看起来不显山露水，其实每一处无不是精心打理，像我七哥画的国画小品。苏惠妈会吹箫，偶尔也会把墙上的紫箫拿下来，给我们吹一段《苏武牧羊》。那得在我们都做完作业，表现得很乖，而且苏惠妈心情也好的时候，不过这样的时候实在不多。

苏惠妈一吹箫，苏惠就跟着唱，苏惠的嗓子很好，把小拐弯的地方都能唱出来，不似我，嗓子是直的。

每听到这首歌，我的心里都很难受，为那个吃毡饮雪的苏武担心，他太倒霉啦！人到了那份儿上还活着干吗呀，多没劲！我承认，箫是件很神奇的物件，深沉而不华丽，直扎到人的心里去了。没有苏惠妈箫的衬托，这首歌大概不会这样动人。我们一年级音乐课学的歌是“青天高，远树稀，西风起，雁群飞”，旋律也很美，我唱了一遍，第二遍苏惠妈就能随着我用箫吹出来了。苏惠说她妈有一颗玲珑心，顾名思义，我想起我们家多宝槅上的摆设象牙球，玲珑剔透好几层，是工艺品。

初小四年我们实行的是半日制，上午上课，下午在家上学习小组。小组是就近的同学，集中到一个同学家在一块儿做作业，互相督促，老师下来检查。我跟苏惠是一个小组的，我们组还有一个叫李立子的男生。李立子没有父亲，他父亲到台湾去了，他跟妈妈生活，他妈妈很摩登，是个烫着飞机头的演员。李立子本人结巴，长得难看，两只扇风耳朵很不知趣地朝两边挓挲着，像戏台上官员的纱帽翅。我和苏惠想气他的时候就说“俩耳扇风，败家的祖宗”，李立子薄薄的耳朵立刻变得通红透明，真能忽闪忽闪地动弹。我们都奇怪他那当演员的美丽的妈怎么会生出个这么丑的儿子，用李立子自己的话解释说他是“串了秧”，没救了。苏惠悄悄跟我说，她要有个这么丑八怪的儿子，她一准把他掐死，绝容不得他长大，丢人死了。我和苏惠都不爱跟李立子说话，常欺负他，说他爸爸是反革命。李立子也不恼，慢条斯理地回应我们说，你们才是反革命。

我和苏惠达成共识，将来找对象绝不找李立子这样的，忒难看，影响心情。李立子一点儿也不为自己的长相发愁，平日一味傻闹，还爱说瞎话，告诉我们他妈是仙女下凡，每到夏日初七夜里都要穿上羽衣飞到天上去。对此我们压根儿不信，李立子信誓旦旦地说改日把她妈上天的衣裳拿来给我们瞧瞧。苏惠妈说她信李立子的话，因为李立子妈不是一般的妈，那样美的妈妈只有天上才有。李立子听了很得意，歪着脑袋看着我们说，怎么样，我没瞎说吧！

后来我们知道，李立子妈的确有上天的衣裳，那是演《槐荫记》穿的，每年七月初七，剧院都演的时令戏。李立子妈演织女，满台飞舞的彩云是由演员们举着画片组成的。

我们每天下午围着院里的石头桌做作业，石头凳子很凉，苏惠的屁股底下垫着她妈给缝的小棉垫。我和李立子身底下什么也没有，我们的屁股隔着一层布裤子和石头接触，有时还真凉，不是自己家，我们也没有权利和苏惠妈要棉垫子。学习小组要在苏惠家整整待一个下午，老师规定不许提前散伙，主要是怕我们到街上去野。所以，我们下午的时间便十分宽裕。三个人叽叽喳喳，动笔的时候少，扯淡的时候多，动辄便打起来，二对一，把李立子揍得哇哇大哭。李立子的哭相很难看，大嘴咧着，鼻涕过河，使劲挤着眼，扯着嗓门号。他正在换牙，那张豁牙露齿的嘴很夸张地、毫不掩饰地暴露给所有的人。我真替他羞，一个男孩，比丫头还丫头。李立子哭得工夫大了，苏惠妈会端着一杯玫瑰花茶出来，拍拍李立子的脑袋，李立子立马就住了声。他就等着苏惠妈拍呢，他也喜欢苏惠妈。他自己的妈是仙女，仙女从来也不拍凡人的脑袋。那杯茶是专为哭号的李立子准备的，苏惠妈让他润润嗓子，想号就接着号，不想号了就做作业。通常在这种情况下，李立子就不号了。

苏惠妈说，小孩子爱上火，号是败火，玫瑰茶也败火。

苏家在院子里种了许多玫瑰花，我们从来没见过那些玫瑰开花，因为玫瑰还是花骨朵的时候就被苏惠妈掐了。她把那些花骨朵晾干泡水喝，泡进水里的花骨朵自己慢慢就开了，十分的神奇，十分的美丽，喝在嘴里甜香甜香的，我们都爱喝。我和李立子从心里喜欢苏惠妈，我们觉得她干净又安静，美丽又淡雅，作为女人，她近乎神圣。李立子甚至说，将来他娶媳妇，就娶苏惠妈。

苏惠妈才是仙女。

李立子的妈比苏惠妈有派，她是名角，唱青衣的，北京城里大部分人都知道她。我父亲说，她只要往台上一站，不用扮上，立马能倾倒一片。什么是角儿啊，这就是角儿！能倾倒一片的妈却倾倒不了自己的儿子，李立子说他不爱他妈，他妈从来也不拿正眼瞧他一眼。他对他妈的感情淡之又淡，天就是塌了，他也想不起他还有个妈来。我说，那你就把苏惠妈当妈吧。

李立子说，他已经把苏惠妈当妈了。

有一天，李立子跟苏惠抢棉垫子，苏惠不给，两个人争起来，苏惠急了说，人家来身上了！

我问什么是身上，苏惠说“身上”就是好事。

李立子说，我也来身上了。

我说，我也来身上了。

苏惠说，啊——呸！

李立子说，你的身上在哪儿呢，让我们瞅瞅。

我说，是啊，让我们瞅瞅！

苏惠对我说，你不要跟着起哄，他爸爸是反革命，难道你爸爸也是？

李立子一下蔫了，他最怕人家提他爸爸。

那天从月亮门蹿回我们家后院，我看见七哥正坐着小马扎在水池子旁边洗涮他那些画笔。老七二十多了，还没娶媳妇。他不急，我妈急，托人介绍了一个又一个，都没成。妈说老七的条件太高，挑得花了眼。我说，他不就一个破画画的吗，趴在桌子上描呀描，十天画不出一只猫。

老七洗得很专心，没想到会有人从月亮门钻过来。我凑过去搭讪说，老七呀，你也来身上了吗？

老七看着我，一脸莫名其妙。半天说，什么“身上”？

我说，没来身上你坐布马扎干什么？

老七说，这是我的马扎，我见天儿坐，干你什么事？哪儿凉快哪儿待着去，别没事找事！

突然地，老七脸色通红，用笔点着我脑门说，一肚子花花肠子，有没有正经？

我说我已经正经一天了，现在就不正经了。说着我像鼻涕虫一样爬到老七的背上，勾着他的脖子晃悠。老七说，去去去！我今天特别讨厌你！

我学着苏惠的腔调说，啊——呸！

这时妈过来了，妈让老七别理我，说小孩子七八岁讨狗嫌，现在的我正是讨嫌的时候，家里的小狗玛丽见了我掉头就跑，猫黄黄儿也是听见我的脚步声就钻床底下。

我说，妈，我也要来身上！

我妈扇了我一脖拐。

我承认，苏惠年龄比我大，也就大一点儿，但是苏惠已经是大姑娘范儿了。有一天，李立子还没来，苏惠悄悄地解开衣扣让我看她的奶，我看不出什么。苏惠就拉着我的手让我摸，我摸不出所以然。苏惠说，你看是不是鼓了些？

我说，怕是有点儿吧。

苏惠说，怎么是“有点儿”，已经很有模样了呢！

我说跟我的也差不多。苏惠很鄙视地看着我说，你——你那媄媄（读 mēi mēi，北京方言乳房）平得像块板，没一点儿起色，我都怀疑你是个石女。

我问什么是石女，苏惠说石女是永远变不成女人的人。我说这极有可能，我妈老说我是野小子，小子不成，还得加个野字，把我定死了。

说这话的时候我脑袋顶着一个大中分，跟电影里的汉奸一个德行，是我妈嫌给我梳小辫麻烦，让串胡同的剃头挑子给我剪的。剃头的是走街串巷的河北宝坻人老郑，老郑属于“贴饼子熬小鱼儿”系列，他以当时宝坻的审美时尚，借助我那几根黄毛，为戏楼胡同打造了一个让人过目难忘的“女汉奸”。那天我理完发进家，恰逢老七在前院剪树，老七一见我这模样，差点没乐得背过气去。我不管，是老郑把我捯饬成这样的，又不是我自己的主意，我干吗要难堪。穿着花裤子红鞋，留着大中分，我这不伦不类的装扮在学校里没少受同学们的嘲弄。郭老师，那个瓜子仁对我不屑一顾，不拿正眼瞧我。谁愿意让他看，不看才好！

这天上学习小组去得有点儿早，苏惠妈去服装厂交活去了，苏惠拉着我进了她妈妈的屋，神神秘秘地说要给我看样东西。苏惠拉开她妈的衣柜，掏出两个圆圆的布碗，我问这是什么，苏惠说是奶罩。我问奶罩是干吗用的，苏惠说是罩奶用的。我说，奶还用罩吗？东门仓里那头拉磨的驴也用这个呢，是扣在眼睛上的。

苏惠说，你别露怯了！

苏惠让我帮着她把那个罩往她胸口上扣，比比画画地照镜子，舍不得拿下来，拍着自己那对微微鼓起的奶说，再长长就能用了。

我说，多累赘呀，夏天热不热？

苏惠说，夏天戴才最好。

我说，你妈妈戴它吗？

苏惠说当然。

李立子来了，在窗外大喊大叫，苏惠依依不舍地把奶罩放回柜子里。其实我也很喜欢那个碗一样的东西，它太精致了，上面有绣花，有和皮肤一样光滑的软缎，有优美的弧线。这东西应该是美人使用的，问题是藏在里头不让人看有点儿可惜。那时我们刚学了个成语“锦衣夜行”，“富贵不归乡，如锦衣夜行”，我想，“锦衣内藏”大概能跟它划为一类。如果造句，把它用在这儿比较合适。

我上头有两个姐姐五姐和六姐，她们都已经参加了工作，平日极少回家。顺便说一句，我们姐儿仨是一母同胞，其他哥哥姐姐都是已故的大娘二娘所生。跟我最铁的七哥就是二娘生的。

姐姐们的穿着比妈讲究，比妈摩登。有一回，两个都回来了，我要求她们解开衣服，让我看看她们的奶罩。两个人一时目瞪口呆，见了鬼一样地看着我，警惕地说，你要干什么？

我说，什么也不干，看看而已。

一个说，你凭什么要看？

我说，就凭你是我姐。

另一个喊妈，说我在耍流氓！

妈进来拍打着我说，都是跟哪儿学的？怎么越来越坏！你真不是个省油的灯！

“耍流氓”我不懂，但我知道流氓不是好人，因为前不久街道在南馆公园公审了一个“九龙一凤”的流氓团伙，我跟着妈去参加了大会。那几个人低着脑袋，灰头土脸，一看就不是“省油的灯”。

我不过是想看看缎子质地的布碗，欣赏上头那美丽的绣花，却闹了个“流氓”下场。很没面子，很沮丧，觉得偌大个家，竟寻不到知音，只好过月亮门去找苏惠。月亮门，是我探索各样秘密的门，在门那头，是个亲切的，撩人的，很有意思的世界。

小姑娘之间没有什么话不可以说，苏惠是我人体知识的启蒙人，从她那儿我知道了好些原来压根儿不知道，甚至是被忽略的身体变化。她告诉我，到了一定年纪，胳肢窝就会长出毛来，以致我对我的胳肢窝一度很关心。我一天数次抬着胳膊观察胳肢窝，结果那里一点儿动静也没有。妈看了我的奇怪举动以为我身上长了什么东西，让做饭的莫姜老太太带着我到澡堂子去泡。莫姜拿个丝瓜瓤子抓着我死劲搓，她把我当成了泡在水池子里的碗。我死活不让她搓胳肢窝，一来怕痒痒，二来要让她搓坏了，我永远长不出毛怎么办，那可是一辈子的遗憾。

人要看清自己的胳肢窝不是太容易，我怕自己忽略了这个关键的过程，就让李立子帮我看，李立子很认真地瞅了半天说什么也没有。我让他再仔细看，李立子又看，还是说没有。我有些失望，大概真应了苏惠的话，我是个石女。

李立子看出我的情绪，劝我不要在意，说他爸爸的毛是长在胸口上的，又浓又密，小树林一样的，黑压压一片；将来我的毛长在胸口也未可知。尽管李立子使劲安慰我，我的思想负担还是很重，担心自己是个另类，与美丽女生苏惠相差太远。

有些嫉妒，还有些懊恼。恨铁不成钢。

我频繁地穿梭于1号2号之间，两院之间的这个月亮门本属于不正常，是我的大伯父在袁世凯洪宪年时候将它打通的。1号那边曾住着袁世凯的管家沈致善，大伯父拥戴袁世凯，跟沈家走动很勤，为了不引人注意，在后院开了这个门。我们家的人除了我以外，谁都不喜欢这个门。父亲说这个门不合格局，破了风水。门开不久，袁世凯就死了，沈家也急速破败，匆匆搬走。1号院谁住谁倒霉，不是破财就是丢官。后来成了大杂院，住进了二十多户各色人等，才相对消停了。开了月亮门，我们家也没落什么好，我的二姐姐就是通过这个门被沈家少爷勾搭私奔了的，跑了的二姐姐再也没回来过。我爸爸为这个事伤透了心，用把大锁把门锁了，一锁就是二十年。50年代，街道检查消防，把门打开了。开了的锁再锁不上，父亲也懒得再管，再说我们家也没谁会再通过月亮门私奔了。我还小，离私奔的岁月还差得远。

月亮门成了我的专用通道。我的许多喜怒哀乐都来自门的那边。

瞅准一个没人的机会我溜进苏惠妈的屋。苏惠妈坐在床上，就着窗户的光在锁一件粉褂子的扣眼，床上还堆着好几件粉褂子，鲜嫩的粉衬着苏惠妈好看的脸像香烟盒上的大美人。

苏惠妈看我进来，朝我点点头，没停下手里的活计，但是脸上却堆出了笑意。我知道，只要我在，那淡淡的笑脸就永远不会收敛，这是我和李立子都喜欢苏惠妈的原因之一。其实苏惠妈对谁都是微笑的，并不是我们哪点特别招她喜欢。

窗外树影斑驳，屋里墙上的猫头鹰挂钟嘀嗒嘀嗒地摆，每摆一下，猫头鹰的眼睛就动弹一下。我看了一会儿猫头鹰，眼睛随着它的眼睛转，它动一下我动一下，很快我的头就开始发晕，有些站立不稳。我坐在床边上，把视线转向苏惠妈那双细长灵动的手，凑到她跟前去看那针脚。对我闲极无聊的举动苏惠妈仍旧是微笑，出于北京人的礼数，她绝不会轻易说出让我走的话。有一回我在苏惠妈屋里待得时间太长了，为了打发我走，苏惠妈让苏惠到小铺去打酱油，也许人家根本就不缺酱油，支出苏惠自然就支出了我。我果然跟着苏惠一块儿到小铺去了，可是我又跟着苏惠回来了，让苏惠妈好气又好笑。就这，她也说不出让我走的话。

这会儿，苏惠妈说，这件粉褂你穿了一准好看。

我说，我不行，苏惠穿了才好看。

苏惠妈说，苏惠到学校画黑板报去了，你怎没去？

我说，好学生才有资格办板报，我不是好学生。

苏惠妈问还有谁在学校办板报，我说就苏惠一个。苏惠妈一听没一点犹豫伸腿就到床底下找鞋，她说她要到学校看看。看苏惠妈要出门，我想起来这儿的目的，赶紧问，您知道什么是石女吗？

苏惠妈说，……石女……石女就是……你干吗问这个？

我说我怀疑我是石女。苏惠妈笑了说，怎么可能！

我说，可是我的婆婆不鼓，我的胳肢窝不长毛，我的脸皮也不变白。

苏惠妈说，这一定是苏惠跟你说的吧？她的话不一定全对。

我问到底什么是石女，我对这个很在乎。苏惠妈说，石女就是不能人道的女人。我问什么是人道，苏惠妈皱着眉头想了半天说，就是啊……不能和男人睡觉的……

我说我能和男人睡觉，跟老七睡，跟我爸爸睡。只要他们的床有我能挤的地方，我就能和他们睡。

苏惠妈咯儿咯儿地乐，锁门的时候回身对我说，你不是石女，绝对不是。再长大些你就明白了。

苏惠妈的话肯定对我是莫大鼓舞，我一溜烟地从月亮门跑回家，在甬路上一蹿一蹿地手舞足蹈。老七看见我说，看来你今天很高兴。

我说，我是可以跟你睡觉的，我自然高兴。

老七一把抓住我的脖领子，把我提溜起来就往妈屋里走。我踢他，啐他，往他身上抹鼻涕，都不能奏效，这厮不为所动。

我说，老七，你破坏了我的好心情。

老七说，我可没有什么好心情！

妈正在屋里剪鞋样子，见我和老七撕扯着进来问是怎么了。老七把我掼在砖地上说，您得管管了！

妈说，又上你画室捣乱去了？

老七说，她要跟我睡觉！

妈把剪子往桌上一拍，厉声说，了得！越来越不学好，给我跪下！

我本来在地上坐着，一听这话，顺势躺下了，像狗玛丽一样，四脚朝天。

妈说，甭来这一套，狗是狗，你是你，我分得清楚！

老七说，这孩子要成精。

妈到掸瓶里去抓鸡毛掸子，我趁机撒腿就跑，跑进莫姜的厨房，钻到灶后头的夹缝里。我们家的灶是砖砌的，灶和南墙之间有条很窄的缝隙，只能容得下黄黄儿猫和玛丽狗。但是它们从来不往那里头钻，因为太窄，不能掉头，有进无出。莫姜低着头在择韭黄，我的闯入对她就像刮进一阵风，她连眼皮也没抬。妈追进来了，掸把子抡得呼呼响，妈问，那个小东西在哪儿？

莫姜说，……四太太，我择韭黄呢……

妈在夹缝里找到了我，可是她没法把我弄出来，也打不到我，她要够到我除非站到灶台上，这对她来说是太出格的事。妈把掸把子在灶台上啪啪地拍，说，有本事你就待在这儿，这辈子别出来！

不出就不出，我说，谁出去谁是丫头养的。

妈把鸡毛掸子拽过来说，你再胡咧咧我撕烂了你的嘴！

妈气呼呼地出去了。莫姜扭过头吃惊地看着我说，您这话儿是打哪儿学来的？

我说跟李立子学的，我们班的男生都这么说。莫姜问我可懂这话的意思，我说懂。

其实我根本不懂。

我的拗脾气在这刻充分表现出来，我在夹缝里整整夹了四个钟头。期间，莫姜从上头递过来俩包子，冬笋鲜肉馅的，我吃得很美。我问有没有红小豆粥，莫姜说，您凑合了吧，四太太那儿还没消气儿呢。

我说老七忒不是东西，听不懂好赖话。莫姜说，您那话也实在算不上好话。

在灶后头，我喝了一碗米粥，又吃了莫姜焖的一大块酱肘子，撑得我直打嗝。缝隙里的生活并不如想的那样糟糕。

天黑了，家里人都吃了饭，父亲到厨房来找我，跟我说，出来吧，你妈说了，不打你了。

我说，您不能惯她这个习惯，想打就打，我也不是东门仓的驴。

父亲说，是不是驴你先出来，我真奇怪这么窄的缝儿你是怎么钻进去的。

是啊，怎么钻进来的呢？说真的，我现在最大的问题是出不去了，敢情人吃饱了和饿着时候的形体差别很大，再从原路出去已经成了绝不可能的事情。难道我要在这里头待一辈子？那可怎么得了！我害怕得哇哇大哭起来，哭声没招来狼，倒招来了妈和老七。妈让老七站到灶台上，揪着我两条胳膊把我从墙缝里提溜出来。一身的尘土，一脸的煤灰，一个油汪汪的嘴，我的模样真不是淑女。

那晚我要求和父亲一起睡，躺在父亲和妈妈的中间，我使劲抱着父亲的胳膊不想撒开。妈说，这孩子怎变得跟小月窠儿似的。

父亲说，她是天天的见不着我，想我了，跟我撒娇呢。

俩人都没说对，我闭着眼睛偷偷地乐。

父亲的呼吸气息很重，半夜还打呼噜，那一宿我睡得很不踏实，感觉不好。

跟男人睡觉不如自个儿的小被窝舒坦。

有一天我问苏惠，小孩子是怎么来的。苏惠说是妈妈生出来的，我问从哪儿生出来，苏惠很神秘地点着自己的不便之处，小声告诉我是从这儿出来的。我说，怎么可能！

李立子在旁边支着耳朵听，大声嚷嚷，孩子都是从河里捞来的，这个我知道！

苏惠说，呸！你捞一个给我看看。

李立子说，我明天就到护城河去捞，捞回来你们家得给养着；我妈是养不了的，我姥姥是“老不死的”，也养不了。

李立子的妈每天半夜回来，睡到第二天下午。李立子是靠他姥姥照顾着。

苏惠说，你以为是捞小金鱼儿呢，满河里都是孩子。

我相信苏惠的话，但我感到这件事情有点恐怖，有点顺理成章又不可思议。因为我的五姐姐正在孕期中，她的肚子大得像个鼓，都快透明了，看着很可怕。妈说五姐的肚里装了两个孩子，是双棒儿，生起来怕是困难。想着将来两个孩子要从五姐姐的“那里”出来，我难过得想哭。妈在我眼里是万能的，连妈都说“困难了”，那就是相当困难了，万一大人、孩子都憋死了，怎么得了。这么一想，我立刻决定，自己这辈子也不要生孩子！我问苏惠怎么就不能生孩子，苏惠说，不结婚就不会生孩子。

我说，婚我还是要结的，比如戏台上的赵云、吕布，还有杨宗保，都是我的最爱。我很愿意跟他们在一块儿过日子，一块儿吃莫姜做的饭，一块儿上北海划船，看他们在台上翻跟头。

苏惠说，结婚就是个仪式，不跟男人睡觉就不会生孩子，这个问题再简单不过了。

我说，睡过了就会怀上孩子？

苏惠说，肯定。

我吓得魂飞魄散，天哪，我跟我爸爸睡过啊，从夹缝被提出那天，睡过几个晚上哪！我要是有了孩子他在家里该算是谁呢？

这事麻烦。

我偷偷摸自己的肚子，暂时还没有膨胀的迹象，但我知道它会慢慢长大，五姐姐就是这个样子的。

每天都摸肚子，似乎都觉着它在慢慢隆起，害怕极了。我很忧郁，忧郁得有点儿茶饭无心，饭量大减。不敢跟妈说，也不想和苏惠说，小小的心思一天比一天重。那天在厨房，妈看我无精打采的模样问我怎么了。我想这事怎么也绕不过妈去，将来生了孩子还得靠她拉扯，藏是藏不住的。我告诉妈，我可能怀了小孩。妈说，真的呀？

莫姜正端笼屉，听这话扑哧乐了，一屉饭差点撒了手。

我说，那天我在您屋里，挨着爸爸睡过了。苏惠说了，男的女的在一块儿睡就会生小孩。

妈一点儿也不惊奇，她好像很高兴，说她快当姥姥了，一拨一拨的小外孙子们都奔她来了。听着妈妈那漫不经心的调侃，我心里难受极了，感到自己的孤独又无助，趴在灶台上抽抽搭搭地哭起来。

妈在一旁乐，平日不动声色的莫姜也偷偷地乐，我觉得她们有幸灾乐祸之嫌，她们在欺负我。

没过两天，六姐姐回家来了，六姐是协和医院的妇科大夫，平时不在家住，老是值夜班。她说话利落，做事麻利，身上永远散发着药水味儿，离老远就能闻见。虽说是一母同胞的亲姐儿俩，可我不待见她，她也不待见我，我们俩缘分很浅。她的回家是被妈叫回来的，回得挺不情愿，对我也很不耐烦，嫌妈耽误了她医院的事儿。

在妈的安排下，她把我抓到我的小东屋里，按在床上，板着脸说，别没事找事啊，你这是闲的！

我说，我怎的没事找事了？你才是没事找事！我也没请你回来。

她说，谁都是打小时候过来的，怎就你过得花哨？就你事儿妈似的，没完没了？

我说，你才是事儿妈，我的事不要你管，你以为你是谁？你不过就是个爱给人开膛破肚的六丫头！

六姐说，我现在没工夫和你扯闲篇儿，我先给你说说什么叫荷尔蒙——

她那张脸本来就长得长，这一“荷尔蒙”就显得更长了。我看着她翻白眼，她说，你那鬼心思我什么都明白。

我说，“荷尔蒙”这名字很好听，很洋气，将来你有了孩子就叫“荷尔蒙”，挺好。

六姐厉声道，把身子坐直了，听我说！

不苟言笑的六姐，一板一眼地给我说了什么是雌激素，什么是月经，什么是受精，什么是坐床，什么是产褥期，什么是哺乳期……

窗外西北风呜呜地刮，小雪粒儿拍在窗户纸上唰啦唰啦的，小屋里没有生火，把六姐的鼻尖都冻红了，拿手绢使劲擦鼻涕。我却燥热难耐，那些哺乳期把我听得如坐针毡，浑身冒汗。敢情人有这么多内容啊，尤其是女人，它比男人的名堂要多多了，复杂多了。

六姐受不了东屋的冷，临走，扔给我一本《产科学》，那是她上学的教科书。书里有很多插图，有男人的也有女人的，画的都是一些不便让人看的地方，淋漓尽致，没遮没拦，很是直接。书归了我，名正言顺，没事我就抱着书看。应该说这本书是我对人体了解的入门之书，它太重要了。

我至今不承认六姐是个合格的人体启蒙者，她那刻板枯燥的荷尔蒙讲解，醍醐灌顶，一通猛浇，填鸭式的强灌对我的认知是个大颠覆，她似乎没考虑过我这个孩子能否接受得了，能否扛得住这突如其来的大科学的冲击。比起上中学以后生物教师（一般生理课由生物老师担当）对生理卫生一章轻描淡写的一带而过，“这章同学们自己看书吧，不属于考试内容”，我的这场恶补当算是得天独厚。

一个小丫头，由妇科大夫来做启蒙教育，那是怎样的一种完全彻底！

十岁，我已经知道荷尔蒙，知道受精了。

《产科学》自然要拿给苏惠看。苏惠每次看书的时候都脸红，把书举得高高的，只开一道缝，把李立子引得很好奇，急赤白脸地抢，当然是抢不到。李立子买了一百个猴皮筋跟我们换，我们也没答应。后来，李立子把家里藏的一本画报偷出来跟我们交换着看。画报里头有光屁眼子的男人和女人，或坐或站，摆出各样姿势，长得也不好看，是外国人。我们拿着那些光屁股的人调侃，李立子说他们在耍流氓，我说他们在开光腚会，苏惠笑而不言。

班主任瓜子仁时不常儿地来检查学习小组，谁都看得出，他来的目的不是为了我们，是冲着苏惠妈来的。苏惠妈一见瓜子仁进院，马上抱着一包活计迎出来，也坐在石头凳子上，意思很明白，她是在看着孩子们做作业。瓜子仁见了苏惠妈，一副嬉皮笑脸的模样，很不庄重，用各种理由把苏惠妈往屋里引，苏惠妈嘴角挂着微笑，就是不挪窝。我们都低着头写作业，装得很傻很乖，其实谁心里都明白，在屋里，瓜子仁会动手动脚摸苏惠妈的奶。我们私下议论过摸奶的问题，觉不出有什么好，不当吃不当喝的，但是这个举动对瓜子仁来说就显得很迫切。苏惠妈总是避免和瓜子仁单独在一起，我们都支持苏惠妈。

瓜子仁在李立子的书包下头发现了画报，像发现了宝贝一样俩眼直放光。他说这本书属于黄色书刊，不能出现在小孩子手里，得没收。说着拿眼睛扫了一下苏惠妈，苏惠妈脸上仍旧是淡淡的微笑，好像什么也没听见。瓜子仁有些无趣，他说他还要到扁担胡同检查另一个学习小组，改天要过来处理画报问题。这件事对学生包括家长都是件很严肃的问题。

瓜子仁走了，我们半天都没人说话，担心学校会因这个处分我们。苏惠妈没说什么，脸上依然是好看的微笑。

李立子告诉我，瓜子仁坐在那儿偷偷用指头尖挠苏惠妈的腿。我说苏惠妈才看不上瓜子仁，瓜子仁长得太猥琐，太恶心。李立子说，男人并不是长得都跟赵云、吕布似的，比瓜子仁还难看的人有的是。比如他爸爸，他爸爸长得像动物园的山魈，净打他妈，还骂人，骂他妈妈是婊子，骂苏惠妈也是婊子，骂天底下的女人都是婊子。

我说，那他就是婊子养的。

李立子点点头说，好在他去了台湾，要不我们都成了婊子。

被瓜子仁没收的画报如石沉大海，学校没有因为这个处分我们，我们很快就把它忘了。因为我们被瓜子仁没收的东西太多了，小人书、弹弓、洋画、玻璃球……都是在课堂上不应该出现的东西，谁还为一本画报操心呢。

每回都是我从月亮门去 1 号玩，极少见苏惠过到我们这院来。我们院里树多，可以把猴皮筋拴到树上随意调整高度。苏惠家院里就不行，得两个人举着。李立子对这项活动表现出了极大不耐烦，坚持不了五分钟就撂挑子，说跳皮筋是丫头们的玩意儿，他的志向高远，要当科学家，让科学家举猴皮筋是大材小用。

也有苏惠过来的时候，那是老七在院子里画画时。老七喜欢拿着画夹子描摹院里的花草，喇叭花、含羞草、玫瑰花、西番莲，很普通的东西在老七的笔下个个变得精神抖擞，生机无限。苏惠爱看老七画画，有时候在老七旁边一站就是一两个钟点。我没那耐心，我喜欢看我爸爸的大写意，墨汁哗啦一泼，就是个大螃蟹，哗啦一泼又变出一条河……出人意料又让人惊心动魄。

那天老七在院里画喇叭花之余，顺手给苏惠画了一张肖像。苏惠很珍贵地举在手里，不敢折叠，说她长这么大还从来没人给她画过像，拿回去要挂在墙上。我缠着老七也给我画一张，老七说，去去去，锛儿头倭瓜眼的模样还要费我的纸，画你还不如画狗玛丽！

我说，老七你是说我长得没苏惠漂亮是吧？

老七说，你以为自个儿是朵花吗？

我说，老七，你让我的自尊心受到了极大伤害，你不能这样糟践我，连狗都不如。告诉你，在爸的眼里，我可是三春大牡丹！

老七看着我一脸苦笑，我不能容忍他的这副讥讽模样，一脚踢翻了他的画架子，吓得苏惠直往后退，嘴里不住地说，别价，你别价呀！

老七说，行行行，您是大牡丹行了吧？我算是服了您了！

老七收拾他的画架子回屋了，苏惠不满地对我说，你这是干吗，不讲理得厉害。

我说不是我不讲理，是老七窝囊，废物点心一个。

苏惠说，你是欺负老实人，以小卖小。

我说，随你怎么说。

我们混混沌沌地活着，不知有汉，无论魏晋。有一天，我们醒了，是饿醒的，那时候全国人民都为粮食而惶恐不安，见面“吃了吗”

的问候变得实际而有内容。悠悠万事，唯此为大，吃饱肚子成了人们最迫切的理想。我们是学生，每月粮食定量是二十八斤半，按说不少，可总是不够吃，大家的饭量突然都变得很大。没有油水，每月二两油半斤肉，不定期凭购货本供应一斤咸带鱼。我们的腿都肿了，一按一个坑。学校实行了劳逸结合，半天上学，半天休息，体育课休课，因为常见有跑着跑着就昏倒在操场上的学生。我越长越细，细脖子顶着个大脑袋，晃晃悠悠模样越发不中看，连狗尾巴花的资格也达不到了。苏惠的脸色黯淡无光，青春美少女的模样恍惚成为过去，就像一个正长着的粉桃，突然落到了地上，发黄发黑，抽抽儿了，让人看了心疼又无奈。最差的是李立子，他老是饿，老是在寻找吃的东西、制造吃的东西，小球藻、人造肉，社会上流传什么，他就能折腾出什么。

学习小组已无法坚持，更多的时候是我们各自在家，慵懒地看书；学校为我们组织了松散的读书会，让我们定期谈学习心得，上交读书笔记。因祸得福，不知是哪个教育家出的这个好主意，使得我们有了大把大把的时间能躺在床上读闲书。我至今的读书习惯仍旧是躺着读，松软干燥的被窝里，昏黄的灯光下，读一本使自己心仪的书，那是世界上最幸福的事情。难道不是吗？

我们的读书小组还是三个人，苏惠、李立子和我。其实除了饿，我们没什么不满足的。别的小组要到东四北大街的东城图书馆去借书，我们不用，我们家的书比图书馆多。同学来借书，我妈不阻挡，她自己不认字，却崇尚读书，认为只要是读书，就是正事，就应该支持。因此苏惠和李立子可以堂而皇之地进入我们家的书房，在书格子上任意翻腾，许多的书通过月亮门运出，有去无还。苏惠爱看的是《镜花缘》《西厢记》《死水微澜》，李立子钟爱的是《七侠五义》《施公案》《儿女英雄传》，我是杂食类，逮着哪本算哪本，《天工开物》《拍案惊奇》《神曲》，狗熊掰棒子，哪本也没读完过。我们最怕开班会，汇报读书心得，因为自家那些张生、红娘、安公子、十三妹实在没法和人家的保尔、刘胡兰抗衡。为此我们都很自觉地不举手，让人家去表现，让人家去大说特说。我们很低调，我们心怀鬼胎。

下午的时候苏惠在月亮门那边朝我招手，问她有什么事，她红着脸不言语，靠着月亮门的墙玩手指头。我让她快说，说我还很忙，西口粮站来了白薯，配给的，必须买，一斤粮票可买五斤。我们家人口多，我和老七得借平板车帮着莫姜去拉，指望莫姜那个老太太，百多斤白薯她天黑也运不回来。

苏惠朝我们院里望，老七正站在他的房间门口等着我和苏惠磨蹭，老七性格内向，他明明着急，也不表现出来。老七住的房间是过去的花厅，大门、大玻璃窗，他待在里头跟动物园的猴似的，可以隔窗参观。老七画画讲究光线，房间不挂窗帘，他在屋里干什么外头一览无余。妈跟我说过，北京夜里有夜游神在房舍间走动，夜游神极高大，房顶只能到他小腿肚子，倘若半夜你一睁眼，恰逢夜游神从你窗户跟前走过，不把你吓成稀屎痨才怪。我怕撞见夜游神，所以天一黑我就赶紧拉窗帘，养成习惯了。

苏惠瞥了一眼院里的老七，把一个花纸信封塞到我手里，叮嘱我，直接交给舜铨哥哥，不能让别人知道，更不能让别人看。经苏惠一说，我才想起老七叫舜铨，这些年跟着妈老七、老七地叫，没大没小，几乎把他的名字忘了。

我问苏惠，我可不可以看。苏惠说不行，是专给舜铨哥哥的。我说，你自己交给他不是更直接，他就在那儿站着呢。

苏惠说不，说通过我的转交更能显出女孩儿的矜持，她苏惠不是什么都不论(lìn。不论，北京方言，意为不管不顾、满不在乎之意)的丫头。我说也对，崔莺莺和张生之间还有个红娘呢，咱们三个是在唱《西厢记》。

接过苏惠的花信封，我迈着小台步边走边唱：

> 叫张生你藏在棋盘之下，我步步行来你步步爬，放大胆忍气吞声休害怕，跟随着小红娘就能见着她……

一想不对，这回是崔莺莺给张生传书信，不是张生跳墙找崔莺莺，闹反了。

排队买白薯的时候我把信封交到老七手里，老七问是什么东西，我说是苏惠给的，让他自己看。老七撕开花纸，里面是三斤粮票，困难时期的三斤粮票，其贵重程度无法计算。老七一个大小伙子，每顿的主食只有三两，常常饿得他到莫姜的厨房去转，不好意思跟莫姜要吃的，只是说渴了，想喝凉米汤。害得莫姜摊着手眼泪汪汪说不出话来。

现在老七看着手里的三斤粮票闹不明白是怎么回事，他让我把粮票还给苏家，说家家粮票都很紧张，不要白占人家的便宜。我说，是苏惠特意给你的！

老七说，那更不能要，凭什么？还了去！

还？我还真舍不得，买白薯交钱的时候，我从身后莫姜手里接过粮票，连同手里那张，一并递了进去。多买了十五斤白薯，老七没有感觉，莫姜一边推平板车一边算计，怎多收了咱的钱哪？老七在前边蹬车，我在车上坐着，心里暗自发笑，前边的懵懂，后头的认真，中间的我蔫坏。

等于是我替老七受了苏惠的馈赠，老七蒙在鼓里，苏惠也蒙在鼓里。我承认，我把苏惠的信交给老七的时间、地点都欠考虑，要不，苏惠那颗少女的芳心下场不会那样糟糕。可我也不知道那里头是粮票呀，并且它是出现在我们买白薯的时候……

接下来是苏惠让我给老七送两个用花手绢兜着的米糕，大概是听了我说的老七到厨房找凉米汤的话，心里不落忍吧，看起来她是爱上我们家老七了。我不知道一棍子打不出个屁的老七有什么可招人喜欢的，反正我要是找爱人，绝不找他那样的，除了画画，别无长处，连灯泡也不会换。不会哭也不会笑，没有一点儿情趣，甚至连狗玛丽都不如。狗玛丽还知道作揖讨好，老七的脸老是一副死眉瞪眼的泥胎相。

苏惠看上他哪儿了？我真不明白！

米糕的味道又香又甜，我把它拿进花厅，在老七的鼻子底下一晃，老七抬起头说，真香。

我把手绢当着老七的面打开，两个白胖松软的米糕立刻香飘四溢。老七从我的手里抢过去一个，三口两口填进嘴里，边吃便问，谁给你的？

我说，苏惠妈。

不知怎的，我回避了苏惠，我是不想让老七多心。

老七说，唔，南方人才会蒸这种糕，莫姜蒸的鸡蛋糕不是这种味儿。

我说莫姜的糕是面，这个是米，质地不一样。老七问苏家老家是哪里的，我说管他是哪儿的，吃！

我和老七谈论了半天米糕，平淡的话题，我的动作却很夸张，很大成分带有表演性质。我知道，月亮门那头有一双眼睛在偷偷地看。

苏惠像受到什么鼓励，三天两头给老七送东西，玻璃丝编的一颗心啦，苏联的风景画片啦，几块高级牛奶糖啦，三五个苏州话梅啦……百分之百都被我截了。傻苏惠开始给老七写信了，她大概认为老七也爱她。我才知道，一个女孩子一旦燃起爱的火焰，那就是奋不顾身，勇往直前，飞蛾扑火，全不在乎了。天下比老七精彩的大有人在，苏惠却是一条道要走到黑，把老七看成了天下第一。

从苏惠的言谈中我知道，每天晚上苏惠都站在月亮门东边朝花厅望，看老七弯着身子画画，看老七在屋里走动，看老七在廊子下洗头发，看老七脱衣服关灯睡觉。这个女夜游神对老七的一举一动都充满爱意，充满了想象，充满了憧憬。好像老七的举手投足都有着象征意义，都透出了某种范儿，让她到了痴迷的境地。她向我打听老七的一切，包括性情爱好，口味咸淡，朋友圈子，身体状况，让我烦不胜烦。不就是一个老七，至于嘛！敢情一个人暗恋一个人可以到这种程度，整个魔怔了！

苏惠的信从几天一封到一天几封，频繁地传递过来。信封都是经过精心挑选的，散发出香粉的味道，字也是一笔一画写得很讲究，看来她是费了心思的。苏惠的信被我攒在抽屉里，打入冷宫。信的分量越来越重，她给老七的话越说越长。每回苏惠问我，给他了吗？我都说给了，接下来她就会问，他说什么了？我说，什么也没说。

苏惠紧接着追问，他是不是不高兴了？我说，没有高兴也没有不高兴。

苏惠说，他是不愿意在你跟前表现出来，男的都这样，什么都兜着，不露声色。我真羡慕你，有这么一个儒雅俊秀的哥哥，我要是你，天天在他房里待着，跟他在一块儿。

我说，真庆幸你不是我，这个木讷的老七，真不是任谁都能接受的人。

苏惠说，我能接受他，他有种靠得住的深沉，安静的美，成熟的男子最难寻了。我妈妈当年就是跟了个小她十岁姓王的小白脸，俩人一块儿过了不到三个月。姓王的就一拍屁股走人了。姓王的爹让他回去继续读高中……

从苏惠欲说还休的谈吐中，我总算了解了一点苏惠妈的过去。

我说，姓王的是你的父亲？

苏惠说不是。我说，老七比你大不少，你到了你妈这岁数他已经老了，成了一个连嘀儿喽带喘的老棺材瓤子……

苏惠说，我情愿。

我想跟苏惠摊牌，将扣留信件的事情如实相告，让这单方恋情尽快结束。但是我怕伤害了苏惠，怕她知道真情禁不住打击，毕竟她是个初中小女生。全盘向老七托出，也不妥，老七会认为我跟苏惠是一路货色，也是个给别人写情书的，对我的形象影响太大。我的原则是能拖就拖，过段时间，苏惠的热情冷了就好了。

还没容我处理，我抽屉里的信就被妈翻出来了。我妈老是偷偷翻我东西，这让我很讨厌，防不胜防。妈不识字，但是她很敏感，她知道这不是什么好东西。她把信拿到老七屋里，让老七给她读。随同信到达花厅的还有我本人，我知道待会儿老太太得炸窝，说不上又得动用鸡毛掸子。

老七看着那一堆喷香的信封直摇脑袋，说写这些信得花多少工夫哇，丫儿不好好念书，把心思用歪了……

妈说，全是歪门邪道。

我说，月亮门本来就不是正道。

妈说，跟月亮门有什么关系？

我讳莫如深地看着妈。

妈说，这孩子有病！

老七拿了一封，展开来，米黄信纸上有纯蓝墨水写就的小字，他读道，七哥哥——哦，还是写给我的呢。

我说，当然是写给你的！

他接着读：

> 你是我的灵魂，我的亲人，是我身边的唯一……

妈对老七说，丫儿知道疼你了，长大了。说完了看着我又说，话都说到这份儿上了，老七是你唯一，你把我搁哪儿了呢？你个白眼狼！

妈有点儿不高兴了。

老七的脸也渐渐变得严肃。

他又打开一封，这回换了粉信纸，他吭叽了几下，像是要咳嗽，看了看我，没出声。

妈说，念！

老七就念：

> ……月光下，我在门这边看着你，你的一个迈步，一个转身，都引起我一阵阵心动，或许我很小，很不起眼，很卑微，但是我愿意为你而改变，为你而活着，千言万语也表达不了我对你的情，表达不了我对你的相思之苦……

妈没说话，她眨着眼睛没听明白。老七情商不高，他跟妈一样，也使劲眨着眼睛。妈说，你眨什么眨，往下念！

老七念道：

> ……每每想到你的冷静，你的慎重，你的内在美，便让我感动得浑身战栗，不能自持，烈火炙烤着我，让我一刻也不能安宁。我的亲人，我盼望着将来我们能住到一间房里，睡在一张床上。不，其实我们已经在一起了！我天天晚上看着你，你在我的心里。——被你忽略的小月亮

妈对我说，什么时候你又变成了月亮？你就不能让我省点儿心吗？

老七说，她能变月亮？她顶多变个老马猴子。

妈说话已经有哭腔了。没眼色的老七又拈起了一张天蓝的，继续念着：

> ……等着我呀，我的七哥哥，再过六年你就可以从月亮门把我娶过来。我会把我的温柔、贤淑，我的体贴和爱一并展现给你……

妈开始掏手绢了。

我张着嘴半天说不出一句话。天哪！这些文字难道就是出自那个作文永远上不了七十分，在人前极少言语的苏惠之手吗？这样温婉的言辞真是一顶一的棒，平时真是小看了她！

原来爱情可以让一个傻瓜加笨蛋变得如此有才华！如此的不可超越！

我站在妈和老七对面，呈跑神状态。妈使劲拧了我的脸一把说，说说吧，你打的什么主意？

我捂着腮帮子说，……没主意……妈，我很感动。

妈抄起画案上的镇尺就拍在我的屁股上，看来她动了真格的，这一下打得很重。我哇的一声，躲到了老七身后。

老七拦住妈说，“被忽略的小月亮”可能另有所指，人家话里说得明白，“从月亮门把我娶过来”。您眼前这个就在门这边，一天恨不得往我屋里跑十回，踢门而入，直门大嗓地嚷嚷，哪里有半点贤淑、温柔？太阳就是从西边出来她也不能“为我而改变”。况且，这娟秀的小字，也不是丫丫那伸胳膊尥腿的字所能比的。

聪明的妈立刻猜出了“小月亮”是谁，盯着老七半天没说话。老七窘得满脸通红，结结巴巴地说，您老看着我干什么？

妈说，跟那丫头比，你是成年人了，你可不能……

老七话说不利落了，我……我干什么了？……我什么也没干……我就在屋里……在屋里。

妈说，这种事一般都是男的主动，你难道就没勾引人家？信可以不回人家，比如送个眼神什么的大概是有。

真服了妈的想象力，老太太编故事的能力远在我和老七之上！

老七急了说，我送什么眼神啊？我给谁送啊！

我说，妈，书里头不叫眼神叫“秋波”，老七要会送秋波就好了，这会儿您连孙子都抱上啦！

妈说，去！

妈最终把事情闹明白，敢情这里头就没我和老七什么事儿。为了下台阶，妈把不是都推在了我身上，说我不懂事，说我做事不走脑子，说我是个吃货，是傻大姐，是二百五……

我说，我怎么不懂事啦？我够懂事啦！这事处理得多么精彩！

精彩的结果是妈给老七的所有窗户都装上了窗帘。困难时期的布票每人每年二尺七，还是窄幅纯棉布，不够遮挡一扇窗户的。于是妈翻腾出家里所有没用的被褥，拆洗了，里儿面儿兼用，把老七的大玻璃窗罩护得严上加严，像挂了拼接的万国旗。

把老七搞得很沮丧，画画也没了心情。

为此，妈又给我派了任务，白天把老七的窗户帘拉开，晚上一定想着给他拉上，免得让“夜游神”瞅见，让“小月亮”照见，再动心思。

我说老七成了罐里养的王八，越养越抽抽儿。从大老爷儿们养成娇羞美少女了，怕让人看。不是金屋藏娇，是破布帘子藏猫，搞得人不是人，鬼不是鬼的。

苏惠是敏感的，从花厅挂起窗帘的那天起，便再不给我正脸，自然也没有美丽喷香的信传过来。我知道，我们家这个举动是把她彻底得罪了。几次想通过李立子把她约出来解释一下，都没能成功，因为李立子正热衷组装矿石收音机。他戴着耳机，抱着个小木头匣子，拿着他姥姥捅炉子的铁通条，在墙根这儿扎一下，那儿扎一下，寻找最佳的地线位置。他见了我，不接苏惠的话题，让我戴上耳机听收音机里的声音：

> 鸡蛋皮小帽白光光，橘子皮做我的红衣裳，绿辣椒做我的灯笼裤，蚕豆皮鞋咔咔响。你要问我是哪一个，我是小木偶，名字就叫小叮当。

是少儿节目《小喇叭》。我把耳机还给他说，什么呀，沙啦啦响。

李立子说，调，再转转这根金属丝——

随着进入中学，李立子不太爱跟我们玩了。他的嗓子变成了难听的公鸡嗓，声音是劈的，模样更不招人待见。李立子让我自己找苏惠谈，他说，丫头们的事最好丫头们自己解决，不要让别人来掺和。

说着李立子又把耳机给我戴上，说这回清楚了。耳机里还是那个嗲嗲的声音在唱：

……我是小叮当，工作特别忙，小朋友来信我全管，我给《小喇叭》开信箱……叮当叮当叮叮当……

我说怎么老是小叮当，李立子说他只能收这个台。我看见李立子的喉头，有些突出，我知道，那是荷尔蒙起作用了。眼前的李立子已经不是玫瑰茶就能哄乖的李立子了。

爱的心劲有多么高，跌落的伤害就有多么痛。近日苏惠的学习简直一塌糊涂，精神恍惚，动辄就眼泪汪汪，连最简单的一元二次方程也做不出了。我没想到老七的破窗帘对她的伤害会是这么严重，当然这也归因于我妈妈不动声色地拒人于千里之外。我那贫苦出身的妈在大宅门里历练得真够可以的了。

苏惠一直认为是我把那些信交出去了，她对我恨之入骨，从不拿正眼瞧我，这让我很冤枉。无法说清楚，索性不说，没必要再反复解释了。这时候，经妈张罗，有人给老七介绍了一个对象，东城织袜厂的女工。女工没文化，长得也很一般，初次见面就问老七每月工资多少钱。老七说他没工资，没工资是他没有单位，他在家画画，人家喜欢他的画会给他一笔润笔费。女工说，润笔，就是把毛笔蘸蘸水嘛，那能给多少？

老七说，是没多少。

女工说好在我们家家底厚，养得起老七这个老儿子，她也就不太计较了。老七心里不愿意，但是他实在没勇气驳妈的面子。妈过去也当过女工，她对穷家出身的女工有着偏爱。妈说，没文化怎么了，我大字不识不是也当了教授夫人，街上人不是照样称呼我“四太太”吗？再说人家还是小学毕业，比我有学问……

我在旁边听得直咧嘴。

老七低着头一声不吭。

结婚的头一天晚上，老七一个人在花厅里闷坐着。我给他拉窗帘，新房的窗帘已经换了钩花的网眼布，再不是五光十色的万国旗。老七自言自语，与其这个，还不如……

我怔怔地站在那里，不知该说些什么。

那晚，花厅的窗帘没让拉，被明晃晃的月亮照着。老七在月光下一直坐到半夜。

很快，“文化大革命”运动如飓风刮来，戏楼胡同真如同一座颤巍巍的戏楼，支撑不了多少时候了，谁也不知哪根檩先折，哪块瓦先掉下来，风雨飘摇中的老楼什么时候彻底趴了架。

人人都是楼上的瓦，家家都是楼上的檩，整条胡同战战兢兢。

大浪拍来，首当其冲的是有台湾关系的李家。李立子的妈被穿上戏装，凤冠霞帔地站在敞篷大卡车上，由单位拉回来，接受批斗。她那张俊秀的脸被油彩和血渍污得看不出本来面目，十根手指头肿胀成了黑紫色，脖子上挂着的木牌上写着“戏霸 美蒋女特务”。高雅细致的大美走向了极致，到了反面。造反派站在高处义愤填膺地宣读罪状，说李立子妈利用观众鼓掌的声音掩盖她向台湾传递大陆情报。说着郑重亮出从李家抄出的发报机，以证实美蒋特务的不虚。我发现，发报机就是李立子自己组装的矿石收音机，只能听到“小叮当，叮叮当”的矿石收音机。

我在人众中四处寻找李立子，才发现他紧贴着卡车车帮站着，伸手够着他妈妈的脚脖子，仰着脑袋一声一声叫着：妈！妈！他的妈妈，那位我们平时极少能在胡同里见到的“角儿”，在儿子不停歇的呼叫里，将紧闭的眼睛艰难地睁开了一条缝，又闭上了。

谁说李立子不爱他的妈?!

谁说他的妈从不拿正眼瞧他?!

亲情在此刻的认证让人心酸，让人永不能释怀。

几天后李立子的妈妈跳了什刹海。他的“老不死的”姥姥疯了，披散着白头发沿着海子边使劲跑，李立子每天得花很大精力追他姥姥。

我也注意到，大部分时间苏惠和她的妈妈都把自己关在房门里，极少露面。我敲她家的房门，也只是苏惠闪出门来，一脸惊恐。我问她们家有什么需要我帮忙做的，苏惠冷冷地说没有，她让我以后再别到她们家来。

我想大概还是因了信的事情……

老北京人一般不说太决绝的话，“以后再别来”这样的硬话从苏惠嘴里说出来，让我吃惊。我不能相信对一段情感的拒绝能引出这样的结果，让一个人变得冷漠偏执，不近人情。比疯了的李立子姥姥还可怕。

其实我错了。

瓜子仁频繁在1号院的出现让我多少窥出了端倪。此时的瓜子仁是我们这片造反派的领导成员之一，他穿着红卫服，戴着宽大的造反红袖章，在所辖各条胡同里耀武扬威地走来走去。他可以随意进入任何一家，没有来由地指手画脚，吆五喝六，无限上纲上线，看什么都是“新动向”，动辄便是“办学习班”“上批斗会”“遣返农村”。人们躲瘟神一样地躲着他。

在他的身上已经找不到教师的影子了。

这天傍晚，我扶着病中的父亲在后院遛弯儿，听到瓜子仁在1号院里训斥苏惠妈，……你的内查外调由我亲自过手，我说你是好人你就是好人，说你是坏人也绝没冤枉你……

接下来是苏惠妈的低声细语。

瓜子仁说，……柳枝胡同妓院挂牌接客的你是头一份儿！烂婊子一个你还装什么假正经……

……

我惊奇地看着父亲，我相信那边的话他也听到了。父亲不动声色地说，凉了，丫儿咱们回屋吧。

柳枝胡同的妓院，挂牌接客，烂婊子，苏惠妈。

一个旧社会的妓女啊！

早就知道这些我还会喜欢她吗？李立子还想认她当妈吗？

我感觉到了，大人们的心里藏了太多的东西，在一张脸的背后还遮掩着许多张从不示人的面孔。包括我的父亲、母亲，他们对苏惠妈的出身应该是清楚的，但却表现出了沉默、冷淡和事不关己的“装”。在各种人情世故平静的水面下，涌动着一股股暗流，偶尔搅动起污泥浊水，旋成一个个漩涡，顶多在水面上冒个泡，而水波不兴的下头，腥臭、恶心，让人触目惊心。天底下并非是我接触的那样阳光灿烂，美丽娴静的苏惠妈如同《产科学》里所说的，她要经常地和各色男人产生“受精过程”……

不敢想象。

很是接受不了，但我知道，我必须接受。我已经不是满园疯跑的小丫丫了，我的心里开始装东西了。

再看苏惠妈，在月亮门那边进进出出，还是那么娴静，那么端庄，小碎花的褂子，齐耳的短发。

一个溽热潮湿的下午，我坐在后院的水池边，望着那一池长满浮萍的死水，闷闷呆坐。我要把许多想不清楚的事情想清楚，再不想稀里糊涂地活着。

老七在他的花厅里待着，没有出来，他最近很烦。他工人阶级出身的媳妇提出要和我的父母划清界限，因为街道上有传言要揪斗我的父亲，说他是“封建社会残渣余孽”，听说连纸糊的帽子都已经准备好了。李立子的妈，那个戏曲名角让人们认识了运动的残酷性和瓜蔓所及的牵连性。她一个“根红苗正”的织袜工人犯不着因我们家而无辜受害，更何况她还有个在外省当造反司令的弟弟。最终，织袜厂的女工回了娘家，什么时候回来不知道，还回不回来也不知道。把老七闹得去媳妇娘家找也不是，不找也不是。

瓜子仁来找老七了，他以造反负责人的名义责令住在后院的老七必须在两天之内将月亮门封死。他说，1 号、2 号是两个院子，后头通着算怎么档子事呢？既不符合管理机制也给坏人造成了可乘之机，阶级斗争要年年讲，月月讲，天天讲，不可有一丝一毫的松懈。

老七放下手里的画笔怔怔地听着，他搞不清楚封门这样的事情跟他有什么关系，为什么这项工作要由他来承担。瓜子仁交代完封门的事情似乎也再没有其他的话语，他在屋里转了一圈，点着老七笔底下画的“鸢尾麻鸭”说，你这个属于封资修，政治态度极不健康！

老七不明白他的画怎的“不健康”，瓜子仁说，什么都有阶级性，人是这样，花也是这样，牡丹、芍药代表了反动统治阶级，菊花代表了逍遥派，水仙、兰花是小资情调，喇叭花那就是保皇派吹鼓手……

老七不谙世故，问什么是无产阶级的花。瓜子仁大概是心情不错，没有计较老七的态度，说，无产阶级的代表是向日葵，是红梅……

老七看着画案上没填颜色的鸭子一脸不解，瓜子仁说，金舜铨你应该到大街上晒晒太阳，加入到“文化大革命”的洪流中去，不要老躲在阴暗的屋里画鸭子。你记住，革命的同路人好做，真正的革命者难当！你的屋里有一股霉烂腐朽的味道，你本人也在腐烂之中！

如果老七当时不接瓜子仁的话，也就没了后面的遭难，偏偏老七爱说实话，他说他对紫外线过敏，怕晒太阳。

让画家钉门，结果可想而知，老七找来几条破木板，经过一番挣扎，终于把木头“门”钉上了。不能叫门，只能呼之为栅栏，门板子间隔的缝隙不但猫黄黄儿能钻过去，狗玛丽能钻过去，我也能钻过去。我揶揄老七的门缝能过大车，老七拍拍身上的土说，不光缝大，还一推就倒呢，其实就是个象征而已。

象征的门隔断了两个院落的来往，也隔断了我幼时的懵懂和有关玫瑰花茶的美好记忆。

过去的一切都结束了。

真正的噩梦还在后面。

一句“怕晒太阳”，在一周后成为了老七进入“牛棚”的实证。“红太阳”是谁啊？红太阳是伟大领袖，你害怕红太阳，明摆着是把自个儿搁到对立面了。街道正在清理阶级队伍，你不是牛鬼蛇神谁是牛鬼蛇神！是牛鬼蛇神就得进“牛棚”接受审查，抓你没商量！

老七是在下午晚饭前被带走的，妈凭着她的好出身还企图左拦右挡，说怎么也得让儿子吃了晚饭再走，结果未能奏效。老七被推推搡搡地带出大街门，直到走还不知道自己犯了什么过失。患胃癌的父亲着急，一口血从嘴里喷出来，彻底躺下了。母亲和我急着找车，拉父亲去医院。忙乱中父亲嘱咐我晚上赶紧把老七的房子收拾一下，该归整的要归整起来……父亲的意思我明白，于是整整一个晚上我都在老七的房间里忙活。不敢开灯，借着窗外的月光拾掇老七的藏画，从藏画的落款看，哪一件几乎都能置他于死地。至于老七本人，反动的牡丹有很多，小资的水仙也不少，最让人头痛的是那些旧诗词的墨迹，件件都能和反动思想挂上钩……

越收拾我越害怕，出了一身冷汗又一身冷汗。

我要到前院找口热水喝，出了花厅门，才发现外面一院的好月色。月光下，偌大院落静悄悄的。妈陪着父亲留在了医院，莫姜“文革”一开始就回了家，现在老七又关进去了，家里就剩了我一个。头顶的月亮，温吞的夜风，混杂成一股莫名的气息，花香、墨香、饭香，抑或是什么其他。那是昔日北京的气息，家的气息，一切竟然有些陌生。黄黄儿不知从哪里钻出来，缠绕在我的脚下不肯离去，我才想到整整一天没喂过它了，至于狗玛丽早已跑得不见了踪影。我突然感到了无所依靠的孤独，感到了月空如洗的苍凉和命运难揣的不安。

月亮门那边有人声，是瓜子仁和苏惠妈，好像是瓜子仁让苏惠妈进屋，苏惠妈说，孩子在屋里睡着呢。

瓜子仁说，你的孩子什么没见识过，还在乎这点儿事。

苏惠妈说，那毕竟是孩子。

瓜子仁说，我早晚得把她收拾了！

苏惠妈说，您不能打孩子的主意！到时候我得完完整整地还给人家！

瓜子仁说，完整不完整先得看你的态度……

门那边像是一通撕扯，听苏惠妈说，我一个半大老太太……值不得您这样！

瓜子仁说，我就喜欢半大老太太，四十多的老太太正熟到了火候。你姑娘倒是年轻，要不我进去睡她？

好个不要脸的瓜子仁！我不能走开了，侧过身朝门缝里看，瓜子仁和苏惠妈在暗处，我什么也看不见。接下来是低声的争执，后来瓜子仁恼了，他恨恨地大声说既然是这样，他要把手里掌握着的证据拿出来，那东西他还收着……瓜子仁一边说一边朝大门那边走，从阴影里走到了明亮处。我看见苏惠妈紧追过来，拉住瓜子仁的衣裳不让走，有气无力地说，那本画报关系着几个孩子的前程，您不能这么做……我求您了……

瓜子仁的声调变得猥亵得意，捻着苏惠妈的脸说，……这可是你求我……怎么求啊？

苏惠妈低下头不言语了。瓜子仁转过身将苏惠妈挤到墙上，一边剥自己的衣裳，一边剥苏惠妈的衣裳。月亮底下的瓜子仁变得暴烈、粗野、张扬，大口喘着粗气，他已经不是人了，是黑夜里一只为所欲为的恶鬼，一个毫无人性的畜生！在他们扭曲撕扯的过程中，让我不能理解的是，苏惠妈的裤子是她自己褪下来的，在瓜子仁对她一次次的撞击中，我看到了迎合，看到了投入。这让苏惠妈的形象在我的意念中彻底崩溃，崩成了一片破烂，再难拾掇。我已经没有力气使自己站立，我在月亮门这边蹲下来，将脸埋在掌心里，任着泪水涌出。

我庆幸这样的情景没有被苏惠看到，没有被李立子看到。

第二天，月亮门被我密集地钉死了，1 号、2 号将永无往来。

我来到了北海琼岛的月亮门，苏惠果然在假山旁边的石凳上坐着。见了我，先是犹豫了一下，接着快步走过来，拉住了我的手说，这些年，人家到处找你……你哪儿去了……

说着有泪水在眼里打转。

我说我一直在陕西，1968 年一走就没回来。苏惠说如果没有微博，她这辈子也联系不上我。现在好了，终于见上了。

我看着眼前的苏惠，变化不大，皮肤还是那么白皙，没有皱纹，美人痣还是那么清晰，一双眼睛依然是那么动人。相比较，我是老多了，平常人就是不能和美人相比哪！一种儿时的羡慕与嫉妒很自然地又冒出来，五十年被压缩成了一瞬，一切又回到了过去。

苏惠说她的丈夫到假山下头的仿膳饭庄去订晚饭，待会儿过来。她说，我们过队日那会儿，常隔着红大门往饭庄里窥探，做梦都想着能进去看看……这回，堂而皇之地进去吃一顿。

我说仿膳的饭价格贵极，很大程度是在摆谱。苏惠说，钱对现在的我们已经不成问题，我们走过了多少山山水水啊！你在陕北吃的那些苦头，一百顿仿膳也弥补不过来。

苏惠的话很有诗意，使我想到了她写给老七的那些信，香喷喷的信……随同诗意而来的是一杯玫瑰花茶，从她所携暖瓶里倒出的淡红液体。我喝了一口，寻不到小时候的味道，一股药味。苏惠解释说她加了西洋参，我们这个年纪喝点西洋参对身体有益。

我问她的妈妈可好。她说，苏妈妈吗？她住在养老院里，北京最好的养老院，九十多了，头脑清晰，把过去的事情记得真真切切。我们将来难得有这样的好头脑。

我想起了那个让我崩溃的月夜，那个在"最好养老院"中颐养天年的老人，也一定是真真切切地记着……

见我走神，苏惠说，苏妈妈不是我的亲生母亲。

我说，这个我知道。

苏惠说，我的名字也不叫苏惠。我的生母是解放前北平的地下党员，她离开北平的时候，把我交给了苏妈妈。

我说，这个我倒不知道，还是头次听说。

苏惠说，我现在的名字叫孙惠。我恢复这个名字有四十年了。

我说，你的生身母亲把你交给……交给……苏妈妈抚养……倒是很放心。

苏惠看着我，笑眯眯地说，知道吗，最危险的地方也是最安全的地方，最坏的地方往往也是最好的地方。我的生母很聪明呢，没有苏妈妈的抚养便没有我的今天，苏妈妈是我永远的妈妈。

苏惠说她的亲生母亲在山西牺牲了，她的父亲姓孙，一解放就到处找她，母亲的死，让她的父亲找起来很困难。我说，这么说你是革命烈士遗孤。

苏惠说，难道这个还很重要吗？

我说，要是放在四十年前，它太重要了。

我想起了那天晚上，苏惠妈说的“……到时候我得完完整整地还给人家”的话。

苏惠从包里拿出了一本画报，是那本被瓜子仁当年没收的“黄色画报”。几十年没见，那些光屁眼子的男女仍旧在里面松松散散地站立着，并没见老。见我对着画报露出惊奇，苏惠说，你还记得它……

我说，是的。

苏惠说，画报是苏妈妈从郭老师手里要来的。

我注意到了，苏惠说到那个魔鬼的时候将他叫为“郭老师”，而不是瓜子仁。我问姓郭的下场如何，苏惠说谈不上“下场”，他的结果还算不错，早早就退休了。前两年还抽空到养老院去看望苏妈妈，这两年坐上轮椅了，不去了。末了，苏惠总结了一句，其实郭老师对我们大家还算是不错的。

“不错”后面的内容太丰富了，一言难尽。

我看手里的“黄色画报”，其实就是国外印制的一本美术裸体写生画册，有真人，有素描，哪里有半点“黄”的色彩在其中？但在当年我们那些小男生、小女生眼里，竟然是脸红心跳的冲击，是秘不示人的隐晦，我们被“黄”了整整半个世纪！

苏惠说她和老伴都从国企管理层退休了，一年中大半时间在各地游走。儿子开着家公司，孙子正在成长中。苏惠拿出平板电脑，一张接一张地滑出照片，给我秀她的幸福生活，屋里的摆设、豪华汽车，孙子的大头像、小汤山的别墅。我说想看看苏惠妈现在的影像，她的电脑里却没有。

苏惠跟我说她现在很幸福。

我们见面的谈话，除了她的幸福以外还应该有其他的内容，可总是深入不下去。我认为，苏惠最想问的应该是老七，那个曾经让她刻骨铭心的老七。但是她一直没有提及，不知是忘了还是不便提出。我有那么多历史的一二三，她怎的一点儿也没有？难道幸福中的女人都是健忘的？

我终于拐弯抹角说出了老七，苏惠像是突然想起似的说，啊，舜铨哥哥，从他那年进了……学习班，我就没再见过他。有几十年了……

苏惠很巧妙地把专政的“牛棚”说成了“学习班”，是很小心地给我和老七留了面子。这个女人心很细，也很聪明。老七的话题由我来提出，显出她的矜持和对以往事情的不在意，掩饰了某些尴尬。她对往事故意的轻描淡写让我有些不快，她这种小女人的做派也是以前我们成不了朋友，将来也不会成为朋友的主要障碍。

我告诉她，那次瓜子仁把老七关进“牛棚”，没有审问也没有让写检查，而是把他放在太阳地晒，从太阳出来就开始晒，一直晒到太阳落山。连着几天，把老七晒得红虾米一般，几乎昏了过去。没想到他的紫外线过敏，经这一晒再晒的恶治，竟然奇迹般见好了。以后被转移到河北砖厂烧砖也没有再犯。想来还是平时养得娇，缺少锻炼。

苏惠说，舜铨哥哥是个好人。他还好吗？

我说，老七两年前去世了。

苏惠半天没说话，眼神变得黯淡。

我说我在北京买了房子，退休了，企图给自己营造一个像模像样的家，营造一个“装”出来的北京市民。但是在我回到北京的当天，老七走了，我回京的第一个活动是参加他的葬礼……从此我在这座城市里没有一个亲人，没有一丝牵挂了。细想想，我回来干什么！

泪水夺眶而出。

苏惠轻轻拉起我的手，把我的手攥在她的手心里。苏惠说，舜铨哥哥是我一辈子忘不了的人……他性纯、心静，是世间难得的真人。

我说，可是他比你大了很多，至少有十几岁啊。

苏惠说，你别忘了，在那个时候我比你成熟多了，是个有主意的大姑娘了……相差十几岁，难道是个问题吗？放在今天是司空见惯……那将是另一种生活，像苏妈妈给我的生活，简单，安静，温馨，将满足深深地藏在心里。

我说，你现在不是也很幸福？

苏惠说，现在的幸福都装在照片里。我的丈夫与我年龄相当，同岁，他当然也是个好人，——看，他来了！

假山西边的月亮门走过来一个男人，花白头发，中等身材，啤酒肚子，两只扇风的耳朵。见了我，嘴立刻咧得很大，满嘴的牙毫无遮拦地露出来，俩耳朵变得通红。

——李立子。

鬼子坟

我们迂回在墓园里，这里虽然荒芜，但是并不恐怖。这里好玩的内容很多，鬼子坟的小虫子们是我们乐趣的源泉，金龟子、磕头虫、花大姐、天牛、呱嗒扁儿……只要你有心，随处可见。

鬼子坟

鬼子坟隐藏在北京安定门外护城河北岸一片灌木葱郁的荒地里，是俄国东正教在北京的墓地，知道的人不多，很是僻静。背靠着那些绿叶掩映的墓碑，向南望，可以看见巍峨的安定门城楼和翻飞不歇的燕子。特别是在夕阳西下的时候，护城河凝滞的河水腾起薄薄的水雾，教堂的尖顶反射出金色的光芒，一切便变得混沌诡异，让人有虚幻之感。当然，现在的人已经寻不到那些墓碑和杂树，感受不到那些扑朔迷离。一切均被高楼替代，面目皆非了。护城河的河水还在，成了休闲的带栏杆的小河，城墙改作了热闹的二环马路，以往的痕迹再无法寻觅。我想，那些魂灵应该不灭，那些曾经的气息应该存留，它们随着电梯在豪华写字楼内升降，跟着疾驰的汽车在无停歇的马路上翻滚，飘散在我们的身前身后，在我们眼前倏忽闪过。那些细碎的飞絮偶尔也会落脚于我们的文字，幻化成散淡的故事。远了……

一

躲在树荫里的我远远看见谢尔盖神父从教堂的拱门里走出来，在正午太阳的直射下，神父苍白的脸如同蜡铸的一般，仿佛顷刻就会熔化、蒸发。这让他有种远离尘寰的虚无，让人感到他不是这个世界的人。至少他不属于几百米外城圈里边火热的日子，不属于方家胡同口卖炸油饼、老豆腐和鲜鱼水菜的喧嚣，不属于雍和宫喇嘛们嗡嗡的诵经声和善男信女燃起的缕缕香烟。他像只年老衰弱的猫，悄没声儿地存在于安定门鬼子坟这块奇异的地界。

神父用手遮着阳光，朝着东南望，东南那片建筑是俄国东正教的建筑群，我们称之为北馆的地界。北馆的前面是南馆，一座花木蓊郁的园子，是我们的乐园。很快，神父转过身，把那张没有血色的脸移向了我们。我们知道，他的视力有限，十几米外他什么也看不到。他的头发是白的，皮肤是白的，连眼睫毛也是白的。墓地东边钉马掌的老孟头说，谢尔盖是丘子托生出来的，前生他的尸体没有入土，被人用砖将棺材封存在地面，谓之“丘子”，被丘的灵魂轮回转生，就是这般模样。要不人们为何老说“入土为安”呢！什么东西该在哪儿它就得在哪儿，违背了这个规矩就得出麻烦，谢尔盖神父就是如此。我爸爸说孟老头的说法是迷信，白发、白皮肤是一种病，白化病，无法根治的遗传性疾病，跟前生入不入土没关系。我的同学李冬生说谢尔盖神父姓肖，有一半俄国血统。俄国人是白人，白人自然长得白，眼睛正面看是蓝的，侧面看是绿的，像波斯猫。三种说法我更信冬生的，因为冬生的爸爸是东正教徒，给教会养牛。冬生他们家就住在北馆里头，那是教会的地界，房子当然也是教会的。冬生还说，谢尔盖喜欢人家叫他肖神父，不喜欢人家叫他谢尔盖。在北馆里，人们都叫他老肖。老肖在北馆，级别只是一般的诵经士，跟工友差不多。北馆里级别最高的是司祭，老肖是干杂活的，教会管理的事且轮不上他呢。

我们这些局外的孩子搞不清那些复杂的关系，见了穿袍子的男的统叫神父，女的叫嬷嬷，也不管他们是哪国人。但是我们一直管老肖叫谢尔盖，因为谢尔盖这个名字很洋气，很外国。

出了教堂的谢尔盖径直朝大门走去，他的黑袍子如同一片阴影，在阳光下无声地移动，眼瞅着就要移出我们的视野了。这时候小四儿一声尖厉的喊叫“谢尔盖，老肖，你妈拉×——”，声音划破了沉闷溽热的夏日空气，如同一把寒凉锋利的小刀，将一幅静物画割裂开来。神父没有因小四儿的恶作剧停留，这样的伎俩我们重复得太多了，已经毫不新奇。他行走的速度没有丝毫改变，那片巨大的阴影依旧滑动在墓园的土路上。我们几个立即钻出树丛，朝着谢尔盖齐声高喊：

谢尔盖，大脑袋，黑袍黑帽黑腰带。

走一步，踹三踹，一屁崩出安定外。

一遍又一遍重复，一遍比一遍急促，一遍比一遍声高。没有目的，就是为了好玩，就是因为我们嘴痒痒，那些太多的剩余精力无处发泄。

神父在墓园出口停顿了一下，没有回头，还是走出去了。

我们迂回在墓园里，这里虽然荒芜，但是并不恐怖，不似中国的乱葬岗子那么令人沮丧。这里好玩的内容很多，鬼子坟的小虫子们是我们的乐趣源泉，金龟子、磕头虫、花大姐、天牛、呱嗒扁儿、蝲蝲蛄……只要你有心，随处可见。小虫子们只要到了我们手里，下场一般都很悲惨。这里是人的墓地，也是虫子们的墓地，人和虫子没有什么区别。鬼子坟石碑背阴处的水牛儿(蜗牛)个头肥大，我们捏在手里对着它使劲唱：

水牛儿，水牛儿，
先出来犄角后出头哎。
你爹你妈，给你买了烧肝烧羊肉哎，
你不吃，喂猫吃，
猫不吃，喂狗吃。
狗不吃，还得给你吃。

并不是因了我们周而复始的喊叫，而是因为热手的熥烤，那些水牛儿极不情愿地从壳里探出脑袋，伸开两只犄角。只要它们一出来，我们立刻把它们排列在墓板上，让它们赛跑。大多数爬了几步就缩回去了，没有哪个愿意在炎炎夏日为我们奔命。于是我们就整治它们，把它们的壳在石头上磨，磨出一个小洞拿小棍扎，这时候的水牛儿会疯了一样从里头挣出来，迅猛地往前爬……

那些红肚子的蚂螂(蜻蜓)非常傻，落在草叶上睡着了一样，我们轻轻地用两个手指头一夹，就能夹到一只。用线儿拴了，拽着一头让它飞，放活风筝。它们最终的命运是脑袋和身子分家，在我们手里，没有哪只蚂螂能活过半个小时。天牛是会夹人的虫子，有一口钳子一样的大牙，黑壳带白斑点，张开翅膀飞，硬壳下面有红色的衬，像一层薄薄的纱，头顶两条长长的须子活似戏台上戴雉鸡翎的武将，我们视其为虫中珍品，但是不能轻易逮到。细长的磕头虫闪着黄绿的身子，在我们的拿捏下不住地磕头。我们让它把头磕在我们的指甲盖上，啪、啪、啪，一声比一声响亮，痒痒的，很好玩。趴在树干上的唧鸟(蝉)亮着大嗓门“伏天儿——伏天儿——”没完没了地叫唤。我们用一根竹竿，一头沾上面筋，去粘它们，一下午粘十几只，塞进玻璃瓶子里，看它们在里头掐架，蝉们互不相让，能把腿掐折了。粘唧鸟的白面由我到厨房去偷，小四儿负责洗面，洗出面筋来才能有黏性。经常偷面被我妈发觉，她让做饭的莫姜管好家里的面口袋，被人这样一把一把往外抓面不是个事儿。莫姜说，小孩子都爱玩这个，连皇上都不例外。我在宫里的时候宫里还有粘杆处，是专门伺候皇子、公主们粘唧鸟、逮蚂螂的。都是打小时过来的，四太太不要管得太严。

莫姜过去在宫里当过宫女，溥仪被赶出紫禁城，她来到我们家当女佣，主要从事做饭，管我妈叫四太太，是个麻利干净的老妈子，我们俩关系不错。

虫子之外鬼子坟本身也很好玩，那些造型奇异的墓碑没有一个是相同的。现在回想，每一件几乎都算得上艺术品。记得我曾面对着一个卷发美女石像仔细审视，石像是半身的，比我略高，她侧脸低视的目光正好与我相对。我喜欢这个大姐姐一样的石头美女，我的姐姐也有很多，但是没有一个的长相如此清晰，轮廓如此分明。我的姐姐们都已出嫁，平时极少回家，每到过年正月初二，她们会带着女婿和一帮儿女回一次家。上午来下午走，点到为止，见她们甚是不易。不似这个石头像，想看了随时来看就是。石头姐姐忧伤地看着我，嘴角微微有些翘，像是要跟我说什么。如果说脚下的长方石头就是她的安歇之处，那么石头下面应该睡着一个卷发美女。石头上全是洋文，我能读出的是 1870—1900 几个数字，那是她的年龄，三十岁。冬生告诉我，这个是义和团捣毁北馆时候的遇难修女，叫达莉亚。义和团杀洋人，也杀信洋教的中国人，甚至谁懂洋话，谁家有洋书也难逃一劫。那年光东城一带就有二百多教徒死在义和团大片刀下。那些人的遗骸没有入土，被安放在北馆的致命堂地下室里。这是他们的习惯，受尊崇的人死后都放教堂里，比如说领导和圣徒。他们认为遗体能搁在教堂里就是留在了神的身边，是至高无上的，很荣誉的事情。我听了却别扭，才知道常去玩耍的北馆还有过这么要命的故事。北京这块地界真不得了，保不齐哪个犄角旮旯就藏着一件大事情，让世界震惊，要不怎么叫古都哪。

同学李立子从墓地的草窠里钻出来，耳朵上别着两朵喇叭花，他说他在学西门庆。《水浒传》的小人书上，西门庆脑袋上就别了一朵花，倜傥无限，很是惹人。见我在石头人像前站立，不管不顾，一把将石像搂住，吧地亲了个嘴，看来他还没有从西门庆的状态中滚出来。我想骂李立子，一想，反正也是个石头东西，说不定躺着的死鬼还希望他亲呢。

鬼子坟墓碑的雕刻五花八门，有卷叶的，有花朵的，有十字架的，有三角的。很多的上面还嵌着照片，有男有女，看着都不太顺眼。最让人感到亲切的是一只石头松鼠抱着一只大橡子，蹲在一个墓的墓角，很是惬意的模样。我想搞清楚松鼠墓里边是不是埋了个孩子，找了半天也没找到字迹，连1870—1900也没有。

墓地的灌木中，时常能寻见一些意想不到的东西：一个正向你张望的大骷髅，骷髅的深眼窝里积着一汪清亮的水；几块堆积的大腿骨，一片精美的铜饰，抑或两三颗说不出质地的彩色珠子……这片墓地曾经被彻底捣毁翻腾过，当然那也是义和团干的事情了。我想象不来义和团是些怎样的人，听说他们是刀枪不入的半仙，刀砍不烂，枪打不透，打仗很勇敢，烧了很多洋教堂。小四儿的爷爷就当过义和团，常给我们讲攻打北京西什库教堂的故事。可是我见过他削萝卜的时候削了手，照样流血，捂着跑到街道卫生所去包扎。连小刀都抵不住的义和团能刀枪不入，肯定是瞎掰，吹呢！

鬼子坟的墓碑是义和团以后立起来的，再早的都躺在护城河河沟里，或歪斜在草丛深处，或深埋在泥土下面。有一回我无聊地坐在路边抠一块小石子，那石子竟然越抠越大，最后加上小四儿和冬生、大芳，我们一起连续抠了两天才抠出来，是一个长着翅膀的光屁股小小子儿，露在路面的小石头不过是它的一只脚指头。当然也有让人不愉快的，下坡我一脚没刹住，冲进墓地的深沟里，沟里满是臭泥、杂草还有小蠓虫，坐在沟底才发现我旁边睡着一颗人头，是个小孩的，黄头发、高鼻子，眼睛烂成了两个白球，嘴巴大张着……一群绿豆蝇嗡嗡地飞，落在人头上，落在我的脸上。我不敢喊叫，翻身往上爬，那些苍蝇追赶着我，一股恶臭，感觉真是不爽……回家就发烧，精神恍惚，起了满身的红疙瘩。莫姜老太太说是“鬼风疙瘩”，一定是撞着了什么不洁的物件。妈问我到哪儿去了，我说哪儿也没去。问我看见了什么，我说什么也没看见。

病好了以后鬼子坟照去不误，这样的地方是多么难得啊，它比公园的儿童游乐场，比那些秋千、浪木、转椅、滑梯更刺激，更有吸引力。秋千算什么，悠过来荡过去，两根绳一块板来回折腾，没劲！

我不能设想，如果没有鬼子坟这样精彩的地方，我的生活还有什么乐趣。

二

我们的学校方家胡同小学在雍和宫西边，与有牌坊的成贤街并行。我认为成贤街是全北京最美的一条街，路北有中国最有名的国子监，那些整齐的绿树红墙，那座“文武官员到此下马”的石碑，显出了“京师首善之区”无可替代的威严和传统，是北京精气神的集中。作为它旁边的小学校无疑也彰显了自身的文化内涵和品位。方家胡同小学上追二百年是八旗学堂，民国时候改为第十七平民小学。学校离我们家是极近便的，课间十分钟，我可以跑回家去喝两口凉茶再跑回来，并不耽误上课。家里给我选择这所学校大约就是看上了这一点，过条马路的事儿。

学校胡同东口是雍和宫，一大片黄琉璃瓦建筑，那些金龙合玺的彩绘牌楼，那些几个人抱不拢的大柏树，每天上下学都要路过，成了日常生活的一部分。学校西口是安定门，那座陈旧高大的城楼连同它那几乎要垮下的楼檐以及马道上的酸枣树都是那么自然亲切，仿佛千百年来就是这个样子的。我们可以沿着马道奔上城墙，也可以蹬着狭小的砖缝，一步一挪，攀上女墙。安定门城楼上的每根柱子每块砖，我们都了如指掌。

最有意思的是从安定门到雍和宫豁口，沿城墙里头几百米的路面摆满了小摊，北京人称之为安定门小市。都是卖旧货的，有估衣古玩，有手使家具，还有旧书钟表，琳琅满目，出人意料，美不胜收。摆摊的有专业卖主，也有临时将家里闲置物件拿来出售的，还有些莫名其妙、来历不明的人和物。小四儿告诉我，这些人多是贼，卖的东西也很蹊跷，摆一天就换地方，怕失主追来。本来崇文门外也有小市，天黑才摆出来，卖的买的打着手电，点着油灯，黑灯瞎火进行交易，如同布袋买猫，天一亮呼啦啦走人，所以叫“鬼市”。鬼市的东西基本来路不正，买对了能淘着真货，买错了只能怪自己看走了眼，没有找后账一说。

我的三哥喜欢在安定门小市和崇文门鬼市上走动，常常能给我爸爸淘换来一些老旧版本的书籍，我爸爸是搞版本学的。有一回他花一毛钱买回来一双紫色的栽绒高跟鞋，不是为了穿，是为了便宜。高跟鞋鞋跟锥子一样，细而高，我穿上它能够着门的上框。妈不穿，姐姐们也不穿，我穿。穿着高跟鞋我能在胡同里跑百米赛，惹得赵大爷啧啧称奇。后来，别出心裁，我让鬼子坟外钉马掌的老孟头把鞋后跟锯了，想的是更方便，却穿不成了，跟没了，鞋尖却朝了天。

放了学我也爱在小市上溜达，主要是看热闹。我手里没钱，买不来什么东西，尽管小市上的东西都很便宜，可大多于我无用。一个老太太，坐那儿卖珠花，有人蹲那儿挑，挑着挑着老太太从怀里摸出一根点翠扭丝金钗，说是从宫里流出的物件；一个中年汉子，眯着眼靠城墙坐着，揣着手，脚底下平铺着两排书籍，搭眼一看，是《七侠五义》《儿女英雄传》《镜花缘》《施公案》一类。我顺手翻起一本《七侠五义》，竟然还是带绣像的，虽然是黑白，还是很传神。我一向对书里的插图感兴趣，想买，却没钱。看《七侠五义》的下边还压着一本画书，彩色的，精美无比。拿在手里翻阅，无字却有些看不懂，画面上大多是一男一女两个人物，也有三个的，女的把脚跷得高高的，男的趴在女的身上啃。旁边一个男人大惊小怪地说，丫头怎看这书！

我说，我怎不能看？

那人说，春宫画，少儿不宜！

我抬头看那卖书的汉子，竟是一脸诡笑，寻思不是什么好事，就把书放下了。自此记住了“少儿不宜”。

乱哄哄的摊贩中，有一对大洋花瓶，在污杂的旧物中绝对是独树一帜，鹤立鸡群地显眼。花瓶被卖主用包袱皮遮着，有意露出一个角，谁要看他把包袱皮揭开一个缝，看一眼立刻盖上。洋瓶子上有金色的花朵，有牧羊女放羊，还有小洋人吹喇叭。我站在那儿不想走开，盼着有人问津我能再看看那美丽的瓶子。小四儿在我耳边悄声说，这对花瓶是偷来的。

我问何以见得。小四儿说，你看那卖主，俩眼闪烁不定，贼眉鼠眼，四处踅摸，破毡帽，烂夹袄，哪里是趁洋花瓶的主儿？再看那价钱，分明是急欲出手的价。

小四儿一说，我才窥出卖主的不同寻常，遂知道小市的水很深，下头藏着许多看不见的内容。就跟北馆的致命堂似的，往深里追，下头就是两百多具遗骸。

我们的班主任姓马，回民，女性，长得白皙漂亮。她老在班上说，下学不要去逛小市，那里五方杂处，三教九流，遇到“拍花子的”会把我们拍走，再也回不了家了。“拍花子的”是老北京吓唬孩子的话语，说是有帮人，专门诱拐小孩，手上抹了药，往孩子脑袋上一拍，孩子就迷迷瞪瞪跟着人家走了，带到远地方卖了。我们谁也不信有“拍花子的”，谁也没见过“拍花子的”。老师拿这样小儿科的瞎话骗我们，是把我们估计得太幼稚了。但确实，小市的环境不是让老师能放心的地方。她让我们互相监督，发现谁去小市就立刻告诉她，她要“请家长”。“请家长”是马老师的撒手锏，凡是遇到她不能和我们本人沟通的事情，她就把我们的爹妈叫到学校来，直接告“御状”，一点儿不留情面。她要家里和学校共同管住我们不到小市去，说在那样的地方学不出好来。

谁管得了哇，我们都是长腿儿的，放学回家多走二十米就转到小市去了，一切都是“放学路上”……

有一回，我正在小市上看人打架，一个卖留声机的，说买主划了他的唱片，抄起板凳就往买主脑袋上砸。买主也不含糊，抡起留声机的大喇叭就往城墙上摔。正看得出神，远远看见马老师在西头出现，马老师金刚神一样叉着腰在人群中堵截她的学生，她要抓现行。我不会往枪口上撞，趁她没看见，刺溜，从东头跑了，照直回家，一点儿没耽误事儿。

有一回被老师按在了小市东口的城墙根，老师问我在这儿干什么，我说看王八。老师问什么王八，我说听说城墙豁口拆出了一只王八，明朝的，还活着哪，我来看看。老师看着我一脸苦笑，问我能不能编点儿新鲜的。我把她领到马路东边，指着豁口的墙洞让她往里看。她说，哪儿有王八，里面有块石碑，明朝砌城墙的时候砌进去了。

我说，石碑不是坐在王八脊背上吗？

老师没说什么。

这些我是听爸爸和老三闲聊时聊出来的，应急用在这儿罢了，还挺恰如其分。大北京，随时随地能给我解围，对这点，我深信不疑。

老师不让去小市，但是她没有交代不让我们去鬼子坟，这是因为她可能压根儿不知道鬼子坟这个美好的地方。

去鬼子坟，每回都少不了冬生。冬生是个好学生，不似我们，每天浑打浑闹，没心没肺，对什么都感兴趣，就是对学习不上心。冬生对学习抓得很紧，平时话语也不多，学习成绩在班里数一数二。有一回，那是我们刚刚接触古文的时候，老师让我们预习《木兰辞》，第二天一上课就让我们一个接一个背《木兰辞》，一人一句，背不下来就站着。头一个叫起来的就是小四儿，昨天我们在鬼子坟疯跑了一下午，又看了老孟头收拾了两匹马一头骡子，回家累得贼死，谁还有精力和花木兰周旋。被叫起来的小四儿一脸茫然，环视四周，乞求援助。有人在下边小声提醒，“唧唧复唧唧，木兰当户织”。

小四儿唧唧，唧唧，唧唧，唧唧……小鸡儿一样叫唤了半天，没有下文，老师气得把教鞭啪地往讲桌上一拍，朝他瞪眼。小四儿一急，背出来了，唧唧复唧唧，木兰生小鸡……

老师说，门外站着去！

小四儿就出了教室，站在了外面灿烂的阳光下。

那天，能接下来背的没有一两个，老师的脸色越来越难看，眼瞅着同学们森林一样站了一片，坐着的没几个了。我坐在最后一排，知道罚站是迟早的事儿，心里就比较坦然。书背到冬生这儿情况发生了逆转，他站起来朗声背道：……万里赴戎机，关山度若飞。朔气传金柝，寒光照铁衣。将军百战死，壮士十年归。归来见天子，天子坐明堂……

老师没喊停，他就一直背了下去，直到完了。

把他后边的都救了。

老师说，很好，冬生同学坐下，其余都站着。那天大部分人都站着听老师讲解《木兰辞》，记忆都十分深刻。

老师在内，大家对冬生刮目相看。

那时候谁学习好谁就当班干部，冬生自然成了我们的学习委员。这个从河北乡下转来的、剃着光脑袋、穿蓝色对襟夹袄的插班生，比我们这一帮北京胡同串子能干多了。我们课间是玩，冬生要到教员室把下节课老师要用的教具拿到教室来，比如木头圆规尺、演算珠算的大算盘、挂图什么的。实在没得拿了还有粉笔盒跟教案……他认为这都是学习委员应该做的。老师们都喜欢他，说他身上有农家子弟的朴实和憨厚。我倒是觉得他更像瑞蚨祥布店的小伙计，穿上长袍，一顶一的像。

六一儿童节，要举行庆祝活动，要求女生穿白衬衫花裙子，男生是白衬衫蓝裤子。冬生的白衬衫样式很老旧，立领对襟，胳肢窝下头还有个蓝色字母 M，升旗的时候一敬队礼，那个“M”就清楚地露出来了。见我老朝那个“M”看，冬生悄悄告诉我，白衬衫是他妈妈拿面口袋给做的，这个“M”放到胳肢窝是万不得已，实在是躲不开了。

我知道了，冬生的家境很一般。

冬生有个弟弟叫秋生，像画上的人物，长得很好看，安静瘦弱，梳着中分，穿着棉袍，小毛窝窝，见了我鞠躬说，姐姐好。秋生在北馆小学读一年级，北馆小学是东正教的教会学校，有一批很老派很正统的先生，对学生的要求也很严。有一回学校开家长会，冬生的爸爸来了，带着秋生。秋生在他爸爸旁边规规矩矩地站着，不闹也不说话，大眼睛四处看。那天我妈也参加了家长会，拉着秋生的手直夸秋生懂事。说到底是教会学校教出来的，很绵很乖。她要是能有秋生这么个听话的小儿子，这辈子也知足了。我妈这人看谁家的孩子都比我们家的好，老是拿我的缺点比人家的优点，时刻不忘打击我的自尊心，这是她一生教育最大的失误。人家的妈都是护犊子，我妈绝不，每回在外头吃了亏，跑回家来哭，妈都说，再接着出去打！

那天，秋生爸爸说秋生身体不好，断不了药，孩子能维持成这样是托了圣母的护佑了。

秋生有肺病，我周围生肺病的人很多。养牛的秋生爸爸每天给秋生带回一缸子牛奶，牛奶是北京小孩根本见不到的东西。我们自小都是吃人奶，没吃过牛奶。实在没奶了吃糕干粉，天津卫西边杨村的糕干粉很有名，也便宜。要是连糕干粉也吃不起就只有吃糨子了，打一小锅稠糊糊的糨子，搁点糖，拿手指头往孩子嘴里抹，小孩吧吧吃得还很香。牛奶是大人吃的东西，现代派儿的家里，老爷子能吃上牛奶，老太太一般还轮不上。我们家定了一份牛奶，是给我爸爸的，门口挂一个小木头箱子，每天有人来送。我的任务是头天晚上把空瓶搁箱里，第二天早上把一满瓶牛奶取回来交到厨房莫姜手里。我得到的犒劳是拴瓶盖纸的猴皮筋，一来二去猴皮筋攒了不少。那时候，猴皮筋是女孩儿的重要家当，跳皮筋是游戏的首选。北馆小学的秋生能正儿八经喝上牛奶，还真是托了圣母的福了。

礼拜天，我们常到北馆去玩，北馆小学就在教堂的大院子里边，几排平房，几棵大树，跟公立的方家胡同小学不能比。我们在北馆不敢像在鬼子坟那般放肆，特别是进到那高大的教堂里面，看着燃在烛台上的一根根蜡烛，看着墙壁上晃动的一幅幅人像，只是觉得新奇陌生。画像的脑后都有一圈金光，眼仁都很白很亮，一眨不眨地死盯着你，无论你走到哪个角度，他们都在看你，让你躲没处躲，藏没处藏，索性不看。我爱看擦拭烛台的修女，眉眼细发，手指修长，黑袍子下头露出精致的皮鞋。烛光照耀下，那张脸光润得比墙上的画好看多了。

我认识其中的一个，叫玛丽，她跟我们家的小狗一个名字。我们家那只玛丽狗是我的五哥从狗市上给我妈买来的，白色普通京巴儿，老五跟北馆的玛丽认识，他跟我妈吹嘘跟玛丽亲过嘴。老三说，充其量玛丽是亲了亲老五的脑门，她亲过很多人的脑门，不单是老五一个。被亲过的老五很激动，就把买来的狗叫了玛丽。后来老五死了，玛丽狗也死了。我妈想念老五，又买了一只，还是京巴儿，还叫玛丽。至今，那只玛丽狗在我们家跑进跑出活得很欢势很自在。

我跟玛丽说起老五和玛丽狗的事，玛丽说她还记得老五，那是一个很有才华，很有个性的人。留学法国，能说一口流利外语，却穷途潦倒，冻死在后门桥下。我五哥的事，几乎大半个北京的人都知道，我不想接玛丽的话头，但是我看到玛丽的蓝眼睛有些湿润。她捧起我的脑袋，在我的额头亲了一口，就像当年亲老五一样。她的嘴唇湿湿的，温温的，有股栀子花的味道。我看到了玛丽眼角细碎的皱纹，这个玛丽已经不年轻了。我的五哥活着也该奔五十了，他是我爸爸第一个妻子的小儿子，因为不学好，被我爸爸赶出了家门。

我们经常参加教堂举办的一些仪式，仪式为了什么不知道，只是对那堂皇肃穆的气氛感到好奇，对人家没有把我们轰出去而心存感激，它比我们自己玩过家家有意思多了。信教的人排成长长的一队，女的都用头巾包着脑袋，依次到台子上去用额头接触圣像和一个石头棺材。棺材里是谁不知道，圣像是谁不知道，我们只是呆呆地站在一边看。这时候的小四儿再不敢喊“谢尔盖，你妈拉×”，我们也不敢调侃“一屁崩到安定外”了。教堂嗡嗡的歌声和回音让我们这些顽劣小儿变得规矩安静，小小的心变得空洞高远，充满了感动。为什么感动，不知道。

有时候我们会得到一小块松软的饼，饼不咸不甜，巴掌大小，很普通的发面烤饼罢了，却被冠以圣饼的名称，显得别有一番意味。小四儿说饼太小，一口一个不够塞牙缝。我说烤饼的应该向胡同口打烧饼的老刘取经，裹进花椒盐蘸上芝麻，神一定爱吃。

李立子说，神是外国神，不吃中国烧饼。

大芳说，哪天让老刘过来烙烧饼，让外国神也惊喜一下子。

冬生说，这个饼是用牛奶和的面，所以松软好吃，那些牛奶是他爸爸提供的。

就是说，是教会的牛产的奶做的饼。

小四儿常常多领两块饼，遭到冬生的不屑。冬生说小四儿贪心太重，将来成不了大事。小四儿说，不就两块饼嘛，反正我也不信教！

冬生说，我也不信教，我就不多拿！

三

秋生和他妈妈是后来从老家河北宝坻县过来的，来的时候正好北馆小学招生，秋生就进了北馆小学。还一个原因是秋生爸爸给教会做事，是教徒，秋生也就是小教徒了。秋生爸爸还给小儿子补了场洗礼，这样上学可以不花钱。冬生妈却不信教，她曾用一口宝坻话对我说，屋里有俩人进去奏(就)行咧，在天国咱们也算是有人咧，到时候他们爷儿俩在上头还能不拽我们娘儿俩一把？一家子拆开了还能叫一家子？闺女儿你说是吧？

冬生妈不信教主要是怕麻烦。信教者礼拜天黄金时间得去做祷告，她怕耽误工夫，她得做挑花挣钱。胡同口有北新桥挑花补花合作社，每周她得到那儿交活领活，靠冬生爸爸给教会养牛那点薪水，远不够一家的嚼裹儿。不是看在每天那保命的一缸子新鲜牛奶，看在小儿子命悬一线的病上，冬生爸爸也早不干了，不得已而已。

我到冬生家去过，在北馆的紧东边，贴近东直门城墙的位置。南边有个空场，长着草，他们家两间土房歪斜在草地北边，大概是教会财产。两只黑白花奶牛卧在地上反刍。我是头一回见到奶牛，原来个头很大，很健壮，一双眼睛很美。秋生穿着大胶鞋在牛旁边站着跟牛说话，见我过来他告诉我，近处这头叫大花，那边那头是二花，是母女两个。秋生说两个花脾气都很好，通人性。他让我摸牛的奶头，我哪里敢，怕那庞然大物顶我。秋生说不怕的，你对它好它知道，它心里什么都明白。

秋生拽着我的手，放到牛的奶头上。啊，很奇妙，很细腻的一种相依相靠的感觉。我头回接触这么柔软的东西，大花的奶跟我们家玛丽狗的完全是两回事。我的手攥着奶头，它和我的手掌切合得恰到好处，我揪了揪，没有奶水出来，大花哞——了一声，尾巴唰地扫过来，吓了我一跳。秋生说，你把它弄得不舒服了，它不想让你摸了。

我说，可是我还想摸呢。

秋生说，你可以轻轻用手心摩挲它，别拿手指头捏。

秋生说着咳嗽起来，我从没见过这么猛烈的咳嗽，深沉的发自胸腔内部的震动，让我感到秋生细小的胸膛像是要爆裂了。不停的，不能遏止的，一波紧接着一波的咳，让人觉着十分可怕。此刻对秋生来说简直是到了世界末日，到了昏天黑地的程度。他的小脸憋得通红，咳嗽让他无法喘息，直不起腰。他无力地跪在地上，身子蜷缩在一起，两只手紧紧地攥着，显得无依无靠。我想过去拍拍他的脊背，让他好受一些，但是我想起了妈妈的话，对痨病病人，尽量离得远一点儿，免得传染。我想后退，又觉得不应该，踌躇在进退两难的境地。倒是大花，弯下大脑袋，用嘴蹭秋生的衣裳，牛不怕传染，牛比我心地善良。

冬生从屋里跑出来，嗔怪他的弟弟不该在外头站着，刚刚吃过雷米封，是要静养的。冬生蹲下来，秋生无力地趴到冬生的背上，让冬生把他背回去。哥儿俩的脸紧紧挨着，和牛一样，冬生不怕被传染，秋生也不怕传染人，显得我有些生分。

冬生的家里除了一副锅灶，穷得可算是一无所有。一通自盘的土炕，炕上有一床棉絮，其实就是个烂棉花套子，是全家过夜抵寒的物件，两块锃亮发黑的砖大概算作枕头了。三条腿的桌子可能是教会的淘汰，靠墙那边用砖支着。桌子上有磕了边的粗瓷碗，两三个长了芽的蔫土豆，黯淡的土墙上有黯淡的画，画的是圣母抱着耶稣，悲天悯人地注视着这个世界。我问冬生晚上睡在哪里，冬生指着门口的一口白茬木箱子说他就睡在上边。箱子上有条薄薄的毯子，边沿已经磨脱了线。我问他睡这上边能伸开腿吗，他说，人睡觉都是蜷着的，难道你不是？

我想起了自己那个舒服的小床和干松的棉被，没有吭声。想的是改天让妈收拾出一些哥姐们用过的被褥，让小四儿帮着送过来，反正哥哥姐姐们已经成家另过了。

李家的精彩全在冬生、秋生两个孩子身上。冬生的穿着在我们班不是最差的，秋生穿的小棉袍在小学生当中更是精致得体。这些都是来自他们爹妈的节衣缩食，来自爹妈要好的心劲儿。他们不希望孩子在外头让人看不起，他们的儿子得挺胸做人，跟别的孩子站在一块儿不丢人。

那天，我头一回听到了“雷米封”这个词儿，知道雷米封是刚刚研究出来的专治结核的特效药，在国内的市面上还极少见到，价格很贵，疗效奇佳。李家倾全家之力购买雷米封，只是为了秋生，想的是这外国的神奇新药，能让中国的秋生命运有所改变。

雷米封，救命的药，我牢牢地记住了它。

在家里收拾出了三床被子，要抱到北馆去。妈说，先抱过去一床吧。

我说，为什么？我和小四儿两个人，我们拿得了。

妈说，先送过去一床。

妈的语气不容商量，我认为她有点儿舍不得，老娘们儿家常常出尔反尔，动辄就冒小家子气。看出我的不高兴，妈说，今天先送过去一床，其余的明天再说。我说，背着抱着都是送，何必这么吞吞吐吐的。

妈没说什么，递给我一床紫花的说，就这个吧。

这床被卧是我二姐盖过的，最新最厚。二姐姐跟着她中意的男人私奔了，把所有东西都扔在家里，一走十几年，再没有回来过。她不是不想回来，是爸爸压根儿不让她回来，不认她这个闺女了。

我和小四儿轮流抱着紫花被来到了北馆，一直把它送到冬生家的土炕上。花被在两间土屋里显得各色突兀，成了一抹鲜亮的阳光，不能融入那些黯淡色彩当中。正因如此，我和小四儿都觉得很得意，好像办了什么了不起的大事一样，在屋里不住地走动。敢情施舍的感觉是如此美好！

李家的人对紫花被卧的到来并没有现出怎样的惊喜，冬生妈沉着脸没有一句感激的话，冬生爸爸对我淡淡地说了句“让您惦记了”，客气得能拒人千里之外。冬生本人窘得脸通红，低着脑袋不敢直视我们。秋生正好放学回来，见了家里的花被卧有些吃惊，闪到冬生的身后，偷偷观察爹妈的脸色，好像我们不是雪中送炭，是夏日添火了。

一床棉被似乎惹得李家全家不愉快，这是怎么了？

我和小四儿怏怏不乐地走出冬生家，冬生爸爸站在屋地上说，谢谢了。

连我也听出了话语里面的敷衍和心不由衷，热脸贴了凉屁股，心里懊恼得很。冬生追出来送我们，在教堂大门口说，以后别给我们送东西了，我爸妈，……知道你们是为我们好……

教堂的钟叮叮当当敲响了，晚风中我望着教堂蓝色的葱头屋顶，第一次感觉到了它们的与众不同，在夕阳的映衬下，显得清冷孤傲。那几只停滞在白色房檐上的灰鸽子，大概是附近的土著，咕咕咕地叫唤，显得有些不知深浅和自作多情。

并不是谁都能接受施舍，这和穷富没有关系，敏感而自尊，这个家庭有自己的处世原则。

我知道了，好心也能伤人。

从北馆到我们家只有五分钟的路程，五分钟的时间里，在小四儿喋喋不休，抱怨不已的聒噪中，我隐隐感受到了人情的复杂，处世的多个角度。尊重别人、理解别人是挺重要的。

我的妈妈是个了不起的妈妈，她的练达、敏锐够我好好学习的了。她让我“先送一床，其余的明天再说”。

好一个“先送一床”。

明天不会再送了。

四

玛丽最近常到鬼子坟来，来给谢尔盖送东西。

谢尔盖老得厉害了，已经不能正常走动，很多时候他就是在地上蹭，半天挪不了多远。谢尔盖的眼睛近乎瞎了，他根本认不清我们谁和谁，就是看玛丽，也是估摸个大概其。只要我们在鬼子坟，玛丽见到我们也会招呼我们进到墓地教堂去玩。安定门外的教堂对外称圣母堂，比北馆的教堂小多了，只有一个尖顶，上头立个十字架，比较单调，不似北馆五个大葱头，看上去就很轰轰烈烈。墓地教堂虽然比北馆的小，但是内里装修相当华丽，外部金色的顶子也很上档次。平时没人到这里来，北馆的人也压根儿不过来，那边的人好像把这里忘了，没事谁老往坟地跑啊。我们就觉得谢尔盖很可怜，有时候不叫他谢尔盖，故意叫他肖师傅，为了讨他高兴。谢尔盖说东北话，他说他的老家在齐齐哈尔，离北京挺远挺远的。我们就顺坡下驴，问他爸爸妈妈可好。谢尔盖说，我都快死了，我的爸爸妈妈还能好吗？

其实就是没话找话。

我们几个不到鬼子坟捣乱，谢尔盖就几天不见一个人影，大概他自己也觉得快成鬼子坟的幽灵了，有我们时常来闹哄一下子还能证明自己是活着的。

玛丽来的时候胳膊上挎个篮子，盖着白单子，里头除了黑面包再没其他东西。见了玛丽，我们抢着接过她的篮子，屁哄哄地随着她往教堂里边走。这种不把自个儿当外人的做法其实是装出来的，因为一般情况下玛丽不领我们进去。

也有例外，那是玛丽拿的东西比较多，比较重的时候，比如说带了盐和胡萝卜、土豆什么的。我们跟在她身后，通过教堂大厅，进入谢尔盖那间卧室兼饭堂的房间。房间很小，窗户很高，外面的爬山虎快把窗户遮严了，使得房间内的东西统统泛出阴森森的绿。搁下东西，我们不想马上离开，在谢尔盖的木桌子前坐下来。谢尔盖用他有限的视力把我们一个一个认真看过，确认就是喊叫“谢尔盖大脑袋”的几个顽童后，把他叫作“大列巴”的面包赏给我们吃。分的时候谢尔盖把大列巴夹在胳肢窝底下拿小刀一片一片地片，谢尔盖的鼻涕长长地流下来，他不在乎地用手抹去，又用那手削面包，再递到我们手里。我真不敢恭维那些大列巴，又黑又硬，又酸又咸，吃了一口我再不张嘴，因为那块面包在嘴里嚼不了两个来回，上膛就被硌破了。大列巴跟我们在商店里买的小甜面包绝对是两样东西，不可同日而语。跟那些圣饼一样，外国人吃的东西粗犷而简单，形式大于内容。

最奢侈的一次是分了面包以后玛丽还给我们烧了茶，俄罗斯的茶，让我们受宠若惊得都不会说话了。那是我第一回看见俄国茶炉，摆在桌子上，可以自己烧水，下头有小龙头。茶水一般，咸咸的有股土腥味儿，描金边的茶杯也不干净，沾满了黄色的茶锈。小四儿说，茶炉是银的，茶碟也是银的，谢尔盖灶台上堆着的脏兮兮的刀叉也是银的。让我觉得墓地教堂虽然偏僻、冷清，级别却是不低。

老孟头在鬼子坟东边钉马掌，摊子就摆在路边上，为的是方便出城门走远道的骡马能随时钉掌，就像今天设在路口的自行车铺，修车行，加油站。钉马掌的摊旁边是铁匠炉子，打马掌的，是老孟头的女婿在操持，两个人一个打，一个钉，一条龙服务，配合默契。安定门不比德胜门，德胜门外是北京往北的通衢大道，出城门一头扎下去就是清河、昌平，奔了明皇陵，人来人往不绝于路。安定门不行，出城走不远就没正路了，来往的行人有限。

老孟头的生意不忙，很多时候他是靠在躺椅上喝茶。来他这儿给马钉掌的也多是熟人，骡马从城里出来，在老孟头摊位旁边卸下套，拉到一个木头框子跟前拴住，老孟头穿起厚帆布围裙，把自个儿披挂起来，然后搬起一条马腿，拿绳套住，吊在木头框上，再用刀子把马掌片平了，把半圆的铁掌钉上去。那些骡马都很乖，没有哪个尥蹶子，因为它们自己也知道，钉了铁掌才好在硬路上行走。要不，走半天马掌就磨下去了。老孟头说马掌看起来很厚，其实挺软，只要走官道就得钉掌。我问老孟头，《三国》里张飞骑的马是不是也钉了掌，老孟头说张飞骑的马连马镫也没有，马身上的物件都是后来才发展的。驴一般不钉掌，因为那都是不上路的货，拉磨、驮脚，没见哪个老娘们儿坐驴屁股上，那头驴脚底下叮儿当儿的……

那时的我还小，也不知道他说的这些是对是错。当然，我也不会在乎这个，我只是爱听老孟头侃山，远的近的，他把什么都能扯到一块儿，他什么都知道。老孟头说旁边的鬼子坟是罗刹国的地界，东直门里头还有罗刹庙。我问罗刹国是哪国，老孟头说是俄国。康熙大帝时候咱们跟罗刹国打了一仗，俘虏了一批罗刹鬼，皇上想看新鲜，都弄北京来了，这些鬼红发绿眼白脸，模样丑陋不堪。皇上一高兴，给领头的封了四品官，编入咱们的牛录，让他们驻扎东直门羊倌胡同，还给他们盖了罗刹庙，就是现在的北馆。二百年下来，慢慢地这些鬼就有了人形……

我问罗刹鬼吃什么，老孟头说当然是吃人，哪儿有不吃人的鬼！鬼吃人的时候先从头顶吃起，用利爪在人的头顶钻一个洞，然后用嘴嘬，把脑浆嘬干，再一点儿一点儿吃肉。精华都没了，剩下也没什么吃头了，边吃边吐渣儿。

我说，就跟吃甘蔗似的。

老孟头说，对，就是跟啃甘蔗似的。

我喜欢和老孟头有一搭没一搭地闲扯，亲热地管他叫大爷。当然，我的大爷不是白叫的，老头儿会把片下来的马掌给我留着。我将这些马掌带回家去，拿罐泡了，不久就会沤出一罐上好花肥。我们家院里的大牡丹、芍药开得比北海公园的好，跟这些肥不无关系。

老孟头建议我不要到鬼子坟来玩，说这个墓地不是一般墓地，煞气太重，怨气太深，阴气压得这里连人树也长不起来。老孟头当时用了一个与他身份极为不符，很文化的词汇，“乱草丛生，明灭空影”。我问怎叫明灭空影，老孟头神秘地说，这事外人不晓，我却是知道。

我让他快说，别兜着。老孟头说，前两年这里下葬了七口铁皮棺材，里面装满了宝贝，沉得挪不动。埋进土里的时候棺材里的人还在说话，唱罗刹歌。

我问前不久是多久，老孟头说，前两三年儿吧。

我说“前两三年儿”是哪年？老孟头说记不清了，女婿补充说就是他娶媳妇那年。谁也不知道打马掌的是哪年娶的媳妇，老孟头说他外孙子明年该上小学了。

小四儿让老头儿说详细点儿，老头儿说，棺材是偷偷从北馆运过来的，里头装的是俄国皇上的亲戚，七个人，不是亲王就是郡王，保不齐还有太上皇。据说是俄国上峰下命令让埋的，跟咱中国没关系。俄国主教亲自跟过来，穿着大袍子，嘴里念念有词，很神秘，对外不让说。

小四儿问，那您怎么知道？

老孟头指着女婿说，我们俩挖的坑。

……

我们这么瞎聊的时候冬生一直在旁边听，不说话，我能看出，他对这些不着边际的内容很关注。

安定门墓地埋皇亲的事我问过我爸爸，问过历史老师，他们都不知道。直接问谢尔盖，那个老糊涂连他自个儿姓什么都忘了，哪还顾得上皇亲。还问过玛丽，玛丽给了我们一个反问，是吗？

毕竟我们小，对这些地底下的东西不太感兴趣，我们关注的是草里的虫子，蝲蝲蛄、蚂蚱、呱嗒扁儿，关注的是地面的酸枣、野草莓和大赤包……

有一回过队日，老师领着我们到安定门城墙上拾捡垃圾，下起了雨，我们就在城楼的檐下躲避。闲着没事，老师让我们每人发言谈自己的理想。这是学校老师惯玩的把戏，动辄就是“我的理想”，虚无缥缈的事，全是扯淡！我们的同学中，想当教师的居多，大概除了教师他们也再想不出别的什么了。其次是当医生，我一直闹不明白这个职业怎么那么招他们喜欢。我的几个朋友不愿随大流，他们都是有个性有思想，与众不同的人物。轮到我们发言，理想的内容就变得五花八门，十分精彩。小四儿说他要当武术师，练一身好本事，拳打宣武崇文二城，脚踢丰台朝阳二区，看谁不顺眼就打谁；李立子说他的愿望是解放台湾，把他爸爸从台湾揪回来，枪毙；大芳说她的理想是不用上课、考试，改成天天看电影，而且是不花钱白看；我还真没考虑过自己将来要干什么，靠着城楼的大柱子抓了半天脑袋，突然看见东天出了一道彩虹，突发奇想，说我要上天，看看骑在那道虹上是什么感觉。

老师坐在地上，把脸埋在臂弯里，不敢抬头，她已经笑得直不起腰了。

临到冬生，他指着河对面的鬼子坟说将来要研究历史，把俄国东正教在北京的事儿调查清楚，把对面墓地的情况弄明白。

老师看了冬生一眼，把视线转向北边那片灌木，半天没有说话。大概在漫天飞舞的众多理想中，这个还算是落在实地上，比较靠谱的。

日子一天天过去，转眼到了冬天。快放寒假了，我们忙着期末考试。冬天的北京滴水成冰，教室的铁炉子一整天都半死不活，冻得我们伸不出手来，几乎所有的同学手上都生了冻疮，红肿奇痒，流水生痂，连笔也拿不住了。北京的孩子，没有谁没受过这个苦处，方家胡同小学的孩子亦是如此。上学的时候，西北风呜呜地吹，带着雪末子往脖子里灌，害得我们不敢伸头。隔着河远望鬼子坟，被一片皑皑白雪覆盖，杳无人迹，死气沉沉。没有谢尔盖，没有玛丽，没有虫子们，连钉马掌的老孟头也没有出来。只有教堂在迷蒙的雪雾中站立，仿佛被冻在蓝天之下。

这天冬生没有来上学，冬生从来没缺过课，我想，一定是他家里发生了大事。第二天冬生还没有出现在教室，就决定放学和小四儿到北馆看看。小四儿不想去，说这样冷的天去空旷的北馆，还没走到就被冻翻了。结果，没等到放学，在课间操的时候小四儿就被叫到学校教导处，上课铃响过了还没被放出来。我们犯了错，至多被叫到教员办公室，被老师训斥责骂一番，臊不搭搭地出来就算完事了，直接被弄到教导处去尚无前例，可见小四儿的麻烦大了。放学的时候才见到小四儿，脸色甚不好看，我问他怎么了，他像地下工作者一样看了看周围，小声对我说，冬生惹事了。

我说，冬生会惹什么事，他连架也不会打。

小四儿说，要是打架就好办了，他偷东西！

我说不会。小四儿说局子来人了，现场抓住的。

……

原来冬生趁着严寒无人，偷了鬼子坟教堂的银器，那些刀叉盘盏，包括那个银茶炉，拿到小市上出售，一件东西没卖出就让人追来了。小四儿说冬生傻，从鬼子坟到小市过一条护城河，在门口销赃，这不明摆着找倒霉嘛。要是他，怎么也拿到崇文门去，等夜里再出手……

冬生的事让我们常去鬼子坟的几个很没面子，看起来是一帮疯玩傻闹的少年，原来却是贼。

这事儿闹的！

冬生再没有来上课，听说是进了少年管教所。我不明白，为什么一个连馈赠也不好意思接受的同学却要去偷。一想起冬生课堂上精彩的古文背诵，总是觉得可惜。

50 年代中期，鬼子坟有了次大举动，致命堂地下室那些教徒遗骸被用浸过油的粗麻布包裹着，拉到墓地就地深埋。我们都去看热闹，看着那些小布卷依次被摆放整齐，攘土夯实，地面没留印记。在墓地，我没有看到教会的人。见到钉马掌的老孟头，问及谢尔盖，他说，老肖啊，那个看坟的，冬天前就死了。

问埋哪儿了，老孟头说，好像是教堂地下室，他们不讲究入土，浮搁着，老肖下辈子还是个白人儿——倒是好认。

五

秋生死了，死在了他的病上。

得到信儿，我和小四儿都去了，没有见到冬生，也不好意思问。秋生躺在上炕上，穿着小棉袍，依旧是中分，头发一丝不乱。脸颊上的潮红还没有退尽，长长的眼睫毛让他像一个熟睡的小姑娘。秋生的妈妈坐在炕沿上默默地淌眼泪，见了我们，也没说什么话。倒是秋生爸爸低声说，秋生走了。

我不知该说什么，我还是第一回遇到这样的事。

小四儿人五人六地说，秋生爸爸，您节哀。

我不知小四儿还有正儿八经的时候，还懂得“节哀”这个很庄重的词，深感平时小瞧了这小子。我摸出一个信封，是临出门妈塞给我的，里头装了三块钱，妈说李家过白事，不能空着手去。我怕又像紫花被卧一样惹得人家不快，妈说不会，这是礼数。

果然，秋生妈接了，瞅着信封，眼泪唰唰往下流。她大概想起了冬生。

秋生爸爸把秋生从炕上抱起来放到狭小的棺材里，棺材很简陋，就是冬生睡觉的木箱子，把秋生放进去刚好。北京的孩子死去，没有装棺材一说，都是放在几块薄板钉的木头匣子里，谓之“火匣子”，装殓秋生的木箱子倒是恰如其分。但让我没有想到的是木箱里铺着曾经属于我二姐姐的紫花被卧，那被卧半边铺半边盖，将秋生严严实实裹在里边。

秋生爸爸要将箱盖盖上，秋生妈扑过来，扒开被卧，一遍遍摩挲秋生的脸。秋生爸爸说，秋生该走了……太阳快下去了，天一黑，孩子害怕……

秋生妈这才把被卧给秋生掖好，依依不舍地退到旁边。小四儿帮着秋生爸爸把木箱盖子钉上了，秋生爸爸一边钉一边说，儿子，躲钉！儿子，躲钉啊……

听得让人心酸。

秋生妈妈自言自语地说，……再也看不见了……我的秋生……

本来我想说还有冬生呢，话到嘴边却没有说出来。秋生妈妈说，……到走也没吃上药，断了顿儿啊，妈妈对不住秋生……对不住，对不住，对不住……

我隐隐感到了这个家庭的难言之隐，或许和冬生的作为有关。

秋生爸爸拉着架子车，车上放着装殓着秋生的不是棺材的棺材，顶着猛烈的西北风往鬼子坟那边走。我说，您把秋生埋在松鼠啃橡子的石雕旁边吧，这个地方容易记，看见了松鼠就看见了秋生。

秋生爸爸莫名其妙地看了看我说，这冰天雪地的上哪儿去找松鼠?

他没听懂我的意思。

那天我们没提到冬生，大家都有意地回避着这个敏感的话题。走出北馆，小四儿突然说，那些刀叉未必是银的，那天我就是那么随便一说……有人就当了真。

看来，小四儿想的和我一样。什么是发小啊，发小就是心有灵犀，不点也通。我回头望了望北馆的钟楼，感到了它的破旧苍凉，荒败的院落不见人迹，几片枯叶被风高高地旋上了天空。我说，教堂的钟许久没响了，这儿的人都哪儿去了呢?

小四儿作了一首诗，写在他们家的月份牌上：

秋天过去了，秋生死了。
秋天过去是冬天，
秋生走了有冬生。

狗屁诗还值得往月份牌上抄!

冬生只是教育了一段时间就出来了，我们都上了中学，分散到北京各个角落，再难凑得起来。听说冬生考上了崇实中学，是个好学校。但是他一直回避着我们，不跟我们联系，大概是怕提起鬼子坟的事而难堪吧。

北馆用高墙围起来了，教堂高高的钟楼和葱头屋顶都不见了，有兵在门口站岗，改叫苏联大使馆。

养牛的地界儿被划入高墙之内，无论是冬生还是牛，都不可能出现在那里了。

后来教堂拆了，低洼的地面挖成了湖水，叫青年湖。各校的学生们都去参加义务劳动，挖湖工地上人山人海，打着红旗，唱着歌子，一改旧日的清冷荒凉。我在工地上遇见了小四儿、李立子、大芳等过去的同学。休息的时候大家聚在一起说笑，从大铁桶里舀出工地供应的茶水，碰杯！闹哄哄的引得不少人朝这边看。小四儿说冬生也来了，随着小四儿的手指，我们看到了不远处坐在土筐上的冬生，他正在看书。应该说他早已看到了我们，看书是一种掩饰，他是不想过来。我大声喊，冬生！

冬生朝我摇摇手，又把视线转向了书。

大芳说，这人怎么了？劲儿劲儿的。

小四儿说，要不咱们过去？

李立子说，心理障碍了，过去也没用。

大芳说，我们也没招他惹他。

李立子说，我们没招他，事儿招他了。

小四儿说，这事搁我身上就不是个事儿，我是没被逮住……

我说，在生活中，有时候我们得学会有点儿二皮脸。

大家都说我说得对。上工的哨子响了，我们手手相叠，大声高呼“二皮脸万岁”，散了。

“文革”红卫兵到鬼子坟造过反，把墓地彻底刨了个底儿朝天，所有的石碑都被打烂，所有的棺木都被刨出，无异于另一场义和团浩劫。谢尔盖·肖的遗体也未能幸免，据说他被从教堂地下室起出，长了一身白毛，拉至光天化日之下，暴露在众目睽睽之中。听着都觉得可怕，我们分食过他给的黑列巴……

有隔世之感。

有一年我去北海滑冰，在熙熙攘攘的人流中看见了冬生。冬生穿着一身在当时颇为时髦的黄军装，围着灰色拉毛围巾，英俊潇洒，在人众中显得很突出。冬生拉着一个女孩子，在场子里穿梭，滑出种种花样，如入无人之境。那天我背着冰鞋没有下场，下意识地躲避碰面。冬生仰着脑袋微笑着，头发一甩一甩的，舒展而洒脱。我坐在游廊上默默地看着他，一圈又一圈，他和他的女孩从我的跟前滑过。我一次次感受到他的气息，体味到他的兴奋和幸福。他没看见我，他看见的是北京冬日湛蓝的晴空，北海美丽的白塔和身旁动人的女友。我想到的是装入木箱子的秋生和白雪中孤零零的圣母教堂。我觉得见面非常的不合时宜，在冬生这样快乐的时候。

避免尴尬，我悄然离去。

一别五十年。

城墙没了，代之以二环马路；小市不见了踪影，换以排排绿树，整齐民居。一切变得美好光鲜，蒸蒸日上。是的，首都北京应该这样。

我因为工作被分配到西北，一走好几年，有一年回北京探亲，意外地在北馆西边遇到了冬生妈妈，她是来北新桥挑补花厂领工资的。老太太胖了，头发全白了。冬生妈告诉我，他们搬到了南馆公园的羊倌胡同，两间北屋，冬暖夏凉。冬生爸爸给一个招待所烧锅炉，老两口日子过得很舒坦。问及冬生，说是大学历史系毕业后分配到了宁夏，在银川教书。我说冬生是个好学生，他在我们当中是学得最扎实的。冬生妈妈说，可不，冬生是个孝顺孩子，难得的孝顺孩子，月月给家里寄钱，孩子知道没钱的难处。那些年，真是的……

老太太摇摇头，往事不堪回首。

近年我在网上看到了李冬生的一篇学术论文，文中他详细考证了北京东正教发展的始末，谈到了安定门外俄国东正教墓地的来龙去脉，甚至对老孟头们埋葬的七口棺木都有交代。那是沙皇尼古拉二世的亲族，伊丽莎白公爵夫人，皇后的姐姐，还有几个公爵。他们是1918 年俄国革命，在沙皇家族被处死同时在俄国叶卡捷琳娜堡附近被杀死的，被推下一口废弃的铁矿矿井。后来这些尸体被取出，当时正值俄国内战，便被运往中国，想的是等条件好了再运回去。这些遗骸在 1920 年到达北京，原拟放入北馆致命堂，但是北京人不允，因国人有死人不能入城的风俗，故而棺材只能运到安外东正教墓地，在教堂地下室存放。一放就是十几年，十几年中无人问津，无人知晓。历史记载，这期间只有一个中国人来吊唁过，张宗昌。以后趁着中国跟日本打仗，战乱中皇亲们终于进了城，进驻了北馆致命堂。这才有了1947 年苏联政府让迁出，入葬安定门外墓地的一说。

文章完全是学者的论述，让我对儿时光顾的乐园一目了然。李冬生做了件了不起的事情，他完成了在安定门城楼上的许诺，老师的这份作业他做得最好。

一种由衷的敬意从内心升起，我在文章的“评论”栏写了几句赞赏，追述了童年鬼子坟的友谊。在点击“发出”的时候鼠标滑出了字面。

不便打扰了吧。

后罩楼

墙上挂着一张挺大的旗装女性全身照片，女子很漂亮，穿着绣花的袍子，脑袋上梳着两把头，头上插满了精致的花钿，这个大概就是漂亮的珍格格了。

后罩楼

我们家是2号，斜对门是7号。7号是很小的一个门，刷着黑漆，门头上爬满了爬山虎，里面是阴森森的树，是半人高的草，阴暗潮湿，仿佛是妖精们的住处。我和小四儿进7号逮磕头虫，见草丛里滑过一条色彩斑斓的长虫，金黄的底，黑绿的章，像王爷穿的蟒袍。我们虽谁也没见过王爷的穿着，但是我们都在戏台上见过王爷。那穿着真跟草里的长虫属于一个系列。逮虫儿回来跟赵大爷说起7号院的花长虫，赵大爷说那是赤练蛇，无毒，面目虽狰狞，性情却温驯。那是老王爷的化身，老王爷走得不甘心，在巡游他的宅邸，你们不要招惹它就是了。话虽这样说，那长虫仍旧让人胆怕，那种夸张的不协调的色彩搭配，那扭曲的身体，白剌剌的肚皮，让人看着恶心。

7号的院子很大，有石头假山，半塌的亭子，干涸的水池子，还有半截小桥。无论是什么，都浸泡在密匝匝的荒草中，隐藏了原本的模样。一不留神，你的脚就会崴进雕着钱眼儿的下水沟里，半天拔不出来。要说探险，那是个绝佳的所在。

2号至9号，在这条胡同里是个凹形，人们叫它大院。这个空场是个很不错的活动场所，街道开会、小孩踢球、国庆练习扭秧歌什么的都在这里。7 号在大院的西北角，它南边的 8 号、9 号曾经是 7 号的一部分，是一座完整的王爷府邸。7 号是它们的后花园，园里那座两层小楼是王府的后罩楼。大抵王府的最后都是两层楼房，在整座院落中起罩护镇压作用。北京最漂亮的后罩楼有两座，一座是坐落在定阜街庆王府内雕梁画栋的凹形后罩楼，那座楼到今天仍被专家称为建筑上的绝笔，美轮美奂，京城无二。另一座是恭王府九十九间半的后罩楼，民国期间它一度成为辅仁大学的女生宿舍。

后罩楼又叫绣楼，是王府中女眷们居住的地方，私密、清静，即便是府内人员，也是不能轻易到达其周边的。

7 号的后罩楼不大，与庆王府、恭王府的相比，甚至有些寒碜。庆王奕劻、恭王奕䜣，都是慈禧身边权力炙手可热的大王爷。我们胡同这位王爷好像很一般，大概除了历史专家，谁也叫不出他是什么王爷。民国以后，府邸主人把前边院落卖出，只留下后罩楼自己居住，朝东在大院开了个小门，仅供出入。7 号的后罩楼坐北朝南，两层砖木楼房，底楼五间，二楼五间，南边有栏杆，北边有后窗。其实只有四间，最西边一间是作为楼梯使用的。

从墙外看，绿树掩映中的后罩楼虽然斑驳，仍旧隐约透出了昔日的精致考究和设计者的独具匠心。比如它北面的窗户，有方形的，有圆形的，有双扇形的还有菱形的，上下两层没有一扇相同。窗户的外沿还作了装饰，窗棂也雕刻得十分漂亮。楼房老旧了，风度仍在。像一个迟暮的美人，风烛残年中仍是满头珠翠，婷婷地站立在那里。尽管这些珠翠已经过时，已经不再亮丽，但它仍是珠翠，本质是没变的。

7号院子里，小楼西边有一口井，井口不大，模样跟故宫珍妃跳的那口井差不多。每回参观故宫，我都会站在珍妃井跟前纳闷，这样小的井口，人是怎么下去的？我趴在井口往里看，黑乎乎的水面有个亮亮的小圆口，圆口里晃动着我的脑袋，仿佛是另一个我在水底下跟我打招呼。珍妃井里的水看样子不怎么深，却淹死了一个倔强的妃子。想来是下去时并没死，是后来在里头硬搁死了。听胡同赵大爷说，过了两年打捞珍妃的时候，她的一条腿很别扭地拐着，竟没人能捋得直，想是那小小的井膛容不得一个大活人在里头伸展的缘故。

故宫的珍妃井只下去了珍妃一个，7号院这口井曾经下去了有名有姓的十二个人。最后往下跳的人已经跳不下去了，里头塞满了，踩着下头人的脑袋，半截身子在井里，半截身子在上头。这样的细节是来自赵大爷的讲述。赵大爷是我们胡同里孩子们喜爱的人物，他满肚子都是故事。

赵大爷说7号院里闹鬼，太阳一落山，井口就往外冒白气。月光底下，常有人看见披散着头发，着一身白衣，脸色青绿的女子在院内行走。严格说，那不是走，是在飘，悠悠的，像戏曲里的鬼魂那种走法，草梢连动也不动。我在院里练习过戏台上的鬼走路，裆里夹个扫炕笤帚，上身不动，胳膊手伸直，小碎步稳稳地捯。我父亲夸我很有李慧娘的模样，我母亲二话没说，揪出扫炕笤帚给了我一顿臭揍。自此再不敢学鬼走路。7号闹鬼，我倒很想看看鬼是怎么闹的，却一次也没碰上。跟小四儿晚上翻墙进入院中，别说鬼，连那条老王爷变的花长虫再也没见着。赵大爷说我们两个火力太旺，阴暗的物件见了我们早早地避了，哪里敢现形。小四儿说神鬼怕恶人，他大概属于恶人一类，所以谁见谁怕。赵大爷看着小四儿说，你小子得学好，别像你哥，撬人家仓库的门。

赵大爷是旗人，还是上三旗。他说他祖上当过养心殿的禁卫军，他祖上看过皇上在窗户跟前写字，看过皇上在廊子底下遛弯儿。绝对是亲兵，不是亲兵哪能看见真龙天子的这些生活细节。皇上的亲兵后代现在在东城面粉厂当职工，跟白面打了一天交道，每天下班回家都是白头发、白眉毛、白脸，胡同里的孩子们管他叫“白毛大仙”。那时候洗澡的设施很不普及，我们家人洗澡要到东四浴池去。洗回澡得花费不少，除非要过年，一般情况都是在家里凑合。

我爱上赵大爷家去，尤其爱看他洗脸。赵大爷洗脸很有特点，把满满一铜盆水搁在院里的石头凳子上，为什么非得搁院里，因为赵大爷的脸必须在院里洗。赵大爷洗脸是连洗带胡噜，一捧水拍在脸上，鼻子嘴立刻同时使劲吹气，每一捧水几乎都被他吹在盆外头。脸洗完了，盆里的水全到了地上。赵大妈见不得赵大爷洗脸，说赵大爷洗脸是鸭子凫水，瞎扑腾。

我的鬼怪知识基本来源于赵大爷。夏天晚上，吃过晚饭，胡同里几个孩子把赵大爷一围，端茶缸的，摆小板凳的，送蒲扇的，把赵大爷伺候得舒舒服服的，就开讲了。说书的都有定场诗，赵大爷的定场诗是：

七号小门黑幽幽，住着前朝老王侯。
恩怨无常多少事，凄凉破败后罩楼。

定场诗一念，我们都要转过脸去向那扇黯淡的小门张望，胆小的会把小板凳挪到赵大爷身边，紧紧地靠着。赵大爷把蒲扇一挥说，去！大热天儿的，别往人身上黏！

赵大爷的演讲离不开鬼，离不开狐仙，离不开黄鼠狼，离不开长虫，全是我们顶害怕的东西。而这一切都离不开 7 号院，好像那小门后头藏匿着无数能要人性命的鬼魅。赵大爷说，7 号院是凶宅，没人租也没人买。光绪庚子年时候，东西洋联军陷京师，两宫仓皇出走，7 号院王爷留在京师。没得着“随銮出京”的懿旨，王爷认为自己世受国恩，不能扈从皇上西行，深感遗憾，如今城池又破，再无活下去的道理。七月二十一日城破第二天一早，王爷率福晋董氏、妾柳氏李氏庞氏、子二人、女六人，投井而死。当时小格格年幼，尚在襁褓中，由奶妈怀抱着也跳入井中。后来小格格和奶母被人救起，成就了一段忠烈佳话，还受到了朝廷表彰。老王爷谥忠烈，入祀昭忠祠。小格格享受双俸禄，太后赐名珍，就叫作了珍格格。

珍格格还没长大，社会就变成了民国，双俸自然是没有了，生计靠卖祖产维持。先卖祖坟的松树，后卖祖坟的土地，接着卖房子，卖完了前院卖后院。卖完了房子卖古玩，珍格格家里的宝贝多极了，听说到她死，她们家的东西也卖不完。

我和小四儿是孩子中有名的贼大胆，我们都不信鬼，也不怕狐狸，我们常溜进 7 号去玩耍。当然不能走正门，我们是从南墙翻进去的，蹬着 8 号茅房的短墙一纵身就蹿了上去，墙北边是假山石，凳子一样地接着我们呢。我们到 7 号去，美其名曰“练胆”。我们练胆的内容很多，比如到东直门外窑坑去看捞死孩子，到停灵的棺材底下去“钻城门”，到挂满“吊死鬼”的槐树底下去看书，任着那肉虫子在脖领子里蠕动。我们还到禄米仓的老仓库去转悠，我们胡同附近有几个清朝遗留的大仓库，海运仓、禄米仓、太平仓什么的，被军队占用着。我们不管什么军队不军队，总能有法子钻进去，跟那些比猫还大的耗子周旋……

母亲反对我和小四儿玩，说小四儿那孩子不地道。他的哥小三儿和小二儿都在少年劳教所关着，一个是因为打架，一个是因为盗窃。我倒是觉得小四儿不坏，我也看不出他怎么“不地道”，他是我上房、爬树的师傅；他教给我怎么用恶毒的脏话发泄心头的怨恨；他用五分钱能弄回七八斤西红柿，其中两个是买的，其余都是装在背心里顺回来的；他带着我买一张电影票能看两场电影，还都是有座的，尽管我们在放映途中要频频地变换座位……总之对我来说，小四儿是个很有趣、很真诚、很不错的朋友。

我们共同的爱好是对7号院的探险和对历史人物的挖掘。长大以后我还常常想，如果我们以后共同从事历史考古专业，那将是两个多么出色的人物啊！可惜，我们谁也没有朝着这个方向发展。

7号院里的树都有年头了，后罩楼前那棵西府海棠枝丫比大腿粗，半边枯死半边活着，七扭八歪，绝对成了精；西边井口一棵黑枣树，高大壮硕，年年长枣年年落，树底下结了厚厚一层痂；那只自小生长在院里的老黑猫，见了生人也不躲，闪着绿眼冲人呼噜，哪里是黑猫，分明是黑豹……我也看过那口装过十几个人的井，井口很小，盖着板子，掀开板子，看不到底，里面嗖嗖往上冒凉气。同看珍妃井一样，我不明白那些人是怎么下去的，大概是一个一个排着队，后头的帮着前头的往里塞……

赵大爷说有回他半夜从永定门下火车，回家打7号门口过，听见里边吹拉弹唱好不热闹。楼上所有的窗户都亮着，那棵海棠开着大朵大朵的粉花，探出墙外。那是什么月份啊，隆冬腊月，地冻天寒，滴水成冰，怎会有花呢？赵大爷说他在7号门口站了许久，街门虚掩着，听得出里头有不少人在走动，在说话。我问都说些什么，赵大爷说听不清。我说，您怎不进去看看？

赵大爷说他哪敢，明摆着进去就会撞客了。我问什么是"撞客"，赵大爷说碰上了不该碰上的东西就是撞客了。我说让汽车碰了也是撞客了，赵大爷说这不一样，撞客有神秘色彩在里头，不能说破了。赵大爷说第二天天刚亮，他又跑到7号门口去看，哪里有什么海棠花，一扇破门关得死死的，里头的枯树被风吹得呜呜响，楼房窗户紧闭，哪里有半点人气。我说，那珍格格呢？黄老婆子呢？

赵大爷说，格格跟黄老婆子都猫在楼里没出来，这样冷的天，她们出来是找死。

7号院里住着的两个女人十分神秘，那个受过表彰的格格和她的奶妈黄老婆子从不和街坊们打交道。格格谁也没见过，黄老婆子倒是常出来，出来低着头顺墙根走，她永远走在胡同的阴影里，永远不拿正眼瞧人，一拐一拐走得飞快，好像是怕太阳晒，好像是后头有鬼催着。黄老婆子腿瘸，一条腿不会打弯，走道拉拉胯，可是很有速度。对她的瘸腿我有看法，认定是她跳井时候一定像珍妃一样，把腿别坏了，要不不会这样。黄老婆子的装扮也有特色，发髻梳在头顶上，本来就稀少的白发顶着个小鬏，别着个白玉石头簪，那鬏随着步伐的摇摆在脑袋上一晃一晃的，那玉簪也跟着摇晃。我老盼望着哪天那根玉簪掉下来，捡到我手里，拿它当滑石用。

黄老婆子模样古怪，脸色死黑，满脸褶子，黄眼珠，鹰钩鼻，一张瓦刀脸，细细的一个长条，不像阳间的人物。她的无名指和小手指的指甲有寸长，弯弯的发着黄白色的光。小四儿告诉我，那光是一种死光，谁让那指甲抓一把，就得开膛破肚，断没有活着的道理。胡同里的孩子，再淘气的，也不敢招惹黄老婆子。比如小四儿，他的擅长是拿绷弓子崩人，弹子是他拿黄胶泥揉的，滚圆棒硬。他专在暗处崩人脑袋，打在谁脑袋上就是一个大包。有回小四儿崩了 21 号宋先生一弹，宋先生在门口正要上汽车，人家是要到市政府开会的。宋先生挨了打，没去政府直接去了医院，街道上为这事查了好几天。我妈是街道治保委员，把这条胡同的问题少年挨个排查。我当然不能供出小四儿，尽管我曾经在墙上写过几个“小四是王八”，关键时刻立场得清楚，不能出卖朋友。耍绷弓子的小四儿从不敢崩黄老婆子，他说黄老婆子脑后头有眼睛，他怕黄老婆子半夜找他家去报复。他爸每天到首钢上夜班，他那个连呵儿喽带喘的窝囊妈是绝对保护不了他的。

珍格格从来不在人跟前抛头露面，胡同里没有谁看见过她。毕竟是受过宫廷封赏的贵族小姐，哪里能像我们胡同串子一样满街出溜，人家的身份在那儿摆着呢。平时都是黄老婆子出来买东西，这个奶妈尽职尽责地陪伴着自己的主人，伺候着自己的主人，走过了大清，走过了民国，走进了新中国。黄老婆子在买东西上很计较，抠得厉害，有一回街上推车卖菜的少找了她四分钱，她第二天竟然在门口等了卖菜的一早晨。我说黄老婆子小气。赵大爷说，底下的使唤人小气是主人的福分。过去住在宽街的荣寿固伦公主倒是大方，她是恭亲王的长女，慈禧的干闺女，有钱，谱大。美国公使夫人在公使馆请她，她出行，满头的珠翠，遍身的绫罗，动用的警察卫兵就四百八十一人，跟随的嬷嬷、丫头上百，街上看热闹的成千上万，那是什么排场啊！结果到老了怎么着了呢，到老了才知道自己的库房空空荡荡，所有家当都被管家算计走了。管家娶了几房太太，置了田园房产，成了大富翁；公主自己变成了一无所有的穷光蛋，气也气死了。

听赵大爷这么一说，我觉着凭这点黄老婆子还算有良心。她买一毛钱肉，买三两切面，买两个沙果，沙果和面用手绢兜着，肉垫着一小片荷叶用手托着。黄白的长指甲配上那块一毛钱的肉，常让我想到是从哪个倒霉蛋身上抓下来的。但是想到格格就吃这样的炸酱面，就吃这样的小沙果，我觉得这位藏于楼房深处的珍格格挺可怜的，日子过得并不如我想象的那样滋润。

有一天，我和小四儿看见煤铺伙计把煤球倒在7号门口，黄老婆子正一点儿一点儿用小筐往里倒腾。我们走过去讨好地说，黄奶奶，这活交给我们干吧，我们有力气。

应该说我和小四儿绝没有助人为乐的高尚觉悟，我们不过是想借机会到小楼上头看看，看看那个美丽的格格，看看7号除了树和水井以外还有什么新奇的东西。黄老婆子不是个善于和人打交道的主儿，她把黄眼珠往上一翻，露出可怕的眼白来，用皮包着骨头的手指点着小四儿的脸说，你管谁叫奶奶，你管谁叫奶奶！

小四儿说，管您哪。

黄老婆子说，甭跟我套近乎，再听见叫奶奶我抽你！

小四儿眨着眼睛说，我怎么啦？

老婆子提着最后一筐煤闪进去了，咯噔一下插上了门，把我和小四儿晾在门外。小四儿呸地朝地上啐了口唾沫说，这太他妈让我监介（尴尬）啦！

我说，是很"监介"。好心当成驴肝肺，这人四六不懂。

小四儿说，我得报仇，也得让黄老婆子"监介"一下。

于是，半个小时以后，7 号院小楼南边的玻璃全成了碎片。

黄老婆子没有用指甲去挖小四儿的肚肠，她把这件事情报告了居委会，也就是告到了治保委员我妈这里。老婆子是当天晚上来告状的，为了上我们家还特地换了件蓝布衫，那衫半长不短地搭到膝盖，宽裤腿上还镶着黑绦子。那天我们家刚吃完晚饭，黄老婆子一拐一拐就进院了。我父亲一看老婆子来了，很知趣地朝外走，黄老婆子给出门的父亲请了个蹲安。请安时眼睛看着跟前的地面，这就使得她的眼袋变得很松弛，像两个滴拉当啷的瘪口袋，配上那个又窄又尖的鼻子，真是丑陋到家了。

我知道，有钱人请奶妈是很挑剔的，奶水充盈之外，就连长相做派、禀性脾气，都是有讲究的。老北京过去的奶子府，专门为朝廷、宗室提供奶妈。能分到王府的奶妈，哪个不是百里挑一的出类拔萃，哪里就轮得上这么一个黄眼珠子的丑八怪？

黄老婆子一边给父亲请安一边念叨：将军吉祥。

父亲侧过身，挑开竹帘子说，您请。

黄老婆子管我父亲叫"将军"，这是因为我父亲被溥仪小朝廷封过镇国将军。这件事知道的人不多，作为新中国政协委员的父亲很忌讳谈这件事情。黄老婆子张嘴就“将军”，不知是尊敬还是嘲讽，总之有点儿哪壶不开提哪壶的生愣。

那天，黄老婆子除了状告9号小四儿砸了她的玻璃以外，还要求母亲给她找街道电工。说那栋楼的电线太老了，还是光绪那会儿布的线，经常冒火花，万一哪天着了火，殃及街坊邻居是件很可怕的事。

屋顶的灯光照着黄老婆子头顶，稀疏的头发缠绕在那根玉簪上，白头发下是光亮的头皮，她的那件蓝大褂不时散发出樟木箱子的气息。灯光下我才看出，蓝衫不是布的，光影里隐隐闪烁出兰草和菊花的图案。那是一种不显山不露水的讲究。

我老想跟父亲探讨后罩楼的故事，但是父亲不喜欢这个话题，在对待7号的问题上，他比赵大爷刻板谨慎。他说7号哪里是什么王爷府，从后罩楼的规制看，连贝子也算不上的，是胡同里的人以讹传讹罢了。没有王爷，也没有什么珍格格和黄老婆子。我说，明明是有！不管父亲怎么说，我反正坚决认为那就是王府。

小四儿家赔玻璃是居委会的决定。小四儿家只有他爸爸在工厂上班，他妈是家庭妇女，有病，他们家还要月月给小四儿姥爷、姥姥往山东寄钱，日子挺紧巴。其实那时候胡同里好像谁家生活都不富裕，大伙过日子都得算计。小四儿一下敲碎了黄老婆子家二十一块玻璃，他爸爸不但赔了人家十六块钱玻璃钱，还得摊上请人装玻璃的四块工钱，这笔钱够小四儿家过一个半月的。小四儿挨了他爸爸的揍，他爸爸是首钢抡大铁锹的，那铁锹一样的大巴掌拍在小四儿屁股上真是一点儿也不含糊。小四儿凄惨的喊叫响彻胡同大院，我知道，小四儿是喊给黄老婆子听的，小四儿把这怨恨记在了黄老婆子身上。

小四儿爸爸打小四儿的时候，后罩楼的灯全是黑的。我猜想，黄老婆子一定在窗户后头一边看一边偷偷地乐呢。我还知道，小四儿爸爸打小四儿，并不是为了小四儿的胡作，是心疼家里无端损失的二十块钱。那时，他一月的工资是四十二块五毛。

不是赵大爷出面，小四儿的这顿揍还不能完。赵大爷说，7 号院的人经过了那样一场大灾大难，悄没声地活着，从清朝到现在，已是很不易了，小四儿的举动有以强欺弱的嫌疑，这不是北京爷们儿的做派，该打。但毕竟小四儿是初犯，小四儿的弹弓打过胡同里多少人，打黄老婆子家还是第一回。由他作保，以后不打就是了。

正值暑假，小四儿爸爸责令小四儿利用假期勤工俭学挣出玻璃钱，于是小四儿每天搬个板凳坐在门口拆线头。拆线头是把针织布的下脚料拆成线团，可以擦机器、擦车什么的。拆线头论斤算，一斤大概是几分钱。小四儿爸爸给小四儿领来的下脚料用麻袋装着，大麻袋蹾那儿比小四儿还高，在他们家门道里一溜蹾了仨。这一来，小四儿就哪儿也去不了了，一个夏天都在门口坐着拆线儿。红的、白的、黄的、绿的，那些下脚料很有色彩，小四儿跟前堆的线头也五颜六色。谁见了都说，四儿，又拆线儿哪！拆几块钱啦？

小四儿一脸哭相，那难受程度比挨揍都痛苦，绝对非常非常的“监介”。

这个暑假，我参加了密云的夏令营，到北海过了队日，到景山少年宫参加了合唱团活动。我过得越花哨，小四儿越失落，他把那个黄老婆子恨得咬牙切齿。说早晚有一天，他不但要把后罩楼南边的玻璃打碎，北边的也一块不留，让黄老婆子好好感受一下什么叫穿堂风。

赵大爷说就凭小四儿这想法，再拆几个麻袋的线儿也不为过。这小子的性情得好好磨。

我终于有了进后罩楼的机会，是跟随我妈一块儿进去的。同时进后罩楼的还有一个叫刘名的小伙子，是电工。那时候电工很吃香，大爷一样地端着架子，到谁家去干活都得有香茶伺候，修房的泥瓦工跟他不能同日而语。电工刘名那天穿了新崭崭一身劳动布工作服，屁股后头挂了个皮套子，里边有钳子、刀子、电笔等一应手使工具，一走道，皮套子就拍打着后胯，潇洒至极。最精彩的还不是皮套子，是刘名那个抹了不知多少“天鹅”牌发蜡的奶油大包头，那是时髦青年的摩登标志。有这样发式的人，大都还配着一脸“青春美丽痘”，否则便是不完美。刘名跟母亲说他查完线要到北新桥商场去会对象，他的对象是卖钢精锅的，是北新桥第一美。

黄老婆子在 7 号门口等着我们，把我们领到楼底层，一间一间地打开门让刘名检查电线。

跟在刘名身后，我激动得浑身哆嗦，我一激动就爱哆嗦，这毛病到现在也改不了。底楼房间光线很暗，说是蛛网尘封当不为过。屋里的尘土多厚，在开门的一刹那，一股霉味夹裹着土灰扑面而来，人得站在门口适应半天才能看清屋里的东西。只查看了一间房子的电线，刘名的大包头就沾满了灰土，像是刚下班的赵大爷。那身蓝劳动布工装也成了花的，后背上沾了一团蜘蛛丝。母亲呛得不住地咳嗽，下一间屋子她说什么也不进去了，她说她进去也帮不上忙，只能添乱。我的兴趣正浓，我要在这座老旧的房子里寻觅美丽的珍格格，一间也不放过。

房子一间间看过去，除了尘土实在没有什么值得一提的，散了架的桌子，漏了底儿的烂铜盆，近乎尘网的破棉花套子，磕了嘴的旧茶壶，两片破屏风歪斜在墙根，屏风上曾经有过玉石镶嵌，就像是我们胡同口玉石镶嵌厂做的屏风一样。那个街道小厂，常常把做半截的屏风拿到门外晾晒，屏风上粘着各种石头刻的图画，有“八仙过海”，有“四大美人”什么的，五彩缤纷，很是好看。黄老婆子家这两扇屏风，上头什么图案也没有，除了尘土之外就是一溜光板。功夫不负有心人，我终于在木板下头发现了一只巴掌大的石头小牛，就这也让我激动不已，想的是有牛就得有牛郎，有牛郎就得有织女……一只花盆底的紫鞋被屏风压在下头，鞋帮已经磨烂开线，木头的底座磨圆了棱角。大概是格格穿过的鞋吧，我想朝它再多看两眼，被母亲揪了出来。母亲低声训斥说，到人家去，两眼不可胡踅摸，怎连这点规矩也不懂！

我装没听见，大屁股一掉，给了母亲一个背影。电工要到楼上检查，母亲说什么也不上去了，也不让我上去，说在院里等着就行了。我知道，楼上是关键部位，珍格格绝不会住在一楼的堆房里，肯定在楼上的某个房间，难得的一次机会，不上楼我不是白来了！

不顾母亲的拉扯，我挣开她的手，紧跟在电工身后，亦步亦趋地登上了那座吱呀乱响的楼梯。楼梯真是有年头了，有几阶踏板已经让虫子吃空了，颤颤巍巍让人无法下脚。楼上朝南四间大房，窗户玻璃是新装上的，亮崭崭的。一棵大香椿树，把枝丫探进走廊内，没把自己当外人儿般地疯长。我想，春天的时候，黄老婆子不用爬树，站在自家廊子上就能摘到香椿，这真是个很不错的设计。楼外沿的栏杆不敢碰，忽闪忽闪的，一摸就要掉下去的模样。小人书上的古代小姐顶喜欢的动作就是倚着栏杆往下看，当然下头是花园、粉墙、秋千，墙外头有多情公子什么的。可是这个栏杆我料定美丽格格是倚靠不得的，稍一使劲，就连人带栏杆一块儿折下去了。底下没有公子，有赤练蛇。

楼上相对比下头整齐一些，多少有点人气儿。第一间房是厨房，瓶瓶罐罐堆得到处都是，杂乱不堪，炒菜锅扔在案板上，米口袋张着口，油乎乎的地面粘脚，遮挡碗橱的帘子上净是苍蝇屎。黄老婆子不是我们家厨子莫姜，把厨房的一切都拾掇得齐齐整整；黄老婆子在这方面一看就是外行，不是个善于料理家务的婆子。奶妈嘛，干成这样可以理解。

几双筷子胡乱地扔在窗台上，脏兮兮地沾满了污垢，从质地上看，它们应该是象牙的，有一根已经断成了两截。我们家也有一双象牙筷子，很有分量，很光润，那是父亲的专用。每回吃完饭，父亲都亲自用布擦干净，把它们收进筷子套里，单独保存，绝不会把它和我们使的筷子一块儿送到厨房去刷洗。我由此知道，象牙筷子是很珍贵的，是连我的母亲也无资格使用的宝贝。我父亲去世后，这双筷子便由我继承了，我用象牙筷子吃了好几年饭。下乡、招工，都在陕西，挑浆水面，夹苞谷面搅团，蘸臭豆腐窝头，喝米汤菜糊，用它也没吃出怎样的精彩来。当然这是后话了。后罩楼的象牙筷子竟然这样不值钱，我除了觉得黄老婆子不识货以外只是替那些筷子可惜，筷命如斯，奈何？

桌子上半碗面坨在碗里，已经干了，大概给猫，猫也不会吃的。不知怎的，我料定这是珍格格吃剩下的，这样粗粝的食物，细嫩的格格如何下咽？

黄老婆子打开了下一扇门，我顾不得再琢磨格格的饮食，匆匆跟了过去。屋里像是住人的，靠北墙窗下有张小床，床上铺着简单的、看不清本色的被褥，床头立着一只三条腿的杌凳，凳子的一条腿断了，借着床帮倚在那儿。杌凳就是四方的矮凳，接在罗汉床的下头可以斜躺着搭腿用，我们家也有这样的凳子。在电影里头，这样的凳子和罗汉床常常跟抽大烟的联系在一起。大烟鬼侧身躺在罗汉床上，脚底下搭着杌凳，举着烟枪，瞄准烟盘里的烟灯，一口一口使劲吸……有杌凳就应该有罗汉床，可是我没有在屋里看到。墙东边站着一个歪歪扭扭的梳妆台，玻璃砖的梳妆镜已经污花得照不出人影，一把断齿儿的长柄木梳，沾满了黑油泥很随意地扔在台面上。床底下的鞋，就是黄老婆子平日穿的那双尖口黑布鞋，沾满了黄泥，一只侧着身，一只底朝上。

墙上挂着一张挺大的旗装女性全身照片，女子很漂亮，穿着绣花的袍子，脑袋上梳着两把头，头上插满了精致的花钿，这个大概就是漂亮的珍格格了。我看着墙上的珍格格，珍格格也在墙上看着我，彼此就好像认识一般。格格的无名指和小手指上戴着长长的指甲套，套子是金属的，上面镶了宝石，看着比黄老婆子的黄指甲顺眼多了……

身后有窸窣的声响，猛回头，见黄老婆子正站在我身后，用那双阴鸷的黄眼珠子狠狠地盯着我。我装作毫不介意地说，这位就是珍格格吧？

黄老婆子冷冷地回了三个字，她是鬼！

我惶惶地退出房屋，寄希望于楼上最后的两间，可是偏偏的电工刘名不干了。他说电线已经老得不能再老，许多地方让耗子啃得露了铜芯，稍不留神就会短路；线路的布局也不合理，很多灯都是串联的，一个地方冒火，一烧一条线，继而是一大片……刘名一边说一边往楼下走，我快走几步拦在他前头说，你还有两间屋子没看呢！

刘名一把拨拉开我说，看不看都一个样，反正这座楼的电线得彻底换，这里头隐患太大。

我说，不行，你非得看，那两间屋子很重要。

刘名可能是急着要收拾他那个奶油包头，急着要清扫那一身的尘土蛛网，急着要见北新桥第一美，对拦在楼梯上的我表现出了十二分的不耐烦。他大声对黄老婆子说，这是谁家的孩子，怎管事管得这么宽！

母亲赶紧把我拉开了，朝我身上拍了一巴掌说，不叫你来，偏跟着，这儿有你什么事儿啊，瞎掺和！

应该说母亲拍打得并不重，说她是冲着我身上的一身土拍打的也未可知，我却借机号啕大哭起来。目的未达到，功亏一篑，我委屈！我料定珍格格就在最后两间的其中一间里待着。“检查电线”，多么正当的理由，黄老婆子想拦也拦不住的，偏偏的，刘名要去会什么对象。就冲他把我闪在半路上，我断定他的对象准得吹。什么第一美呀，狗屁！

我跟小四儿讲述进 7 号探寻珍格格的过程，自然有吹嘘成分在其中，说见到了住在楼上的美丽格格，格格穿什戴什，长得什模样，一切都照着相片描述。把个小四儿听得眼睛发直，只恨自己的妈不是街道治保委员。为了证实所见不虚，我特意提出了象牙筷子和紫缎花盆底鞋为佐证，当然不能提筷子的断裂和紫鞋的破烂，所说的是大玻璃砖镜的梳妆台，金丝楠木的杌凳，镶嵌玉石的天女下凡屏风……我尽我的想象而描绘，虽是捕风但都有影，充分展现了我后来靠这本事吃饭的创作天赋。

小四儿认真地问我，你真看见格格了？

我说，真看见了，高挑的个儿，梳着两把头，全身的。

小四儿问，格格穿了双什么鞋？

我说，黑的。

小四儿问，格格穿了什么样的袍子？

我说，白底绣花。

倘若小四儿再问下去，他会发现格格全身的穿戴除了黑白再无其他，因为我看到的那张照片是一张黑白照片。

从此，小四儿对 7 号的一切更充满了向往。他有一回晚上翻墙进去，偷偷摸上了后罩楼的二楼，黄老婆子正端着灯鬼一样在楼上巡查，小四儿把黄老婆子吓了一跳，黄老婆子把小四儿也吓了一跳。小四儿后来跟我说，他当时浑身冒虚汗，蹲在地上站也站不起来了，他见到的不是黄老婆子，整个儿是一飘忽的女鬼。那鬼没有脚，没有脸，举着蜡烛，直直地冲他飘过来……小四儿被黄老婆子抓住了，送到了派出所。小四儿在这一带名声不好，加上夜闯民宅，警察就对他很不客气，把他全身搜了个遍，当然是一无所获。问他上楼干什么，他说不干什么，警察就说他是个顽劣少年，满嘴没实话。

这事让赵大爷解释，就成了小四儿的魂被王爷家的女鬼拿住了。夜半三更跟在女鬼后头满楼转，那女鬼为了找替身，让小四儿往井里跳，小四儿不跳，说里头已经满了，跳不进去了……

只有我知道小四儿晚上到后罩楼干什么去了，他是去看珍格格了。自从我进过后罩楼以后，小四儿总觉得自己缺了点什么，他得把这个缺憾找补上。我问小四儿看见珍格格没有，小四儿说当然看见了，他上去的时候珍格格正坐在梳妆台前梳头，满头黑发暴散开来，一直垂到凳子上，珍格格一下一下梳着头发，有条不紊的。穿的正是那件白底绣花袍子，从背影看，是个典型的青春美少女，我们胡同里的女孩子是没人能比的。我问珍格格梳头用的可是那把长柄木梳，小四儿说，就是，就是，一点儿没错，我看得很清楚。

完了！我知道，我们俩都在说瞎话。

后来我读了高中，学校远，住校，两周才能回家一次。小四儿进了半工半读学校，其实类同少年管教所，简称“工读学校”。夜闯民宅那件事对他的影响很大，让他在胡同里很是抬不起头来。

“文革”开始了，学校停课，开始大家都处于无所事事的状态，不知形势下一步朝哪个方向发展。我回家住了，家里的气氛也很不好，父亲担心他的历史问题，每天提心吊胆的，连黄猫把桌上的茶碗蹬到地上也吓得他脸面变色。母亲很坦然，她朝阳门外南营房的卑微出身，是最好的护身符，谁能在一个城市贫民出身的人身上动手脚呢？皇上亲兵的后裔赵大爷处境很糟糕，面粉厂的造反派在他们家门口贴了好些大字报，说他是“从阴沟里爬出来的魑魅魍魉”。黄老婆子被街道造反派封为“封建主义的残渣余孽”。“残渣”和“魑魅”每天负责清扫我们这条胡同，两个人像约好似的，都是半夜清扫。夜深人静时，大街门外传来唰啦唰啦的扫帚声，此起彼伏，让人越听越瘆得慌。

这天早晨，大院里乱哄哄的，口号声不断。我出去看，是小四儿领着一帮穿黄衣裳的人在搞大批判。一张脏兮兮的饭桌子上摞了一只三条腿的杌凳，凳子上跪了一个女鬼一样的人物，仔细看竟然是黄老婆子。太阳下的黄老婆子比阴影里的更加难看，她那几乎全光的脑袋上残留着几绺白发，垂下来糊在脸上，白玉簪早已不知去向；两只手流着血，不知是谁将黄老婆子左右手的无名指与小指上的长指甲全被拔掉了，想掏谁的肚肠也掏不成了。鹰钩鼻，瓦刀脸，满脸的屎尿，满身的血污。不是那双硬套在脚上的花盆底紫鞋，谁也认不出跪在凳子上的就是以前司空见惯的黄老婆子。

黄老婆子跪在晃晃悠悠的三条腿凳子上，随时有掉下来的危险。几年不见，她老得更没有人样了，灰暗的脸现在变得青紫，眼睛紧闭，整个人变得瘦小枯干，像是突然从地窖里拉出来的一块陈年干肉。黄老婆子的脖子上吊着后罩楼那张旗装格格照片，照片上的格格云霞一样的服装，娴静的眼睛，美丽而高贵，无言地与闹哄哄的人群相视着。

桌子下头，站着赵大爷，弯着腰，胸前挂着“坏分子”的牌子。赵大爷被打扮成了白无常的模样，穿着面粉厂的白大褂，戴着高高的白尖纸帽子，上头写着“我来也”几个字。他们两个，“残渣”和“魑魅”，随着街道造反派的“痛打落水狗”运动的深入，再一次被揪了出来，始作俑者就是小四儿。

小四儿，我现在应该叫他大名了，王庆和。王庆和正指挥着人往黄老婆子和赵大爷头上浇屎尿汤，这些东西来自大院口的公共厕所。尿液顺着黄老婆子身上往下淌，淌到她脖子下头的照片上，立即，照片上的美人变得模糊污秽，不堪入目。赵大爷对王庆和的这一举动表示出了不满，扭过头要说什么，刚张嘴，桶里的尿液全泼下来。

小四儿已经不是过去的小四儿了，他长得很壮实，很高大，嘴上有了细细的胡须，说话的声音也变得粗而沙哑。他穿着红卫服，戴着宽袖章，抡着皮带，在历数黄老婆子的罪恶。

从他的嘴里我知道了，根本就没有什么黄老婆子，真正的黄老婆子在民国期间就死了，眼前这个是后罩楼的真正主人珍格格！

一阵心悸，我一屁股坐在台阶上，远远地看着阳光下的那堆“干肉”，浑身发冷。我明白了，这些年来自己忽略了一个重要问题——年龄。岁月的延伸把格格变成了老婆子，而我们的思路却定格在了几十年前。一切都是想当然，一切都是出自单方面的美好想象，不断地添油加醋，不断地修改补充，自己给自己描绘了一幅理想的美丽图画。现在，水落石出之后是无尽的苍白，苍白得什么都没有了……黄老婆子——美丽的格格，将两个背道而驰的东西统一起来。艰难之外便是失落，是拾掇不起来的苍凉，甚至是一种愤懑，一种被欺骗后的不可饶恕！信念的轰塌让人懊恼，我完全能理解此刻小四儿的心境。

小四儿看到了坐在台阶上的我，但是他装作没看见。他变得更加慷慨激昂，跳上了桌子，站在黄老婆子旁边，用皮带朝那个已经称不上头颅的头颅狠狠抽了下去。黄老婆子连同她的机凳、她的照片，一起摇晃了几下，还是立住了。

一个红卫兵跑过去，生拉硬拽，扯下黄老婆子的照片，摔在地上，狠狠地踏了几脚，紧接着点燃了火，在阳光下看不到火，只看见美丽的格格照片四边变黑，翻卷，继而从中间熔出一个巨大的黑洞，使那张端庄的面孔变得扭曲，变得不堪。

啊，这不是黄老婆子又能是谁？

我心里一阵遗憾，从今往后，再也见不到这张照片了。照片随同美丽的格格都化作了庄周之蝶，在阵阵口号声中飞上北京的天空，去了，去了……带着我童年的憧憬，带着美的希冀。

想是与小四儿有着某种心灵的沟通，在照片变成灰烬的那一刻，我发现小四儿变得歇斯底里，失去理智一般。他将皮带抽下去的同时猛地把杌凳一踹，黄老婆子真如一块干肉一般从上头跌了下来。我想起了从后罩楼上倚栏而下的美人，下头是荒草，是赤练蛇……

跌下来的黄老婆子再没有起来，也没有血流出，她已经彻底干了。

赵大爷那天批斗会回家，吃了两碗赵大妈给做的炸酱面，小碗干炸。他说他命里该着有此一劫，他不该把后罩楼老王爷家的事儿给说破了，活该！我才知道，黄老婆子与珍格格是一个人，这个谜底是从赵大爷嘴里出来的。我也知道，这件事，我父母亲也知道，他们之所以不说，是多一事不如少一事罢了。

后来，清查“文革”三种人的时候，王庆和作为有命案在身而受到了处置，这时候我已经离开北京到陕西工作了，听说王庆和后来的境遇一直不好，工作丢了，老婆又下了岗，儿子不争气，吸毒……奥运会前两年，北京所居一代作为旧房改造，全部推倒建小区，老街坊们有的搬走了，有的又回来了，后罩楼自然是没有了，可是听说后罩楼院里那口井，还有井边的大黑枣树还留着，成为小区里的一个景致。王庆和还在小区里住着，他千里万里地往陕西给我打电话，让我一定回去看看，并且说有事托付我。

利用回北京开会，我去了一趟“老家”，一切都面目皆非，认不得了，包括王庆和。过去小四儿的灵动狡黠、诡诈多端已经荡然无存了，无论如何我不能将眼前的男人和幼年的朋友小四儿联系在一起，就如同我不能将珍格格与黄老婆子联系在一起一样。

我还没有说王庆和老，他却指着我说，丫丫，你老了，成老太太了。

我说，还没有你老。

王庆和说，我比你大，大两岁……

我想，再过两年我也成不了王庆和这般模样。

王庆和领着我来到小区院子里，指着他们家的楼房说，后罩楼。

那座灰色的7层楼房是小区中几十座一模一样楼房中的一座，没有什么特殊，看到我不解的神情，王庆和说，它的位置，正在后罩楼上。我住在二层东头。

我明白了，看楼前头，果然那棵黑枣树还在，晚风里，树叶在轻轻摇动，王庆和嘿嘿一笑说，它还认识你。

从王庆和的一笑中，我依稀寻到了当年小四儿领我爬墙的表情。

树的旁边应该是井，不过井的位置已经用石头砌成了一个花坛，旁边围着一圈石头凳子。花坛上开满了玉簪花，油绿的叶子，嫩白的花朵，一派生机。有小区街坊从旁边路过，对王庆和说，王大爷，又欣赏您的玉簪花哪？咱们这儿的玉簪比北海的长得都美。

王庆和指指我说，有客人，后罩楼的老街坊。

我们在“井”边的凳子上坐下来，我说，如果赵大爷在，又该编了，说夜深人静坐在石头凳子上能听见玉簪花底下有人说话。

……

一时彼此很长时间无话，各自陷入各自的思路。

王庆和说，我不踹最后一脚，黄老婆子不至于栽下去……

我说，栽与不栽，她的生命已经走到了尽头。

王庆和说，话不能这么说，我那一脚是致命的，她下去了就再没起来。我和八国联军属于同一伙的，所以以后的命运多舛都是报应，我认……

我说，那时候我们毕竟年轻。

王庆和说，年轻不是理由，当年随着老王爷跳井的大部分是年轻人……

我知道，王庆和这些话是说给井底下的人听的。

王庆和问我见没见过赵大爷，我说要见了赵大爷可是见鬼了，他要活着有一百多了，你都成了王大爷了，还要找大爷，怎么可能？王庆和说现在活一百多的人有得是，他说我的本事比他大，在北京有能力的朋友比他多，他托我帮他找找赵大爷，找不着赵大爷找他儿子，找他孙子，他得当面跟赵大爷他们说，小四儿真不是东西！

我说，干吗要这样？

王庆和说，我欠了人家这句话。

半天，王庆和又说，我今年七十了，有心脏病，说走就走，我不能带着这句话到那边去。

北京七月的傍晚，一阵风吹来，飘过玉簪花的阵阵清香。

2011年，因为考察王府的事情，我在美国汤姆森等人于一百多年前拍摄的一本照片集中，又看到了当年挂在黄老婆子家的那张格格照片。两张照片似乎出自同一张底片，大小不同而已。照片上的格格着白底绣花旗袍，用忧戚的眼神看着我。在翻到她的同时，我几乎要惊叫起来。

照片下边的说明是某王府侧福晋。

与珍格格无关。

扶桑馆

老唐是天津人，在留学期间娶了日本媳妇吉田和子。婚后和子跟丈夫回到中国，难改日本生活习惯，把房子做了大改造，进屋先上一层台阶，地面铺了草席一样的榻榻米，给人的感觉是进门就脱鞋上炕，人称老唐家为“扶桑馆”。

扶桑馆

一

狸被我踹了一脚，扁脸抵在地上，屁股撅得老高，嘴里发出呜呜的声响，那块顶着红玫瑰花的蛋糕被压在身底下，成了模糊的一团。

我们哈哈地笑，苏惠抓了一把土攘(ráng)在狸身上，使狸的面目更加不清爽。苏惠是个安静平和的孩子，不似我，属于“淘得没边儿的”(我妈的评价)，苏惠对狸这样做，已经超出了她的行为规范。

狸是杂种，他妈是日本人，带着他妹妹住在横滨。横滨离北京有多远，我们不关注，我们关注的是狸的奇怪长相和傻乎乎的性情，以及他手里常常变换的美食。狸不亏嘴，他爸宠着他，百依百顺，他手里有时是艾窝窝，有时是冰激凌，有时是镶着豆沙的大糖葫芦，甚至还有装在铁盒子里的鱼皮花生，都是我们很向往又很难得到的东西。狸喜欢把这些东西拿到街门外，坐在台阶上，在太阳底下独自慢慢享用，吃得认真又夸张，这是狸之所以没人缘的所在。胡同的孩子家境一般，平日别说奶油蛋糕，就是回民铺子的早点油炸糕半年也难得吃上一回。我的条件相对优越，知道不要拿着好吃的到外头去显摆，那样会让别人难堪。妈说过，别人吃东西不许在旁边瞅嘴，看人吃东西很掉价，很丢人现眼。但是我知道，看狸吃东西不在“丢人现眼”之列，只要看见狸在台阶上坐着，鬼使神差，我们便会自觉不自觉地凑过去，先是揶揄、调侃，紧接着把他手里的东西打掉，欣赏狸那欲哭无泪的模样。这是我们的恶作剧，小孩子没有不喜欢搞恶作剧的，要不就不是小孩子了，不打架不闹事我们就会精神不爽。

狸的眼睛很小，距离很宽，嘴巴大，牙朝外龇，要哭的时候头一仰嘴一歪，俩眼珠向鼻梁集中，那斗鸡眼的模样不是谁都能做得出来的。我们这群人当中，能做得出斗鸡眼的只有小四儿。我曾经对着镜子练习斗鸡眼，妈问我在干什么，我说在学狸。妈告诉我不要欺负狸，说狸是个可怜的孩子，身边没有妈妈护着，自个儿又不健全，我们再整治他是伤天害理，是造孽。可是我管不住自己，见了狸就打，见了狸就打，胡同里的孩子都这样，一个群体，总得有个被欺负的小菜碟儿。所谓“小菜碟儿”是北京人饭桌上不值钱的、不上台面的小菜，通常是炒雪里蕻、小酱萝卜一类。谁的筷子头都能往碟里戳，没人在乎。这似乎是习惯，一帮孩子里得找一个“小菜碟儿”才算完整。

狸傻，但是他能准确叫出我们每一个人的名字，这也是我讨厌他的地方，特别是从他那张拢不严的嘴里喊出“王八丫丫”的时候，我总是遏制不住扇他大嘴巴子的冲动。我的小名叫丫丫，我爸常在丫丫前面冠以“王八”二字，我脾气倔而拧，像王八一样。据说王八一旦咬着东西绝不会轻易撒嘴，除非听到驴叫唤，跟我的性情有所接近，由此我就被划入了王八系列。胡同里的伙伴们也“王八丫丫”“王八丫丫”地叫，谁都有小名，比起兔儿爷、小臭臭、二丫头、蝲蝲蛄，我这个“王八”还是挺有气势的。

别人可以叫，唯独狸不能叫，狸在我们当中是入不了群的另类。狸叫一回“王八丫丫”我揍他一回，叫一回我揍一回，他为这个挨了我不知多少打。我认为，从另类嘴里叫出的“王八”带有贬低的色彩，其实狸一点儿也没贬低的意思，他对我很崇敬。

狸是一种动物，城里见不着的动物，我们谁也不知道真正的狸是什么模样。我的三哥爱抽外国烟，外国烟的烟盒里装有画片，我们叫洋画儿，十张是一套，凑齐了一套可以去换一盒烟。我的爱好是攒洋画儿，不是为了换烟，是喜欢那些美丽的画面。手里头已经攒了好几套，有法兰西美人的，有欧罗巴洋楼的，有大洋洲花卉的，也有美利坚动物的。动物里头有张狸的图像，白肚尖嘴黑眼圈，毛色棕红像狐狸，比狐狸腿短，腰身肥胖，模样挺滑稽。我管三哥叫老三，随着我爸爸叫，老三很反感，向我妈告状，说我把他烟拆了。妈说，拆就拆了呗，反正你也得抽。

老三说，这只王八把一条烟都拆开啦，烟卷都成干柴火！

妈说，干了你就别抽，我烦你们哥儿几个抽烟。

老三说妈惯着我，说妈偏心眼儿，说妈不是他亲妈。妈当下脸一拉，说老三的话说多了。老三再不敢吭声。

妈的确不是老三的亲妈，老三的亲妈死了，我妈是他的继母。

我把画片拿给爸看，让他确认画上的动物是不是狸。爸说是狸，很珍贵的动物，山里才有。我问狸平时吃什么，爸说狸吃蚯蚓，吃小虫子，也吃果子，中国人习惯叫果子狸。我说老唐的傻儿子就是这个东西，叫元宝啊，叫大顺啊，叫什么不好，偏叫个吃虫子的狸，不知老唐怎么挑的。爸说，狸的母亲是日本人，狸是日本人崇尚的动物，叫“他奴 ki”，日本人好多家门口都蹲着一只陶瓷的“他奴 ki”，“他奴 ki”是招财进宝的吉祥物，商家最看重。唐先生岳丈家是有钱人，管外孙叫狸没什么不正常。

狸的日语发音轻柔好听，有昵称的感觉，比我的“王八丫丫”可爱多了。我问爸日语“王八”叫什么，爸说叫“卡妹”，我说“卡妹”比“王八”好听，以后我改名“卡妹丫丫”了，爸笑笑说，还真是。

妈也说这个名字改得好。

可是“卡妹丫丫”在我们家硬是叫不起来，好听归好听，没人认可。

我把狸的画片和信息传递给胡同的伙伴，于是大家知道了狸的来龙去脉。5 号的兔儿爷和大芳端详着画片说，跟唐家的狸长得还真有点儿像，特别是那双眼睛。

狸是个记吃不记打的主儿，挨过打没两天又举着块萨其马出现在了门口台阶上。吧唧着嘴，流着哈喇子，一脸点心渣，模样丑陋。我正在胡同里看卖小金鱼儿的，卖金鱼的汉子挑着两个木盆，正拿着纱网子给赵老太太捞小鱼儿，鲜红的鱼儿在水里灵动无比，在网子下钻来绕去，就是捞不上老太太要的那条脑袋上顶黑斑的。我看得心急，学着我们家的猫黄黄儿朝盆里伸进手去，鱼儿们立刻惊恐四散，乱成了一锅粥。卖鱼的急了说，丫头，不带这样的啊！你们家大人哪？

挨了呲嗒有些无趣，远远看见狸出来，就溜达过去，轻声问，狸，吃什么哪？

我的态度和蔼又亲切，像是狸的好友。狸没看出我黄鼠狼给鸡拜年的假模假式，咬着萨其马说，……马……马，大马……

我问他，萨其马好吃吗？

狸笑眯眯地说，王八丫丫。

我蹲在狸对面，做出了扇他的准备。

狸见我对他好，高兴得大鼻涕泡儿都冒出来了，把那块萨其马更使劲地咬了一大块，仰着脑袋肆无忌惮地嚼着，吃相像我们家的狗玛丽。我张开巴掌，正要朝那张幸福无比的扁脸拍过去，狸的爸爸老唐从街门里走出来。老唐见了我说，七格格跟狸玩哪！

胡同的街坊里，只有老唐叫我七格格。我们家在旗，女孩里我是老七，最小，属于垫窝儿的。妈四十多了才生我，说我是拉秧的瓜，没长熟，黄毛小眼，嘴碎手贱，是我们家女孩里最不成功的一个。没人叫我格格，也没人把我当格格，我也没认为自己是什么格格，我没那么娇贵。

老唐叫我七格格那是尊称，是看在我爸爸的分儿上才这么叫的。他管我爸爸叫四爷，有时候叫“先辈”，因为他们都在日本东京帝国大学念过书，都是国家派去的留学生。我爸爸是民国初年回来的，老唐是抗战全面爆发第二年回来的，差着二十年呢。

当着老唐的面，张开的手掌不好立即收回。我说，我正教狸数手指头认数呢！

随机应变，自然得体，我编瞎话的能力相当了得，我妈管我叫“瞎话篓子”，说我一天无数的话语中，能有两成是真的就很让人吃惊了。的确，我思维的想象力、延伸力、组织力、变通力是金家的佼佼者，有时候能把我爸爸那个大学教授哄得一愣一愣的。我说下午后院树上落过一只鹦鹉，雪白的，黄嘴，脚上还戴着金属链子。爸就以为真落过鹦鹉，说八成是南边傅家的那只大白飞过来了。其实呢，是只黑老鸹。老鸹和鹦鹉都是鸟类，我也没胡说，顶多认错了而已，至于黑的、白的，可以忽略不计，干吗那么较真儿？我编瞎话顺嘴而来，脱口而出，脸不变色心不跳，刚说过就忘了，一遍跟一遍不一样。但有时候让我多重复几遍就成了真的，赌咒发誓，煞有介事，地老天荒地再不会更改，甚至成了记忆。这也是为什么金家十几个孩子，只有我后来成了作家的原因。至今我坚信，感受力、创造力和表达力是作家的基本功力，尤其是创造力，缺了这个不行。

老唐看着我的巴掌说，狸认数，不用教，他能从一数到一百呢。

狸一听，马上点着脑袋，晃着身子，一二三四五地数起来，拦也拦不住。

狸姓唐，住在 3 号。我们家住 2 号，形成直角，戏楼胡同在这儿窝成了一个长方形的大院，从 2 号到 9 号，都在方形的场子内，10 号以后就甩出去了，这几个院门的街坊相对就走得近，彼此知根知底儿。老唐的媳妇长得白皙漂亮，梳着大包头，说话细声细语，不似小四儿的妈，一嗓子“小四儿回家吃饭了”，半条胡同都能听见。也不似兔儿爷他妈，一天到晚蓬头垢面的，穿着大裤衩子就敢坐在门墩上抡芭蕉扇。老唐媳妇属于老派人，她嫁给老唐就随着老唐姓。像小四儿的奶奶，官面上称呼是“赵门刘氏”，其实人家娘家姓刘，嫁给了姓赵的；高家老太太是“高门隋氏”，都把夫家的姓顶在头里。老唐的媳妇姓吉田，不叫“唐门吉田氏”而是叫唐和子。她虽然姓吉田，但本人叫和子，户籍簿上记录的是“唐和子”，我们都管她叫“糖盒子”。兔儿爷遗憾地说，可惜老唐姓唐，他要是像日本人一样姓两个字儿，比如“王八”，那么糖盒子就是“王八盒子”了，听着更像日本人。

小四儿说他爷爷早先在河北乡下见过王八盒子，半自动手枪，日本人造的，大而扁，汉奸用得比较多。兔儿爷说，要是抗日的人使用就得拴上一条红绸子。枪是同一种枪，有了绸子就不可同日而语了。

小四儿说他比较看好“鸡腿撸子”，撸子个小，也是日本造的，能别在腰里，威风有派，不像“王八盒子”，斜挎在屁股后头，一看就是碎催模样。“碎催”是北京话，跟班的意思，小四儿说兔儿爷就是他的碎催。

男孩们都喜欢枪，于是有关王八盒子的讨论延续了一个上午，我们研讨的话题随意性很大，谁也无法控制。

老唐是天津人，在留学期间娶了日本媳妇吉田和子，听说糖盒子她爹是制糖业的大老板。按吉田家的意愿是让老唐入赘，老唐说，如果唐家有哥儿两个，他入赘可以，可是他们唐家只有他一个，他是独子，这个问题就不能考虑了。

婚后的糖盒子跟丈夫回到中国，难改日本生活习惯，把 3 号的房子做了大改造，屋内地面被抬得很高，进屋先上一层台阶，地面铺了草席一样的榻榻米，给人的感觉是进门就脱鞋上炕。窗户又开得很低，坐在屋地上能看见院里跑的猫，屋里的隔断是推拉的，糊着纸，没有床，晚上一家人睡觉就躺在榻榻米上。依我的想象，睡醒了一睁眼，满目是桌子、椅子腿儿，视觉角度变成了耗子，真够别扭的。

因为房子多，他们一家住不过来，就租出去一部分，也都是租给日本人，那时候北平正让日本人占领着。3 号门口常停着东洋车，下来些宽袍大袖，留着小黑胡子的日本人。日本人管 3 号叫“扶桑馆”，中国街坊当面也称“扶桑馆”，背后却叫“鬼子馆”，就跟胡同东边的南馆、北馆似的。南北馆是俄国东正教的地盘，住的都是金发碧眼的老毛子，建筑是尖顶子，圆拱门长条窗户，很是各色。

我认为洋人待的地方一般称作“馆”，把这个观点和爸作为学术问题探讨，爸说不一定，中国叫馆的地方也很多，比如朝廷的同文馆，颐和园的听鹂馆，府右街的图书馆，他们大学的资料馆，都和洋人没关系，我的论点不能成立。我说，北京的洋人不少，赵大爷说过，东交民巷一带，洋人多，馆也多，老百姓不待见洋人，把东交民巷改叫“切洋鸡巴巷”。

妈在旁边插嘴，这可不是姑娘家说的话啊！

我说，不是我说的，是赵大爷说的。

妈说，赵大爷说的你也不能学。

我问为什么，妈说什么也不为。

3 号叫作扶桑馆还有一个原因，唐家正屋墙上挂着个镜框，白纸黑字，写着“扶桑馆”三个字。字写得不怎么样，没有格局，比较率性，有些信马由缰。这块匾，我姑且把它叫匾吧，“文革”的时候还在唐家高高地挂着，没有被触动。爸说唐家那块“扶桑馆”是个大人物写的，原本是写给老唐的老丈人的，糖盒子来中国，就把它带来了，作为家乡的一个念想。我问大人物有多大，比地下管道局的局长还大吗？我没见过大官，见过最大的官就是管北京下水道的局长，局长派头很大，戴着白手套，把汽车停在马路的窨井口，让手下把井盖掀开，让那些人拿着长竹片往里探。大热天，那些小碎催们整得满头大汗，烂脏腥臭，局长则让人打着黑阳伞很悠闲地坐在旁边喝茶。可见局长是大人物，当官当成这样那才是值！

爸最终也没告诉我“扶桑馆”是谁写的，他有点儿讳莫如深。

听妈说，以前糖盒子出门，常穿和服，花枝招展，五光十色，发髻挽得很高，脸擦得很白，穿着木屐，嘀嘀嗒嗒，像一只大花蛾子，吸引着胡同集体的眼球，连正在院里打袼褙的赵奶奶也挓挲着一手糨子跑出来观看。有好事的街坊问糖盒子后背上背的小包袱里头装的什么，糖盒子听不懂，弯着腰叽里咕噜说了一通日本话，这边自然也听不明白。有“内行”翻译说，小包袱里装的是她们祖上的骨灰，把祖先背在脊梁后头，走哪儿都带着，省得买坟地了。后来经老唐解释才知道，就是一个宽带子，在后腰上绕了两道弯罢了。中国人还是不能理解，穿成这样，累赘不累赘啊！

日本一投降，除了唐家以外，扶桑馆的日本人全撤了。他们走得很匆忙，许多手使的东西堆在街门口，上面写着“自由持取”的白条子。“自由持取”是日本话，用咱们的话说就是“随便拿”。整条胡同的人都来“捡洋落儿”，小四儿家捡了一摞写着“有田烧”的大盘子，“有田烧”是日本有名的瓷窑，就跟中国的景德镇似的。几十年来，那些华丽的瓷器在小四儿家一直充任着盛炒萝卜条，炒疙瘩丝和凉拌黄瓜的功能，尽职尽责。兔儿爷他妈发现“自由持取”最早，推走了一辆自行车，这辆车兔儿爷他爸爸从东城国子监到西城白石桥，上下班都骑它，每天几十公里，风雨无阻，一直骑到解放以后。要不是车胎配不上，还能骑呢。大芳他们家“持取”了两把理发的推子，嚓嚓嚓，推起头发很快，不夹头发，以致大芳的哥哥由踩着平板小车捡烂纸改行做了理发匠。两把推子改变了一个少年的命运，这样的事儿还真不多。给我们家做饭的老王捡了一个大号带沿的铁锅，生铁的，挺沉，挺深，他到底也没弄明白怎么用这个锅做饭，后来卖给了背着柳条筐沿街收破烂的孙婆子，换了两包洋取灯。洋取灯就是火柴，一包十二盒，相对铁锅来说还比较实用。高老太太是小脚，来得晚，挑了半天，抱回去一个小和尚石雕，原本是个摆设，老太太拿回去没用，放炕上拴孙子，拿根裤腰带，一头系在孙子腰里，一头套在日本和尚脖子上，裤腰带范围之内，是孩子的活动天地。高家几个孩子，都是日本和尚看大的……

二

街坊们这样收获抗战胜利品的时候，我和小四儿等人大部分还在娘的肚子里，所以，我们没有机会看到漂亮的穿和服的糖盒子和那些白捡白拿的欢乐场面。我记事的时候已经到了新中国成立了。

50 年代初期的糖盒子穿着厚厚的棉袄棉裤，头上包着格子围巾，走路低着脑袋，背上背着狸的小妹妹，一个细眉细眼，动辄便咧嘴哭的小丫头片子。我估计，这小东西长大了也注定是个挨揍的货色，不会有多大出息。我很想看看穿和服的糖盒子，但是她一回也没穿过。可不，日本投降好几年了，哪个日本侨民还敢在北京地面上张扬，他们收敛得比小菜碟儿还小菜碟儿。

原先在崇文门外古玩店上班的老唐两年前改为走街串巷，专门收购旧货的“打小鼓儿的”，这个职业在民国和解放初期很普遍。小鼓儿茶盅盖大小，扁扁的，鲨鱼皮蒙面，攥在左手，右手用一根细竹棍，棍头裹着胶皮，梆梆地敲击，鼓声响亮清脆，在幽深的胡同里能传得很远。人们在家里一听到鼓声就知道收古玩旧货的老唐来了。老唐可以直接进到卖主的家里，在卖主的桌上、炕上审看物品。有时候老唐不等人招呼也进屋，脸上堆着笑，亲切地说，老没见了，怪想您的，这些日子您一准找着了不少好东西，让我开开眼。

如果主家正想用钱，就会装作很不经意，顺水推舟地从腕子上撸下镯子，让老唐估成色，论价钱。

还有级别稍次，属于收废品的，敲的是软鼓，嘭嘭嘭，嘭嘭嘭，三下，用特有的沉闷短促嗓音吆喝：“有旧衣裳、旧家具——我买！有旧书本、洋瓶子——我买！”这类人可以进入住家院落，但是绝不能登堂入室，卖家买家都恪守着这个规矩。最次一等是收破烂的，多是上了年纪的妇女，她们来自城郊，早出晚归，跟城里，跟乡村有着千丝万缕的联系。白天，以上午居多，背着大筐沿街叫唤：“有破烂儿——我买！”声音拉得很长，像唱歌。婆子们收购的多是破衣裳烂袜子，她们身后的大筐里有洋火，也有鸡蛋、绿豆什么的乡下土产。若是要现钱，她们给出个两毛、三毛顶天了，通常是以物换物。

有一回，我妈用老三穿剩的一件拾掇不起来的线衣以及乱七八糟的东西，跟孙婆子给我换了一双农村男孩的靸鞋。鞋当然是新鞋，方口蓝布面，鞋头包着黑土布，用针线密密地缉着，硬邦邦的不跟脚。我说：妈，鞋大着呢，大半个拳头。

妈说，穿穿就不大了，你的脚还长呢。

我说，鞋帮子太硬，硌脚。

妈说，你看人家这针脚缉得多齐整，多细密；乡下人实诚，这双鞋比老三的皮鞋还结实，穿个三五年没问题！

从妈嘴里我知道了“缉”这个词儿，从这双大靸鞋上我了解了“缉”的作用，就是一针顶着一针缝，硬把布片缝成铁皮。我穿着这双用烂线衣换来的新鞋，只半个时辰，后脚跟就磨破了，跳皮筋，一抬腿，鞋就上了房顶。妈让老三把鞋够下来，给鞋缝了根带子，这双能踢死驴的鞋从此跟定了我，再也无法摆脱。我恨死了收破烂的孙婆子，有时候学孙婆子吆喝“有破烂儿——我买”，学得惟妙惟肖，可以乱真。妈拍着我的屁股说，学什么不好，将来你还真要当收破烂的！

想想看吧，一个城里的小丫丫穿着一双农村野小子的大靸鞋在胡同里走来走去，自信心受到了何等挫折。不敢对妈表示不满，但是只要一看见孙婆子，我就让小四儿们用崩弓子崩她，把老婆子整得想骂也找不着人，后来干脆不到这条胡同来了。不来就不来。谁稀罕！

胡同的孩子没有上幼儿园一说，用现在的话说是：放野羊一样地散养着，家家都好几个孩子，大的带小的，不宠不惯，我们成长得都很自觉，也很自由。一帮孩子，拽包、跳间、弹球、拍洋画。没有滑梯，没有跷跷板，当然也没有秋千和沙坑，我们只能在胡同大院里玩，跟门口的大槐树较劲，自己跟自己作（zuō），欺负杂种狸就成了我们的主要乐趣。

狸会唱歌，他有音乐天赋，唱得很动听。他唱得最好的是《麻雀教算术》：“七八、七八、七八八，小麻雀要当先生啦，一个一个数过来，七八八，七八八……”歌是他妈教的，用日语演唱。我们听不懂，只能明白“七八八”，一听到“七八八”就过去揍他。

打小鼓儿的老唐生意不错。新中国提倡“劳动光荣”，但是一些过去的显贵们放不下架儿，宅门的哥儿也不想出门挣钱，便典当家私，维持着场面。碍于脸皮和身份，这些人不便经常出入委托商店(解放后典当行业改成委托商店)，走街串巷的老唐就成了受他们欢迎的人物。家里有什么古玩玉器，书画法帖，细软皮货伍的，都喜欢卖给老唐。老唐出身古玩铺，懂行，不会走眼，给价也公道，又住在附近，做买卖不会太离谱。

打小鼓儿的虽然也属收旧行业，但是视野宽阔，精于鉴定，跟三六九等的人都能搭得上话。打小鼓儿的老唐穿着长衫，腋下夹着包袱皮，细高的身材，儒雅模样，很是招人待见。老唐收旧物的包袱皮来自日本，绿地白萱草的图案，颜色鲜亮，跟老唐的灰大褂相搭，很是和谐，这怕也是老唐区别于其他打小鼓儿的之处。老唐衣着齐整，戴着呢子礼帽，脚上是锃亮的皮鞋，不像是收旧货的，倒像是学校教书的先生。老唐收旧货有自己的区域，南至东四头条，北至北小街炮局，三天串一个来回，不胡走，不过界，摸着老唐的规律就能逮着他的行踪。旧官宦府邸，殷实宅门是老唐的重点对象。有时候不为收东西，就为进去串串门，聊聊天，联络一下感情，很多意想不到的好东西就是在他联络之中到手的。

他到我们家来，多是在爸下了班，吃完晚饭以后。那时候的爸闲适而轻松，心情一般也很好，想找件什么事儿解解闷儿，这时候老唐来了。老唐进门先打千儿问候，礼数十分周到，像个世家子弟，谦恭得像是后辈对学长的仰慕和尊敬，让爸的心里十分舒坦。爸说看唐先生这么高兴，一定是发了财了。老唐说，发多大的财在四爷眼里也是个小手指头，四爷祖上进出紫禁城，什么好东西家里没有，什么宝贝没见过啊？

爸让老唐坐，老唐偏着半个屁股坐在茶儿旁边的椅子上，不往八仙桌旁边的太师椅上坐，老唐是个挺懂规矩的人。

胡同的街坊包括我在内，大家都是老唐、老唐地叫，一个沿街打小鼓儿的，值不得另眼相看。但是只有我爸，嘴里一直叫他“唐先生”，当面是唐先生，背后还是唐先生，从来没改过口。爸问老唐最近生意如何，老唐说，干这行不容易，前几年在砖塔胡同有个打鼓儿的被歹人抢了，刚收的吴昌硕四条屏血本无归。现在是没人抢了，但是人们把好东西都抬(藏)起来了，不愿露富。现今这是普遍心态。

爸说，你们这行，三年不开张，开张吃三年，逮着真货就大赚了。

老唐说，四爷说得没错，比起四爷旱涝保收的教员生涯，我这儿还是担着风险。宅门里都是熟人，只能实打实地做买卖，不敢亏人。

妈要去沏茶，老唐从大褂里摸出一个小包来，让妈沏他带来的，说是日本静冈煎茶，这茶四爷可能有日子没尝了。

煎茶沏上来，黄绿颜色，满屋飘香，浓厚的茶味儿之外夹杂着海藻的青气。妈尝了一口，说味道太怪，绿得也不正经。

爸说，这就是玉露了，日本第一茶。

妈说煎茶怎是这股青涩味儿？爸说，是日本茶特有的味道，他们的茶叶和海带、干鱼在一块儿卖。

妈摇摇头，不能理解。我也不能想象吴裕泰茶庄带卖海带、黄花鱼的荒唐。

爸和老唐喝着煎茶，脸上现出相知极深的表情和以心传心的会意，他们说了许多东京帝大的旧事，说到了帝大校园里的那棵巨大桧树和对门卖串烧的小铺，到最后竟然换了频道，说开了日语，玛斯、玛斯的，让人听着怪诞又好笑。我后来才知道，那些“玛斯”是敬语，爸和老唐两人彼此都敬着呢。

妈说，都是煎茶闹的！

老唐来也不是光喝茶，在适当的时候他打开包袱皮，亮出里边的两本磨了边的旧书对爸说是日本永井荷风的《江户艺术论》，想必其中的“浮世绘之鉴赏”对教美术的爸有用。爸大概是不便拂逆老唐的美意，人家从收购的旧书里翻出这个特意给你送来，足见心里还想着你，朋友能做到这个份儿上也就够可以了，还能怎么着呢？爸的几个儿子倒是亲生，可谁也没想起给爸淘换一本什么荷风、江户来。

爸给了老唐六块钱，直说书的珍贵和难得，老唐推让了一下把钱收了。老唐走后，妈说，这么两本发黄的书，六块！够半个月的嚼裹儿了。这样的书，收报纸洋瓶子的论斤约，二分钱一斤。

爸说，心意是不能用钱称的。

话是这么说，那本“江户”被爸撂在书柜顶上，到死也没动过。

我认为，这是老唐做生意的精明之处。

有一天，老唐领着糖盒子上我们家来了，糖盒子破例穿了和服，还擦了薄薄的粉。藏蓝的带小碎花的衣服，散发着樟木箱子的味道。拦腰的铁锈红衣带朴素典雅，配以白布棉袜和木屐，有点儿不食人间烟火的遥远。我追着糖盒子看，很没规矩地跟着他们走进堂屋，站在爸的身后，不顾妈的几次暗示，不想离开。我想看看他们要干什么，如此郑重其事。

糖盒子将一个紫包袱交给妈，说是中元节到了，做了些点心让妈尝尝。依着北京人的习俗，客人送了礼，主家客套一番后会放在一边，表现出不是那么“迫不及待的小家子气”，免得让人看着好像没见过什么似的。妈接过包袱，顺手就要往茶几上放，爸接过来说，咱们得看看都是些什么好东西，唐家“欧枯桑”（夫人）的手艺应该是不错的。

爸当着老唐和他媳妇的面，把包袱皮打开，是一个精致的木头盒子，打开盒盖，里面蒙着一层柔软的绵纸，掀开绵纸看见盒子里站着五个樱花形状的点心，黄蕊粉瓣，娇嫩无比。爸称赞道，真精致！

爸拿了一个，递到我手里，我高兴极了，张嘴要咬，妈说，先别往嘴里填，看够了再吃！

只好把那“樱花”在手里托着。

日本人每年中元和岁暮要给至亲好友送节礼，这些年跟唐家街里街坊地住着，也没见糖盒子做什么“樱花”送过来，这回不知是怎么了，竟然正式隆重，送礼来了。爸是照着日本人习惯，凡是送礼，必得立即开包，当着人面大赞特赞一番，表现出惊喜和稀罕，让送礼者心情舒畅，得到极大满足。

我托着点心出了房门，小狗玛丽立即扑上来，摇着尾巴示好，黄猫也在屋瓦上探着身子喵喵叫唤。我把手举得高高的，玛丽蹦了好几回没够着。我跑进自己屋里，用脚钩上门，一口把“樱花”塞进嘴里。

原来就是糖，除了甜，什么味道也没有，能把人齁死。

糖盒子的娘家不愧是做糖的。

我后来知道，那天糖盒子是来告别的，她要回到日本去了，那边有她年迈的父母，她是独女，要回去尽孝。女儿她带走，儿子给老唐留下。她来，是拜托我父母多关照老唐，说新中国成立了，将来两国之间来来往往会很方便的。

糖盒子是在一个早晨走的，时间很早，太阳还没照到西屋的屋脊，喇叭花还闭着嘴没有张开。糖盒子走的时候我的父母特意早起，到门口去送。大院的街坊们都还没开街门，胡同里静悄悄的泛着一股凉意。分手的时候，爸没有说“撒约那拉”，“撒约那拉”我懂，是再见的意思。爸对糖盒子说的是“依待依拉下依”，这是日本人对出门亲人的叮咛，是“等着您回来”的意思。糖盒子不停地鞠躬，泪流满面。

糖盒子用布带兜着小丫头片子，拴在胸前，臂弯挎着包袱走出了大院。老唐提着皮箱子跟在后面，狸大概知道妈妈要走了，紧紧抓着糖盒子的衣襟，一步不落地跟着妈小跑。

老唐要把媳妇送到天津，在塘沽送上到日本横滨的轮船，再自己带着狸回来。

我说，糖盒子到底是走了，这个日本鬼子。我还想说“非我族类必有异心”这样很有水平的话，这句话是从赵大爷那儿才踅来的，想了想，终是没说。在爸跟前说这样文绉绉的话是班门弄斧，费力不讨好。跟妈说可以，能吓唬她，跟爸不行。

爸拍拍我的脑袋说，唐和子的父亲是日本有名的人物，吉田先生在横滨，为中国捐了不少钱，支持辛亥革命。唐先生抗战一爆发就毅然回了中国，不与侵略者共处，是好人哪。

我说，您不是也回来了嘛。

爸说，我怎能跟唐先生比，我回来是孙中山革了皇上的命，朝廷倒了，旗人的俸禄没了，我不回来一家大小吃什么？充其量我是为了一个家。人家唐先生是反对日本侵略中国，民族的气节在。1938 年坐“皇后”号轮船回了中国，当时那条船上还有郭沫若，一大船的中国留学生都回来了。唐先生带着老婆孩子，把自个儿从日本连根拔了，相当不错的人哪！

我抬头再看，唐家人的身影已经消失在胡同拐弯处。

看不见了。

三

我在家里被认为是个不让人省心的孩子，最大毛病是“不听话”。让我往东偏往西，让我打狗偏抓鸡。我比较固执，有自个儿的主意，总认为谁的认识也不如我到位，包括我的父母。比如爸让我画素描，我就想，凭什么听你的？齐白石他爸没让他画素描，人家照样是大画家。妈说只要功夫深，铁杵磨成针。我说铁杵永远磨不成针，上铺子里去买针，一分钱十根，省多少工夫！语文课上，老师教古文《愚公移山》，“太行王屋二山，方七百里，高万仞，本在冀州之南，河阳之北。北山愚公者，年且九十……”老师提问，让我回答该文的中心思想。我说，愚公，傻老头，跟教室后头坐着的傻狸一样。傻老头九十了，要挖山，不但自己挖，还要把孩子们都搭进去挖，子子孙孙无穷尽也！以致他的后代不能干别的，只能每天挖山不止，冤不冤哪！要是我，我不干，我这一辈子要干的事情还多着哪！至于山挡路，你搬家呀，大山千百万年就坐落在那儿了，凭什么挖人家，得有个先来后到吧？傻老头从山北搬到山南不就结了？

老师说，你坐下吧。2 分。

狸坐在最后的角落里，听了我的回答使劲鼓掌。他绝听不懂“搬家”的话，只要我站起答问题，他就高兴，就支持。老师让狸注意课堂纪律，说课堂上不允许有这样的举动，就是旁听生也不允许。老师让苏惠回答，苏惠小嘴吧吧的，响亮地说，愚公移山是一种比喻，它教给了我们一种锲而不舍，齐心合力的精神，我们要发扬这种精神，团结起来，干大事情。

老师说，请坐。5 分。

我回答错了吗？我认为没有，现实和精神是两码事，精神不能当饭吃。我最反感那些看不见，摸不着的话语。这怕也是我成不了理论家，只能当个写小说的缘故。

心里这个委屈啊，无缘无故又给我妈挣了个不及格，亏不亏啊我。我对学习越发反感！

这样虚幻的话语狸当然也不明白，他不知道什么是“精神”，也不理解“锲而不舍”是个怎样的物件。狸作为旁听，是他爸爸跟学校反复交涉的结果，学校请示了上方，说只要不影响学生上课，可以来试试看。狸把上学看得很认真，书本文具一样不少，铁铅笔盒上有“木兰从军”的图案，铅笔削得又细又尖，课本折了一个角也要认真捩平，旁听了两年，只是一本注音字母的语文和 1 + 1 = 2 的算术，从头到尾只认了几个字“火车、飞机、轮船”。

我想，那个时候我可能进入了叛逆阶段。谁在成长过程中都有过叛逆期，这个时期的孩子最难管教，时刻跟任何人呈对着干的态势。每天玩得花样翻新，跟着一帮高年级的男生到安定门外鬼子坟挖墓。鬼子坟是俄国教会的墓地，坟上都有石雕，我们看哪个雕刻漂亮挖哪个。碰翻了学校门口小贩的凉粉车子，醋蒜芝麻酱洒了一地，香气扑鼻，卖凉粉的抓着我脖领子找到家来要求赔钱。小贩走了我挨了一顿打，我不服，强调那辆车是独轮的，谁碰上都得翻车。不爱上珠算课，我把珠算老师骗回家去而让全班放假；体育课上我把铅球推进了厕所茅坑，屎尿溅得上了房顶。把庆祝“六一儿童节”黑板报上所有的少年儿童都添上了胡子和眼镜……离经叛道，全盘恶搞，以致我上学我妈在家心里打鼓，不知我在外头又搞出什么“精彩内容”，诸如屎尿上房之类。

在家里我和七哥互不理睬，老七大我二十三，画画儿的。本不是一个档次的人，却天天要在一个饭桌上吃饭。他嫌我说话不靠谱，嗔着我动他的作品(送人了)。他说他画一幅工笔“鹩哥”得一个月，还没落款，眨眼就没了！在爸跟前他点着我的鼻子说，真不知她的这些邪恶想法是从哪里来的！

我说，天生的哪！天生的就是天才。

老七狠狠瞪了我一眼，再不说话。

爸只是笑。

五年级以后，我最大的爱好是看电影，看苏联的。这场看完买下场的票，同一部电影一天看两场，为的是记住那拗口的人名和经典的台词。为看电影要时常逃学，这些都瞒着家里，也瞒着学校。跟老师请假，不是说我姥姥眼睛看不见了就是说我奶奶摔了。其实二位老者几十年前就入土了，埋在哪儿我都不知道。在老师眼里，我们家的老人特别多，事儿也特别多。老师也不去追究，他懒得理我。

看电影能上瘾，就像现在的网络，成为许多孩子的钟爱，成为许多家长的胆战心惊。几十年后，我半夜提溜着我儿子的耳朵把他从网吧里揪出来的情景，大概和我母亲当年在东四蟾宫电影院门口花几个小时堵截我，有异曲同工之妙。

一个人看电影没劲，必须有伴，以便观后研讨，这个伴儿通常是小四儿和大芳。小四儿属于胡同里的问题少年，爹妈管教疏松，思想活跃，跟我一样，天马行空，想到哪儿就说到哪儿，比电影编剧还能编。比如他说，苏联电影《白痴》里漂亮的女主角娜斯塔霞爱上了梅斯金公爵却又不跟他结婚，把别人娶她的一捆捆钞票都扔进了火炉里，这是败笔。嫁给想嫁又有钱的公爵是多么好的事儿，好好过日子，夫妻恩爱，生一大堆孩子，煮一大锅片儿汤，电灯底下热热乎乎地围在一块儿吃多幸福。偏偏那么矫情，烧钱玩！我说把钱烧了才有看头，让人的心揪着，这正是电影好看的地方。大芳说要是她，她也不烧钱，把钱烧了，傻×呀！

由电影我找到了小说，陀思妥耶夫斯基写的《白痴》，比电影更好看。《第十二夜》《攻克柏林》《上尉的女儿》等等，都是那个时候看的。里面的对话，至今记忆犹新。大芳也爱看电影，但是她喜欢国产的，比如《铁道游击队》《沙漠追匪记》《羊城暗哨》《桃花扇》等等。大芳学习极差，脑筋不往书本里头走，光记些电影里的才子佳人，谁谁谁长得好看，谁谁谁穿的衣裳式样不错等等。大芳最喜欢的演员是冯喆，逢有冯喆的片子看十遍也不过瘾。为了骗她能陪我看电影，有时候谎称苏联电影《白夜》里也有冯喆出镜，看过以后她大呼上当。大芳毫不害臊地说，嫁人就要嫁给冯喆这样的美男，清秀舒朗，中国几百年也出不来一个。

小四儿说，照镜子看看你那夜叉模样吧，还嫁冯喆呢，冯喆听了这话得吓得翻俩跟头！

我很自觉地往后缩了缩，我知道，我的长相比大芳还差了一截子。

看电影需要钱，学生场只有周日早场才有。我们等不到周日，而平时没有学生票，电影院的成人票价对我们来说不便宜。更何况我还有小四儿和大芳的负担，他们俩的经济条件很难跟着我这么一场一场地看。小四儿的爸是首钢抡大铁锹的工人，大芳的爸是万牲园打扫卫生的。万牲园是老早的叫法，我们上学的时候已经改名动物园，但是大芳她爸还是依着老话儿叫万牲园。

苏惠和兔儿爷基本不参与我们的活动，他们是“三好学生”，逃课看电影对他们来说是大逆不道。但是他们很忠实地为我们保着密，苏惠甚至还为我代做作业，她仿我的字仿得很像。坏学生、好学生拧麻花一样地拧在一起，这就是我们这些“半大猫”的高小生活。

说小四儿是问题少年应该是没错，与其说他问题多不如说他主意多。他每次让我买两张票，我和大芳先进去，然后让大芳拿着两张票出来，他和大芳进去，他再拿着两张票出来，在电影院门口卖掉一张，这样我们仨只买一张就行了。他们俩看哪儿有空位往哪儿坐，让人轰起来再换个地方，电影院全满座的时候不多。

时间长了就显得钱紧，妈给的零花钱有限，不够看两场的。从别处弄不来钱，胡同的孩子都在家吃早点，想从嘴里抠更没门。为了那些好看的电影，我们常常处于焦虑状态。东四电影院在上映苏联彩色舞蹈片《冰上芭蕾》，我们都想看。并非对舞蹈有什么兴趣，主要是听小四儿说芭蕾舞是不穿裤子、光腿光胳膊的舞蹈，大腿一撩连小裤衩都能看到。至于男的，索性连裤衩也不穿……

这样难得的电影能不看吗？一定得看！

我和小四儿、大芳又聚在一起，为《冰上芭蕾》而纠结。

大芳说，冯喆也在里面跳吗？

小四儿说，那是当然。

大芳遗憾地看着我说，可惜咱们没钱了。

小四儿低声问我，你真的没钱了？

我说，真没了。这个月咱们已经看了九场，我跟老七那个大抠门儿要过两回钱了，跟老三也要过。不能再张嘴了，我妈对我频频要钱开始警惕了。

我们三个蹲在槐树底下很无奈。这棵树前几天被政府用栏杆圈起来了，还钉上了牌子，说是北京名贵树木。我们也不知它名贵在哪儿，每天爬上爬下好几回，它就是比别的树粗点大点罢了。一大拨老鸹从头顶飞过去，能听见翅膀沙沙扇动的声音，它们从野外找食吃回城了。小四儿抬头看了一会儿老鸹，用脚使劲踹了一下栏杆说，操！

狸在他们家台阶上坐着，一遍一遍地唱着“七八、七八、七八八……”单调而凄凉。

西天的晚霞已经落尽，路灯亮起来了，老唐回到大院。老唐大概是累了，动作有些缓慢，灰大褂换了蓝布制服。日本包袱皮还在腋下夹着，鲨鱼皮的小鼓儿依旧在使用。大芳不错眼珠地看着老唐，说才发现老唐长得像冯喆。

小四儿说，冯喆才不会打小鼓儿。冯喆要是打小鼓儿，咱们这条胡同的老娘们儿包括你在内都得疯了，连晚上盖的被卧都得拿出来卖了。

坐在台阶上的狸看见他爹回来，三步两步跑过去，仰着那张扁脸看着老唐，伸手在老唐兜里掏。老唐弯下身摸儿子的脸，发现儿子哭过。其实这时候我们已经不打狸了，我们已经长得人高马大，高小马上毕业了，可狸还是那么小，依旧是方家胡同小学三年级旁听生。狸不长个儿也不长心眼儿，还是七八岁的样子，谁还好意思欺负一个残疾儿童呢！

看着疲惫的老唐和他儿子，我想起了电影《白夜》涅瓦河边凛冽的风和孤独的女孩纳斯金卡，夜幕下无休止的充满希望的等待……是啊，糖盒子一去不复返，连信也没有，她把老唐爷儿俩彻底扔了，自己当资本家小姐去了。我们都替老唐不平，替没妈的狸难过。秋天的时候，妈建议老唐再娶一个，说苏惠的妈就很合适，长期单身一人，身边只有一个懂事的苏惠。她本人脾气好、心肠好、模样好、人缘好，跟老唐很般配。我们也都盼着苏惠妈嫁给老唐，这样扶桑馆的唐家就有了做饭的，狸也不至于每天坐在台阶上啃萨其马等他爸爸。可是老唐没答应，他说狸的母亲还在，他不能停妻再娶。他娶和子，两人是在神社里宣过誓、跟神打过招呼的，不能轻易反悔。爸嫌妈多事，说唐先生留学东洋，是帝国大学毕业，哪能看得上给街道工厂锁扣眼的苏惠妈。妈说，他再帝国毕业也得过日子不是！

狸抓着他爸爸的手，一蹿一跳很高兴地往家走。老唐边走边问狸晚上想吃什么，狸说，吃馎饦！

我们仨面面相觑，谁也不知道馎饦是什么东西，那大概是日本饭。

看着老唐的背影，小四儿说他有办法了，说我们可以找些东西跟老唐换钱，打小鼓儿的老唐手里应该有钱。大芳说这主意不错，她小时候的一条裙子可以跟老唐换，反正也是小了，还有她家的笊篱，铜的，应该也值不少钱！小四儿说大芳，你以为老唐是收破烂的孙婆子吗？我看，我奶奶的烟袋锅子成，那个嘴儿是翡翠的。

大芳说，你奶奶要抽烟怎么办哪？

小四儿说，让她满世界找去呗。老太太记性差，见天儿找东西，每天就在找东西中过日子。

我让他们都别张罗了，这件事交给我来办。大芳说，得快啊，要不然《冰上芭蕾》就演过去了。

我说，那是当然。

回家让妈也给我做馎饦，妈不知馎饦是什么饭。爸说，给丫儿做锅炝锅片儿汤！

敢情馎饦就是日本片儿汤。爸说，日本山梨县的美食。

四

老三娶妻搬出另过，爸去上班，老七钻在后院自己的屋里画画，妈在忙她自己的事情，偌大四合院进进出出只有我一个人。白天，在这个家里我想干什么就能干什么。

我堂而皇之地进了爸的书房。还记得老唐卖给爸两本“江户”之类的破书，卷边少页的要了六块钱，我爸爸的书卖给他，也应该给不少。书房里的书成千累万，神不知鬼不觉地抽一本，谁要知道才怪！黄猫蹲在南窗台上盯着我使劲看，我才觉得这只猫是这么诡异讨厌，朝它一跺脚，滚！

黄猫喵了一声，伸了个懒腰，掉了屁股又卧下了，窗台上的太阳正好。

我蹲下来，在书架底层右首最后边掏出一本沾满灰尘的旧书，想必这是爸不常用的。爸的书太多了，书架的内里横着躺一排书，外面再竖着站立一排，里边横着的多是极少翻动的，抽出一本不显山不露水，爸发现不了，妈更发现不了。

手里的旧书已发黄，线装，软塌塌的，几乎要散架的模样。书皮上有《二如亭》几个字，翻了几页，根本看不懂，也没有图画，不敢再翻，怕书碎了，这样的书卖出去最好，就像老三那件破线衣似的，值不得留恋。把书揣进怀里，掀开竹帘走出北屋，看见妈正在廊下拿着我使剩下的铅笔头，一笔一画地描扫盲课本上的字。妈是个大文盲，没上过一天学，街道上成立了扫盲班，妈参加了，每天晚上去学俩钟头，比我认真。妈见了我说，你怎么这么早就放学了？我还以为你在学校呢。

我说，老师请假了。

妈问老师为什么请假，我说病了呗。妈说，老师病了可你们没病啊。

我说，可也是呢，学校让我们回家自己看书。

妈哦了一声，再没多想。

都是瞎话。

溜进扶桑馆，老唐还没有出门，他的傻儿子狸今天发烧，正在榻榻米上躺着。见我进来，狸高兴得手脚乱动，像只底儿朝天的大蟑螂。狸的头顶上就挂着那块“扶桑馆”的匾，认真看了半天，真看不出那字有什么好。我在大字课上写的毛笔字回回能得好几个红圈，有时候还被贴到教室后头展览。那些课堂练习，哪张都比这个写得好。

唐家的火炉上坐着砂锅，里面沸腾着满满一锅中药，不知是老唐自己喝的还是给狸喝的。屋里东西有些凌乱，狸的袜子扔在窗台上，枕边散落着啃得乱七八糟的米花球，锅里残留着一些面目不清的东西，大概就是日本山梨有名的馎饦了。给人的感觉是这个家缺少女人的操持，缺少母亲的细腻。由此更感到了糖盒子的可恶，把男人和孩子扔在中国，自己跑了，一个极不负责任的妈妈！

老唐光着脚站在榻榻米上，对我的造访感到突兀。我从怀里掏出那本《二如亭》，问老唐收不收这个，老唐把书轻轻翻了翻说，……这应该是一套。

我后悔没有再仔细翻找，便顺口说，我们家就这一本，是我妈夹绣花线的。书烂了，嫌搁线笸箩里碍事。

我的瞎话来路之快，连我自己也吃惊。

老唐一边翻书一边说，……是吗？

我说，嗯哪。

老唐把书撂在桌上，撂在那锅宝贝儿馎饦旁边，问我，卖书四爷知道？

我坦白说，我爸不知道，这样的破书您有得是，不在乎。

老唐点了点头，哦了一声。停了一会儿问我，你要卖多少？

我说，你看着给，多少是个意思就行，我估摸着卖给收破烂的孙婆子，她连一盒洋火也不会换给我，所以我来找你。

老唐笑笑说，你算计着我给的比一盒洋火多？

我说，你有文化，懂书，自然不会亏了我。

老唐说，四爷才懂书，您在日本专门学的是古典文化学科，搞的是版本学。我是外行……

在老唐思索的间隙，我觉得得对狸说点儿什么，来点儿缓冲。我问狸想不想妈妈，狸手脚停止了舞动，指着墙上的“扶桑馆”说，妈妈！

我问，你妈什么时候回来？

狸说，明天。

……

一本破书，老唐给了我五块钱。五块钱，够我们看十几场电影的，赚大发了！当时我们几个都非常激动，小四儿说，老唐跟你爸爸是朋友，他不好意思给少了，否则会显得不够交情。

大芳说，这事儿你爸要知道了怎么办？

我想起了那个积满尘土的书架说，我爸永远不会知道。

从老唐那儿找到了来钱的办法，于我如同开了一条宽阔的财路，家里小小不言的物件真被我偷偷倒腾出去不少。爸的书柜里摆着七个小陶人，花里胡哨各做姿态，热热闹闹站成一排。挑一个拿出去卖了爸不会知道，他不会天天来数数儿。卖哪个呢？下手的时候还真让我为难，七个小人里只有一个女的，身抱琵琶，美艳惊人，这个太显眼，不能动；背着大口袋，弥勒佛一样的胖子在小人队里也很突出，也不能动；白胡子、白眉毛的老寿星是里边爷爷辈儿的长者，把爷爷卖了不合适；金盔金甲，手持宝塔的武将长相凶恶，单独去卖可能卖不上价。挑来挑去，于是一个戴黑帽子的做了牺牲，拿到老唐那儿换了一块钱。后来金盔金甲也过去做伴了……七个人变成了五个，从原来的挤挤挨挨变得舒展宽敞，很有距离感，各自的艺术魅力得到了充分展示。

没多久，老七的石头印章、书桌上的小摆件、老三扔在家里驯鹰的皮套子、狗玛丽脖子上的小银铃、死了的大姐票戏用过的头面……统统进了扶桑馆。

我拿东西绝对是有挑选，经过深思熟虑的。妈妈的东西我基本不动，妈是个仔细人，你动她一根针她也知道，把她的东西挪个地方她都会跟你计较。相反，爸和老七却是稀里糊涂。老七的石头印章一大盒子，画完了画该用章了也就那么几块，大部分章子都是闲置，少一块他察觉不出。书桌上的摆件有只竹子编的小鸭子，是他的女朋友柳四咪送他的。俩人分手七八年了，柳四咪早嫁了别人，他留着这个摆那儿徒自伤情，不如送到老唐那儿去，也让他断了念想。我们家后院有个小堆房，里面破烂儿多得令人眼花缭乱，老祖母留下的花盆底绣花鞋、老祖官帽上的顶戴花翎、跟人私奔了的二姐扔下的一套套衣裳、早夭的老六留下的一堆玩意儿、破桌子烂板凳、旧隔扇花屏风……蛛网尘封，无人翻动，成为了我取之不尽用之不竭的宝藏。

我的生活得到了极大改善，苏联电影已经不能满足我的欲望而改为看戏了。看戏比看电影过瘾，戏有日场和夜场，不敢看夜场，只能看白天的，白天名角少，价钱便宜。最常去的是圆恩寺的人民剧院，坛口的群众剧院和广和剧院，东单的实验话剧院和灯市口的北京人艺也是经常光顾的地方。我已经是中学生了，在西城读书，学校古色古香，在故宫西华门和中南海西苑之间。据说是太监李莲英的宅邸，李莲英就住在宫门外头，跟皇上、太后都近，随叫随到。李莲英离皇宫近了，我可是离家远了，从东城到西城，过北新桥穿地安门，我得倒两回车，买月票是必须的，这也是我挑选中学的心计。月票是好东西，有月票，想上哪儿就上哪儿，逃出了妈的掌控，如同给幸福生活插上了驰骋的翅膀，把我舒坦得只想大声喊幸福哇，幸福！我到哪儿去已不需要小四儿和大芳陪伴，那两个人早已成为了我的累赘。用历史老师的话总结是“尾大不掉”，汉朝政治的重要问题。我不能像汉景帝似的任着诸侯王拖累，那两个大尾巴当断则断。

什么事情都是两方面的，自由的我也有担心，我最怕的事情是老唐把我盗卖家私的事儿告诉我爸爸。虽然是小打小闹，可是性质有个“盗”在其中。我爸还好说，妈知道了那一顿打是轻不了的，更何况还有一个脸面的因素在其中。

我很关注老唐的动向，有时候看见他和爸站在街门口说话我都紧张，怕他把我出卖了。就算不是有心，不经意说漏了嘴也很麻烦。

让我欣慰的是这样的事一直没有发生，老唐对我的行径守口如瓶。这是老唐做人的厚道之处。

为此我对狸格外的好，下学了常买些果丹皮、花生粘什么的送给他。狸认为我喜欢他，看见我回家，早早地张着胳膊跑过来，像迎接他爸爸老唐一样地迎接我，嘴里不住地念叨着“……王八……丫儿”。看着狸的那张真挚的扁脸，很多时候我的鼻子会发酸。狸是个孤独少爱的孩子，我们每个人都有理想，有前程，狸的前程又是什么？老唐老去，他将何如？

1960年以后，打小鼓儿的职业在北京消失，老唐成了废品回收公司的一员，为了照顾狸，他在就近的东门仓废品站上班，所打交道者废铜烂铁，破玻璃烂报纸，收入有限。

五

糖盒子这只日本蛾子飞走了，十几年音信皆无。

困难时期，狸再无零食可吃，每天托着腮帮子在门口枯坐，眼珠随着过往的人转。有人过去拍拍他脑袋，叹口气，更多的人则无视扶桑馆门口这道风景，成了司空见惯。我礼拜天在废品站见过老唐，拿着一杆钩秤在称废电线，脏乱繁杂的废品中，面如冯喆的他一副心静如水的模样。还是那身蓝布制服，不同的是臂上多了一副套袖，脑袋上多了一顶布帽。老唐每天做饭，一式两份，自己带一份给儿子留一份，天冷的时候拜托苏惠的妈帮忙给儿子热一下，其实很多时候狸就在苏惠家吃，在我们家吃，在胡同里的任何一家吃。赵奶奶胡噜着狸的脑袋伤感地说，被妈扔了的小可怜儿……弃猫儿……命苦哇——

狸的扁脑袋就使劲往赵奶奶怀里扎，真像只弃猫一样。

寒假里的某一天，接到学校联络网的口信，第二天要开返校会。联络网是中学在假期传递信息的一个手段，那时候没有电话，更谈不上网络，学校有事召集靠的是一个接一个地传递，记住你的上家和下家，接到信息传下去就是了。

返校日那天冒着大风大雪赶到学校，假期工友放假，大礼堂里没火，把我们冻得跺脚流清鼻涕，巴不得快点把我们放了。返校会紧急传达了一个与我们毫无关系的文件《在全国城乡开展社会主义教育运动的通知》，说是要搞“四清”。运动中，各单位要“清思想、清政治、清组织、清经济”，具体到乡下要“清账目、清仓库、清财务、清工分”。我们听得都很游离，无论清哪个都跟我们不搭界，大家你看我我看你，呈莫名其妙状态。末了，学校将我、大芳和几个同学留下，单独给我们讲话，说我们几个是“基层骨干分子”，是运动的先锋，是党组织依靠的对象。一听这话我很激动，长这么大头回有人这么夸我，头回成了“急先锋”。就凭我这个瞎话篓子，凭我旷课逃学的口碑，我还真闹不明白自己“先锋”在哪儿。老师鼓励我们积极参加运动，争取早日加入共青团。具体说是给我们一个重要任务，成立剧社，仿照中国评剧院演出的评戏《夺印》，复制出自己演的《夺印》来，参加中学生文艺汇演。

原来是唱戏啊，这个我喜欢。

只要不让我念书，唱一辈子戏都成。

那个寒假，看了好几场《夺印》，过够了戏瘾。看戏不用买票，坐在第一排，凭的是负责剧组的冯老师和剧院的内部关系。冯老师本人是个评戏迷，我估计要是允许教师演出，他早自个儿上台了，哪里还轮得上我们这些傻棒槌现蒸现卖。《夺印》是反映“四清”题材的红戏，说的是小陈庄的印把子掌握在反革命分子陈景宜手中，新来的村支书何文进与其进行了一番较量，把印把子夺了过来的故事。人物很简单，情节也很直接。我被分配的角色是演坏分子老婆烂菜花，给书记送元宵，拉拢干部下水。本来这个角色是分配给大芳的，大芳不干，嫌太丑，自己宁愿去干剧务，轮来轮去才轮到我。我倒是不在乎，演什么都是演。冯老师说，只有角色挑演员，没有演员挑角色的。我长得像坏人，演烂菜花很合适。

回家练习唱段，给妈阐释烂菜花的角色特点，野、坏、骚、烂，爸笑着说，就是个彩旦嘛！

妈说，你够五毒俱全了，再加上一个“骚”，想出类拔萃吗？不许演！

老七说，这角色挑得很准。老师有眼光！

尽管杂音很多，阻力很大，我还是尽心尽力演好自己的角色，天生的演戏才能让我没费多大劲儿就把烂菜花搞定了。惟妙惟肖，淋漓尽致，入木三分，“刻画准确，拿捏到位”，这是冯老师给我的评价。

狸到我们家来热饭，吃完了不走，要听我唱戏，我托着狸的饭碗，扭着小腰送着胯，站在金鱼缸前唱道：

从东庄到西庄，我到处把您找哇，
找了这么大半天，我才把您找着。
您看我的两只脚都磨起了泡，
我的衣衫都湿透了，我的周身汗水浇。
哎哟哟我的何书记，哎哟哟我的书记哟，
干这么重的活儿您怎么能够吃得消哇？
吃不消呀，吃不消呀，我给您做了一碗元宵。
擦擦汗您就歇一会儿吧，您看看这是一碗
滴溜溜的圆哪，团团转哪，
江米面的，白糖馅儿的，大个元宵啊——

我估计我唱得很精彩，妈端着半盆水站在廊下竟然半天没泼出去，听入神了。狸高兴得又翻了车，倒在地上四脚朝天乱踢腾。含混地说，江米面，白糖馅，大元宵……

妈说，让你念书真是亏了你！

妈是夸我哪！

在学校里我收获了一个艺名，筱烂菜花。这个“筱”不是“大小”的“小”，是“筱白玉霜”的“筱”，他们说我的唱腔里有白派韵味。当然，筱白玉霜很多时候也叫小白玉霜，那又是另外一码事儿了。

在当筱烂菜花的一段时光里我表现得很积极，努力靠拢组织，热情要求上进，编瞎话等劣迹收敛不少。每天都做好事情，比如扫厕所，给大家打热水，帮大芳熨戏服等。入团申请书写过两份，却如石沉大海，没有动静，也没有任何人关注过我。相反演何支书的，演贫农李有财的相继进入了团组织，每次谢幕他们都留在最后，享受观众的热烈掌声，而我在第一拨就被刷了下去。不是我演得不好，是我的角色没选好，演得越像，人们越把我和烂菜花等同起来，我冤大发了！

我找团支书谈话（请注意，不是团支书找我谈话），询问为何团组织老不发展我。支书是高三的大同学，回答也很直接，她说，你们的戏演得是很好，但是组织不能先吸收落后分子烂菜花而让党的代表何支书后啃着。再说，你对“四清”运动的理解还很含糊，人家演李有财的一个月写了三份思想汇报，你呢？

我想起我的语文作业还没有交。

为了表现我对“四清”认识的深度，我在自己的熟悉范围内搜肠刮肚，寻找“四不清干部”，却是没有。我不认识任何“干部”，也不知谁有什么“四不清”问题，我脑子里阶级斗争的弦一次也没有被拨响过。

在一次《夺印》演出的间隙，我看“贫农李有财”正趴在化妆桌前写东西，大概又是思想汇报吧。他总有许多可以汇报的思想，我却一点儿也找不出，脑子里空空的，用妈的话说是“干什么都不走脑子”。因为“不走脑子”，我甚至都不知道什么是思想，就像当年学《愚公移山》似的。来实际的可以，让我空对空谈意义绝对砸锅。“贫农李有财”看我走过来，把字纸用手遮了，不想让我看到。我说，甭遮挡了，你那狗爬的字绝拿不到台面上去，跟我们街坊老唐家那块“扶桑馆”的匾很有一拼。

“李有财”说他对“扶桑馆”很有兴趣，听着很日本。我说就是从日本拿回来的，他问为什么挂在中国人屋里，我说因为中国人有日本老婆。我还答应哪天闲了带他去看“扶桑馆”。

六

天越发地冷了，大槐树上的叶子已经落光，夏日树上垂下的滴啦搭啦的“吊死鬼儿”，那些可怕的肉虫子早已不知死哪儿去了。透过疏朗干枯的枝丫，可以看见天上微弱的星光。正是大寒时节。

下晚自习回家，刚走到树底下，就听到了狸的“……七八、七八、七八八……”，歌声一遍遍重复，带着哭腔，在寒风中，在空旷的胡同里显得凄凉悠远。赵奶奶在街门口站着，见我过来指着坐在台阶上的狸说，唱了一晚上了，任怎么劝也不进屋。老唐到这会儿还不回来，妈不管了，爹也不管了……

我过去对狸说，狸，你爸爸呢？

狸说，江米面儿的白糖馅儿的大元宵。

狸是饿了。

我叫出了小四儿，让他跟着我一块儿去废品站找老唐。小四儿说，这会儿废品站早没人了，找鬼去呀！

我说，老唐就是变了鬼也得找来呀，他儿子撂这儿谁管？

小四儿现在是北京机械厂技校的学生，我们是同龄人，他学级却比我低两级，主要是因为蹲班，光是初一就念了三回。赵奶奶也鼓动我们去找，说街里街坊地住着，大冬天不能让孩子恓惶无靠。

我和小四儿拉着狸到东门仓废品站找他爸爸。在胡同口想给狸买个火烧，谁也没带粮票，十分遗憾，最失望的是狸，眼神就离不开火烧了。卖火烧的娘们儿脸定得平平儿地看着狸一步三回头地离开烧饼炉子，绝不通融。走过墙拐角，小四儿从兜里变出一个刚出炉，冒着热气的火烧给了狸。我知道肯定是来路不正，也不去计较了。

天空上有个弯弯的月牙儿，羞怯怯的，柔弱而凄冷。路面结了冰，走一步滑一步，接近城墙豁口，风变得猛烈起来。右边明清时代留下的仓廒高大威严，在深蓝的天幕下衬出凝重的剪影。东门仓是有皇上那会儿藏粮食的地方，京杭大运河通过漕运运来南边的粮食，就近放在东城的几个粮仓。东门仓附近还有海运仓、北门仓、北新仓等等。海运仓被中医学院和解放军招待所占据，北门仓成了街道小工厂；东门仓十几座仓廪分成几块，以百货公司仓库为主。废品站在仓库南边，是低矮土墙圈起的一片空地。

狸冰凉的小手紧紧拽着我，喉咙里还在一阵阵抽泣。我说，狸，咱们不怕。

细想，狸年龄比我还大。

废品站在仓墙的阴影里，虽是破破烂烂一大堆，竟然还有门，门是几块破木头临时钉的，上着锁。狸来过这里，见到废品站，撒开我，使劲拍门，大声喊爸爸。空旷的院里黑洞洞的，除了呜呜的风，没有活动的物件。我要回去，狸又开始哭了，蹲在破门前不肯走开。小四儿隔着门缝朝里头望，跟我说，有门儿！

小四儿说门锁是从里头锁上的，说明院里有人，我们不是白来。说完他三下两下蹬着门板就翻了过去，动作十分的轻便利落，即刻里面传出了废铜烂铁的滴了哐啷，他在制造响动。果然，角落的一间小屋灯亮了，半天出来个披着棉大衣的老头儿，大概是晚上的看守了。我们问老唐哪儿去了，老头儿说他不管什么老唐，他下午六点来接班，白天的事儿不知道。小四儿问老头儿接班时见没见到老唐，老头儿说他不知道谁是老唐，废品站的耗子他倒是能数出一二三四。老头儿嗔怪小四儿翻墙，说废品站也是国家公司的一级机构，哪能胡乱践踏。小四儿说老头儿拿着鸡毛当令箭，屎壳郎趴铁轨——愣充大铆钉。哪天叫几个弟兄来，砸了这鬼地方。老头儿说，废品站还怕砸？想过砸瘾来这儿是找对了地方。

双方说话都有点儿戗，末了小四儿让老头儿开门，老头儿不给开，让小四儿从哪儿进来从哪儿出去。小四儿二话不说，抄起个大铁圈蹭地蹿上墙，跳出来，把铁圈拽在门上。老头儿不得已打开门，骂骂咧咧把废铁捡了回去。

三个人照原路往回走，狸这时候也不哭了，低着脑袋走路。小四儿说，狸，你爸爸玩失踪呢，他真要里通外国上了日本，你就像崇祯皇上一样在胡同的槐树上吊死，以谢国恩。

我说，哪儿跟哪儿啊！

小四儿说，中国街坊照顾了他这么些年，难道他不该谢谢？

我说，小四儿你住嘴！

狸在旁边一言不发。

第二天得到消息，老唐是被单位提走交代问题了，听说是“扶桑馆”的事连带着政治问题。“清组织，清政治，清思想……”老唐得老老实实向组织坦白。

说老唐的背后有一只又大又粗的黑手。

听着都很可怕！

“四清”清到老唐头上了。

在剧社排演时听大芳跟大伙谈论老唐的事，“贫农李有财”说，“社教”针对的就是老唐这样的人，目前阶级斗争仍旧十分尖锐，地富反坏右分子活动仍旧十分猖獗，帝国主义亡我之心不死，我们得随时提高警惕。

“李有财”说着朝我瞄了一眼，这一眼瞄得我浑身一哆嗦。

“何支书”说，老唐虽然算不上领导干部，但他的上属是废品回收公司，他是公司的职工。就凭他走街串巷打小鼓，就凭他屋墙上的“扶桑馆”，就凭他那不见踪影的外国媳妇，问题就很复杂，是该清清的时候了。

大芳附和着说，电影《羊城暗哨》里的冯喆就是卧底，卧得那么自然那么好。老唐这个冯喆也来历不凡，凭他的长相，就是一个卧底的长相。

风起青苹之末，我隐隐约约地感到我就是那起风的源头。没有我对“扶桑馆”的推介，恐怕也没有老唐“夜不归家”的麻烦。进了水的脑子，口无遮拦的嘴，我是没事找事啊！

妈常说我没心没肺，细想想，我确实是没心没肺，在这方面我甚至不如在台阶上啃萨其马的狸！我在戏台的边幕一个人偷偷掉了半天眼泪。

老唐带出话儿来让苏惠妈照料几天狸，说他没事儿，两三天就会回来。老唐果然没一个礼拜就回来了，虽然眼睛乌青，手上有血痕，也没见他说什么，每天照旧上班，照旧带饭，狸照旧在苏惠家热饭……老唐没说为什么被叫去交代，也没说被叫去以后的情况。赵大爷拦住他问，老唐，真没事啦？

老唐说，没事，赵大爷。

赵大爷说，我总是不放心。

老唐笑笑，给赵大爷鞠了一躬。

我心里愧对老唐，有时候对面碰上了，也不敢拿正眼看人家，总想找个机会跟他细细说说这件事情。老唐倒不在乎，照旧跟我说话，照旧叫我七格格。我心里明白，我已经不是他眼里简单的七格格了，我是在暗地里坑他的人。

“文革”时候，我们胡同里抓出了不少“坏人”，34 号的“保安队长”白瘸子、李立子那个美丽的名角妈妈、后罩楼皇家的珍格格，包括苏惠的妈、大芳的爸爸和我的父母，都受到了冲击，这时候的“坏人”比“好人”多。

老唐原本应该是风口浪尖上的人物，此时反倒无人理会了。老唐很忙，社会上到处在破“四旧”，外边不破各家也自己破，免得让造反派查出来招灾惹祸。清出的旧东西大多送到废品收购站，父亲的不少珍贵版本和名人字画全到了东门仓，真正的二分钱一斤，上大秤称！四平板车“旧纸”，卖了一百多块钱，六十年代的一百多块啊！现在想想，只是心痛。

在胡同口见到老唐，可以察觉到他微微地朝你点了一下头，那个细小的动作只有当事者才能心领神会，轻微得别人几乎看不出。在那动辄得咎的年代，老唐在尽力地保护自己，保护别人，每个人都过得谨小慎微，如履薄冰。

1968 年我上山下乡，去了陕北，一走几十年。小四儿技校毕业顺理成章进了工厂，在铸造车间当翻砂工。兔儿爷参了军，到东北边境，听说还当了小排长。苏惠到街道工厂当了名工人，大芳去云南种橡胶……一拨小伙伴散了。

我记得离开北京那天是个上午，艳阳高照，天空很蓝，欢送知青上山下乡的锣鼓声响彻整条胡同，我穿着笨拙的新棉袄，胸前戴着大红花，被簇拥着走出家门。户口被注销了，行李已经装上了车，我知道自己再不属于北京，像抡铁饼一样，我被甩出去了，没有回头一说。脸上在笑，心里却往下沉，内里与外表的分裂竟然让人如此不堪，如此纠结。

走出大院最后一次回头，看到狸站在扶桑馆门口依恋的眼神。

听说他的爸爸又进了学习班。

七

白驹过隙，时光倏忽而去，四十多年后我们再聚“扶桑馆”。

此“扶桑馆”非彼“扶桑馆”，它是一家日本料理店，开张有几年了，在餐饮业风生水起，很是红火。

聚会的召集人是扶桑馆经理王庆和，即当年的不良少年小四儿。小四儿电话里嘱咐我一定要到，大芳他们几个先后都办回了北京，只有我一个人还在外地，说见我一次不容易，他们都想我呢。最后又叮嘱一句说你务必得来，我还有事托付你呢！我说什么事不能在电话里讲吗？小四儿断然说，不能！这事儿只能见面谈。

兔儿爷在网上给我发了详细路线图，坐地铁几号线，在哪儿倒几号线，最终在哪个口出来都交代得清清楚楚。把我当成了外地来的找不着北的大妈。

我提前半个钟头到了“扶桑馆”。内里的装修很日本化，都是单间，进门脱鞋上“炕”，和纸的推拉隔扇和脚下的榻榻米让我依稀想起了老唐的家。

小四儿迎过来，西装革履，一副经理装扮，胖了，发福了。彼此一个大大的拥抱，展示了我们友谊的地久天长。

小四儿把我领进一间大房，说这是全店最考究的房子，四十八叠面积，可以举办重要聚会，可以和日本横滨大宾馆的“兰间”媲美。大芳和兔儿爷都到了，先是从矮桌后面直起身子，愣愣地看着我，紧接着连滚带爬地扑过来，拉住我的胳膊使劲摇晃。嘴里喊着，几十年了，你到哪儿去了！

眼里都有泪花在闪烁。

百感交集，我们都已面目皆非，走在街上面对面也是路人。大芳肥臃胖硕，银发满头，成了三个孙子的奶奶，一口京腔依然未变，喷出的还是胡同串子语言。她说她早晨先去南馆晨练，跳一通大妈舞，再送孙子上学，而后早市上买菜，午饭后闷一小觉，然后参加评剧班的活动，最后去学校门口等孙子。跟北京所有的老太太一样，日子安逸快乐，简单充实。兔儿爷八年前从机关退休，喜欢上了古玩收藏，是潘家园的常客。每日关注的除了玉石字画以外还有谍战电视剧，有卧底、策反内容的必看，抗日的也看，比如手撕鬼子一类的，不到电视上板不罢休。

小四儿说他倒腾过钢材，卖过医疗器械，干过传销，开过猫狗美容店，折腾过房地产，全赔！

大家都说，只有我还显得年轻。我告诉他们，其实也老了，头发是染的，牙齿是假的，眼睛原本近视，老了正常了，为了装斯文，戴个平光的……刨去假象，是个白发无齿老妪。

大家哈哈大笑，好像一下回到了过去。

小四儿说苏惠没有联系上，她家里人说是在南方某地庙里修行，当居士了。

每个人都惊叹对方的变化，四十多年，老了一代人。

我注意到包间的重要位置悬挂着“扶桑馆”的真迹，我们都变化了，只有它还是旧时模样。黑红的镜框，很率性的字，竟然安然无恙。

我问小四儿“扶桑馆”的匾怎么在这里，小四儿说，你猜。

我说，一定和唐家有关。

小四儿说，今天邀你们来，是糖盒子和狸的邀请。糖盒子是“扶桑馆”的股东，日本的说法是代表取缔役，我不过是个打工的。

我们几个面面相觑，有世界真奇妙的感觉。

我说，狸还活着？

小四儿说，我们不也活着？

兔儿爷说，糖盒子，那个操蛋日本娘们儿……还有脸回来？

小四儿说，日本噢巴桑，很随和的一个人。

大芳说，把冯喆一样的老唐闪了一辈子。冯喆“文革”的时候在四川大邑自杀了，老唐最后结局大概也不妙。

小四儿说，你错了，老唐结局很妙。“文革”结束，他被调进出版社当了日语的译审，人家真正是按干部退休的。

大芳说，怪了，连演员冯喆都自杀了，老唐能安然无恙，这也算是奇迹了。

大芳说这话的时候有意无意地看了我一眼，我的脸立刻窘得通红。连自己也纳闷，几十年的走南闯北，不说是身经百战也是历练无数，脸皮厚得近乎无耻，偏偏在此刻还会脸红……赶紧喝了口茶作为掩饰。

大芳朝我微微一笑。

我扭过脸去装傻。

兔儿爷认为老唐是有背景的人，帝国大学毕业的留学生，日本企业家的乘龙快婿，回国心甘情愿打小鼓儿，收废品。若没有精神支撑，没有组织支持，怕是难以做到。扶桑馆，在沦陷时期应该是搜集敌伪情报的中心。

大芳说兔儿爷是《潜伏》一类电视剧看多了，以后谍战编剧可以请他去做策划，保准异想天开得让人瞠目结舌。

小四儿也说，编电视剧还就得兔儿爷这样的人。

我半天没说话，想着那个儒雅安静的老唐，搜集情报也罢，打小鼓儿也罢，关键他是狸的父亲，自谦、内敛、低调、平和是他人生的基本。他或许有背景，或许没背景，无论有与无，他的学识和修养，他不显山露水的做派都是值得我推崇和尊敬的。

让人惊奇的是老唐还健在，九十六岁高龄了头脑还清晰。小四儿说，中日友协年年来给他送花，文物部门常请他鉴定东西，出版社日语词典编辑定期来请教问题……虽然坐了轮椅，行动不便了，还是很忙。

正说着，门开了，狸和他的妈妈出现在了门口。乍一见，狸还像是过去的小孩子模样，八岁，抑或是九岁。他的病为他留住了童年，我们当中“永葆青春”的应该是他和墙上那块匾。

小四儿朝狸招招手，亲切地叫着“他奴 ki”，小四儿地道的日语，发音柔和亲昵，他不再叫那个小孩子“狸”。

在我眼里，狸还是过去的狸，记吃不记打的狸。

狸清楚地喊出了我们每个人的名字，他的容貌在我们眼里定格，我们的名字在他的心里定格，彼此都还记得。狸拉住了我的手，软软的小手让我想起了东门仓深沉的夜色和那个让人失望的废品站。狸抬起了扁脸目不转睛地看着我，看得我泪水夺眶而出。狸踮起脚将我的泪水抹去，嘴里说，江米面，白糖馅……

眼泪更加汹涌。

糖盒子穿着当年藏蓝底小碎花的和服走过来，樟木箱子的味道依然，看来是有意为之。我们对她都有些冷，让我不解的是岁月为什么丝毫没有改变她的容颜。这个糖盒子几十年保养之好，让人匪夷所思。小四儿看出我们的疑惑，解释说，这位是“他奴 ki”的妹妹鹤子，唐鹤子。

我们听来还是“糖盒子”。

对面站立的女人就是当年糖盒子胸前用布带兜着的小丫头片子，她与她的母亲酷似得如同一个人，让人不得不承认基因遗传的绝对稳定性。问及糖和子，唐鹤子说她的母亲在 1955 年去世，死前一直惦念她的父亲和哥哥，嘱咐她长大一定回到中国，回到父亲身边，她是唐家的长女，也是唯一健康的孩子，父亲和哥哥狸需要她。

就是说糖盒子回到日本没几年就故去了，中日之间直到1972年才恢复邦交，至于民间的正式往来当然更晚。

一段故事，听得人有些心酸。

唐鹤子对我说，我猜您是七格格，我父亲常常提起您，今天他让狸给您带了些东西。

狸把一个绿地白萱草的包袱交给我，里面鼓鼓囊囊不知包了些什么。这个包袱皮似曾相识的熟稔，猛然想起是老唐打小鼓儿时日日夹在腋下的物件，它来自日本，是吉田家的老物。还记着爸教给我，接受日本人送的礼要当面打开给予称赞的教诲，我把绿皮包袱打开来，小四儿、大芳们也围过来看。

灯光下，包袱皮里的物件让我一阵眩晕，许久失神。那些物件之上是一本蓝布面小折子，展开折子，里面墨笔直书：

金家七格格舜铭所存之物：

壹　《二如亭》一册，明版汲古阁校刻，嘉靖年间白棉纸本，白口欧字，此书应一套，此第三册。

壹　竹编黑鸭，高四公分，长六公分，江南民间物件。

壹　日本名窑“九谷烧”七福神中大黑天及昆沙门天二神，均为六公分高。

壹　小银铃，二公分，上有“吉市口张权”字样，系朝外大街吉市口张权银铺打造，四爷屋内小狗脖上物件。

壹　鸡血石“景福阁”随形闲章一枚，高十公分，阔三公分。

壹　面人张果老骑驴，白云观庙会某氏所制，人高五公分，驴长十二公分(已虫蚀，用油纸包裹)。

壹　古冥器陶猪，高三公分，长七公分，猪底有四爷墨笔小注：唐 陕西蒲城乔陵出土。

壹　花露水玻璃空瓶，上海“双妹牌”，圆底细颈高十五公分，一九四三年前后产品。

壹　“枇杷飞鼠”扇面，工笔，金家七少爷金舜铨作品。

壹　京剧旦角点翠头面，翠羽粘贴“顶花大凤”，长宽各十公分。

壹　驯鹰黄牛皮护臂，长二十五公分，宽二十公分，配以牛鼻紫铜扣环。

壹　民国一九三六年画报，国民党主席胡汉民出殡专辑。

壹　线书《粤寇起事纪实》同治十三年刊，撰者不详。

壹　康熙年官窑，青花山水鸟食罐，高四公分，直径三点五公分。

……

兔儿爷惊呼，前些日子一套明版书在香港拍卖，卖到了一百万，天哪，丫丫你这是发啦！

大芳说，连狗脖子上的铃铛都卖了，你真够可以的！

小四儿说，跟我一样，不是个省油的灯。

我什么也没说，我说不出来了！唐先生，我父亲一直叫您先生，您真是先生，大先生！

视线再次落在“扶桑馆”上，我问唐鹤子，那几个字到底是谁写的，唐鹤子说，孙文孙中山。

兔儿爷说，其实我早就猜出来了，可惜没有落款。

树德桥

老牛对那些老鼠情有独钟，吃完了饭就抓老鼠，抓到一只，捏在手里死劲地看，扯开老鼠的肚子，一只又一只，桥上石板被他弄得血丝呼啦，摊放着老鼠尸体，血腥、恐怖。大家将牛树德杀戮老鼠的桥称作树德桥。

树德桥

一

1971 年深秋。

他是傍晚被带进来的。进来的时候胳膊底下夹着个包，后背缝着一大块白布，布上有“牛树德”三个字，打着红叉，看来是他所在那个地方对敌斗争的风俗和披挂。

叫牛树德的人被安排在医务室的隔壁，跟我隔了一道稀疏的板子。我从板缝间窥探着他，个头不高，颧骨突出，顶着一脑袋花白头发，冻得簌簌地抖，模样有些凄惨。主管刘队长走的时候给他交代了“不许……不许……不许……”，他不言语，刘队在他脑袋上拍了一巴掌，问他听见没有，他没有反应，给人的感觉这一切跟他没有关系。

刘队是“牛棚总管”，脸长有细碎的小麻子，表面冷酷不近人情，其实也未必像人想的那么坏。刚来时我一度怀疑他是国民党渣滓洞漏网的特务，可人家是根红苗正的造反派，祖宗三代都是贫农，历史上没有污点。时间长了觉得这个队长也还凑合，没多好但也不是坏人。

刘队说了许多话，牛树德都不接招，气得刘队扔下一句“臭哑巴”，走了。

牛树德是个哑巴，哑巴也进了牛棚，牛棚的内容可谓包罗万象、锦上添花了。

这里对外称954，原是一个保密单位的代号。有人说这儿过去是靶场，有人说是弹药库，谁也说不准它的功能和具体位置。现在它是我们的“五七”干校。铁丝网圈了一个巨大的圈，圈内、圈外一片荒凉。西边是绵延的山，灰黄色的秃山，有些狰狞，有些霸气。这里曾经是两千多年前的古战场，北风卷地，寒沙飞雪。让人想起秦王的雄势，想起虎狼之师在这片土地上驷马狼烟地踢腾，铁鼓声震，金刀浴血，是何等威武壮阔。据说参战的将士人人腰上挂着几颗人头，以所获头颅多寡定官衔、定奖赏。这才有了称霸绿野、扫荡六合的辉煌战果，有了大秦王朝的一统江山。

铁丝网外有条近乎干涸的河，叫盐田河。盐田，大概跟这百十里的盐碱荒地有关。地面上，无冬历夏，永远泛着一层“白霜”。“河”上架了三块石条，算是桥，河无水，桥无名。桥头一棵不及手腕粗的杨树，歪歪扭扭地长着，几片枯叶在秋风里扭动，谁也不知道这几片叶子能坚持多久，谁也不知道这棵树还能不能活到明年。但是它是这个地方的标志，看到树和桥，便知道954到了。

这里沙砾飘扬，旷远无人，名义上是干校，学员绝大多数却是“牛鬼蛇神”，即有问题的人。按监狱化管理，时尚的称呼叫作“牛棚”。牛棚的“牛”们来自祖国四面八方，天南地北，大家不远万里奔赴到这里，为了一个共同的目标，走到一起来了。各“牛”的问题不一样，有历史的，有现行的，有历史加现行的。能到这儿来的，都是有质量的人物。分属于各自的专案组，彼此没有交叉。这样一来，内查外调的工作量就很庞大。外调是个很严肃、很重要、很愉快也很美好的工作，在某些人看来，真水落石出了便也没了意思。越迷蒙越扑朔，越有理由四处奔走，知难而上，艰苦卓绝，一查到底，决不退缩。所以在那个时代，中国大地上，到处攒动着背着黄色挎包、不苟言笑、满脸敌情观念的专案组人员。

牛棚是仓库的旧址，过去大概是放器械的，有股浓重的机油味儿。仓库临时画成南北两个区域，每个区域有狭窄单间，用密匝匝的木栏杆隔着，很像是牛栏。中间那条大通道有基干民兵把守，有时候，他们故意把大红袖章在人前显摆，为的是起震慑作用。

我的医务室在通道的东头，跟“牛栏”属于同一个档次。医务室原本在仓库之外五十米的地方，因为一头兰州“牛”效仿新石器时代的祖先，野外劳动的时候偷偷捡了块薄石片，晚上睡觉用这块石片割断了颈动脉，酿成了热血喷涌的效果；另一头南阳“牛”用裤子把自己吊在了栏杆上，引发了人工呼吸的忙乱，造成了轰动效应。当然，两头“牛”后来都安然无恙了，都在广袤的田野上静静地“吃草”了。但是导致了监管者看谁都有自裁倾向的结局，像战备一样，把防范工作提到了最高级别。由此，卫生室搬进了牛棚，医务人员二十四小时轮流值班，以应对突发事件，以备不时之需。

卫生室两个人，一个大夫一个护士。大夫姓强，六十一岁。参加过国民党，属于管制使用者。强大夫在骑兵旅待过，是给马看病的。

那个骑兵旅是旧社会的骑兵旅，跟红色政权没有一点儿关系。后来他在蒙古草原上当散兵游勇若干年，不知怎么混进了革命队伍，还成了954的医生。强大夫会说蒙古话，壮硕粗黑，习惯把白大褂往身上一披，迈着方步在过道里走来走去，美其名曰巡诊。我看倒像戏台上的金兀术，只不过金兀术脖子两边挂着的狐狸尾巴变成了听诊器。强大夫从不因自己的国民党身份而退缩，更没把自个儿当外人。对谁都敢瞪眼睛，无论是队长还是“群牛”，一视同仁。强大夫会摔跤，有一回他拎着刘队脖领子，扔出去好远，刘队爬起来还呵呵地笑，说再来，再来！

真贱！

强大夫用药猛狠，对人生硬。受兽医职业的影响，常要掰开人嘴看牙口，让病人“啊呜——啊呜——”发出驴一样的叫唤。逢到这时，强大夫会满意地拍拍患者的腮帮子说，百不碍事，多喝水，明天早晨就好了。

再不就是给人开一包阿司匹林，剂量极大，吃得人胃里冒酸水。强大夫业务水平不高，粗犷有余细腻不足，我不认为他是个好大夫。

医务室的另一个是我，我是才从陕西刘家河公社招上来的北京插队知青。因为在农村当过“赤脚医生”，劳动表现挺积极，在这儿就充任护士，应对小伤小病，抹抹红药水、撒撒消炎粉什么的，不在话下。

我不喜欢954，认为这儿人情冷漠，文化贫瘠，不是我待的地方。我想调回北京，回到东城的小院里，过着在妈妈身边的日子。每每想起那条长着槐树的小胡同心里就滚烫，眼圈就无端地泛红。就连家里那根跑烟漏气的破烟筒，对我都充满了温馨和难以抗拒的吸引力。狐死亦首丘，故乡安可忘？早晚有一天，我得回去。我是北京的孩子，狗跑丢了还知道找家呢，何况是我！

我这心思别人不知道，强大夫知道，成天在一块儿工作，我瞒不了他。强大夫说，老想着找妈，严格说你还没断奶。想回北京，做梦呢，从大西北调进北京，难如登天。当然，人家陈永贵可以，山西农民直接当副总理。你能跟陈永贵比？你以为你是谁！

我说我谁也不是，但是想回家。

强大夫说，啊——呸——在这儿老老实实待着吧，不如这儿的地方有的是，你知道个屁！

没有积极性，我的工作干得有一搭没一搭，跟不负责任的强大夫不相上下，可怜牛棚里那些“牛”。

强大夫有高血压，动辄低压就上了一百四，面孔通红，四肢冰凉。他提出不能熬夜，所以很多时候夜班、白班全是我一个人，没有替换。漫长的夜班对我是煎熬和折磨，虽说下半夜可以在检查床上眯一觉，但那根本不是睡觉的地方，也睡不踏实。

荒原的风钻入仓库，在栅栏间迂回穿绕，演奏出了人间各样音响效果，或哀婉如寡妇夜哭，或轰鸣如洪钟大吕；有时断续无常，似鬼啾啾；有时突发奇响，声似裂帛！就有了牛棚闹鬼的话题，说那些战死的孤魂野鬼两千年来游荡于此，找不到归宿，变作了老鼠奔涌在954的角角落落。

老鼠们常常成群结队，东奔西突，演绎着不死的战斗精神和不懈的生命传递。生活在954的人稍不留神脚下就会踩死一只，至于饭碗里的老鼠屎，那更是司空见惯，见怪不怪了。载以壮士魂魄的老鼠，混迹人群，即便是光天化日，也敢云游栅栏之间，主人般地晃来晃去。慢慢我观察出，铁丝网以内的老鼠是灰鼠，个头较大；旷野的老鼠背上有两道黑线，小巧玲珑，辗转灵活。鼠群明显形成两个部落，各自有组织，互不交叉。是秦王跟前不同的军种、不同的编制也未可知。

有一回，一只小鼠进入医务室，跳上检查床，肆无忌惮地与我对视，那气势颇有大将军出战，汗马秋风的丈夫之气。硬是将我逼下阵来，直至我嘶声尖叫，才扭脸慨然而去。

诡秘的小生灵让人恐怖。

既然是人鬼杂居，便有被鬼扑上身的，常有人哭笑无常，言语混乱，按捺不住的张扬，愁水愁风的纠结，表现很是怪异。用强大夫的话说是“撞客了”。对这类病人他自有办法，让病人靠在椅子上，闭着眼睛不动，然后自己嘴里念念有词，还不时佐以手势。那手势复杂多变，指动如旋，快捷熟练，前所未见，把我看得眼花缭乱。往往，在他呼噜般的念叨中，病人渐渐安静下来，瘫软放松，呈昏昏欲睡状态，治疗告一段落。

棚里的“牛”，精神处于紧张压抑状态，犯病的就很多。有时候一天两三个，都被拉到医务室来，坐一排，集体接受强大夫的治疗。我说强大夫是在念经。强大夫说，可不能这么说，这是草原上的一个土法子。庙堂与民间结合，中医与西医结合，这是毛主席的教导，殊途同归，殊途同归！

强大夫不在，我也有法子对付这类病人。手头的宝典《赤脚医生手册》上说，这类状况属于癔病，是心理问题，有极强的暗示作用，彼此之间可以下意识连通，这就是为什么一次会有几个人同时犯病。我在农村刘家河，来福家的媳妇常犯这种病，动辄便鬼魂附体，米面下井，屎尿上墙，乾坤颠倒，秩序混乱，把家里人好一通折腾。神婆神汉来了她全都不怕，抡着笤帚通通给打了出去，只有我去了才管用。我的治疗办法是让人把她按在炕上，静脉推入十毫升葡萄糖酸钙，给一种治疗提示，言明药里含有葡萄糖，大营养哩。病人很快就缓和过来了，和强大夫的“念经”是同一个道理。

人们说，954 仓库不干净，邪气、怨气太重。当然，这话是在私下闲聊中说，不敢拿到桌面上来，更不能让刘队听见。谁都防备着“阶级斗争新动向”的棍子抡到自己头上，关人和被关，是一刹那间的事儿，翻转之快就像人的手心手背。

我不怕鬼魅，身在牛鬼蛇神之中，有鬼也是正常。自信没做亏心事，不怕鬼敲门，更何况我和那些古代留下来的冤魂没有什么直接瓜葛。我值夜班，是出于不得已，连轴转一个全班可以攒半天假，我已经攒了一个多月假了，为的是拿这个假春节回北京，在家里能多住些日子。夜班的实惠是晚上十二点半有顿加餐，加餐有时候是一碗片儿汤、两片炸馒头片；有时候是一碗馄饨、一个小花卷，油水很足，漂着油花，那是我的最爱。在那缺油少盐的年代实在是很难得、很珍贵的东西。当然，棚里的“牛”们是没有资格享受馄饨待遇的，没听说过蹲牛棚还给加夜餐的。他们不是不想吃，他们是不配。我常给强大夫讲述夜班饭的精彩内容，想的是受了馄饨的诱惑他或许也能值几个夜班。但强大夫不接话茬，他让我好好研究一下业务，年纪轻轻的不要过于关注炸馒头片。他说，夜里加料那是马，给马吃黑豆，精料，跟你的肉馄饨属于一个档次。

话不投机。

我跟强大夫的关系一般。

我和强大夫可以随便交流看法、互相揶揄，“牛”们则不可。牛棚里诸多不许中有一条是不许和左邻右舍交谈，不许随便发表意见，避免串供。发现谁随便说话，惩罚是很严厉的。所以关在棚子里的“牛”表面上都是“哑巴”。

唯有牛树德是个真哑巴。

牛树德的左邻是医务室，右舍是一个胖子。胖子是某工厂的消防队员，像《水浒传》里的宋江一样，在墙上写过“反标”，是个“现行”。我不明白胖子为啥不去灭火，反而要写什么“反标”。强大夫说，他是丢了魂魄，写错了地方。强大夫告诉我，魂和魄是两个东西，人有三魂七魄，固守着人的意识。往往其中的一个会出去遛弯儿，这时候的人就会迷蒙糊涂，干些意想不到的事情。我说强大夫是迷信，我要把这反动言论报告刘队去。强大夫说，你去告好了，刘队那人，魂和魄都丢了，一个行尸走肉！

我问强大夫的魂魄可都还在？强大夫说，魂还在，魄已走出三分。

我说，我呢？

强大夫说，你魂魄还没长全，糊涂娃娃一个！

我们的谈话不避讳牛树德，反正他不会说话。

通过木栏宽大的缝隙，我看到牛树德睁着大眼看着这边，一动不动像尊雕像。从那斑白的头发看，他年龄至少在五十以上，精瘦得除了骨头没有肉。牛树德的眼睛属于大而无神的那种，若没落难，应该说还是属于干练俊朗的人物系列，但现在就难说了。他那件不灰不蓝的线衣，袖口脱出的线拉了很长，在手腕上一圈圈缠绕着，并且随着胳膊的活动，还有脱出之势。光着脚没有袜子，脚上一只布鞋，一只皮鞋，那只皮鞋可是意大利名牌“老人头”的。我父亲曾经有过一双，舍不得穿，只有开政协会的时候才上脚，平时就让妈擦干净，收在鞋匣子里。牛树德有“老人头”穿，落难前应该是个人物……牛树德穿的粘胶布黄裤子很有特色，裤腿一长一短，膝盖处鼓出一个大包。

在这里我得给大伙介绍一下粘胶布，粘胶布是上世纪60年代困难时期的一种绡薄布料，通常一尺布票可以买三尺粘胶布。做衣服穿在身上援而无形，除非万不得已，没人穿它。牛树德穿了条粘胶布的裤子，这在“牛”群里当数独一份。粘胶布裤子和“老人头”皮鞋属于风马牛。可以想见，他这头“牛”当得多么仓促狼狈，狼狈得没能穿上属于自己的裤子！

我企图在他那双眼睛里读到忧伤愤懑，读到哀怜惊恐。但是没有，什么都没有。

一双毫无内容的空洞的眼睛。

一头失魂落魄不能发声的老牛。

“牛栏”里的白炽灯二十四小时都亮着，灯光设计角度准确而科学，没有阴影，各个角落都在监视者的视线之内。可以想见，棚子里头不乏技术高超之人。“牛”们必须习惯在灯光的强烈照耀下，在“眼睛”的严密监视下安睡，没有隐私可言。

这种待遇也包括我的医务室。

早晨七点半大食堂推着车来送饭，车上两个大铁桶，装着面糊糊；一个盖着白布的笸箩，里头是菜窝窝头。早饭每人一勺稀粥、一个窝头，外加一根看一眼便能齁俩跟头的腌萝卜条。“牛”们都对这吃食不满意，但是没人敢说。消防队员那头胖“牛”曾经把一碗粥从栏杆泼了出去，结果被带走接受忆苦思甜教育。三天后被人架回来，回来时身冒虚汗，双手抽搐，两眼翻白。是低血糖，饿的。我给他静脉推了一百毫升葡萄糖，缓过来了。以后见了窝头，死命往嘴里填，再不说挑剔的话。

“牛”们早饭后排队出去干活，美其名曰“劳动改造”。在那干涸得冒烟的盐碱地上挖沟，目的是把盐田河的水引进农场。都明白这是件徒劳的工作，且不说在这坚硬干燥的土地挖掘之难，就是挖通了有没有水引进来也还得两说着。盐田河是一条近乎枯竭的河，河床里卵石层叠，偶尔的这里那里有一两个水坑，点缀地告诉人们，这里的水流，早已是遥远的陈年旧事了。

“牛”们干得都很卖力，没人偷懒，明知是无益劳作也很努力。不挖地干什么呢，能出来干活是待遇提高的象征。至少说明了你的问题已经再无须写那无穷无尽的交代，可以舒展一下身心了。新鲜空气在任何情况下都是值得珍惜和追逐的。

牛树德没有资格参与挖沟，他得坐在马扎上写交代材料，向组织坦白他的罪恶行径，处于“坦白从宽，抗拒从严”的可怕阶段。发给他的那些纸都是事先编好号码的，他交回的时候顺序不能乱，也不能丢失。

牛棚里的光线很暗，白天也开着灯。天冷了，从霜降以来太阳就没很好地在天上出现过。过低的温度让人的手伸展不开，冰冷的酒精抹在人的皮肤上常让人倏地一哆嗦。我的医务室有个装烟筒的生铁炉子，半死不活的，老冒烟，不冒火，很少有正常暖和的时候。早晨，透过呛人的煤烟，我看见老牛弯着身子在写材料，他写呀写的，不停笔，好像永远也写不完，让人感觉这人肚里藏的东西很多。写一会儿就用嘴哈哈手，看来是冻得够呛。哑巴会写字，他的哑应该是人为不是天生，这里面一定有着曲折的经历，他背后的内容多少引起我的好奇。

老牛写交代，有人站在栏门口等着，每每写出两张，等的人就立刻拿走，一路小跑地送出去。可以想见，这些东西十分的重要，十分的急迫。老牛的笔头稍有迟疑和怠慢，门外看着的人就咳嗽，示意不可以偷懒。有时候刘队看见了正迟疑不决的老牛会阴阳怪气地说，不要以为自个儿老子是江西混出来的，就是胎里带的革命。我们调查了，富春那儿不出红军，专出封建糟粕！

我推测，隔壁的哑巴牛大概是富春人，甚至有可能是红军后代。

富春在哪儿呢？没听过，更没去过。

晚上和夜里，牛树德不必写交代材料，但也没见他歇着，他在他的单间里不停地走动。“房间”太小了，老牛只能是在床前的空地上转圈，机械地，顺时针两圈半，再掉转头逆时针两圈半。如此反复，准确无误。

我靠在检查床上等夜间的加餐，看着隔壁老牛周而复始地转悠，两圈半，三十三步，再两圈半，又一个三十三步……像动物园铁笼里不停走动的狼。

走者无意识。

数者很无聊。

日子过得百无聊赖。虽然日日能看见老牛，但我却没有交流的欲望，他的身份也不允许我们交流，我对他那拒人于千里之外的眼神挺反感。

又冷又横又臭又硬，一副高贵的、凡人不理的模样，把强大夫说我的话用在他身上挺合适：你以为你是谁！

那头暴躁的胖"牛"病了，发烧，躺在床上哼哼，刘队说他是装的，为的是逃避劳动。胖"牛"大骂，你给爷烧一回试试，爷浑身疼得散了架！

强大夫给胖"牛"注射了两支柴胡，我看了桌上的空药盒说强大夫注射错了，把爱茂尔当成了柴胡。强大夫背着手不经意地问，错了吗？

我说，错了。

强大夫说，错了就错了。

我说，柴胡是退烧的，爱茂尔是抑制妊娠呕吐的。

强大夫说，殊途同归，殊途同归。

我问要不要采取措施。强大夫让我别太较真儿，别自己给自己找麻烦。他说人的生命力是很顽强的，他在蒙古的时候，一个兵死了，扔到荒野里，没想到一礼拜以后兵晃晃悠悠回来报到了。

不是怕找麻烦，我是真怕胖"牛"有麻烦。私下查阅《赤脚医生手册》，发现爱茂尔除了止吐以外还有抑制中枢神经兴奋、镇静催眠的功能。强大夫歪打正着，不知是有意还是无心，真服了他了！

胖“牛”体温不断攀升，半夜超过了四十度，强大夫照例给他用了阿司匹林，用了六倍的青霉素，这个量足以对付一匹马了。胖“牛”也真能抗造，在第四天热度终于退了下来，我们都松了一口气。中午时候胖“牛”喝了几口米汤，我填了申请病号饭的单子，问胖“牛”想吃什么，胖“牛”说“条子肉”。

强大夫说，呸，我还想吃条子肉呢！

四点多钟，起风了。风声开始在仓库里吟唱，像教堂里合鸣的风琴。像是应了谁的召唤，琴声里胖“牛”逐渐昏迷，心跳变得微弱，最终停止，血压也测不到了。我很慌，有些束手无策。强大夫给胖“牛”做心脏按压，我看到强大夫两只熊掌一样的大手，一下一下按在胖“牛”的胸口上，咔一声，肋骨断了，咔一声，又一根肋骨断了……顾不了许多了！

刘队站在旁边，脸色铁青，他往县城打了电话，急救车最快到达也得五个小时以后。胖“牛”没有一点儿起色，强大夫抬起满头大汗的脸吼我，你哆嗦什么！

我说，没……哆嗦……啊……

五个小时过去，根本没有车来。直到第二天下午，胖“牛”才被一辆救护车拉走了。想吃条子肉的他早已没有了任何生命体征，变成了一具尸体。

救护车摇摇晃晃地开出954，我站在大门口，望着远去的汽车尾灯，心里很不平静。一个生命，就这样轻而易举地消逝了。他到底得的什么病，我应该知道，可是到现在为止，我还是稀里糊涂。我不知如何填写死亡证明，如何向他的家属交代……天空飘洒起小雪花，硬风里，雪花变成了雪粒儿，打在脸上生疼。我一遍遍问自己，在整个治疗方案中，我们错在哪里……

这是我行医以来第一次遇到的死亡病例，我的心情很沉重。胖“牛”苍白僵硬的面容总是在我眼前出现，挥之不去，“三魂七魄”的离去敢情如此简单。

强大夫没有出屋，我送走救护车进来的时候他正两手抱着烟筒取暖。走了胖“牛”，我看他没有什么内疚。强大夫说，看把你吓的，还哆嗦，至于嘛！

我说，至于，我胆小。

强大夫说，你还是太嫩。

我说，是啊，您见过死了一个礼拜的士兵来报到，老医生了！

强大夫说，以后你要再在病人跟前哆嗦，我就换人！

我说，换吧，正不想干了呢。

晚饭强大夫在食堂打了六两米饭，一盆肉片熬萝卜，炖在铁炉子上吃，吃得很美很热烈。吃饱了的兴致不错的强大夫让我给他量了血压，一百二、八十，正常。看到隔壁正在走圈的牛树德，强大夫打了个浓烈的萝卜嗝，很神秘地流出两个字：特务。

我大吃一惊说，可……他是个哑巴！

强大夫说，哑巴才当特务。

我说，就那副窝囊相？

强大夫说，才从国外回来的，中国话还没学利落，就成了哑巴。

我问为什么。强大夫告诉我，因为牛树德跟人说话习惯带外国字儿，造反派一怒之下把他声带用手术刀拉了。我说这应该是内行干的事。强大夫说，有时候内行比外行更可怕。

我问老牛是哪国人。强大夫说，当然是中国人，咱们哪敢把外国人这么整治，那样外国大使馆还不打上门来？

我说老牛在外国待得好好儿的，回来做什么呢。强大夫说，也说不准是发展组织，搞敌特破坏。世界上的事情是复杂的，是不以人们的美好意愿为转移的。

我说，老牛到底是好人还是坏人呢？

强大夫说，反动特务已经基本定性。

二

以我的理解，大凡能当特务的都不是一般人，他们得有专长，能沉得住气，肚里藏着机密而脸不变色心不跳，看起来跟没事儿人儿一样。遇到紧急情况脸一歪，把缝在领子上的氰化钾药片咬碎，顷刻就死了，连抢救的机会都没有。我对我妈说我这辈子也当不了特务，因为我心里装不下秘密，有事立马就得说出去，不能隔夜。要不心里憋得难受，就跟手上扎了刺一样。妈说我当不了特务可以当烈士，我的脾气是当烈士的料。我问何以见得，妈说，我越打你你越横，身上挨十几下掸把子不带翻嘴求饶的。你那是对我，要是对反动派，人家早把你枪毙了，你可不就当了烈士啦！反动派哪儿有我这耐心。

母女俩这么调侃的时候我还小，刚上小学五年级。

应该承认，我自小对“特务”这个词汇就敏感和警惕，那时候北京的孩子一提“特务”两个字，谁都不陌生。我们玩的游戏，“官兵抓贼”，实则是“官兵抓特务”。“特务”一个，“官兵”一大帮，谁都不愿意当“特务”，得锤子剪子布地挑选。一群孩子在胡同里把“特务”追得满处钻，大呼小叫的，那叫热闹。上世纪 50 年代我还跟着妈到北京中山公园看过一个反特教育展览，记得很清楚。展览上有一张特务画的图，那箭头是直指天安门的，他们要对准天安门打炮。了得！我妈是街道的治保委员，常戴着红袖标挨家串，政治热情十分高涨，敌情观念十分饱满。后来虽然被人称为“小脚侦缉队”，情绪也没受到丝毫影响。

50 年代初的北京晚上，每每有探照灯在天上闪耀，那些灯从四面八方聚在城市上空，有时候搭成架子，有时候独自摇晃。看到几个探照灯架起来照着一架飞机在飞行，妈就激动地对我说，瞧瞧，咱们把特务的飞机照住了，它落不下来了！

我很想看特务跳伞，被照的飞机不少，可一次也没有谁从上头跳下来过。

热闹的北京夜空，给了少年的我充分的想象空间。加上我那个很有艺术发挥能力的妈，让我的童年生活充满了色彩，充满了对敌斗争的战斗豪情。有一回天上飞机撒传单，红的绿的，漫天飞扬。我捡了好几张，郑重地上交居委会，问是不是美蒋特务撒的，街道主任看了说是政府动员抗美援朝买国债的。我很是有些失望。

那时候的我，老盼着参加对敌斗争，老盼着打仗。

我们家住 2 号，34 号有个姓白的老头，腿有毛病，我们都叫他白瘸子。白瘸子长得很像特务，大扁脸，小眼睛，秃头，经常穿一件花格子衬衫，显得有些怪诞。在我们的意念中，只有特务才穿这样的衣裳，好人是不穿的。白瘸子是胡同口合作社里修表的，那时候大家管商店叫合作社，就是卖东西的铺子。至于它跟谁合作，没人说得清楚。白瘸子的眼神很毒，对我们这些胡同里的孩子很不友好，动辄就骂我们是“小丫挺”的。“丫挺”是北京粗话，意为“丫头养的”。从骂人的嘴里说出来是“丫嗯的”，它的发音含混滑溜，非常不清晰，大概也只有北京人才能发出这样的音节。我们这帮“小丫嗯的”都认定白瘸子是潜伏的台湾特务，特别是他把修表的黑镜子往眼睛上一挤，鬼知道怎么就夹住了，独眼龙一样的，那副坏蛋模样，淋漓尽致极了。

有一回我深入虎穴，大胆地靠在白瘸子修表的摊子上，玩弄他那个黑镜子，我把它往眼睛上扣，扣上去掉下来，扣上去掉下来。白瘸子说，你别折腾我那个玩意儿了，弄坏了我吃饭的家什就没了。你要能戴上它，没有半年的训练不成。

听听吧，得经过训练呢！

那个小黑镜子引起我们的好奇，不知扣上它能看到什么机密，大家就轮流盯梢白瘸子，伺机偷他的黑镜子。经过几个月的努力，夹在眼睛上的黑镜子终于到了我们手里，是小四儿干的。小四儿趁白瘸子跟客人商量换表带的时候偷了黑镜子装兜里，不动声色地溜出了合作社。在墙拐角处，我们轮流通过那个小镜子往外看。模糊一片，什么也看不清，便断定黑镜子是利用修表进行特务活动的重要工具。小四儿说他用那镜子看墙上爬的小水牛儿，分外地真切，连公的母的也能分出来。破解不了镜子的奥秘，我们开始往白瘸子家院里扔砖头，在他们家大门上用粉笔画王八。白瘸子下班的时候远远地跟在他身后，扯着嗓子喊：

白癞子、李承晚，
俩兔崽子不要脸；
白癞子、李承晚，
光着屁股打朝鲜。

那时候正抗美援朝，把白癞子跟李承晚扯到一块儿真是高抬了白癞子。李承晚是南朝鲜的总统，独裁者，朝鲜半岛打仗跟他有直接关系。他跟蒋介石关系好，所以不是好人。“文革”初期，长得不像好人的白癞子被揪出来批斗了，造反派头头是我儿时的同伴小四儿，北京机械厂的学徒工，曾经跟着我一块儿骂“白癞子不要脸”的。后来没查出白癞子是特务，倒查出了他是日伪时期河北交河县保安队分队长，汉奸！

长大些，手里有了零花钱，基本全扔进电影院里。我们最爱看的是情节跌宕、疑窦丛生的反特片。凡是有这类电影，一定是以过“班会”的名义集体杀进电影院，更不能错过礼拜天的“学生专场”。那时候我可是接受了不少反特教育：《铁道卫士》的特务马小飞，抗美援朝时候企图颠覆军用列车；《国庆十点钟》，国民党特务在马蹄表里放炸弹，要破坏新中国成立庆典；《徐秋影案件》里那个代号 491 的特务，发展特务组织，搞暗杀；《古刹钟声》的特务化装成老和尚，搞地下武装叛乱……所有的特务都有着阴鸷的眼神，行动灵活，说话透着一股狠劲儿。在我的“经验”里，特务应该是长着三角眼，目光闪烁不定，不拿正眼看人，走道顺墙溜，会拿小照相机偷偷摸摸照文件，会半夜三更朝天上打信号弹的人物。

给我教育最深刻的是，我的同学王增春，她爸爸是留苏的科学家。科学家每天上下班有小汽车接送，这在胡同里很是风光。王增春在同学之中也很有优越感，我们早晨的早点是豆浆、炸油饼；她的早点是牛奶、面包，还要抹黄油。我们至多能到剧场看场京戏，人家却能看到芭蕾舞，而且谁也不知道芭蕾舞是什么样子的。用小四儿一知半解的解释说，大幕一拉开，男的女的光着屁股一个扛着一个就出来了……让人渴望至极！王家有一台大收音机，我们下了学喜欢到王增春家听话匣子，主要是听少儿节目《小喇叭》和评书《新儿女英雄传》。有时候大家意见不一，就把收音机的转钮扭来扭去，频道频频变换，莫衷一是。突然的，话匣子里传来嗲声嗲气、慢条斯理的女声：

> ……899 号同志请接收，899 号同志请接收。您 5 月 6 日的来信已经收到……下次来信请寄广州 45 号信箱冯玉龙同志收。祝您顺利……

逢到此时，收音机的主人便会急赤白脸地把机子关了，把我们赶回家去。什么《小喇叭》，什么评书，一切戛然而止，让人愤愤。后来我们知道那个妖冶的女声广播来自台湾，是台湾的情报部门在和潜伏大陆的 899 号特务联络。于是恍然，特务敌情就埋伏在我们周围，尖锐的、你死我活的斗争并不是电影的杜撰，我们必须随时保持着革命的警惕。很快，王家的收音机可以听敌台就被派出所知道，王增春的爸爸以“收听敌台广播”被判了刑，被发配到青海劳改去了。王增春和她妈从此艰苦度日，低调做人，再吃不上牛奶、面包，连豆浆、油饼也无法问津了。

电影《英雄小八路》是我们当时的最爱，那是一群戴着红领巾的海防少年和美蒋特务英勇斗争的故事。

不怕困难，不怕敌人，
顽强学习，坚决斗争。
向着胜利勇敢前进……
我们是共产主义接班人。

这首歌后来成了《少年先锋队队歌》，跟我们以前唱的郭沫若写的“我们新中国的儿童，我们新少年的先锋”不一样了，更加充满了激情和革命斗志。

我从少年先锋队的一员成长为红卫兵，成为了上山下乡的知青，成为了工人阶级中的一员，革命的热情没有丝毫递减，自认为更成熟、更稳健了。

共产主义接班人已经接班了！

三

经强大夫点拨，再看走圈圈的老牛，就有了许多异样。

三十三步，为什么每回都是三十三，这个数字里面藏了什么样的玄机，这是一个很应该探讨的问题。

眼神空洞、面无表情、冷漠失语、不修边幅。只能说他更老练，隐藏得更深，是电影里那些传统特务马小飞们不能相比的。

电影里的特务们姓马，隔壁的特务姓牛。

老牛的交代告一段落，专案组正在进行内查外调，一时没有结果。强大夫说老牛的根系庞大粗壮，他们一块儿回国的都被关了起来，关系网已经牵扯到了国外，比如美国和苏联。我问954的外调人员是不是还得出国，强大夫说组织上正在研究这个问题，如果革命需要，恐怕得跨国调查。我说，到苏联去外调应该不错，我小时候听宣传，说苏联是，楼上楼下，电灯电话，连大炮都叫喀秋莎，美女操控的……

强大夫说，苏修和美帝是画等号的。

我说，中学时候学俄语，经学校介绍，每个同学都有一个通信的苏联朋友。我的朋友叫柳芭，是个漂亮的女孩子，还给我寄过照片和明信片。

强大夫说，再别提你的柳芭，这番话要是上纲上线，明天你就得住进胖“牛”的牛栏去，那个栏现在还空着！

我意识到话说多了，后脊梁冒出冷汗，瞄了一眼强大夫，看样子他也就说说而已。

人人都踩在刀刃上过日子。

老牛加入到挖沟的劳动中，从加入的第一天起就表现了他的不合群，每回吃饭的时候他都端着碗，离开人群，坐在盐田河的石桥上，一边吃一边巡视着河岸的硬土。土地上，布满了大大小小的鼠洞，常有老鼠，当地人叫草原黄鼠的，从那些洞里钻进钻出，探头探脑。那情景颇像几十年后一种“打地鼠”的电子游戏。老牛坐在桥上，东张西望，慢不经心地往嘴里拨拉着饭。小石桥成了他吃饭的领地，只是他一个人，再无旁人加入。石桥是河道的风口，野外吃饭，人们多向背风向阳的土堆靠拢，没有谁肯去那寒风肆虐的河道受罪。大家都说哑巴傻，缺少生活基本常识。老牛不在乎别人的态度，他对那些老鼠情有独钟，吃完了饭就抓老鼠，抓到一只，捏在手里死劲地看，扯开老鼠的肚子，将老鼠的心肝肺尽示阳光之下。一只又一只，桥上石板被他弄得血丝呼啦，摊放着老鼠尸体，血腥、恐怖，非常招人厌恶。人们不愿意再踏那座桥，避之而唯恐不及。过往宁可走河道，跳几块石头罢了，反正河里也没水。大家将牛树德杀戮老鼠的桥称作树德桥，牛树德的专用桥。带有戏谑贬低的成分。

盐田的树德桥，一座沾满鼠类鲜血的桥。

有一回在桥上跌下辆拉菜的架子车，造成推车送菜的农民胫骨骨折，人家骂骂咧咧地不答应，干校给赔了钱；有一回一个正过桥的干校学员发了癔症，突然倒地，口吐白沫，人事不省，抬回来接受强大夫的念经治疗……

牛树德对老鼠的无情杀戮搅动了地下军团，树德桥从此臭名远扬。

人说，牛树德可能患了严重的精神分裂症。在表面孤寂沉默的掩盖下，对老鼠施加暴力，可能掩盖着狂躁破坏性的抑郁，一旦爆发，将是一件很可怕的事情。

我在《赤脚医生手册》上寻找抑郁症的症状和治疗，没有。“文革”期间的农村好像没有这个病。

检查牛树德精神问题的工作落到了医务室，具体说是落到了强大夫身上。

强大夫把老牛从隔壁提过来，让他坐在火炉旁去，倒了碗热水给他。我看见强大夫敲破了一支50%葡萄糖，掺了进去，应该是碗很不错的热糖水了。老牛没接，一副不食人间烟火的模样。

强大夫说，老牛你病了。

老牛没言语也没有表情。

强大夫说，我倒忘了，你不会说话。但你绝对可以听懂。

强大夫再一次说，老牛你真病了。

老牛看着强大夫，没肯定也没否定。

强大夫说，老牛你最好是病了。

这回老牛摇摇头。

我觉出来了，强大夫的话语带有明显暗示。倘若牛树德真的有病了，在待遇条件上可以优惠，说不定还会送到大城市去治疗或者返回原单位处理。我不明白，强大夫如此关照一个哑巴出于什么目的，要知道，他本人的政治面目也不清爽，反动军医，跟特务倒是半斤八两。

强大夫将一沓病历纸推到哑巴牛跟前说，我问你答，写字没问题吧？

哑巴牛点点头。

强大夫问，老牛你最近心情如何？

老牛在纸上写，GOOD。

强大夫说，说中国话！说实话！跟我没必要装，我不会把这些纸交上去，上面没有编号！

哑巴牛写道，很好。

强大夫说，真的很好？

老牛再次点头。强大夫说，明明会说中国话，偏偏要转洋文，这就是你的毛病所在，活该倒霉……不愧是进士后代。

强大夫的后半句声音很低，我听清了，我想牛树德也听清了。封建残渣余孽的后裔，怪道去当特务！老牛忽闪着眼睛盯着强大夫的脸使劲看，把强大夫看得有点儿不自在。

强大夫说，你看我干什么，我现在要给你做个检查。一句话，我说上半句，你接下半句。往纸上写，记住，写中文！明白？

哑巴牛点头。我在旁边问这是什么检查，强大夫说，神智检查。

我说，还没见过。

强大夫说，你没见过的多了！充其量你也就是个赤脚医生，连袜子还没穿上呢！

强大夫逮着机会就贬低我，他对“赤脚医生”很有看法，说我是不学无术。嘁，他也不是什么精英！

强大夫对老牛说，听好了，我现在开始说了：领导我们事业的核心力量是中国共产党。

哑巴牛接下来写了一通英文。强大夫看了看那些莫名其妙的字符说，跟你说了，写中国话，怎么又忘了，积习难改！特务的教育深入到你骨髓里头去了！接着来：白求恩同志是加拿大共产党员。

老牛这回写的是汉语：五十多岁了，去年春上到延安。

春雨惊春清谷天……

夏满芒夏暑相连。

一个人做一件好事并不难，难的是一辈子做好事……

不做坏事。

抬头望见北斗星……

必须晴天。

错了！是“心中想念毛泽东”。雄关漫道真如铁，而今迈步从头越。

越到哪里去?

从头越，苍山如海，残阳如血。朝霞映在阳澄湖上……

我不会唱。

ABCDEFG……

HIJKLMN……

……老牛……你没病。

你有病了。

怪诞又好笑的检查方式，让我想起了儿时在北京雍和宫看喇嘛们在庭院里盘道斗法的场景。他别出心裁的临床诊断，医学教科书上绝不会出现，大半草原上的牲口从来不得精神病。

强大夫面部潮红，像喝了酒一样，我估计他的血压又上去了，面对着牛树德这样的“病人”，的确很难心平气和。强大夫在牛树德的检查单上填了“精神未见异常”，想了想，又在前面加上了“目前”两个字，看来强大夫在诊断牛树德精神病问题上慎之又慎。

老牛在回去之前，又在纸上写出“你病了”的字样。

强大夫不屑地笑了笑说，用不着你操心。老牛摇摇头，走了。

整整一个下午，我都觉得强大夫有些魂不守舍，给病人听胸口，听诊器竟一直挂在脖子上，没挨耳朵，还煞有介事地说病人肺部有湿性杂音；给胃痉挛的开阿托品竟错写成了副肾素，好在我还没糊涂，立即给纠正了过来；给暖瓶灌水的时候，一大铁壶热水全洒在了地上。我给他量了一下血压，80/60mmHg，偏低。强大夫说他这辈子血压也没到过这个数。

我又量一遍。这回更低，70/50mmHg。强大夫说，见鬼了……怪道头有点儿晕，平时高惯了，低下来反而不舒坦。

食堂的晚饭不错，肉丸子熬白菜，我给强大夫打回来，他一口没吃，从栅栏推给了老牛。哑巴牛正在屋地上走圈，三十三步、三十三步……对那份诱人的晚饭连看也不看。我调侃了一句，进士的后裔不吃嗟来之食啊。

一大碗丸子熬白菜就这样浪费了。把我心疼的……

四

强大夫死了。

开始是尿不出尿来，紧接着呈肾衰竭症状，低血压之后是昏迷，病情发展之迅速，让人来不及抵挡，前后不过四五天时间，健康壮硕的强大夫就走了。

弥留之际，强大夫喉咙里噗噗地发声，我趴在他的嘴边仔细听，只能听到“出……出……”地吹气，辨不出什么意思。

平时我对强大夫没有什么好感，可他真走了，我又想起他的许多好来。虽然粗糙，是国民党，毕竟还是个善良的人。

新的大夫还没有到达，医务室人员空缺。

接二连三地死人，干校里人心惶惶，情绪低落，不知到底发生了什么。强大夫和胖“牛”都是因为发热死亡的。“热”的阴影在954上空徘徊，挥之不去，人人谈“热”色变，稍有不适，便想到了死。医务室的病号凭空猛增，有人说是千年的地下军团在招募士兵，那边也在扩军备战。老鼠被牛树德在桥上无辜宰杀，血债是要血来还的，杀多少老鼠死多少人，数目要充够。往后还不知道临到谁。

牛树德在954变得更没有人缘。大伙像躲瘟疫一样躲着他。老牛却不改初衷，杀鼠成瘾，把石桥弄得越发不堪入目，狼藉一片。

刘队带领大家学习毛主席语录，“破除迷信，解放思想”。“下定决心，不怕牺牲，排除万难去争取胜利”。胜利是什么，谁也不知道。

有一天在食堂吃饭，刘队跟我谈起了医务室的工作，说老强留下的那套听诊器你就先用着吧，医务室的事暂时由你主持，有不好处理的事情随时向组织汇报。我说我没经验，不是医生，怕顶不下来。挟泰山以超北海，非不为也，诚不能也。刘队说，甭跟我臭转，能也得干，不能也得干。毛主席说了，有条件要上，没有条件创造条件也要上。你难道比主席还牛？

我说，怎敢比主席牛，主席是太阳呢，我是屎巴牛。护士和大夫职责分工不一样，在954，我从来没有过大夫的思维。

牛队说，不要强调理由！你们北京人就是贫，这点最招人讨厌！告诉你，老强咋干你咋干，照猫画虎还不会吗？再说，老强他也不是个正规大夫，原本是科尔沁庙里的喇嘛，懂点儿医术罢了……

原来是个喇嘛！

像听了牛树德是特务一样，我一口饭噎在嘴里，半天没回过神儿来。深感在这个时代，没有规律和传统可言，事实可以颠覆一切，什么奇迹都有可能发生。如果有人告诉我明天太阳从西边出来，我也会说，大半有可能。人的智商和经验，通通作废，等于了零。

时间已进三月，随着春天的临近，大风开始登场，漫天扬沙，云暗惊风，天地之间好一场奔腾咆哮，震耳欲聋，没有停歇。

走了一批人，撤回城里了，说是回到单位监督劳动。很多人不了了之，没有结论，关了大半年，没关出任何名堂。剩下的人合并同类项，两三人并为一室，说是便于管理。其实大伙的心劲儿，包括刘队在内都懈了，基干民兵不站岗了，大红袖标早不知扔到哪里去了。供给越来越差，我感觉外边的人把这里遗忘了。“牛”们由圈养改成了散养，劳动由挖沟变成了发豆芽、磨豆腐。

老牛还是住他的单间，他的问题落实不下来，还在那儿挂着。

特务定性比较麻烦。

周末有一个人发热，体温刚上37℃我便让人拉走送医院去了，是用架子车送走的。病人不愿意躺在车上，说他可以跟车走或是拉车。我没答应，不能掉以轻心哪！谁发烧谁就是危险分子，954的人都同意立刻把他送走，没有一个人坚持留他。结果那个人顶着37℃体温，甩搭着胳膊跟着架子车走了，走得比推车的还快。风声鹤唳，未雨绸缪，上上下下的人都紧张，谁也担不起死亡的责任。特别是我，一个刚接班的“共产主义接班人”。

午后，狂风暂时打住，世界突然变得很静，静得非常的离奇，非常的不正常。老牛在走圈，我看着他晃动的身影，看着光线下的浮尘，心里突然一阵阵发空。我不知道我鬼使神差地到这地方来是怎么回事，说是命运的安排，这命运也太不负责任。想起北京的日子，眼前仿佛是在梦中，一场醒不来的噩梦。想回家，特别想回家。

刻不容缓！

抽出一张病历纸，我在背面写下了四个字：辞职报告。

紧接着是长时间的空白。真辞了职也是问题多多，户口问题、工资问题、档案的落脚问题。回到北京，我将是一个没有单位的黑人黑户，逛里逛荡一个无业游民。自投罗网，那可真是投入了我妈街道治保委员们的“网口”——成为被驱逐的闲散盲流。

故乡不接纳我！

走亦难，留亦难，我至今承认，那是我一生中最难熬的时光。

下意识地感到隔壁的“钟摆”似乎停止了走动，扭脸一看，果然，老牛不知什么时候终止了转圈，扒着木栏杆正朝我这边张望。那双空洞的眼睛竟然有了神采。见我注意他，他朝我使劲摆手。我说，是不是你也发烧了？

老牛示意我看他的手，我走过去，看那手心里用钢笔粗粗地描了“HFRS”几个字母。我上中学读的是俄文，老牛写的是哪国话我读不出，便不屑地让他“哪儿凉快上哪儿歇着去”，别没事找事。

孰料，老牛并没善罢甘休，呸呸朝掌心吐了几口唾沫，用心地把字擦了去。过了没一会儿又伸过手来，这回掌心上写的字很多，“hemorrhagic fever with renal syndrome！”

我隔着栏杆摸了摸哑巴牛的脑袋，体温正常。我捏着他的下巴让他张大嘴，欲审查他的扁桃腺，这招是我常调侃强大夫的“看牙口”，大多疾病在扁桃体上都能早早看出点儿眉目来。

哑巴牛生气地拨拉开我的手，开始比画，情绪十分激动。念及他的身份，我多了个心眼儿，让他少安毋躁，找来纸，将他手上的字母一个一个往纸上誊。对我这是件难事，小学的时候我没学过汉语拼音，学的是老式的注音字母，像日本假名，跟 ABCD 不搭界。老牛手上的字对我无异于天书，加上一通折腾，老牛掌心的字迹有些模糊，严格说我只能临摹个大概，正确率超不过50%。

看着我一笔一画地临写，老牛有些释然。

没有任何犹豫，我把誊下来的外文条子作为敌情上交了刘队。此时的牛树德在我的眼里已经成了百分之百的特务，以我的理解，趁没人，他想发展我，腐蚀我，让我成为反革命队伍中的一员。狐狸的尾巴终于露出来了，真应了伟大领袖的话，阶级敌人把复辟资本主义的希望寄托在我们第二代、第三代身上。果然，阶级斗争事事有，处处有，时时有，天天有，阶级敌人不在远处，就在我们的身边。特务想让我上贼船，瞎了你的狗眼！

为了表示我的坚定和正义，我是当着老牛的面把条子交刘队的。老牛眼巴巴地看着我的一举一动，没有任何表示，策反泡汤，这个特务大概是彻底绝望了。刘队面色铁青，颠过来倒过去看那张条子，我坚信他也是狗看星星一片明。末了，刘队郑重地把条子装进上衣口袋，对我说，情况紧急，刻不容缓，这件事情我会马上处理。

自始至终刘队没看隔壁的老牛一眼，轻蔑是显而易见的。

果然是刻不容缓，第二天晚上就来了辆警车，下来三个穿警服的，庄严肃整，目不斜视，进了牛棚不容分说，一副锃亮的手铐把牛树德铐上了。当时，牛树德正在屋里走圈，许是早已有思想准备，竟没有表现出一丝慌乱和不安，当然更没有反抗。临上车还向着铁丝网外头的“树德桥”使劲张望。那边黑乎乎的，什么也看不见。

警车刺耳的鸣叫在黑夜里渐渐远去，954 的人聆听着，好像心里都很沉重，我的心更是久久不能平静。老牛是经我的手送走的，跟前几位不同，那几个是用救护车躺着抬进车里的，老牛是用警车被推搡着走进车里的，二者有着本质的不同。

刘队在干校革命领导小组扩大会上表扬了我，说我革命警惕性高，阶级斗争观念强，让大伙向我学习。但好像大家对此不太感兴趣，会上除了刘队发言以外再没谁说话，让我有点儿失望。

事过之后我思考老牛写给我的那些洋文，猜测它们的内容会是什么。换一种想法，倘若还有别的内容，我的做法是否过于唐突……隔壁突然空了，想起“人至察则无徒，水至清则无鱼”这个毫不相关的词来，感到身上阵阵发冷。

从此，我时刻关注着老牛的下落，关押了？判刑了？枪毙了？没有任何结果，他像荒原上的风，刮过了，消失了，无影无踪了。有一回，刘队透出一句话，你描的那张条子可真难猜。算是唯一的信息了。我的情绪变得很低落。

954 来了医疗小组，全体人员大出动，清扫卫生，展开灭鼠运动。发热死亡的病理报告已经检出：流行性出血热。

国家乙类传染病，由病毒引起，病源是老鼠。带有病毒的鼠们身上的跳蚤、螨虫，以及它们的排泄物，诸如唾液、粪便被人接触了，便会感染。感染者起病急，高热，皮肤有充血性皮疹，然后进入低血压期、无尿期，最终肾脏衰竭而死，整个病程五至八天。因为初始类似感冒，所以常按流感处理，使用阿司匹林是治疗出血热大忌!

我想起了强大夫给消防队员开出的巨量阿司匹林；想起了周围随处可见的神秘老鼠。它们拖着长长的尾巴，你来我往，幽灵一样无声无息，死神一样洋溢着病毒，无须接触，只要是它们爬过的地方，你碰了都有可能感染，睡觉的被褥、喝水的茶缸、食堂的案板和那些无遮无盖的窝窝头……

能活下来是万幸。

这里被划作了疫区，我每天的任务是用稀释了的福尔马林喷洒消毒，整个 954 灌满了福尔马林的独特味道，死亡的味道。

死与生是黑夜与白天，死的味道恰恰是生的提携。954 的人没有谁对这个味道反感，这是我们于死地而后生的一线生机。

最关键的是消灭老鼠。刘队问我有什么高招，我说老鼠夹子效率太低，派人到县城买灭鼠药，投放药饵是唯一办法。

鼠药买来了，灰色的粉末，我们用它拌了麦子粒，扔在角落，数日过去，麦粒纹丝不动，收效甚微。有人说，老鼠会算卦，精得很，轻易不会上当受骗，拿几粒毒麦子哄骗老鼠，哄骗秦王的冥军，怕是没那么简单。刘队问我还有什么好办法。我说，你干吗老跟我要主意，我也不是它们的司令!《赤脚医生手册》上说了怎么给人治病，没说怎么逮老鼠。

刘队说这属于爱国卫生条例，医务部门责无旁贷。灭不了老鼠就是你的失职！

盐田村一个老乡的孩子，手被碰破了，过来请我包扎。见我正为老鼠的猖獗烦恼，便说他叔会灭鼠，他可以叫他叔过来帮忙。他叔是“灭鼠大王”，整个县城的人都知道他叔。

我把情况汇报给刘队，刘队同意请他叔过来灭鼠，死马权当活马医。

第二天灭鼠大王就过来了，长得跟老牛很像，猛一见我还以为是老牛回来了。年龄也跟老牛相仿，留着小平头，满脸褶子，两眼眼神空洞，一刻不闲着，习惯转圈。事先说好了，他灭鼠全是义务，为民除害，但是事成后我们得送一面锦旗。灭鼠大王将名誉看得很重要，孩子说他叔在收集锦旗，就像有人喜欢邮票一样。他叔喜欢锦旗，他们家的锦旗挂满了，连院墙上都挂了“治鼠克星”什么的。

人是我请来的，我得协助灭鼠大王做灭鼠工作。灭鼠大王说不用我掺和，他一个人全包。我说954的老鼠多啊，成百上千！大王说，上万也不怕，我让它们出来集合立马乖乖出来。让来公的就来公的，让来母的就来母的，今天你们是要公还是要母？

我说，公的母的都要，通通消灭，斩草除根！

我很有为强大夫报仇雪恨的心情。旁边人也都说，公母都要，一只不留！

我心里忐忑，觉着眼前的灭鼠大王有点儿不靠谱。

灭鼠大王跟食堂要几个馒头做诱饵，大师傅拿来了隔日的陈发糕。大王说发糕不行，发糕是粗粮，耗子爱吃精米白面，得用纯白面馒头才好。于是又换馒头，大师傅嘟嘟囔囔从笼屉上捡出几个冒着热气的馒头。灭鼠大王接过馒头，先掰了半个填进嘴里，把剩下的揉碎，从腰里摸出一瓶粉红的药水将馒头拌了，四处踅摸放药地点，最终将那些粉馒头堆在铁丝网外头的树德桥上。我说怎么在野外灭鼠，是不是撒在仓库的犄角旮旯效果更好？灭鼠大王说石桥是老鼠的司令部，营盘的中心，桥周边的老鼠都是上了级别的，最低的也在村长以上。擒贼擒王，抓老鼠得懂路数，不能胡来。我说有个叫牛树德的人在这座桥上宰了不少老鼠，灭鼠大王说牛树德是个行家，他懂老鼠。我对灭鼠大王的做法仍旧质疑，灭鼠大王让我站在桥头静等好戏，说只需二十分钟，生旦净末丑就全登场了。

我说灭鼠大王莫不是在变魔术？灭鼠大王说，魔术是什么，魔术是戏法儿，哄人的。我这是来真格的，让它三更死，留不到天明。你等着瞧！

954 的人都来看热闹，把座树德桥围了里三层外三层，大家都不言语，目不转睛地盯着那堆粉馒头，静等奇迹出现。还没见过这么灭鼠的，我觉得荒诞不可信，朗朗乾坤，众目睽睽，架势摆得如此之大，待会儿不知灭鼠大王如何下台。他下不了台我也下不了台。

十分钟过去，老鼠没露头。

二十分钟过去，仍不见动静。

三十分钟，一切照旧。

人群中有了嗡嗡的议论声，大家的耐心到了极限。灭鼠大王却是一脸严肃，抽着烟，围着馒头一圈圈转悠，正着转完倒着转。刘队看了我一眼，看得出他已经把失败的原因归结到我身上。我开始冒汗，这回人丢大发了。

有人说今天老鼠不在家，都上姥姥家吃面去了；有的说出来的一定是扛着军旗，穿着盔甲，值班站岗的；更有人说还得朝着医务室亮小爪儿，行礼……在大家的嘻嘻哈哈声中，猛然有人喊：快看！

只见一只小小的老鼠从桥下冒出头来，直奔诱饵，叼了一块馒头掉头就跑，闪进石板底下不见了。紧接着，又一只，又一只……很快，老鼠们像听到什么召唤，从四面八方，从各自洞穴里跑出来，疯了一样哄抢馒头，没一会儿，一堆馒头就被搬光了。怪异至极！

大家很兴奋，都说这场面头一回见识。刘队思考着说，不好，那些老鼠谁知道都死在哪儿，过几天还不都臭了！野外还好说，放到屋子里怎么得了？

的确，死的比活的还难办。

灭鼠大王说，再等十分钟。

十分钟以后又是小老鼠开始出现，小老鼠走到树德桥中间，在曾经堆放馒头的地方留恋不舍，转圈圈，正着转完倒着转，接着慢慢开始抽搐，不一会儿倒地而死。接二连三，老鼠们纷纷而出，在桥上，在人的视线下转圈，蹬腿，闭眼，驾鹤西去。不到半个小时，小桥上堆积了近百只死鼠。

应该说今天是954老鼠们最悲惨最难忘的一天，在树德桥上，地下军团野战军部分遭到了致命打击。以这样的方式和速度，军团的覆灭指日可待。

鬼地方出鬼事儿！

到今天这个谜团我也无法解释！

以后“牛”们每天的任务不再是挖沟，而是焚烧鼠类的尸体。旷野上这里那里，到处冒烟。

望着硝烟中的树德桥，我想起了老牛，那个在桥上解剖老鼠的哑巴和那只写满洋文的手掌。他和强大夫的念经，和灭鼠大王的粉馒头，如出一辙，都没按常规出牌。

刘队在桥边找到我，给了我一张医学院的推荐表让我填写，说我在干校表现不错，组织研究让我作为工农兵学员进入大学深造。机不可失，时不再来，天上掉馅饼了。

我把那张写在病历纸背面的辞职报告偷偷撕了，这个时候交辞职报告，我傻呀！

五

弹指一挥间，四十年过去。

在我的念想中，始终为牛树德保留了一块地方。

作为一名医学院的工农兵学员，我在入学的当年便明白了牛树德在手掌上用英文传递给我的信息：

肾综合征出血热。

我也明白了，牛树德为什么要在桥上解剖那些小鼠，他是在观察患病老鼠内脏的出血情况……病理学家的本职。

查阅过有关牛树德的许多资料，均是有始无终。

“牛树德 1922—？江西富春岩田村人　美国哈佛大学副教授　病理学家　1965 年回国……”

我知道自己干了一件多么愚蠢的蠢事！“文革”中我犯了一个不能

饶恕的罪过，断送了一个人的前程，让他变成了一个删节号，变作了我一生苦苦的寻找……几十年来，我努力地工作，作为传染病的主任医师，在人们信赖赞扬我的时候，我知道自己是在为历史承担过错，以此弥补内心对故人的亏欠和无情摧残。什么都可以重新再来，时间不能。

我为我的无知而羞愧。

为我的“革命激情”而反思。

我在一座石桥前久久站立，这里是江西富春岩田村的村口，应该是牛树德的故乡了，是我当年在954不能想象的地方。村头石碑介绍，岩田村曾经出过二十七名进士，海外留学者更是无数，文化积淀丰厚，桥头一千六百年的古樟树和古石桥相得益彰。

抬眼望去，樟树郁郁葱葱，端立桥头，兀自无言，如障如云，有种海阔江平的深沉。包括那座跟树同龄的桥，千人万人走过，承载着，承受着，不因流水而逝，不以时光而摧，真树德也！

我想起了荒原上的954，想起了那棵瘦弱的杨树和那座三条石板的小桥。曲终人散，干校的学员们早已各奔东西，再难寻觅。上世纪90年代我也曾经回过那里，被称作树德桥的石板不见了，那座巨大的仓库不见了，连那灰黄的山也不见了。代之以一片高楼，无限繁华，上世纪80年代初在这里发现了煤田，名字仍承接过去，叫盐田矿区。一条人工的河水，穿城而过，人称盐田河。

物非人非，完全是一座陌生的城市了。

灭鼠大王一直和我保持着联系，90年代他开办了鼠药厂，后来发展成了大企业，红火得连国外也来邀请。大王真成了大王，出门须有保镖。但那神秘配方仍不外传，锦旗变作了订单。就在事业大展宏图之时，科学院几位专家将他告上法庭，说他的鼠药可以引起二次中毒，属于国家禁用之药。灭鼠大王在官司的纠缠中……

一个农人，戴着斗笠，扛着铧犁，和一头水牛在古石桥上走动，牛儿走到桥中心便自动打转身往回走，不用指挥，周而复始，悠然自得。农人完全是跟着牛走，展现出一幅“斜光照墟落，穷巷牛羊归”的恬静画面。细数老牛的步子，三十三步一个回转，三十三步一个回转，一步不错！

我惊愕了！

走上桥轻拍老牛的脖颈，老牛停下来，一双大眼睛扫了我一眼，立即低下头嗅桥面的浮土。只那目光的一错而过，我看到了熟识，看到了会意，看到了老友相遇的欣喜。

我说，老牛——

声音有些哽咽。

农人说牛确实老了，犁不动田了。它一辈子出了大力，不忍卖了它，决意给它养老送终。老牛不愿白吃饭，到桥上来给家里挣钱。我问怎么挣钱，那人指指远处树荫下的亭子说，每天都有人雇它来桥上照相，从那个角度照过来，效果最好，得了好几个国家大奖了！

望过去，凉亭里的长枪短炮果然朝这边瞄着。

农人说，时间久了它都有经验了，走到半截就知道回来，再朝前走它就出镜了。

农人用了一个摄影专业术语，“出镜”，也是有经验了。

我摸摸老牛的大犄角说，我们曾经是朋友。

那人说，这头牛有人缘，很多人都说是它朋友，年年来找它照相。不白照，走一个下午我们能挣三百。

可是我把朋友出卖了。

说这话的时候我的心很痛。

农人没理会我的话语，随意说，我不卖，也卖不了多少。相聚一场，缘分，大家都落得个善始善终。

听口音农民不是本地人，那人说他祖籍是内蒙古的，1972 年全家迁到岩田。我问贵姓，那人说姓强。

我说，姓强啊！

农人说，不是强，是蒋。

我说，是蒋介石的蒋？

他说不是，是将，将来的将。

有点儿乱。

我的思维也有点儿乱。“正是江南好风景，落花时节又逢君”，哑巴牛，老牛，老强，老蒋，我又是谁？百思不得其解。

人生如一场大梦，俯仰百变，无足怪者。

电台正在播放，万里之外的西非，埃博拉疾病肆虐，死人已数千。

那是病毒引起的又一场出血热。

唱晚亭

在我出世之前这里是个热热闹闹的歌舞场，要不怎么叫“唱晚亭”呢？晚饭后，全家的孩子们会主动在这里聚集，家庭自乐班要开戏了。

唱晚亭

尽管外面是滂沱大雨，福儿还是准点来了。

福儿是我的近亲，但究竟是哪一房兄长的孙子，大名叫什么，我不清楚，也懒得搞清楚。血脉亲情，在我和侄子们之间就已经淡了，更何况又隔了一层。眼前的福儿除了跟我的姓氏相同，在长相、做派、认知、观念上竟无丝毫重叠。就是说，相逢在路上，我们谁也不会为谁停下脚步，谁也不会多看谁两眼，以前我们彼此并不认识。我拿出干毛巾让他擦头上的水，明知这条小毛巾抹不干他那湿漉漉的头发，还是做出了关注的姿态。我知道，我的做法十分的表面化，十分的假招子。

福儿脸色灰暗，眼里布满血丝，精湿的头发配上那件污浊的绿色冲锋衣，像是从阴间偷偷溜出来的小鬼儿。也像菠菜堆里爬出的青虫儿，有些龌龊，有些猥琐，缺乏光明磊落的大气。他是北京玉泉营新发地蔬菜批发市场的一个临时工，终日混迹于进城的农民工和菜农之间，说话糙，常常将裤裆里的东西移位到嘴上；人也不修边幅，胡子拉碴，像是几天没洗过脸，指甲缝里的泥都是绿的；加之举止粗鲁，没有家教，坐在那里跷着二郎腿，两眼乱转，前后左右满屋胡踅摸……不招人待见。

这是我的侄孙，嫡亲的侄孙。

金家整出这样一个后代，让我遗憾。

我叫他来是为了一个电话。电话是玉石厂打来的，玉石厂让我去结切石头的账，顺便把那些切碎的烂石头拉走，说那些碎石头在车间里堆着有些日子了，影响卫生，有碍观瞻。我知道，拉石头是托词，要钱是真意，如今的世界，谁也不会给谁白干活。我对厂子说我跟那石头没关系，也不是我把它送去的，玉石厂大门朝哪里开我也不知道。对方说委托单子上留的名字和电话就是这个，既然找到了人就是没错，到这个程度赖账是没有气度的表现，不是君子所为。对方说话不客气，我气得摔了电话。很快，对方又不屈不挠地打进来，说再不结石头账他们就要走法律程序了。我说，几刀工费，区区小数，也要走“程序”，小题大做了啊！

他们说，对您是小数，对我们不是。我们经营的生意都是一笔一笔抠着算的，连二十块钱的生意也要上账，积少成多，聚沙成塔……

总之，他们本周之内要我必须去厂里了结此事，没有任何商量的余地。交情是交情，钱财是钱财，言外之意是何况我和他们还没什么交情。我才发现，我是被人装在套里了，装我的不是别人，就是我的一群孙男弟女们！我是他们留在这个世界上唯一的长辈，一个“少小离家老大回”的外地长辈，一个将他们认不全的陌生长辈。于是，坑长辈如同坑孙子，玩长辈如同玩狸猫，长辈不当冤大头谁当冤大头？

我被他们逮了个正着。

坑我的这群人中，我能叫来的就是福儿。福儿五十多岁，上世纪70年代在云南中缅口岸跑过运输。大概实诚劲儿还未完全泯灭，一帮侄孙中，只有他把手机号码留给了我。其余的都如同烟一样地散了，散得迅速而隐秘，抓他们一抓一手空，哪个也逮不着，这是有意的。我看得出，福儿为留手机号这一举动在后悔，一脸的无奈，一脸的沮丧，一脸的不甘。

他不甘，难道我甘？

我自然没什么好脸色，逼着福儿给我讲了事情的大致经过。我问他凭什么让我去收摊子？他们背着我把那块烂石头拉进厂里的时候，哪一个跟我商量过？哪一个把我推到了头里？哪一个想起金家还有个老姑奶奶？到如今，弄了一屁股屎，该擦屁股的时候想起姑奶奶来了。

福儿说晚辈们没这个意思，事情绝不像我说的这么寒碜，他们是打一开始就把老姑奶奶顶在头上的，要不不会把姑奶奶的姓名电话留给人家。因为大家心里都明白，任谁也兜不住这块石头，真要是个大宝贝，站出来说话分配的还得姑奶奶。我说，哄鬼呀，你们的心思我都明白，填我的名号是瞒天过海，打马虎眼。填你们哪个你们都怕分不均匀，只有老姑奶奶不问世事。石头若是真东西，你们私下偷偷分了，大家白落；不是真东西，有老姑奶奶垫底，大家不损分毫，里外里你们都不吃亏！

福儿说我在和他们动心思。他们几个属于弱势群体，都是现挣现吃的平头百姓，有两个还下了岗，拿着低保。几个人中刘京的职位最高，在区办事处上班，不过是个股级。我想，所谓的刘京是外姓了，大概是哪位姐姐的后裔，就是那天派头很大、干部模样的孙子。我说，我不过是把你们小肚鸡肠戳穿了罢了，我和我的十几个兄弟姐妹，从来没在钱上动过心思。到如今却被孙子们套住了脖子，并且还往紧里拉，没意思极了，让人心寒。

福儿吧嗒着眼睛看着桌子上的一只镀金青蛙，有意拿在手里摸摸，似乎又不敢。我说，你们是钻到钱眼儿里了，上炕认得老婆下炕认得鞋，房顶上开窗户，为了钱六亲不认。这些年竟然没有一个到我这儿走走的，想的是老不死的是个累赘，多一事不如少一事，不想找这麻烦……

福儿一声不言语，对我难听的话语一概不接招，大有死猪不怕开水烫的架势。我说，你们这帮孙子不给老家儿添彩反添堵，你们的爷爷活着，不把你们扇得鼻青脸肿才怪。姑奶奶我是打不动你们了，搁过去，依着我的脾气得拿掸把子嗖嗖地抽，抽完了一脚把你们一帮鬼五妖六的踹出去。

福儿说，您那是疼我们。我们是该抽，要不您先抽我一顿？被长辈抽也是一种幸福。

看着福儿那副无赖相，我真想立马就扇他一个嘴巴，也就是一闪念而已。细想何苦，八百年不见一面，我连他老婆孩儿是谁都不知道，凭什么扇人家？息事宁人吧，将来还要在另一个世界和我的哥哥姐姐们见面……跟人家孙子打架，掉我的价！我说，算我倒霉，俗话说，贼咬一口入骨三分，我现在是让孙子们咬了一口，痛彻心扉！

福儿说，我们不会咬人，我们几个里头也没有属狗的。

整个一个浑得鲁儿，听不懂人话。

福儿说要喝水，我从冰箱里拿了一瓶矿泉水，他不接。说，我从来不喝凉水。我跟我爸一样，进嘴的东西甭管好坏，哪怕是一碗稀粥，也必须是热热乎乎的。

人不怎么的，讲究还不少！给他倒了一碗热水。我说，丑话说前头，明天到玉石厂你们得派代表跟我一块儿去，手纸我买，屁股还得你们自个儿擦！

福儿说，那是当然，那是当然。哪能让老姑奶奶自己动手拉石头！

福儿还告诉我结账可以刷卡，让我务必带着金卡银卡什么的。我说，什么卡呀，我带着你就成了。

福儿说明早十点他来车接我。我问为什么挨到十点才出门，他说，十点以前车腾不出来，不好借。我问什么车，他说拉菜的车，有三轮，有蹦蹦，也有客货两用的皮卡。我说，我又不是萝卜，咱们还是各走各的吧……

于是约好，十点玉石厂门口见，不见不散。临走，福儿又回身叮嘱了一句，您准去呀，咱们谁不去谁是××。

我说，放肆！

福儿走了，看着桌上的矿泉水瓶子我突然回过味儿来，这是怎么档子事呢，人家一个电话，来了个福儿，我就大包大揽了，就给人买擦屁股纸了。现在翻过来倒是我欠了他们，不去还是××，什么时候这角色就悄悄地转变了？

我怎么这么傻呀！

不就是那块刻着“唱晚亭”的石头嘛——

石头在我们家后园子里有年头了，至少从我十代以上的祖辈它就蹴在那里了。没人理它，也没人在意它，它是亭子旁边的一个点缀，半截埋在土里，露出一个平平的顶，高矮正好如同凳子。漆黑粗粝的表面，让它显出一副憨傻呆笨之相，没有一点儿灵气，跟池子里玲珑剔透的太湖石比有天壤之别，不能同日而语。黑石头上有三个字镌刻浮浅，模糊不清，不知是出自我哪位先祖的手迹。父亲告诉我，石头上的字是“唱晚亭”和落款，父亲不说，我什么也看不出来。所以金家知道那字是“唱晚亭”的大概也就是我和父亲。

刻着“唱晚亭”的石头是陪衬西边亭子的，亭子叫“唱晚亭”。其实石头什么也不是，就跟现在村口刻石某某村一样，标志而已。亭子是祖父时代盖的，充其量不过一百多年。石头却是来得早，据说是金家的老先祖虎尔哈奉命征讨平西王吴三桂，从云南陇川带回来的。带它回来没什么别的意思，就是为了纪念那个地方，纪念南征这件事情。

传说陇川是个战场，有过一场恶战，这块石头就横在陇川的道路中间，石头上沾染了八旗子弟兵的鲜血，虎尔哈先祖在石头旁站立过，叹息过，唯此而已。先祖在南方打了八年仗，得胜回京，还没忘了这块石头，命部下将石头带回京城，放在自家园子里。想的是与战死的子弟们可以随时聚首，看见了石头就如同看见了那些命丧西南的巴图鲁，也是一点念想。

我翻阅过金家家谱，家谱中记载，虎尔哈先祖以武功见长。谱上记载这位先祖系布库少年出身，“投枪犹如龙出水，刺剑恰似蟒翻身”，勇猛得厉害。“布库少年”是康熙的嫡系侍卫，为了擒拿逆臣鳌拜，康熙委托索额图在皇宫庭院训练青年子弟摔跤、扑打、跳布库（一种满族舞蹈），以致鳌拜每每路过，非但不起疑心反而还驻足观赏，加以指点。康熙八年五月，皇帝宣召鳌拜进南书房议事，鳌拜刚进书房，布库少年们一拥而入，干脆利落地将这名骁勇善战、横霸朝廷的将军擒住，送入监牢。先祖虎尔哈也因此晋封二等侍卫，成了有功名的人。

儿时听父亲讲过“跳布库”，老爷子也断断续续地给我比画过，“穿针摆水步”“吉祥稳健步”“奔马舞步”“探海取珠步”，看那动作，我总觉得像萨满跳大神，不会欣赏。父亲说满族舞蹈多了去了，布库以外还有“喜起儿”，还有“莽势”。到我的曾祖父一辈，哥儿几个还能在庭院里列队跳“喜起儿”，有的装作虎豹兽禽，有的扮八大人骑禺马，作追射状。八大人泛指八旗统领，我不知禺马是何物，父亲说禺马是木头马。我说，一帮大老爷们儿骑着木马在院里舞而蹈之，狩猎过家家玩呢，有意思。

父亲说，也不光是我们家跳，皇上也跳呢。康熙为了给他母亲祝寿，亲自“舞蹈奉爵”，领众人舞蹈，极欢乃罢。

我的舞蹈模仿能力一直不行，记不住动作。曾经跟着父亲学过“三步锦”的几个身段，讲的是“男如雄鹰女似燕”，却被我演化成了太极拳，继而成了八段锦，“双手托天理三焦，左右开弓射大雕”……解放后跳集体舞，“找呀找呀找朋友，找到一个好朋友，敬个礼呀握握手，你是我的好朋友”，我竟然像一只大扑灯蛾子，张着胳膊满场胡撞。

如同祖辈的功名代降一等一样，金家的舞蹈基因亦是代降一等。会跳布库的祖先，到了我儿子这辈，索性连“八段锦”也丢了，广播体操也做不来。不可思议，一向以京戏传家的东城镶黄旗金家，竟然是从舞蹈起家的。父亲说不足奇怪，老祖宗们跳“喜起儿”的时候，徽班还没有进京，虎尔哈时代，能唱点儿曲子三弦，跳点布库就是很先进了。

后园的“唱晚亭”是座简单得不能再简单的亭子，四根白木茬的柱子，一圈窄窄的边凳，拙朴粗糙。记忆中除了我的老姐夫抱着酒坛子靠着亭柱喝酒，平时很少有人到这儿来。极清静的所在往往也是极热闹的地方，在我出世之前这里是个热热闹闹的歌舞场，要不怎么叫“唱晚亭”呢？晚饭后，金家的孩子们会主动在这里聚齐，家庭自乐班要开戏了。弟兄们各有各的角色，各使各的家伙，不用吩咐，很自觉地在亭内各就各位，摆出了一个演奏的阵势。各自拉出范儿，凝神聚气，先打出一通锣鼓经，《马腿儿》《双飞燕》《凤点头》，演奏完毕正戏方才开始。

老大不擅唱，但节奏感强，便充当司鼓的角色。那个鼓是当时京剧富连成班的创始人叶春善先生帮着挑选的。叶春善是叶盛兰的父亲、叶少兰的祖父。祖孙三代饰演小生，均是出名的角儿。叶春善不惟帮着我们挑选了鼓，还挑选了成套家伙，铙、钹、锣、板……帮我们家组织了一个完整的京剧伴奏乐队。老大离家的时候，带走了他的鼓，一走便再没有音信，几十年过去，那个鼓想必已是皮破身残了。老二善月琴，还能演老旦，《钓金龟》一句二黄原板“叫张义我的儿啊”清亮透彻，不带杂质，颇有李多奎的韵味，每每受到众弟兄们的叫好。老三扮花旦，他的灵动妩媚常常遭到姐妹们的揶揄，大半是嫉妒，因为我的姐姐们谁也走不出老三那水上漂一般的步子。老四的老生唱得好，是北京名票，解放以后在农业大学、北京大学都有过演出。以《四郎探母》的杨延辉最为精彩，尤其是“坐宫”与铁镜公主一个压一个地对唱，接得那叫天衣无缝，炉火纯青，无人能比。演公主的是我们的大姐，她的功力远远超出了金家的弟兄们，如若活着，应该属于艺术家名列。每当她和老四唱“坐宫”一折时，大家都屏息静听，生怕错过了那精彩，直至老四亮着嗓子唱出“站立宫门叫小番”那个“番”字，霎时高八度的嘎调时，大家才松了一口气。老五是花脸，兼任丑行，在兄弟中插科打诨，别有一番风情。他是全能，戏虫子，生旦净末丑，缺了哪个角他都能充任。一度要出去下海唱戏，被父亲拦下，便与父亲离心离德，处处作对，时时地闹出圈去了。老六早夭，不在其中。老七唱功不行，但是可以拉胡琴，打扬琴，在“唱晚亭”的演出中表现得比较游离，不能投入。

我们的父亲，是每晚演出的主心骨，儿女们在亭子里歌唱跳舞的时候，他坐在旁边的石头上拉胡琴伴奏。父亲那胡琴拉得，能把不会唱的人也托成了马连良。不听唱，光听父亲那琴，听那《柳青娘》《夜深沉》《万年欢》一个接一个的胡琴曲牌，那妙入毫颠的音律便能让人陶醉，达到物我两忘的境界。

这样精致的业余生活一度成为了金家的骄傲，成为了亲戚朋友来串门的理由。热闹欢乐，歌舞升平，展示了这个家族的品位、闲适、自得和雍容。我年纪小，没有参与过那样的日月，但是和他们留下的物件有过接触。“文革”期间，我将那些锣钹镲们按废铜烂铁价格卖了十四块钱，那些老旧的行头也被我在“唱晚亭”前付之一炬……

清理“四旧”时还翻检出父亲写的一首诗，大概就是说“唱晚亭”的情景的：

> 子弟闲坐傍黄昏，唱晚亭内抖精神。
>
> 声声灵籁随风去，谁识无声是大音。

在我的哥哥姐姐们纵情歌唱的时候，坐在石头上的父亲已经进入了一样别路心态，胜地不常，盛筵难再；乐不可极，乐极生哀。从诗的内容看，老人家莫不是已经预感到了几十年后的凋零和无奈？预感到了金家后辈的杂乱与不肖？预感到了儿女们，包括他自己来路的多舛，结局的不妙？父亲臀下沾染过八旗兵鲜血的石头给了他一种什么样的暗示，让他写出了一首如此冷静出世的诗篇，难以揣摩。

几十年后，已经凋零散落的家赶上了21世纪的大拆迁，万丈高楼平地起，盘龙卧虎北京城，到处都是大工地，到处墙上都画着防狼一样的白圈，里面写着一个触目惊心的“拆”。金家的院落自然也在其中，歌舞歇，人气散，房子成了废墟，到处是断壁残垣，到处是窗棂瓦砾。

在一个秋日的午后，我来到了自家即将清理的场院中，在砖头瓦块中狗一样地寻觅家的味道，跟一个时代，一种生活做最后的告别。人事改，寒云白，西风吹尽梧桐斋，那是别一番心境，别一样情愫。

北边的瓦砾下，露出几张发黄的纸片，小心地揭起来，细细端详：

正芬芳桃香李香，都题在宫纱扇上；

怕遇着狂风吹荡，须紧紧袖中藏。

是孔尚任《桃花扇》里边的句子，纸片应该是金家藏书的流散……心中难免有些依恋，有些悲凉。将那些烂书旧纸拢在一块儿，用砖头压了。让它们流落风尘，总是不忍，想的是走时一炬，将它们捎给他界的父亲、兄长们，或许他们还用得着。

远远地来了一帮人，闹闹嚷嚷冲撞过来，嘴里喊着，是这儿，就是这儿！

面对着这群人生龙活虎地逼近，我头也没抬，来者是什么人，是拆迁公司还是临时安置办，对我都无关紧要。这里已经不属于我了，属于我的只有凭吊的奢侈和追忆的落寞。这帮人在我周围散落开来，撬这儿摸那儿，抛开砖瓦，掀动房梁，目无旁人，主人般地坦然自在。

看到我正往一块儿归拢东西，一个干部模样的问我，你是谁？哪儿来的？

见我不回应，叉着腰立在我对面说，咳，问你哪！聋啦！

我反感这种不客气的口气，站起身反问，你是谁?!

干部回道，你管我们是谁？

我说，那你怎就管得着我是谁？

干部道，我有权力管。

我说，可惜你的权力有限！

彼此有点儿抬杠的意思了。那伙人围了过来。

一个人，就是后来的福儿，用脚踢了踢我拢在地上的东西，大概是对那些烂书本没兴趣，不屑地说，捡剩儿也不挑点儿好的，这些陈年废纸烧都烧不着，废品站也不收。

我说，把你那脏蹄子挪开！

福儿说，嘿，××小老太太还挺厉害，老丫的找不痛快是吧？

我说，张口骂人，亏了你的先人！

干部说，我们没亏先人，我呢，我怎的也是国家公务员，你沦落到捡废品的份儿上，才是亏你先人呢。老太太，儿女不孝顺是吧？老而无依，惨哪！

我说，呸！

一女的操着东北腔说，你还挺横，倚老卖老吗？且轮不上你呢！知道俺们是谁吗，俺们是爱新觉罗后裔，是这座大宅子的主人。你上俺们家来捡东西，经过俺们允许了吗？

我说，都他妈给我滚！

干部说，这老太太疯了！

…………

听口气，这些人是和金家有关了，我看着他们，脑海里翻腾着他们应该是谁的子孙，却总是糊涂。最大的哥哥大我三十六岁，最小的老七要在也八十八岁了。母亲是填房，这使得我与哥哥姐姐们拉开了距离，使得我很晚才进入这个已经迟暮的家族。现在，哥哥姐姐们都故去了，我还活着。

一帮人很快对我没了兴趣，他们在阳光下的废墟中继续寻找可能得到的意外。女的说，我奶奶活着时候说屋子里有楠木雕花隔扇，有镶螺钿的八仙桌，院里有茶叶末的大缸，那是圆明园的物件……

一个说，金家好像没分过家，如果有东西，应该属于我们大家。

干部补充说，不是好像，是压根儿没分过。

福儿说，可是现在什么也没有了，连根××毛也看不到了。

干部说，有人捷足先登了。

女的急赤白脸地说，那可是属于咱们的财产！俺就稀罕楠木桌子，现在的楠木，跟黄金一个价！金家的楠木，是经过历史考验的老楠木了。

福儿问我，捡破烂的，你知道屋里的楠木家什都让谁拉走了吗？

我说，让我卖了。

女的说，凭啥？

干部问，什么时候？

我说，1966年。

一帮人立刻哑了。1966年，他们大部分还没有出生。

女的用目光毫无顾忌地在我脸上扫来扫去，末了惊呼一声，妈呀，你们看她是谁？她是金舜铭咳！我在电视里看见过她……哪个节目来着，哪个来着……我还知道她小名叫耗子丫丫！耗子丫丫，没错，就叫耗子丫丫……

好生无礼！

我的眉头皱起来。

听说我是金舜铭，推及他们的祖父母，金舜锫、金舜锦、金舜锫、金舜锢，许许多多的金舜……一帮人的霸气立刻收敛了，连福儿在内，都显出了一副孙子模样，搬座儿的，递矿泉水的，扇凉风的……有巴结讨好的成分在其中。其实除了名字和他们的祖父母辈相近，他们对我的了解并没多少，不是那个女的咋呼，我敢肯定，他们谁也说不出我的一二三来。

女的向大家介绍，眼前这个老太太是姑奶奶，亲姑奶奶，写小说，整电视剧啥的，老有钱啦。耗子丫丫早早儿地就离开了北京……流落西北……

干部说，这么说您是少小离家老大回，乡音未改鬓毛衰了。

我说，应该念“cuī”，不是“衰”，您念错字儿了。

对方没听懂我的纠正，也没听出我不客气的揶揄，小眼睛快速地转动，有些聪明外露的彰显。

我在那一张张陌生的脸上努力寻找哥哥姐姐们的影子，徒劳。

女的说，姑奶奶，我是世伟的闺女，世伟，金世伟，1969 年上了黑龙江兵团的……我们大前年才回北京……

干部说他是刘毅然的儿子，他奶奶姓金。

我一脸茫然。

女的说，我在电视上看见过您，要不咋第一眼就看您眼熟呢？说实话，您可不如电视上漂亮，那是化了妆的吧？我想您老在电视上露一回脸得得不少钱，中央台，贼有钱！听说您老写一部电视剧能整一座小楼，俺们挣一辈子也挣不出三间房来！

干部说，俗！姑奶奶那是文化传播，不是为钱。

福儿说，都是自家人，自家人说话不用装，有什么说什么，有钱的就是有钱，没钱的就是没钱。

我明白自己遭遇了一群市侩。

记得有一回和演员陈宝国一块儿聊天，有人直截了当地问他，您演一集戏拿多少钱？陈宝国当时回答，你说我应该拿多少啊？

那人一脸的尴尬。

那人提的问题与今日孙子们问的有异曲同工之妙，可惜，我没有陈宝国的机智与幽默。面对众孙子，我的脑袋一片空白，以致他们自我介绍谁是谁孙子，谁是谁外孙，我竟然连一个也没记住，就记住了满嘴跑××的福儿，因为他的语言最有特色。干部说，听奶奶说，我小时候您还抱过我哪，您还夸我一脸官相！

眼前的人物尖嘴猴腮。

女的装作很文化地说，虽然老宅什么都没有了，但是我在这里找到了老姑奶奶，这就是最大的收获了。从老姑奶奶身上我看到了金家过去，这气质，这派头，往那儿一站，比刘晓庆有派头，能镇住一大片，绝对的与众不同！

我说，镇谁呀，砖瓦堆里一个捡破烂的小老太太。

干部说，您甭跟他们一般见识，他们忒糙，没文化。

干部要去了我的电话号码，说是好随时请教。我就忽视了，他要了我的电话，可没把他的给我，一个不对等的交换。后来回味，敢情人家留着心眼儿呢！

那个福儿似乎对找着老姑奶奶没兴趣，这会儿正围着黑石头转悠，来来回回地看。我以为他在寻找上头的刻字，也是多事，过去给他讲了这块“唱晚亭”的来历。女的立刻回身找亭子，我说亭子在1958年就塌了，旁边这个土堆就是遗址。女的问亭柱是不是金丝楠木，我说就是普通的白茬松木。女的很失望。

福儿指着石头说，从云南陇川拉回来的，这就对了，我就是在陇川口岸倒腾农产品的。

说着，福儿从谁手里要了一瓶矿泉水，将水洒在石头上，脏兮兮的泥水从石头上流下来，使得灰暗的石头更加灰暗，面目不清的石头更加面目不清。福儿又要了几瓶水，呼呼啦啦全浇上去，石头周边立刻泥泞一片。众人不解他的意图，说他在作死，女的使劲嚷嚷说把她的白裤子溅脏了。

只见福儿不顾脏湿，俯身在石头上，仔细察看，末了又问谁身上带着打火机。都不明白福儿想干什么，干部迟迟疑疑将打火机递过去，福儿接了，打出火苗，用手捂了，在石头上仔细照。女的说，照什么照？太阳是真火，比什么不亮，打火机那点亮跟太阳比早吓得没影儿啦！

福儿环视了一下众人说，知道陇川在什么地方吗？告诉你们，陇川紧挨着缅甸。知道缅甸出产什么吗？缅甸出产玉石翡翠。中缅口岸常有这样的黑石头一车一车往咱们这边拉，黑石头里包的全是翡翠。现在翡翠是什么价？拳头大的翡翠价值十几万！

福儿说这话认真而严肃，破天荒地没用××口头禅。干部说，你能断定它是翡翠？

福儿点点头。

女的像刚才发现我一样，再次惊呼，妈呀，这大翡翠，比金丝楠木值钱多啦！这回咱们是真发啦！哎呀，福儿你说你咋这么有福哪！

干部纠正女的说，是咱们大家有福，不是福儿一个。

福儿说，我就知道，老祖宗千里万里把石头运回家里绝不是平白无故，咱们家的老祖宗是有眼光的，他早料定了有这一天。

不是福儿来我家，给我讲述，我不会知道以后的事情。正如那块刻着“唱晚亭”的石头，地表露出的只是一小部分，更大的内容还在地底下一样；那日孙子们与“唱晚亭”的初遇，也不过是一通锣鼓经的敲打，仅仅开场而已。

福儿告诉我，那天晚上孙子们又去了一趟老宅废墟，是有准备而去的。福儿很内行地花三百块钱买了一个看石头的专用手电，在专业电光下，几个人在夜色中将那块石头再一次细细审视定夺。福儿说他在石头的表面窥到了绿色，那绿色精灵般地一闪而过，就再也找不着了。有绿是内里有翠的象征，这块来自云南的石头不是普通的石头，它在缅甸边境，准是哪个从那边运过来，遇上战争，丢在大路上也未可知。因为路当间撂块大石头是件没法解释、不可思议的事情。大家都说福儿分析得没错，纷纷用手电在上头照，你照完了我照，我照完了他照。有的说看见绿了，有的说看见黄了，有的说什么也没看见。最后的结论是先把它从土里挖出来，看看它下头究竟还有什么东西，毕竟它的大半截还藏在地底下，也没准下头就是玉石翡翠金刚钻呢。

电光和声响引来了治安巡逻队，几个人被巡逻队问话。巡逻队实在也拿不准这些人的对错，为一块烂石头，好像也没触犯法律，也都有正当的身份，并且都能证明是金家后裔……到拆迁废墟上找点自家东西也是人之常情，加之孙子干部还和巡逻队的头目在工作上打过交道，问了几句话人家就走了。走时还反复交代，注意安全。

石头是第二天上午请了三个民工挖出来的。偌大一块，出乎了所有人的预料。那个露出地面的平顶，对挖出的整块石头来说不过是个小尖，“唱晚亭”三个字全部露出，也变得十分清晰。面对着这块刻着“唱晚亭”的大石头，大家都有些束手无策，不知道怎么处理才好。还是福儿有主见，拉来了水管子，对着石头使劲滋，滋完了几个人上去用刷子刷。折腾大半天，总算露出了庐山真面目，一块略带绿色的粗黑石头，坑坑洼洼像个巨大的土豆。福儿激动地说，××应该就是这个样子，一点儿不差，就是这个样子。

在场的孙子都很激动，透过那层黑皮，他们仿佛已经看到了里面绿光闪烁的翠，这块大翠，全北京怕也找不出第二块。如果说拳头大的一块值十几万，那眼前这个……无法估量！

女的兴奋地说，哎呀妈呀，我咋一下就阔了呢，阔得我跟做梦似的，回家我得让全家给金家老祖宗磕头！

福儿说，今天在场的金家人，人人有份儿。

干部说，外孙子也有份，时代不同了，男女都一样，在遗产面前，人人平等！

接下来大家讨论怎么把这块“大翠”切开分了，而且要分得均匀。

一孙子说，也别高兴太早，石头里也未必是满满当当的翡翠，鸡蛋黄似的，只是个心儿也有可能。

女的说，我想它是个肉包子，外头一层薄皮，里头都是馅。老先祖是见过世面的人，在皇上眼皮底下当差，什么宝贝没见过，他看准的东西不会错。

福儿说，哪怕里头的宝贝是个铁锅那么大的核儿，也够咱们受用几辈子的了。

依着大伙，就要往玉石厂拉，是虚是实，刀下见菜，立马分宝。还是干部心细，他说得找个专家先鉴定一下，有谱了再往玉石厂拉不迟，这大家伙近乎两吨，搬离此地也不是件容易事情，万一里头什么没有呢……

福儿说，不可能！

女的说干部，闭上你的乌鸦嘴！

干部说，知道吗，咱们现在可是“赌石”呢，大凡挨上“赌”字，它的概率就是百分之五十。

一孙子说，百分之十也行，我们乐意。

女的说，对，百分之十也行。希望总是有的，切开还有百分之十，不切什么也没有。什么叫撞大运哪，这就叫撞大运！

稳妥起见，下午福儿还是请来了“灵翠轩”的老郭，让行家帮着掌眼。老郭是云南德宏人，以前一直在瑞丽石头早市上摆摊，专门卖翡翠矿毛石，千把块、万把块，也有几百块一块的毛石，用红漆标着号，堆在摊子上任人挑选。石头中也有论斤称的，六十块一公斤，据说也有人从里头买出过玉石来。摊上摆桶水，搁把手电，让买主自己挑，挑好了里头有翡翠，挑不好，就是一块普通石头。

其实摊上的每块石头卖主都仔细研究透了，吃这碗饭的，心里得有底。但也有看走眼的时候，人心还隔肚皮呢，何况石头。人心可以用X光、用B超照，这石头是任吗仪器也透不进去的，有与无，好与不好，谁也说不准；苍黄反复，万千变化，都在一瞬间。所以，要赌石，必有极强的心理承受能力，担得起霎时的大起大落，否则不要染指其中。

老郭的生意不错，为人也公道，在云南干了几年，就到北京来发展了。还是经营石头，有了自己的门面，也有了一帮熟识的顾客。没人再叫他老郭，都叫郭老板了。郭老板随着福儿来到拆迁废墟，孙子们正如大旱盼云霓一样地盼着，迎出老远，将大师拥到"唱晚亭"石头跟前。大伙七嘴八舌，看见绿了、看见红了地对大师一通猛说。

郭老板不动声色，也不接大家的话茬，围着"唱晚亭"转了一圈又一圈。抽了三根干部递上去的"黄鹤楼"，还是不说话，把大家的心撩拨得猫抓一样难受。末了，郭老板扔了烟头，慢慢地说石头是黑乌砂，又问是从哪里弄来的。福儿说中缅边境，大概是从那边运过来，正遇上打仗，就扔半道上了。郭老板说，按说是出在老坑，可是如今老坑基本上淘光了，连西瓜大的料也寻觅不到了，眼前这块石头……出处有点……含糊。

福儿说，郭老板您说的是现在，现在老坑没大石头了，可这块石头两百多年前就蹾在我们院里了，那时候连乾隆爷还没出世呢！

郭老板说，你这么说，我再看看。要是老坑的黑乌砂里头或许还真有货。

郭老板又围着"唱晚亭"转，用自带的更高级的电筒往里照。

大家屏息等待，都知道这个行当的水太深，不敢轻易说话。

又是三支烟，郭老板拍拍手上的土摇摇头说，好像没戏，皮壳发灰，没有灵气，一般的石料罢了。

福儿说，您再仔细看看，上头有绿呢。

郭老板说，有绿不假，那绿都是浮面上的，是苔痕，年深日久在园子里待着，面上不绿也得绿了。

福儿说，我明明看见了绿，绿就是翠，在云南跑了几年，我知道这个。

女的说，要是一剖开，里头满是绿翠，我先打十个镯子十个项链，全戴上！哇，我简直就不是我了！

郭老板说，要是满绿高翠，那您就发大发了，可那只是您的一厢情愿。

干部说，依着您，这块石头它什么也不是？

郭老板说连串皮绿也算不上。干部问什么是串皮绿，老板说就是外表一层绿皮儿，内里是实打实的石头。

大家一听都有些失望，敢情折腾半天，挖出块石头，还雇人白花了工钱，那仨民工，一个工两百呢。

连串皮绿也算不上的“唱晚亭”蹾在夕阳下一副破败的寒碜相，蓬头垢面，形粗色黑，让人哭笑不得。都觉着金家的老先祖一定是脑袋进了水，拿着后代的热情在开涮。一时怨声四起，大骂先祖是傻×。骨朽人间骂未消，先祖大概自己也没想到，骂人的竟是自家的直系后代。

郭老板说，也别泄气，大傻石头有大傻石头的用途。我的一个朋友最近在京郊房山盖了一院房，荒郊野地，托我弄块石头镇镇院子。我看这块就合适，傻大黑粗，没有形状，有股愣劲儿。

没人言语。

郭老板说，你们开个价儿，卖多卖少也是给它找个归宿，比扔这儿不管强。

福儿毫不犹豫地张口道，三万！

干部立即插嘴，少了，十万！

女的说，四十万！

拍卖会似的，“唱晚亭”在金家后人的嘴里一下飙升到了五百万，人人都像打了兴奋剂。

郭老板说，漫天要价，就地还钱，我出一千，买了。

福儿说，怎么一千?！我们挖它就花了六百！

郭老板说，我是按废料石买的，我不要，它就作为建筑材料深埋在地基下头了，永远不得翻身，永远见不得日月之光。我买它是看它敦实厚重，深沉老旧，出自贵胄之家，还能起点镇宅作用……这块石头给你们谁，你们也不可能弄到家里去。

女的说，一千块，你哄孙子呢！

郭老板说，别以为一千少，买家出的可不是一千，他两万也打不住，首先得吊车吊，得大卡车拉，拉到百十公里的房山去，再加上安装费……你们说说得多少钱哪！

干部说，石头是个文物，上头还有“唱晚亭”三个字呢。

郭老板说，这个我懂，乾隆朝以前的叫文物，连出口都被限制，乾隆以后的不在此列，属于艺术品。您家这个“唱晚亭”下头有款，是光绪年刻的，光绪年的东西就跟这石头一样，什么也不是。再说，“唱晚亭”这仨字，到了我朋友那儿就得凿了。“唱晚亭”，不吉利，太阳落山了，夕阳西下还唱个什么劲儿呢？大清王朝还不就是奄奄一息的时候，被他的子弟们莺歌燕舞地唱完了！

郭老板扫视了一下众人继续说，凿了“唱晚亭”人家要重新刻，刻上“泰山石敢当”！那才是真正的物有所用，对我和你们来说，这也是没辙的辙，我全是替你们在张罗。

于是又重新要价，最后三千块要成交的时候，被干部叫停打住。他说不卖了，别说三千，就是三百万也不卖了。

太阳的余晖中，“唱晚亭”的石头旁，同一个地点，同一个时间，一群金家子弟同样在叽叽喳喳，与他们的祖辈比，没了热闹的锣鼓经，没了悠扬的西皮流水，他们闹腾的是另一个话题——钱。

郭老板一赌气，走了。

有人埋怨干部，该出手时不出手，现在郭老板走了，大家连三千也没落到手。空守着一块破石头，吃不能吃，看不能看，只有一个结果，扔！干部说，郭老板在使障眼法，在手段上这叫欲擒故纵。明明是块带绿的石头，却非说它发灰，说它什么也不是，一钱不值，临了又要把石头买走，说是为朋友。骗鬼呢，谁不知道房山是出石头的地方，故宫太和殿那些雕着龙的大石头哪儿来的？房山来的！现在他要把京城的石头往房山背，可能吗？可惜他这瞎话没编圆，云南的土豹子在皇城根底下跟咱们斗心眼，还差着行市。

干部这么一说，大家都立刻觉得是这么回事，为三千块钱，差点儿就把宝贝丢了。好险！

适得其反，郭老板的举动坚定了孙子们对“唱晚亭”的信心。在大家的心目中，这块石头不是翡翠也是翡翠了，看那石头光彩温润，真真地泛着绿光，里头的翠分明已经透出来了。丰年玉，荒年谷；地里的石头到了它该出来的时候，本身就是祥瑞，就是上天的暗示。石头是老祖先留给后人的一份巨大遗产，运气来了，挡都挡不住。老祖先给了，他们没理由不接着。

“唱晚亭”，这块韬光养晦的大灵石。

祖宗万岁啊！

他们怎么把“唱晚亭”弄进玉石厂的我不知道，反正在场的孙子们是一个不落地跟着石头一块儿进了玉石厂。

福儿告诉我，卸石头的时候着实把工厂的人吓了一大跳，他们从来没见过这么大的石头来开解，那一刀下去，得解几天。但是孙子们都很理直气壮，告诉厂里负责人，尽管切，东西是真东西，切下来一小块尽够付账，这事决不会含糊。厂方说不要石头，要工费。于是，我的名字、电话号码就被做了抵押。

“唱晚亭”被运到了切割机旁，不，应该说切割机被运到了“唱晚亭”旁。工人征求主家意见，是剥皮还是尽着边缘切片。众人异口同声，从当间切，一劈两半，怕工人不明白，福儿还补充一句，就是《宝莲灯》沉香劈山救母那种劈法。

工人建议说，磨皮不伤料，都是先磨个窗户看看……

一孙子说，用不着，这大的料，反正也是得分的，一刀下去，水落石出，大家痛快。

工人说，玉石厂从没这种解法，这一刀下去不是一时半会儿的事，工费也不是一二百块……

干部说，让你切你就切，没有先例的事多着呢。我们的老先祖把它从云南运回来，在家里藏了几百年，这件事本身也没有先例。

工人说，既是这样，那我们就切了。

大家都说，切！

工人说，你们想好了？

大家说，我们不用想。

铡砣哗啦啦转动起来，在金属与石头接触的刹那，发出了惊天动地的声响，火花四溅，粉末飞扬。石火电光中，一帮人吓得直往后退，惊慌失措地四下环顾。我没在现场，但是我能体会到那激烈的声响，是痛苦的尖叫，是绝望中的挣扎，是硬性的剥离，是无助的呼救，撕心裂肺啊！

我至今相信万物都是有知觉的，一块石头，一粒尘埃，一条河流，一座山峰，它们都有情感，都有生命，都可以和人沟通；包括我们使用的桌椅板凳，包括我们食用的酱醋油茶。它们默默地为我们奉献，无言地做出了牺牲。我们应该感念它们，关爱它们，惦记它们。

更何况这块沾过旗兵鲜血，听过金家歌唱的石头！

铡砣进入了平缓的切割，哗哗的声响尖厉刺耳。有管子不住地往切口处浇水，泥浆从伤口处流出，汩汩不绝，颜色微微发红发黄。孙子们站在旁边处于紧张状态，一个说，怎的流红汤？不是满绿高翠吗？

一个解释，翡是红的，翠是绿的，这一刀下去八成是碰上翡了。

女的问工人翡值钱还是翠值钱，工人说都值钱。

福儿和干部站在拉了口子的“唱晚亭”旁边，一根接一根地抽烟，目不转睛地盯着铡砣的转动，盯着那许久也不下移的切口。

我想象着分解“唱晚亭”的情景，那哗啦啦的切割中，细细分辨，难免不会冒出一两声京胡《夜深沉》的悠扬，流放出半句“我本是卧龙冈散淡的人”的吟唱；那流淌的凝重的液体，谁又能保证里边没有血的成分在其中……

工人说石头太大，剖解开来得三天，让大家不必都站在这儿耗着。于是大家纷纷散去，说好，开石头的时候众亲属必定得在场。

不知什么时候他们成了石头的亲属……

福儿不走，他说他要在现场盯到底。工人说，您不走我们也得走，我们还得下班吃饭睡觉哪。再说，这铡砣也不可能连轴七十二小时旋转。

三天，把孙子们熬得如坐针毡，痛苦难耐。有的给祖宗摆起香案，开始吃素；有的睡不着觉，晨昏颠倒，大把大把吃安眠药；有的避绝房事，跟老婆分床而睡；有的天天念《金刚经》，想的是借《金刚经》和“金刚钻”的谐音……八仙过海，各显其能。孙子们扔下工作天天往玉石厂跑，都是“打的”，没人再心疼“的”钱，马上要成巨富了，巨有钱的富翁还在乎那点小工资？在乎按点打卡？还计较每公里两块钱？

玉石厂还没开门，他们已经在门口候着了。人人心里演绎着发财以后的幸福生活，个个脸上都是神经兮兮的模样，说话的声调全是低低的窃窃私语式，让厂里的工人很是莫名其妙。

第四天早晨，“唱晚亭”到了最后开解关头，孙子们齐齐地都到了现场，女的还拿了一瓶二锅头，准备庆祝。干部说二锅头不好，应该拿香槟。女的说，知道用香槟，你怎不拿？马后炮！

“唱晚亭”一条线已经切割到底，只是还没有分开罢了，装石头的时候玉工便很有经验地装了两辆车，如今只要把两辆车推开，石头就自然而然地分离了。依着石工的规矩，石头上系了一圈红绸子，结了朵大红花，透着喜庆热闹。工人让金家的后裔剪彩推车，福儿说，别走那××形式了，你们拽开就是了。

干部说形式还是要走的，这石头宝气逼人，见宝贝如同见祖先，不可没有仪式，不能太草率了。说着从工人手里接过剪子，环视众人问，谁上？

女的伸手抢过剪子说，我来，我是全可人儿，上有父母，下有儿女，福分大。

一孙子说，这也不是娶新媳妇，找送亲太太，讲什么全可人儿！

干部刚要阻拦，只听咔嚓一声，大家还没回过神儿来，红绸子落地了。

剪彩仪式完成，几个工人把两辆车往两边推，摆成了一个"八"字，将两个切面完整地晾在众人面前。

石破天惊的时候到了，在场的人心都跳到了嗓子眼儿，女的甚至紧紧地闭了眼睛，不敢睁开，嘴里不住地念阿弥陀佛。半天没听见动静，眼睛睁开一条小缝，不看石头，先看玉工的脸。玉工的脸定得比那个郭老板还平，没有任何表情。再看石头，切开的两扇石面比玉工的脸还平，没有眉眼。

用福儿的话来说，当时他的两条腿在筛糠，顺势找了个地界儿坐下了。他已经无力支撑自己的身体，全身的精气神儿在那一刻轰塌了，散了。解剖了的"唱晚亭"表里如一，刚直不阿地挺立在那里，从里到外，黑中泛灰，没有光泽，冷峻无比。那里头没有红翡，没有绿翠，一副不仆妾色，不效犬马的生冷硬倔，平静地面对着众人。

干部说，它怎是个这？怎是个这？

工厂管事的端着小砂壶踱过来说，不足奇怪，它就是个这。面对现实，您得跟它一样做到心静如水。

干部说，我心如死灰。

管事的说，您这还算是好的，里头一满石灰地儿，往好了说，还能雕个小狮子蹲门口，也是个物件。前天一拨人开了块石头，全是狗屎地儿。后来在狗屎地儿里硬是掏出一块指甲盖大的黄玉来。

干部的眼睛发直，脸色铁青近乎石头，他说他不相信这块大石头里就不藏点什么宝贝，来自缅甸老坑的黑乌砂，绝不可能以这样的面目示人。他对石质的深处充满希望，自信宝在其中。大家也说他们都满怀信心拭目以待，斩钉截铁地对工人说，再切！

工人问怎么切？干部说，横着切！

玉工看了看管事的，管事的说，主家让切咱们就切，石头里头的事儿任谁也说不清楚。把人家的好事耽搁了，是咱们的不是，咱们不能落埋怨。

玉工暗示这块石头的质地不可能切出大家预想的玉石翡翠来。但是众人已经听不进去了，起哄一般嗷嗷叫着，让人横着再切第二刀。

福儿说，云南石头行有俗话，一刀穷，二刀富，三刀劈麻布。咱们这第二刀下去肯定要出现真货，二刀富，这是经验之谈。

女的说，在这庄严肃穆的时刻，你张嘴××，闭嘴××，福气宝气都让你××完了。快上你的新发地卖菜去吧，少在这儿瞎嘞嘞！

福儿说，最应该回避的是你，女人就不应该在这种场合出现，晦气！

一孙子说，还要争着剪彩，都是让你剪坏了！败家的娘们儿！

几个人戗戗起来，福儿抓过那瓶二锅头朝墙上摔去说，还弄什么××二锅头，二锅头，二锅头，不切第二刀到不了头！

孙子们纷纷参与进来，将各自的失落努力发泄，一时杂乱的争吵伴随着哗哗的切割成了“唱晚亭”畔的又一种交响。

横着又挨了一刀，“唱晚亭”的劫难到了。

下一个结果是第二天得出的，里面依旧是灰茬子。

于是，第三刀、第四刀、第五刀、第六刀……“祸莫惨于欲利，悲莫痛于伤心，行莫丑于辱先，诟莫大于宫刑。”

孙子们疯了！

“唱晚亭”变成了一堆一小块一小块的碎石头。

众孙子作鸟兽散。

我在玉石厂门口等待福儿，约好十点，快十二点了还不见他的踪影，想必是遁了。打手机叫了几次，都是“无法接通”，看来是把老姑奶奶直接晾在厂门口，自己甘当××去了。

和厂里接洽，管事的把我领到“唱晚亭”跟前。迎接我的是一堆黑灰的碎石头，每块石头都有棱有角，有几个剖面，承载着切割的痕迹。我没想到切开来的“唱晚亭”会是比房还高的一堆，怀疑厂家在里头夹杂了其他垃圾石料。管事的说，您放心，全是您家的，一块不少，都堆在这儿了。您那几位亲戚谁都不要了……也是，都住楼房，谁弄回这些碎石头也没地方搁。

我蹲下身，抚摸着那些石头，抚摸着粉身碎骨的“唱晚亭”，石堆里泛出轻轻的吟唱：

……是那处，曾相见，相看俨然，早难道这好处相逢无一言……

是《牡丹亭》，这曲子“唱晚亭”应该听过。

一曲挽歌，泪如雨下。

管事的托着茶壶站在我身后，不催也不言语，对文化人的精神病行径，大概他看得多了。半天，管事的说，您要是有困难，这些石头我们可以代您运走，运费您出。

只好这样了。我问多少钱，管事的说没多少，几百块。我问送到哪里去，管事的说送到料石场，进一步粉碎了当建筑材料，他们的石头下脚料都往那儿送。

为“唱晚亭”送终，没想到这件让人伤情的事情竟然落在了我的身上，也是最后的缘分了。我随手捡了一块石头，用手巾包了，装在提兜里，权当个纪念，石头一场，人情一场，尽了。陇川、北京、玉石厂；鲜血、轻歌、嘈乱仗……

完了。

结算工钱的时候让我吃惊，那首先下去的两刀每刀竟有千元，以后逐渐递减，最后每刀二十块。那一堆碎石头，称得上千刀万剐啊，金家的后人找宝心态之狠让我不寒而栗。

“唱晚亭”是被凌迟处死的！

再没有心思跟厂方计较那些复杂的刀数，如同不忍细数一个亲人遍体的伤痕。最后厂方会计开出了一个天价工费，我如实地交纳了。买纸擦屁股，替我的孙子们。

当时没有那么多现金，是划卡的，记述密码的时候我的手在抖，怎的也按不准那几个小小的键。我交钱，无形中是我切割了“唱晚亭”，自己毁了自己的心爱，自己毁了自己的慰藉，天哪！

大病一场，想的是生命会随着那块石头而去了，却又慢慢地缓过来。

有一天，文友白描来家探病，我们都是来自陕西，来自西安文坛，关系自然近了一层。他在书案上见到了那块从乱石堆里捡回来的石头，石头呈多边形，切割的痕迹清晰如昨，惨烈状况不能掩饰。我给白描讲述了“唱晚亭”的故事，讲得我几度哽咽，眼泪汪汪。白描将石头拿在手里细细地看，用水冲，用手电照……我知道，白描近几年在玉石研究鉴定上成为了大家，是中国玉器的鉴评家。随便一块石头，只要他写张条子，石家就买账。

白描对我说，你这块石头里有翠。

我说，不可能，从大石头上切下来的，多少人都看过了。

白描说，是真的有翠！

黄金台

农家的后院有猪圈，有鸡窝，柿子树下拴了条狗，汪汪地使劲叫。躲过那些鸡粪，绕过那只喋喋不休的狗，我小心地躲避着头顶晾晒的背心、裤衩。没想到，高雅的古玩交易初始竟然是在这样的环境里进行的。

黄金台

门铃声大作，我透过猫眼朝外观望，外面一片晃动的模糊，混沌得如在雾里。当我最终搞清那模糊是一只人的眼睛，在猫眼的另一端正朝里窥望时，吓得我倒退几步，吸了一口冷气。退休后我一个人在北京住着，属于空巢老人系列，治安的问题不可不重视，虽然无财又无色，终归是件让人揪心的事情。

从猫眼镜外头朝里望，肯定看不出什么所以然。这个人趴着往里看，企图弄清屋里的一二三，不是别有用心就是脑子进水了。我在猫眼的这头等待大眼睛的离开，那只眼睛偏偏地忽闪忽闪，很执着地不肯离去。我问了一声谁，外头没有回应，眼睛也没有离开，我再一次追问是谁，门外发出吱吱的声音，像是耗子。我挂上铁链，将门开了一条缝，门外立刻有半张脸挤了进来，随同脸进来的还有尖厉破裂的声音：你猜猜俄(我)是谁?

不用猜，光听声音我就知道是谁来了，青山县黄金台村的刘金台。

我赶忙开了门，将这位来自遥远乡村的刘大宝贝让进屋里。随同老刘进屋的还有两个纸箱子，箱子上头有猕猴桃图案。我在县里工作时当过猕猴桃形象代言人，箱子上的我在一群猕猴桃中咧着嘴幸福地笑着，模样傻得不能再傻。不幸的是箱子用胶条封着，于是我的身上、脸上便横七竖八粘满了胶条；头顶还开了一个窟窿，半个耳朵被顶出的金属刺穿，十分惨烈。

看我注视箱子，老刘说，上北京特意挑了两个印着你图案的箱子，让你看了高兴。

我说，你还不如挑两个装秦俑奶粉的箱子，那奶牛比我结实。

老刘说，奶粉箱子没有你的大，装不了多少东西。主要是让你知道咱青山人至今还惦记着你，还用着你的箱子装东西。

老刘说去年他主动要求做县里生态猪肉代言人，人家不要，说他形象不行。不行就不行，管猪场的那个娘们儿还以为自己是貂蝉呢，呸，连二泡他姥姥都不如。唯女子与小人为难养也，远之则怨，近之则不孙(逊)。

我没纠正他的错误，不孙就不孙吧，为这个跟老刘较真儿，较不过来。老刘犯这样的错误多了，他在言谈中特别爱转文，爱显示他的学问和不凡，其实是怕人小看了他。他常常把青山县的文化人整得一愣一愣的，怕自己的学识不足而不敢张嘴。老刘不怯场，什么都敢说，体现着无知者无畏的高端风度。老刘言谈中喜欢引用古诗，信口便来，自然流畅，合辙押韵，一蒙能蒙倒一大片。诸如："白酥手，黄藤酒，两只黄鹂鸣翠柳；长亭外，古道边，一行白鹭上青天。"很有意境的十八扯，不动声色地改编名著，老刘有这本事！

有一回大伙谈到了他曾经卖假茅台酒的事情。老刘说，那是致富初级阶段的举措，那个事情把我弄得“监介”得很很。公安局来抓我，我把挣来的钱边跑边拆了捆捆，朝后头一扬，警察们光顾着捡钱咧，我就钻了巷子。这一跑我没停脚就跑到云南咧，远得太太。警察们收敛了半个钟头，才把钱拾掇起来，还抓人呢，抓鬼去吧！小不忍则乱大谋，他们一钱障目，修炼得还不够档次。

大家都觉着老刘的言辞有些别扭，又找不出毛病，还是我斗胆问了一句，老刘，你说的“监介”可是陕西方言？

老刘解释“监介”的意思，说了半天，大伙才闹明白，“监介”就是“尴尬”，被老兄各念了一半，于是众人大笑。老刘一本正经地说，锦囊佳句，解铃还须系铃人。

于是“监介”在我们文化圈里还真真就成了“尴尬”的代名词，一说“监介”，谁都知道什么意思，也知道它背后的故事。

老刘农民出身，近些年在老家操持了一个古玩铺子，冠冕堂皇地自称是个“收藏家”。所谓“酒香不怕巷子深”，老刘的铺子虽然在民间乡下，去的人还是不少，常有安阳、天水的同行过来跟他交流。我的作家朋友到青山县来看我，也都要到黄金台来看看，一来拜会黄金台的山水形制，二来会会农民收藏家老刘。老刘常到乡间去收集各种古旧物件，拿回来修理收拾一番(也包括作假)摆在铺子里，也颇有规模。老刘很清楚，跟文物打交道就得向文化靠拢。所以老刘练书法、背古文，自己制砚、装裱字画，小学没毕业的老刘追求形式的到位很是一丝不苟。老刘有内秀，自己刻了个九龙戏珠的砚台，其精美程度让我吃惊，差点掏钱把它买下来。县里文友施长青说不可，砚台是砖刻的，好看不中用，我就没买。老刘也不恼，不买就不买，他说人和物件有缘分，红了樱桃，绿了芭蕉，不能强求。

老刘家穷没念几年书，加上“文革”，把一切都耽搁了，文化程度充其量也就是小学三年级的水平。后来自己恶补，补了个一塌糊涂，连ABC也认不全的老刘还拿到了美国拉乎翰大学的博士学位。拉乎翰大学连美国教育部都不知它在哪个州，说白了就是掏钱买张纸罢了。大学是假的，但是纸很硬，图案也精美，依着老刘的性情应该把它挂在墙上，可是老刘很少把它拿出来显摆。我是他的朋友，也只见识过洋文凭一回。他自然也知道“文凭”的来历名不正言不顺，悄悄跟我说，滥竽充数、狼狈为奸罢了。

这话说得倒也准确。

老刘有了博士称号，他的名片便很醒目地印了几个洋文字母，字母后头是“博士”两个汉字。洋文没人能看得懂，我问是希腊文还是拉丁文，老刘眨巴着小眼没说话。他的小儿子二泡告诉我，那几个字母是汉语拼音“收藏”两个字，被他爸爸删去了“o”和“a”两个字母，这就谁也不会读了。

老刘的古玩铺子是个三层小楼，坐落在黄金台村的北沿，朝南望是秦岭的连绵青山，朝北看是渭河的广阔滩地，风光是一顶一的好！刘家楼顶上飘扬着一面庄严的五星红旗，红旗的旁边是他自制的“黄金台收藏协会”的绿旗，镶着粉边，生动又活跃。特别是夕阳下，黄金台沐浴在金色落日中，老刘家的旗子衬着青山绿水，在晚风中舒卷自如，往往让人时空错乱，联想起宋江的“替天行道”和孙悟空“齐天大圣”的名号来。在渭河边，这面带粉边的绿旗比红旗更有名，更招人耳目，一问“黄金台收藏协会”没人不知道。当年我闲了常到老刘的铺子里转悠，他总有些意想不到的东西拿出来给我展示。比如清朝官员的帽子、绣花的小脚鞋、冯玉祥使过的茶壶、于右任书写的条幅……真的假的都说不清楚。

老刘把他的二楼装扮成了县衙大堂的模样，一张卷边大案，后头是海水江涯红日喷薄的背景，两边是“回避”“肃静”的牌子，墙上立着衙役使用的哨棍、板子，一把太师椅，一块惊堂木，都是从私人手里收来的，货真价实。我坐在大案后头，把惊堂木啪地一拍，清脆响亮，威风无比。老刘说，咋个像，感觉不错吧？县长老张的办公室哪能跟我这个比！

我说，比张县长有派。

当时的张县长正为宿办合一的办公室闹耗子而一筹莫展。

老刘说要是我愿意他可以把这地方借给我写作，这大案子几台电脑也摆下了，平展宽敞，要是写书法，六尺宣纸不用抻纸。我未置可否，因为我不知道在这张县官审过案的台子上，在那些“回避”“肃静”的陪伴下我会写出什么样的文字来。

老刘的内室挂着他自己的书法，书法无规无矩，无拘无束，伸胳膊尥腿，七扭八歪，毫不掩饰，毫不做作，倒也有一番真性情。东边一幅是“我幸则我素”，西边一幅是“知足则长乐”；落着“黄金台居士”的款。裱了，用镜框装着，位置挺显著。两幅书法的上头都盖着闲章，东边是“静心”，西边是“墨香”。整个作品，唯有两个闲章还像回事，其他都是昏天黑地。一问老刘，说名章是用洋芋刻的，一次性使用，完了就让老婆炒了酸辣洋芋丝，以防别人假冒。俩闲章是在西安书院门口小摊上买的现成的，一大堆随便挑，三块钱一块。

我私下跟老刘说，“我幸则我素”的“幸”应该是“行”；“知足则长乐”的“长”应该是“常”。

老刘看着他的书法说，错了吗？

我说，错了。

老刘说，你把对的给我写下来，这伙哈屃，看了都不言声，成心看我笑话。

我把“知足常乐、我行我素”给他写了说，这个“则”字也得去掉，用不着在这里出现。

没几天，新的“我行我素”“知足常乐”就挂出来了，在主席像两边，一边一条。我暗自替墙上的主席叫苦，摊上缺“a”少“o”的“博士”想必主席也没辙。

我从青山退休回北京已有两年，这期间跟老刘几乎没有联系。这次他贸然跑了来，也充分体现了他的风格：烦你没商量，一切都是“我行则我素”。我怪他事先不打招呼，他说事先招呼就来不了了。那样我一准说有事，开会呀、采风呀，不接待的理由十分充足，百分之百不会在家。老刘说得没错，在家里接待这么一个人物，还真有点麻烦！我暗暗地为正写到半截的小说叫苦。

我让他把鞋换了，老刘不换，说城里人就是多事，地就是让人踩的。雪泥鸿爪，是件多么文雅的事情，遗憾的是他的爪上没有雪泥。

我说，地板是新铺的核桃木，我怕你踩坏了。

老刘说，核桃木有甚了不起，我院里的核桃树十几棵，二泡（他的大儿子叫一泡)，一天上下几十回，从来也不脱鞋。

话是这样说，老刘还是很不情愿地把两只尖头皮鞋脱了。这一脱不打紧，一股热臭立刻在房间里弥散开来，熏得我差点没背过气去。我说，你还是快穿上吧，我受不了!

老刘说，成也萧何，败也萧何。是你让我脱的，我又没主动脱，空气已然污染了，总是比窗户外头的雾狸(霾)好得多。看看你们北京的天吧，哪里有咱们青山透亮，也亏你在这儿待得住。要不跟我一块儿回青山，回黄金台，现在山下的油桃花开得正美。

我说，就凭你这一双脚，北京的PM2.5得翻成二百五。

老刘让我找了两个塑料袋，把脚套上了，气味还是不能消散。已就已就了，再怎么做都于事无补。

我问老刘来的目的，他说他的收藏事业要发展，北京是有大眼界、大市场的地方，他是来开眼长见识的。

老刘说话的时候一张脸很生动，小眯眯眼，厚嘴唇，眉毛上下乱飞，大黄门牙朝外翻，两颗小金牙闪烁其中。我寻思老刘搞收藏是干错了行，要演电视，效果不会比《民兵葛二蛋》差。天地间造就出了这么张脸，真难为了老天爷。

给老刘做了一顿炸酱面，冰箱里有现成的炸酱，下了一把挂面，连面码也没有，纯粹是凑合。想到我在黄金台老刘的家里，没少吃他老婆做的臊子面，那面都是现擀的，下到锅里团团转，汤宽肉烂，香菜蒜苗配以红萝卜鸡蛋，一碗是绝对不够的。眼下的我跟黄金台人比，缺了点厚道和热情。

老刘对炸酱面不满意，说吃着糊嘴，面也不筋道，糨子一样在嘴里面。我说这是北京的代表吃食，家家都吃这个，吃了上千年了，崇祯皇帝上吊前就是吃的炸酱面。

老刘看着我，眼睛直往上翻。他对这个细节似乎很感兴趣。

在老刘吃第二碗面的时候，我做出决定，把他安置在楼下马路对面的小招待所去住，这样于他于我都方便。我说了安排，老刘半天才说，我没带身份证。

我知道老刘是怎么想的，他是怕花钱，在我这儿住着可以省店钱、饭钱，而且想住多久就住多久。就像当年我住在他们家写小说，青山绿水，山风徐徐，他老婆管吃管喝，整整半年，让人不想离开。我告诉老刘，住招待所我出钱，饭钱我也出，客来了，哪儿有让客破费的道理。老刘改口说二代身份证他没带，但是他带了老的，估计还能用。

老刘很聪明地给自己下了台阶。

我问老刘明天打算去哪儿，老刘说当然先上故宫。他向往故宫珍宝馆不是一天两天了，搞收藏的没去过故宫珍宝馆就好比秦始皇没吃过羊肉泡馍，羞见江东父老！老刘说他第二想看的是书画馆，我说，你不搞书法，看哪门子书画馆？

老刘说，你焉知兄弟不搞书法，兄弟现在也是中国书画院馆员呢！

老刘说着要掏证件，我让他别掏了，说我也不是资格审查委员会的。老刘说他看我的眼神总是有些游离，有怀疑成分在其中。我说是让他的臭脚熏的，再坚持一会儿就昏倒了，游离只是前奏。

把老刘往招待所送的时候，他把纸箱、提兜存到我家里。他那个人造革的兜子有年头了，边边角角都磨得发了白，链子紧紧地拉着，又用塑料绳拴了好几道，提在手里沉甸甸的。我问兜子里可又是黄金台捡来的破砖烂瓦，老刘很神秘地说，比瓦当值钱。知道吗，这里头有两块马蹄金，沉得很很的马蹄金！

我问他有多沉。老刘说，一块半斤，两块一斤。

我说，老刘你成啊，终于如愿以偿啦！

老刘说，春色满园关不住，两块红杏出土来。不是我找它们，是它们自己找我来了。

还一下俩！我说。

老刘说，宝贝习惯扎堆儿，跟地里的猪苓似的，要不一个寻不见，要不一窝十几斤。

我说，这比中彩票都难，你小子撞大运啦！

老刘说，到现在我也不能说它们就是我刘金台的，我一个人担不起这大福分。

老刘走后，装金子的破兜成了我的负担，掂量我屋里的东西，加到一块儿也抵不上这兜金子。为了这金子，我把老刘的兜子换了几个地方，总觉得不踏实。我想象着马蹄金的模样，想象着半斤重的大金块，以致在黑暗中都觉得兜子在放光芒。破兜子对我充满了诱惑力，我遏制着将它打开的冲动，压抑着无限的好奇心，煎熬于辗转反侧之中。

马蹄金，通红的烫手之物啊！

黄金台位于秦岭北麓，这个名字，跟地里出现过马蹄金有关。这里曾经是汉武帝功臣军人们的墓地，墓地隔着渭河，对岸就是汉武帝的茂陵，高大的陵冢，威严地罩护着坐落在河水南边的这片高台。黄金台村位于高台西沿，小村背山面水，聚气藏风，景色秀美。村里大部分人都姓刘，是汉武帝赐的姓。

汉朝天子还赏赐过归顺的匈奴首领也姓刘，叫刘寄奴。可是匈奴刘寄奴觉得姓刘是侮辱，他委屈大发了，后来他造反，毅然脱离刘姓，改叫赫连勃勃，建立了大夏王朝。连天子也不当，赫连勃勃，他要与天相齐。

与刘寄奴不同，汉武帝的军士们接受了刘姓却是受宠若惊，十二分地感恩戴德，将姓氏视为无上荣光。太始元年，这些军士们曾经跟着将军征服西域，血战数月，立下赫赫战功。班师回朝，十几万人剩下了不到一千。伤痕累累，精力耗尽的他们给皇帝带回了十几匹大宛名马和上千匹西域好马。大宛马又叫汗血马，据说马跑起来出的汗像鲜血一样，名贵稀少。汉武帝憧憬着得到大宛马，曾经用黄金打造了一匹金马，送给大宛国王，意欲用金马换一匹大宛马。但是遭到了大宛的拒绝，不惟不给马，还把使者杀了。汉武帝大怒，这才有了派大将李广利征战大宛之举。

马是弄来了，人却死了不少，人和马比，马更重要，得天马者得天下。汉武帝高兴之余作赋《西极天马歌》："天马来兮从西极，经万里兮归有德。承灵威兮降外国，涉流沙兮四夷服。"当年汉武帝西登陇首祭天，捕获白麟，以为祥瑞，将黄金铸成麟趾马蹄形，赏赐征战归来的将领。

将军们去世后，马蹄金作为荣耀随主人陪葬，被带往另一个世界。幸存的兵士虽然没有马蹄金，却成了护墓人，空顶着一个高贵的刘姓与他们的将军们死死生生地聚在一起。黄金台村村民是守墓军人的后代，至今黄金台的百姓彪悍耿直，崇尚武功，禀性与周边其他村落迥然不同。

我在青山县挂职，长年在黄金台驻队，休息时常到村外溜达，偶尔能拾到残破的绳纹砖或是有图案的小瓦当。找行家看过，有的说是周，有的说是秦，更多的说是汉。有时候地里有消息传来，谁谁谁在自留地里挖出了罐罐，谁谁谁在自家屋后挖出一把锈蚀的宝剑，一堆掰不开的箭镞。得到消息，我一准要跑去看。在那散发着土腥味儿的深坑前，被传递上来的陶仓、陶罐、鬼灶、陶瓮等陪葬物，零零散散地堆放在坑沿上。

离开湿土的陶器们迎着高岗上的硬风，暴晒着粗壮的太阳，战战兢兢满是惶恐无措的模样。当然这太阳和硬风它们在两千年前便见识过了，在仪式中随着它们的主人沉寂于地下，沉寂在无限黑暗中。现在它们又被唤醒惊扰，还原于地面，暴露于久违两千年的环境中。罐命如斯，别有一场经历在等待。我看到有的陶罐里还放着金黄的小米，伸手抓一把，米的感觉还很充实，可是过一会儿那米就变成了土。

老乡们对陶罐不看重，很随意地用脚踢它们，这些东西他们不往家拿，视它们为不洁、晦气。他们专注的是金玉器物，最最关注的是马蹄金，那是一块比拳头还大的金疙瘩，得一块，一辈子衣食无忧。

传说一李姓人，也是穷人，在黄金台地里挖出了马蹄金，不敢张扬，奔走异乡，弃农经商，做盐的生意，把买卖做到江南扬州去了。

李家的孙子李甲还娶了江南名妓杜十娘，中途变卦，十娘跳江，让人给写到文章里了……

有好事者推断，李家那块马蹄金的掘出至少在明朝以前，自明以后四百多年时间，地里还没出土过第二块。就是说，并不是所有参战的将军都被赏赐了马蹄金，也不是所有的马蹄金都被埋入了地下。但黄金台的名称却延续下来，名称的延续就是黄金的延续，就是人们发财希望的延续。

这里的人世世代代都做着挖出金子的梦，都想着有朝一日也当回李甲，到扬州去娶美女。改革开放分地到户的时候，黄金台的人都暗暗较着心劲儿，估摸着自家地里有几座古墓，能不能挖出马蹄金。尽管县上文物部门几次下来做工作，说地下的一切物件包括小到一颗钉子都归国家所有，个人无权私藏，但却不能奏效。自家地里的事情，与炕头无异，谁能说得清楚。

老刘，刘金台绝对是个头脑够用的主儿，在别人嫌陶瓮秽气，在地头将它们敲烂的时候，老刘五毛钱一个将它们一一收购了，当然这是二十几年前的事情了。现在一个绿釉十二生肖陶罐，市场价格已经上了万。老乡们也懂得了陶家伙只要品相好，照样值钱。老刘家的楼顶上大大小小的罐子堆满了，像个瓦窑场，都是齐整的没有残缺的汉陶，卖一个就够吃两年的。我虽没见过老刘做汉陶的买卖，但是我也不能保证倒卖过假酒的老刘不倒卖文物。有人想抓老刘的辫子，可就是抓不着，他精猾精猾的，时不常的还要装傻。老刘几次纠正我，说他做的是古玩买卖，不是文物买卖；这实在是个很原则的大问题，千万不敢混淆了。

老刘老婆何彩圈日日打着挖金子的主意，彩圈没事便带着一泡、二泡到自留地里去深挖地，对老刘的事情基本不管，任着老刘在外头花里胡哨瞎折腾。何彩圈是个贤惠媳妇，十分景仰和热爱老刘，视老刘为天下头等人物。老刘说宣统在乾隆之前，何彩圈便认为宣统是乾隆的爷爷。有一回还大眼瞪小眼地跟儿子辩论，直到二泡把字典拿来，何彩圈还坚持说，你爸搞了几十年古玩，跟历史打了几十年交道，还能错？这本书才出了几年，新新的塑料皮，上月才从县城书店买回来的！

老刘倒腾的玩意儿大部分是清末、民国的老东西。也有说不清年代的老玉，明朝的香炉，道光年的刺绣，洪宪年的大碗什么的，见识得多了自然也有了一副火眼金睛。有一回省上来了几个喜好古玩的文学朋友到老刘屋里闲坐，说到老玉，各人都从脖子上往外掏东西，有玉人、玉柱、玉猪、玉蝉什么的，各夸各的质地，各赞各的沁色。老刘看了说，山外青山楼外楼，大珠小珠落玉盘。

没人明白什么意思，纷纷向老刘请教。老刘挑出众人手里的几块玉说，并非是玉便佳，山外有山，楼外有楼，选择的学问大了。比如这几个，是古时填塞死者七窍用的，纵然有沁，也是尸血污浊之沁，怎可堂而皇之往脖子上挂，非但不能养人，反而还要招秽。

佩玉者大服。

青山县是关中文化大县，这些东西在民间很丰富。老刘经常到乡下收古玩，走街串巷，跟四里八乡的人都熟，特别是跟妇女更熟。老刘在男女关系上放得开，也不遮掩避讳。闲聊的时候，朋友们常拿这个当话题，老刘都如实回答，态度十分诚恳，比在公安局回答警察询问还老实，而且十分具体，包括细节都详细交代。问他各村有多少相好，他说一百多；问有多少私生子，他说三十多。有人认真了说，这些人你怎么养活得过来？

老刘说，忽如一夜春风来，千树万树梨花开。她们不要我养活，她们心甘情愿，就如同春风和梨花一样，彼此相愉说(悦)。

我说，老刘你就吹吧，吹过头就没人信了。

老刘说，怎能吹过头，实事则求是，知足则常乐，嘿嘿……

开始我还真不信，后来文友施长青带我到紫竹、盐乐、黄化几个村镇去闲逛。施长青指着一个抱孩子的妇女说，看，那个是老刘的相好，孩子是老刘的儿！

我看那女子，个头不高，三十多岁，竟然有几分姿色，还穿着牛仔裤，经营着服装店，一边哄孩子一边卖衣裳。再看那“儿”，整个儿一老刘翻版，包括那门牙，也是一丝不苟地往外翻腾。有回在西指头村，一个半大小子在树上摘杏，施长青说那也是老刘的儿。摘杏的小子把筐系下来，问我们买不买，看着孩子那两个有特色的门牙，我赶紧说，买，买！

县里开运动会，施长青点着啦啦队里的两个丫头说，她们都有老刘的基因……

我突然觉得老刘很不是东西，眼前这个施长青也不是什么好鸟！一丘之貉，挺无聊！

冬月的一天晚上，我开完会往宿舍走，在丁字路口看见老刘蹲在背风处烧纸。当时的天气很冷，还飘着小雪花，北风一吹，头上的电线呜呜作响，像是在呜咽。我感觉老刘挺凄凉，就凑过去跟他搭讪，想安慰几句。老刘看了我一眼，没说话，塞给我一把冥票，意思是让我帮忙。那些冥票的面额都很大，上百亿的，还有阎王爷的大头像，票面最小的也是五百万，看来老刘是铁了心让他过世的先人在那个世界当个大富翁。

老刘让我烧冥票，他自己则烧一本写满了字的本子，先一页一页地撕下来，再一张一张地填进火里，嘴里还念念有词。从燃烧的页面上看，是本日记，女人写的日记，字迹娟秀，密密麻麻的。火堆里，每页点燃的字纸上都被我压上了一张大票，我俩你来我往烧得饶有兴味，很有水平。于是我知道了，烧纸是件非常美好的事情，带有深刻的纪念意义和艺术感觉在里头。

我也知道了，那晚老刘是给一个去世了三年的相好送去了一份念想。相好是地区报纸的一个记者，我们文化圈的人都认识，她跑文物口，常到县上来采访。什么时候跟老刘有了一腿，没人知道。在这样的时代，什么样的事情都有可能发生，没有规律可循。

后来女记者得了癌症，病榻上的她在离开这个世界的时候，面对自己的丈夫和一大家子人，却单单把两大本日记郑重地交到了老刘手上。日记的内容我不好意思问，但这件事情本身显出了老刘的有情有义，显出了他的人格魅力。我想，那个女记者跟老刘也未必就是男欢女爱，人要离开这个世界了，总有些想法要对谁倾诉，对谁说呢？最好的办法是找个毫不相干，八竿子打不着的，没有任何利害冲突的人说，安全尽兴，用不着设防。老刘是个很好的诉说对象，这也是老刘为什么有女人缘的原因。

有一回，老刘到四季村去收购古玩，我说我要跟他出去转。出发之前老刘让我化了装，在我的衣裳外头罩了一件工厂技术员穿的蓝大褂，戴了一顶蓝帽子，把帽檐压得很低。我说他把我整得很不清爽，像特务，他说像特务就对了。

坐着老刘的车去四季村，他的车是从城里淘汰下来的黄面的，没有牌照，没有挡风玻璃，四个大灯灭了仨，只一个亮着，独眼龙一样地还老眨眼。车里头被老刘布置得洞房一般，顶部一圈流苏，忽闪忽闪地很热闹。前头一个小电视，我问电视能不能看。老刘啪地拧动车钥匙，汽车一阵哆嗦，电视屏幕上一阵雪花过后出现了他自己硕大的脑袋，背景就是他那个县衙大堂，看不见海水，只见红日，有日本国旗之嫌。屏幕上的老刘摇头晃脑地操着陕西腔说："古玩在民间，万代永流传。铁眼做买卖，数我刘金台——开车！让俄尚羊(徜徉)在希望的田野上！"

敢情是老刘自行录制的出行序曲，还配着背景音乐，音乐是秦腔板胡独奏，演奏者是西安音乐学院的民乐教授鲁日融。鲁日融绝想不到他的作品会派上这样的用场，就跟主席想不到他会与"知足常乐、我行我素"为伍一样。

出行序幕害得我一口水差点儿没喷出来。

车门关不严，被老刘用麻绳套上了。只见他一踩油门，面包车噌地一下蹿了出去，抖动着，轰鸣着，上了乡间土路。随着车轮转动，音乐大起，头顶的一个风扇开始哗哗旋转。我说天气还凉，用不着风扇，再说，你前头也没有玻璃。老刘说它们是一伙的，要动一块儿动，谁也不能歇着，这就叫同甘苦共患难。我说老刘的汽车像吉卜赛大篷车。老刘问吉卜赛是哪个国家，首都在哪里，我说我也不知道。

汽车的机关很多，幸亏老刘还没有拿到机械博士学位，给这辆车留下了发展余地，要不还不知如何改装，幻化成何等模样呢。

老刘的车开得很老练，每回换挡，手腕都要耍个花子，自己一点儿也不觉得怪异，却让我不敢看他的手。这样的动作要是让驾校的教练看见了，不把他的手腕子打肿才怪。好在老刘是自学成才，他压根儿就没领过驾驶执照。县里的交警都认识老刘这辆花里胡哨的车，拿他没办法。扣分罚款无从说起，扣车等于给交警队院里平添一堆垃圾，让收废品的来拉，收废品的不要，说是不好分类。警察只好让老刘自己开回去拆，孰料几日后，老刘的吉卜赛车又行驶在了希望的田野上，乐声比往日放得更响，车前头多了块自制的牌子，“牛 B 74110”。惹得警察见着 74110 就逮，玩着猫和老鼠的游戏。

春光中，我和老刘坐着花汽车，带着激扬的板胡音乐和美丽的流苏晃悠在开满菜花的大田中间。屏幕上，老刘的小广告在间断闪烁，汽车勇往直前，没走多远，我的身上已经是泥点一片。亏得穿了件蓝大褂。

半个小时后，老刘的汽车停在了四季村一个小院门口。主人是个五十多岁姓范的汉子，老范见了老刘也不言声，很神秘地径直把他领到后院。我没把自个儿当外人，也跟了过去。农家的后院有猪圈，有鸡窝，柿子树下拴了条土狗，汪汪汪挣着铁链子使劲叫。躲过地上的鸡粪，绕过那只喋喋不休的狗，我小心地躲避着头顶晾晒的背心、裤衩。没想到，高雅的古玩交易初始竟然是在这样的环境里进行。

老范瞄了我一眼，从房檐下的烧炕洞里摸出个塑料包，打开来，是十几根青铜箭头，箭头还很锋利，生着碧绿的锈，品相不错。见老刘不动声色，老范又从屋里抱出一尊菩萨像，一看便知是哪座乡间庙里的物件，厚厚的香火泥将整座佛像糊得看不出眉眼。老范还要从屋里往外拿东西，老刘说下回再来，扭身朝外走，我也赶紧跟了出来。

老刘哗啦啦发动了汽车，他的头像又出现在屏幕上，乐声响起，电扇开转，抖动的车再一次蹿了出去。

我问老刘怎的不要那些箭镞，老刘说是假的。我问何以见得，老刘说，那样的锋利整齐不会是在地下埋了千年的物件，锈是上的颜色，蓝绿蓝绿光鲜照人。你没看见，老范那双手都让颜色染绿了。张寇李载，石狗犬尧，老范这是哄咱哩……是真的也不敢要，比如那座观音，明朝的，但肯定是偷来的，没几天，哪村的老婆儿们准会打上门来。菩萨生乡间，此物最相思。

我想了半天，到底也没猜出“张寇李载”“石狗犬尧”是什么意思，所知词汇毕竟太少。

汽车驶到村中一家，老刘指着贴了瓷砖的门楼说，我到这家扶过贫。

我看那枣红的大铁门，那“祥和人家”的匾额和正房门上挂着的竹帘子，实在想不出这样的人家何以为“贫”。扭头见老刘脸上的笑意甚有暧昧，遂明白了几分。我问他怎么扶贫，老刘说院主姓冯，在南边打工，家里留个媳妇，四十来岁，正是贪男人的时候。老冯一年回来几天，几天滋润之后，冯家媳妇就一整年干晾着，饥渴得很很，恓惶得很很。我去了，冯家媳妇柳暗又花明，久旱逢甘雨!

我纠正说，是甘霖。

老刘说，反正就是那个意思，扶贫，不全是扶没钱的。

见我不太以为然，老刘说，……把那女人渴坏咧，可怜得很很，我刚进房门，她就把我拦腰抱住，端起来扔到炕上，不容分说就骑上来了。我还没来得及脱帽子，她的衣裳就光咧，滑溜溜白光光一条精身子。我刚要张嘴说话，她舌头就填进来了，小舌头使劲往里掏，恨不得钻我肚里去……如狼似虎，似虎如狼。清明时节雨纷纷，路上行人欲断魂，她渴大发了！

哪儿跟哪儿啊！我说。

老刘说，难道你没认为我是在做好事？我当然也豁出去了，铆着劲连着四回，抽空了。自古人生谁无死，留取丹心照汗青。

我问汗青什么意思，老刘说就是汗水滴在了麦苗上。锄禾日当午，费劲得很很，不出几身大汗是不行的。

我说我不想评论他的男女之事，我是何彩圈的死党，我吃了何彩圈那么多肉臊子面，得跟她站在一头，不能吃里爬外。老刘说，这事二泡他妈知道，那女人心善，不计较。我“做好事”是发自真心，没有所图，至多完事了冯家媳妇给我做碗荷包蛋。

一碗几个？我问。

老刘说，八个。

我说，撑死你！

老刘说，我去一回够她支撑一个月的。

啊——呸！我说。

我想看看冯家媳妇，让老刘把车往回开。老刘说不可，问为何，老刘说冯家男人回来了。男人回来之前他给冯家媳妇从城里买了一只马蹄表送去了，送个钟过去寓意两人的事情到此终结，再无挂碍。钟都送过了，就不能再见面了，再见面双方都会很“监介”。我说老刘还有始有终，老刘说，扶贫这种事嘛，救急不救穷，哪儿有没完没了的，点到为止行了。

老刘要带我看四季村冯四老汉家的一口缸，说那口青花缸是“文革”产品，上头有女民兵操练的场景，还有毛主席诗词：“飒爽英姿五尺枪，曙光初照演兵场。中华儿女多奇志，不爱红妆爱武装。”一般的“文革”缸也罢了，难得的是这缸是青花，“文革青花”大概全国没有一两件，珍贵得很很。他动员了几回让主家出让，冯家老太太同意，但是老爷子不干。他在耐着性子等……那老汉已经中风落炕起不来了，只是时间问题。

我说盼人死，老刘有点缺德。老刘说天若有请(情)天亦老，人间正道是沧桑。

进了冯老四家院门，一片破败景象，一棵老柳树，到四月了还没发芽；树上一只没名堂的鸟，尾巴一撅一撅的，歪着脑袋，闪着阴鸷的小眼看着地面。冯家只有老两口，儿子在外头上学，寒暑假才回来，家里缺少生气，缺少拾掇。听见大门响，老太太迎出来，见是老刘，立刻一脸愧疚，说要到灶屋去烧水。老刘说，只是看看，不喝水，甭麻烦。

我跟着老刘往屋里走，老刘把我朝前让，表现得很有礼貌，很绅士。刚掀开门帘，没承想，一个笤帚疙瘩忽地飞了过来，我赶紧一躲，笤帚疙瘩擦着我脖子而过，生疼。随着笤帚疙瘩的攻击，一个带着痰腔的沉闷声音在吼，不卖！给我滚！

眼瞅着土炕上一个白头发老汉掀开了被子，一歪身子滚下了炕，半身不遂的身子在地上一挺一挺的，像条大虫子，艰难地移动。老汉那只还能动弹的左手使劲往前伸，喉咙里呼哧呼哧滚着两个字：不卖！我紧走两步，刚要把老汉往炕上扶，就听老刘在旁边喊，快跑！

糊里糊涂地被老刘拽出门，问他为何这般慌张，老刘说，你没看见冯老汉在伸手够什么吗？

我问那老汉够什么，老刘说，夜壶！

夜壶和笤帚疙瘩比，我们的逃离是完全正确的。

我说我还没看见青花"文革"缸，老刘说以后有的是机会，不入虎穴，马(焉)得虎子。收古玩就得有百折不挠的精神，只要功夫深，铁杆(杵)磨成针。正说着，老太太过来了，拿帕子兜着两块锅盔，要老刘拿走。老刘不要锅盔，让老太太没事多做做老汉工作，留着一件没用的玩意儿，塞在桌底下，装白面嫌小，腌浆水菜嫌大，忒不实用。

老太太说她做不了老汉的主，缸是老汉当红卫兵步行上延安串联，在耀州陈炉窑买的。背着抱着从北边弄了回来，几百里地，不容易呢。下了苦的东西自然心里珍贵，舍不得。老刘说他能理解，绝对能理解，就好比自家一口人，哪能说卖就卖了。说着，老刘给老太太塞了十块钱，老太太也没太推辞，看得出这已经成了默契。

上了吉卜赛汽车，老刘自嘲地说，权当买门票了。

我说，可是我什么也没看着哇！

现在，老刘大老远地从陕西奔我来了，从哪方面说我都不能怠慢了人家，否则他回县里一学说，我真没脸回去了。

早晨，老刘从招待所过来了，因为要去故宫，还特意换了一身新衣裳。不换便罢，这一换真正换出了刘博士的水平：头上顶着个黑呢礼帽，礼帽不是现在从商店买来的，是从民间收购来的民国物件，一看就是十分的传统，十分的有年头了。京城街上，什么怪玩意都有，这顶民国礼帽，大概还是独一份。老刘的帽檐下头挂着副水晶眼镜，也是老物件，镜片小而圆，已经磨损得发了乌，两条铜镜腿从两边兜了个弧度，挂住了耳朵。镜片后头的一双小眼吧唧吧唧不停地眨，很吃力地透过脏镜片朝外张望。老刘上身一件古铜色金团花的唐装，衣袋拉出一条怀表链子，滴拉搭拉地在胸前晃荡。下头穿了条牛仔裤，很瘦的包着屁股裹着腿的那种牛仔裤，大腿上破了一道大口子，口子光剩了一道道纬线没经线。脚上依旧是昨天那双尖皮鞋，出彩儿的是那双肉色丝袜，这双袜子在何彩圈脚上也还罢了，偏偏地套在了刘金台的臭脚上，真是不伦不类的“监介”。老刘一张嘴，嘴里的金牙熠熠放光。以前也没觉得他的金牙怎么的，这会儿怎感觉挺耀眼，挺闹腾。见我不住地扫描他裤子上的窟窿，老刘说是儿子的裤，退役下来给他了。

民国范儿加现代派。

我和老刘拦出租，出租车不少，可没有一辆肯在我们跟前停下。我有些不耐烦，老刘却不动声色，站在路边沉静如水。老刘的形象吸引了不少过路人的目光，回头率颇高。见多识广的北京人看够了各样标新立异的摩登，头顶顶着一绺绿头发的，裤裆掉在腿肚子上的，耳朵上钉了十几个钉子的，前头露肚脐眼后头亮着半拉屁股的。可是，他们都没有老刘耐看，老刘的装扮让他们似曾相识，既怀旧又新潮。老刘很自豪很骄傲地挺着肚子站着，兵马俑一样的表情有着让人琢磨不透的含蓄淡定。

我知道，老刘虽然来自乡下，绝没有乡里人初进大都会的羞怯和不安，他自认为有很粗壮的背景，有很丰富的文化底蕴。眼前来来往往的张三李四，其实没法和他比，他的姓是皇上亲赐，偌大中华，具有皇上赐姓的又有几人？在文化历史方面他见多识广，他兜里有黄金台的马蹄金，他屋的楼顶有几百个汉陶和众多绝品瓦当，他有许多名人字画……他尽管常把尴尬说成监介，把不逊说成不孙，那些都无关大雅。跟眼前人比，他占着天时地利，霸着文化的洪脉。陕西是出皇上的地方，周秦汉唐，十三个朝代，七十二个皇上。站在他家黄金台的坡上，往西看，皇上们排成了一溜；往东看，排成一溜的还是皇上。那是一种什么样的气魄，什么样的壮观！顺手提溜出一个，不是秦始皇就是汉武帝；他家地里随便一踢，不是秦砖就是汉瓦……

陪着老刘在故宫转了大半天，腰酸腿疼，快迈不动步了。我看出来了，老刘看大殿，属于狗看星星一片明的水平，他的真实目的是留神着北京的皇上有没有马蹄金。所以对每一个展示窗口都看得很仔细，对黄金的物件、金属的物件尤为关注。在长春宫的庭院里，老刘想着法儿要摸一摸殿前站着的铜仙鹤，仙鹤用栏杆围着，老刘就蹬在栏杆上使劲够，行为很怪诞，引起了保安的注意。我打岔说这只仙鹤不安分，曾经跑过，被人射了一箭，至今腿上还有伤痕。老刘这才低下头寻找起来。后来老刘又看上了三大殿旁边摆着的大铜水缸，水缸可以摸。老刘那双兵马俑式的硬手，就在缸面上摸过来，摸过去，将缸的兽形提手研究了几个来回。末了对我说，这曾经是镀金的，被人刮了。

我说是八国联军干的。

老刘说，国仇未报壮士老，不周山下红旗乱。

我问什么意思。老刘说，且记刮缸之恨，这仇就让一泡、二泡们报去吧。

晚饭是在东四小吃店吃的，依着老刘是要吃烤鸭。我说小吃店不卖烤鸭，大晚上的吃一肚子油腻消化不了。老刘说那就吃炖肉，有肥有瘦的那种。老刘还记着我在他们家给做的醋焖肉，那天他和一泡二泡整整吃了五斤肉，满满的一大柴锅，三个人满嘴流油地直喊幸福。

我告诉老刘，小吃店是回民馆子，不卖炖肉。最终，我给老刘要了一份爆肚，一份牛肉炒疙瘩，我自己则吃豆汁、焦圈。老刘把饭吃得有一搭没一搭，说帝都的吃食比不上西北长安。西安回民街的小吃，顺着街走，吃一礼拜不带重样的，灌汤包、镜儿糕、牛肉旋儿、羊肉泡、芸豆蜜枣甑糕、炒凉粉、炸盒子、泡泡油糕……都是回民，互相之间怎就不交流交流呢！

老刘一边吃一边说，指着炒疙瘩说是懒婆娘的懒麻什，比何彩圈的手艺差远了，何彩圈的疙瘩是中空带花纹的！

我给老刘端来一盘奶油炸糕，老刘不客气，夹起一个咬了一口，吸溜着气说，没馅?!

我说，蘸白糖呀！

看来，老刘对北京不太满意。

时间不长，老刘便把潘家园文物市场摸得门清，每天早出晚归甚是辛苦。我开始还礼貌地陪着他去了国家博物馆，后来就由着他一个人四处胡转了。没几天，地铁几号线换公交几路，老刘的熟悉程度远过于我，操持着一口的醋熘普通话，已经不把自个儿当外人了。

我在网络上查阅有关马蹄金的资料，果然是产于汉代，用于皇帝的赏赐。马蹄金坨状，中间凹陷，形如马蹄，重量250克左右……网上有马蹄金的出土照片，是山东兄弟俩挖出来的。纯金，亮光闪闪，造型美，光滑可爱，有皇家气魄，非市井之物。

晚上老刘回来，我提出要看看他的马蹄金，这金子见天在我屋里搁着，至少也应该亮一下庐山真面目，让我长长眼。老刘不干，他说，“天南地北，问乾坤何处可容狂客？借得山东烟水寨，来买凤城春色。”句子说得很完整，没有错字。我知道这几天电视止演《水浒传》，昨天正演到宋江浔阳楼题反诗一集。

我问老刘什么意思，老刘说没什么意思，反正是不能看。我说，你拿着马蹄金来买北京春色，想脱手发大财，别当我不知道！

老刘说，好宝贝哪能动彻（辄）就掏出来示人，那样就把灵气都散没了。

我说，真金不怕火炼，马蹄金难道还怕人看？

老刘说，好歹也是黄金台的遗赠，祥瑞几百年才出现一回，得低调些才好。

又说，他已经把那个青花“文革”缸弄到手了。我说准是冯老汉死了。老刘说老汉没死，是儿子从学校毕业了，回家进门四处一踅摸，发现屋里只有这个缸还是个整装东西，二话不说，掂出去十五块钱就给卖了。儿子用这钱在网吧买了两个面包，一瓶冰峰汽水，花得心安理得。不显山，不露水，缸没了。冯老汉有辙吗，什么辙也没有，一物降一物！

老刘说他花一百块从别人手里把缸淘了来，又给冯老汉送去三百块，老汉感激得什么似的。早知今日，何必当初！这叫山不转水转，磨不转驴转，殊途同归。

我让老刘别打岔，我还是要看马蹄金。

在我的再三请求下，老刘极不情愿地打开兜子，掏出两块用红布包裹得严严实实的包裹。我接过布包，沉甸甸的，很有分量。将布慢慢展开，果然，是金晃晃的金子，每块拳头大小，形状确像马蹄。

我的心里立刻充满了敬畏和郑重，黄金台人的期盼和守望，汉武帝的霸气与张扬，征战将士的忠贞和荣耀，黄土地的含蓄和藏匿，全汇集在手中略显粗糙的马蹄状物上。千百年的凝聚，现在与我相对，让我的心浓浓地化解不开，激动得无以用语言表达。

我把马蹄金拿到台灯下细细观看，金子的坑洼处沾着黄土，泛着一股浓重的土腥味，带着遥远年代的气息。老刘坐在我对面，也不错眼珠地看着我手里的宝贝。看得久了，我感觉跟网络上的马蹄金图片多少有些差距，便找了个软刷子，刷上面的浮土。老刘看出我的疑惑说，真宝贝就是这个状态，你看故宫珍宝馆里那些红宝石、蓝宝石，那些猫眼、大宝珠，都有些黯淡无光，甚至让你分不清它是什么质地，石头的？塑料的？木头的？真宝贝含蓄内敛、不张扬，有质量，拂去上头掩盖的黄土，就会展现出它的高贵深沉，这才是真家伙！

我如同老刘挑剔北京小吃一样挑剔着黄金台的马蹄金，说这块金子不亮，有赝品的嫌疑。

老刘说，什么叫“亮”？搞收藏的最忌讳“贼光四射”这个词，一个物件一旦泛出“贼光”，绝对是造假。舞台上演员脑袋顶着的水钻亮，灯光一打，欻欻欻，晃人眼睛，那个值钱吗？那个什么也不是！

我说这马蹄金看着跟故宫的铜水缸有异曲同工之妙。

老刘让我不要贬低黄金台的出土文物，贬低文物就是贬低汉朝的先人。说文化人最爱凭想象胡编，说看过我编的电视剧，低级得很很，盗墓贼进到墓室打开棺盖，棺里的宝贝闪烁着光彩，把盗墓人的脸照得蓝绿蓝绿的，其实满不是那么回事。宝贝真放了光它就不是宝贝了，是电灯泡。

我说，看来你是盗过墓的。

老刘说，没盗过，挖过。

终于看明白了，我手里的马蹄金是一层镀金，透过斑驳的金面，隐隐可以窥出铜的深绿锈迹。联想老刘的九龙砖雕砚台，我心里立刻给马蹄金打了折扣。问可真是黄金台出土？老刘说是他们家房基地树底下挖出来的，绝对货真价实！他是老古玩了，他屋的真货有的是，犯不着为这个造假。

老刘一边说一边把他的马蹄金包起来，装进兜子里，很有些后悔给我看的模样。不管怎么说，我对老刘的马蹄金露出了铜不能释怀，感到有些不靠谱。我说，老刘这个你得跟县文物部门打招呼。

老刘说，打屎招呼！公家那帮孙子，就是我娘的尿盆，他们也会鉴定成秦始皇的饭碗，没一点准星，横竖都是他们说了算。

我问老刘打算怎么办。老刘说卖了它。我说要是真的能卖一大笔。老刘说怎么“要是真的”，它本来就是真的！黄金台出土的没假货！

可也是啊，黄金台地里挖出来的，不应该是假的。

老刘在北京的涉猎很杂、很广，包括我们家附近早市的地摊。他说地摊上也有卖古玩的，跟陕西比，都是上不了档次的小玩闹，北京真家伙忒少。每回从街上回来，老刘都大包小包地提着东西，以各种女式衣服为多，其中不乏地摊上出口转内销的外贸品，便宜且式样怪异，在陕西是绝对见不着的。鉴于老刘的爱好，我不便多问，只问哪个是给何彩圈的，老刘拉出一件大花有韩国风格的套头衫说，这个咋样？

我说，彩圈肯穿才怪！

一周后，老刘带着两箱子北京物产回黄金台了。

从此又是泥牛入海，再无消息。

不知马蹄金下落如何。

很长时间我在网络上查找马蹄金的资料，听说香港拍卖过马蹄金，斑驳的镏金表面同样露出青铜质地，人家并没有否认这不是马蹄金，线索说是来自个人收藏。可见对马蹄金的认证有多种版本。

不知是汉武帝跟他的爱将们开了个玩笑，还是老刘跟汉武帝开了个玩笑。

不久，从青山传来消息，老刘要建造一座私人性质的“黄金台汉代文物博物馆”，专门展出黄金台出土的文物。我想起那面飘扬的绿旗，给老刘打电话说要注意博物馆的品位，别弄得像土地庙似的。老刘说规划图已经做好，让他的二泡通过邮箱给我传了过来，图纸完全是自行设计，请的是河南巩义施工队，展出样式就仿照故宫珍宝馆。我说珍宝馆未必就好，那也是没法子的法子。看传来的图纸，前头一座影壁，后面是大屋顶的主展室，一层一层往里进，到底没逃出庙的格局。

老刘在黄金台正如鱼得水地折腾。

我期盼着黄金台博物馆的建成，好到那风景秀美的秦岭山下故地重游一回。清明节前夕，老刘来了，来送博物馆开工奠基仪式的请帖。

今日之老刘已非昔日从猫眼往里窥探的老刘，人家是坐着奥迪车，由司机和秘书陪伴着，从黄金台照直开进北京城里的。用他司机的话说是“一路顺畅，一路绿灯，没遇到堵车也没遇到限号”；用秘书的话说是“交警一路朝馆长行注目礼，十分尊敬。青山县的警察喜欢馆长，北京的警察也喜欢馆长，馆长有警缘”。

细看秘书和司机，原来是一泡和二泡。

老刘一改往日装扮，礼帽不见了，身上西服革履，领带考究，白衬衫的袖口不是扣子，是袖扣，深绿泛青的两块莫名其妙的石头，显得很有古意。皮鞋是羊皮网眼的，眼镜是会变色的小蛤蟆镜，黄金的牙齿换作了烤瓷。说话也不再东拉西扯，张嘴竟是标准国语，时不时还要把头发往后潇洒一甩，做出台湾小生状态，让我忍俊不禁。

我说，老刘你要成精了。

二泡说，我爸已经成精了。

老刘说明了来意，我赶紧对他的成绩表示了祝贺，说博物馆奠基时一定去添彩。

老刘说也没请别人，来的都是县里的弟兄，叫了电台、报纸几个媒体。央视和省长们也要过来，我让他们看情况，不必强求。

老刘的话百分之八十不能当真。我要求刘馆长跟我还是说陕西话，这样彼此都随便，不生分。

老刘很快变了腔调说，黄金台刘姓的老少爷们儿听说在自己的家门口建博物馆都高兴得很很。有了博物馆就有了游客，有了游客就有了旅游，女人们想着能在屋门口卖凉皮，这是藏在乡间的吃食；婆子们要展示布老虎手艺，她们至今对虎年邮票选中山西布老虎而没有要她们的耿耿于怀；汉子们算计着合伙办个马术队，找回刘姓人跟着汉武帝征战的威武；老汉们的皮影班子也恢复起来了，几个老把式在刮驴皮，刻武将……

老刘说最关键的是他的那些旧玩意儿有了名正言顺的安置之地。成立了博物馆，他把管理权交给村里的后生们，人事有代谢，往来成古今。他自己则要干些他喜欢干的事情，人活一世，不容易呢。我说，是"自古人生谁无死，留取丹心照汗青"吗？

老刘笑而不答。

奠基仪式定在农历五月端午，我说怎选个屈原跳江的日子。老刘说是请大师特意挑的，不能更改了。说到时让二泡提前把机票订好，我只要提着包上飞机就是了。怕我忘了，老刘拿红笔在我们家的挂历上，五月端午这天画了一个大大的圈。还觉得不醒目，索性把圈涂红了，让我记起了他那海水江涯红日喷薄的大堂。

日子一天天过去，红圈在一日日向我靠近。想着黄金台那边的事情，留心着老刘的电话，留心着航空公司发的信息，手机 24 小时不敢关机，怕耽误了人家的邀请。端午节前一天，还不见那边动静，打过电话，无法接通。无奈我自己买了机票，为的是给自己撑个面子，表示并非一门心思等人家赠送的机票。

中午就到了黄金台，进村没看见人，五月的太阳照得村路上白花花的，烤得人冒汗。有些燥热，有些口渴，念及何彩圈端午节必备的江米蜂蜜粽子和炸油糕，加快了脚步朝老刘家走。到门口发现门锁着，红旗、绿旗都不见了踪影，连院里拴着的黑贝大狼狗也消失了。紧接着看见了墙上防狼一样画着大白圈，里面写着大大的“拆”字，脑袋里半天转不过弯来。一转身，见远处树后有半大小子朝我观望，赶忙向他打招呼，不料他却像见了鬼，惊呼一声：“上头又来人咧——”消失在一片猕猴桃背后。

很快，从树丛里，从山墙背后，从犄角旮旯转出几个青壮，手里都掂着农具，横横的，有要拼命之势。其中有认识我的，说请谁来说和也不抵事，请作家来也不行！

我说我不是来说和的，我是来给老刘奠基的。

一汉子说，还奠基哪，奠个鸡巴呀！

我问老刘怎的了，对方说老刘让人打了，重伤，在县医院正抢救。

我心里一突突，忙问为了什么，众人你看看我，我看看你，谁也不说原委。还是村长刘大壮把我拉到一边说，前日，黄金台刘姓村民和拆迁队发生冲突，各不相让，打得头破血流，公安出了警，才把事情暂时平息了。

我说是为了老刘的博物馆吗？

刘大壮说博物馆倒不至于，那毕竟是黄金台自己的事情，现在牵扯到了外头，有富商看中黄金台的名字和风水，要在这里建造大型商业会所。并且承诺，会所建成，将安置所有村民参与其中工作，诸如花工、清洁工、保安、服务员……可是刘姓人不买账，跟赫连勃勃不当刘寄奴一样，他们不当花匠，不干保安，他们就是要成立马队、卖布老虎，他们的使命就是要守着这片高台，护卫着汉朝将士，让他们不受侵扰。人在，职责在，不能因为时间的久远、因为死亡的阻隔而改变。他们姓刘，汉武帝在赐姓的同时将责任也毫无保留地赐给了他们。

黄金台人知道，一旦答应商人给予的优厚条件，推土机、挖掘机、大铲车，立马就轰轰隆隆地开进村来，数十代人守护的宁静便马上化为乌有。黄金台被掀了盖子，再无秘密可言，守墓者变作了掘墓的帮凶，黄金台的黄金梦从此不再。

这种数典忘祖的事情非黄金台人所为。

眼下，美丽的村庄已经近乎崩溃，签了协议的早早拿钱走人了，唯剩下刘姓的中坚举着黄旗，钉子一样散落在原野的角角落落，在做最后的坚守。风里旗子呼啦啦地飘，守旗的人一副同仇敌忾的悲壮模样，想必跟征战大宛归来的祖先已难分彼此。

下午，我赶到县医院，想的是老朋友真有三长两短还能最后见上一面。医院的科室我都熟悉，未进病房先见大夫，询问病情。大夫老李见了我直摇脑袋，我问是不是病情不好，老李说，一把岁数的人了，让我说他什么好？老毛病不改。

我问伤在哪里。老李说，他的伤还能哪里，生殖器！

我说，那司机和秘书呢？

老李说，两个泡帮着他们的爸爸跟人打，一个脑袋让人拍了一锹，一个胳膊让人砍了一刀。

我问到底为了什么，老李说偷情。

我进到病房，老刘在中间病床上躺着，左边床是他的二儿子二泡，右边床是他大儿子一泡。爷儿三个正跷着腿聊天，何彩圈一勺一勺小心翼翼地往老刘嘴里喂橘子汁。

老刘和泡们说，爱惜芳心莫轻吐，且叫桃李闹春风。和爱你的人结婚，与你爱的人做情人。

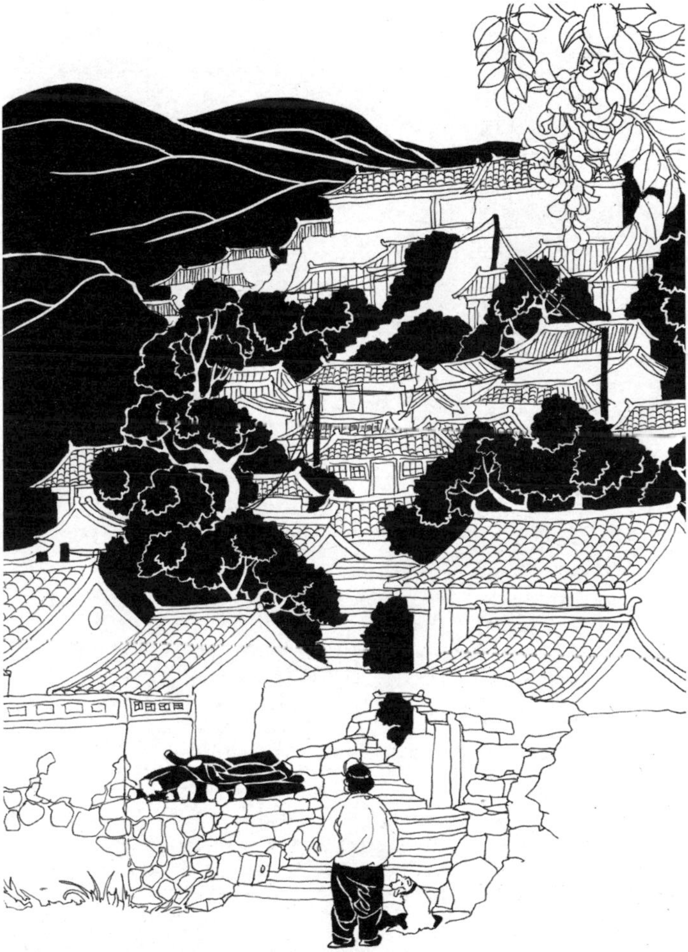

苦雨斋

果然绕了两个弯就看见了村子，白墙青瓦，绿树环绕，红花盛开，一看便是“社会主义新农村”的统一手笔。

苦雨斋

一

山道已经转得很高了，朝下望，来时的公路如同一条青白的带子，弯弯曲曲地绕过山根，扎进一条隧道，不见了踪影，好像被谁齐齐剪断了。时值暮春，已有夏日的感觉，太阳在头顶火辣辣地照着。往常这个时候我正舒坦地眯着午觉，今天不行了，得爬山。沿着沙石的土路吃力地往上走，我要到一个叫瓠家梁的村庄去，寻找一个多年失去联络的人，寻找他的人生终结之地。这不是一时的冲动，是父亲曾经的指派，是心里积攒了多年的一个愿望。以前是没有时间，没有能力，没有机会，现在有了时间和能力却失去了体力和精力，我已经不再年轻。

膝盖和我别扭着，每上一步都很认真地疼痛一下，不折不扣，执着坚韧，可谓一步不落。头上的遮阳帽早被汗水湿透，汗流进眼睛里，杀拉拉地疼，使得我不得不走几步停下来擦汗。地上腾起的干燥和炽热，有置身在烙饼铛上的感觉，没有树，四周都是狰狞凌厉的石头，有着生硬和难以抗拒的无情。在这样的环境下行路，不是件愉快的经历。

狗 Aki 忽前忽后，一直跟着我，如同我的疼痛，不离不弃。从早晨出门它就跟着，好像窥出我出走的迹象，轰也轰不回去，相隔三五步，不紧不慢地在后面追随。天刚刚亮，我上头班公交车，在前门瞄了半天刷卡机，就是不响。司机站起来帮我刷，趁司机分神，Aki 像道白光，唰地从后门蹿了上去，再也不见了踪影。这样的把戏它玩过不止一回，它躲在了最后一排角落的座位底下，知趣地不发出一点儿声响。车上人不多，因为早起而郁闷无聊的乘客乐得车上多点乐子，都偷偷向 Aki 使眼色，Aki 装没看见。我原本以为 Aki 是秋田犬，是儿子仿照日本忠犬八公的模样买了送给我的，秋田的英语发音是 Akida，所以叫了 Aki 。本来也是准备叫“八公”的，儿子黑桃老 K 说，八公的主人得心脏病死了，再叫这个名不吉利。孙子老猫接茬说，咱奶奶要像那个教授一样死在外头，这狗肯定在车站也会死等……

媳妇皇贵妃说，Stop!

两个二百五的话让我听着有些发堵。

媳妇的洋文让我莫名其妙。

老猫、黑桃老 K、皇贵妃是他们三个的网名，平时在家彼此互称老猫、老 K、贵妃，独立而平等，没有血亲一说。

倒也随意。

有一天老猫从网上调出一份资料让我看，原来养了半年的 Aki 竟是让黑桃老 K 把品种鉴定错了，是日本北海道犬，老猫对此非常有看法。在狗的智商排序中秋田和北海道犬算笨狗，第一名是黑白花的边境牧羊犬，善于叼飞盘，第二名是小狗熊一样的贵宾泰迪，温驯善解人意。人家总共排了 80 名，Aki 是第 80，垫后的“80 后”。老猫说，论智商，黑桃老 K 的比 Aki 还差着一截子，他让皇贵妃那个小“贵宾”耍得一愣一愣的。

Aki 的聪明是小聪明，不大气，就跟不着调的孙子老猫似的，正经功课学不好，玩的都是歪门邪道。

我在路边一块石头上坐下来，掏出背包里的茶水瓶子，茶是早晨天不亮的时候沏的，吴裕泰的茉莉花茶，还有着若有若无的温度。拧开杯盖，一股浓郁熟悉的香气扑鼻而来，我小心地抿了一口，望着浓酽的茶水出神，这杯茶大概是我和北京城最后的维系了。

下了长途车本来有村村通的小面包车，但是那车一天一趟，通瓠家梁的车上午已经走过，就逼得我必须走五公里山道，而且是一路向上……车站小卖部的人说我可以走小路，小路近一半，而且有阴凉，但多是陡而窄的山道，走起来颇费劲。我说我还是走官路吧，慢慢地走，缓缓地上，太阳下山前怎么也到了。我问小卖部的人叫苦雨斋的地方在哪儿，那人想也没想说，没这地方。我问他认不认识一个叫周宾的人，那人说这儿方圆几十里没有姓周的。

当然，周宾也可能换了名字，也可能早不在人世了。

喝了水继续走，山路一个弯连着一个弯，手里的登山杖派了用场，有它让我省了不少力。登山杖是黑桃老 K 二百多块在户外俱乐部买的。我说贵，老 K 说是牌子，值！后来老 K 又买了一根两千的，那是更牌的牌子，两百的便下放给了我，犯病的时候当了我的拐杖。

年轻人的生活我无法介入，总是隔着。儿子在外企做事，花钱如流水。媳妇是海归，开着一个咖啡馆，说话夹洋文，把孙子老猫整得不中不洋，不伦不类，思维直接，词汇单调，连个囫囵的中国故事也说不利落。我自认不是一个保守的奶奶，也不是一个拒绝新生事物的老糊涂，但是在老猫面前竟然什么也不是。他对我的跟不上趟很是有看法，让我尽量不要当着他的朋友表达意见，说我的认知实在不够高远，还在秦始皇时代翻跟头。

有一回老猫跟个女生背着书包在街上溜达，我走过去拍拍他的肩说，孙子，下学不直接回家，在外头转悠什么哪？

老猫说，吓我一跳，您这一拍，出手阴毒，把我的暴雨梨花汗都拍下来了！

女孩对我轻蔑一哂，甩过三个字，蛋白质！

孙子说我把他弄得肾上腺素都要爆表了。为了这个，他得吃一杯冰激凌，哈根达斯的，和露雪的不行。

不能跟孙子较真儿，什么狗血词汇都能从他嘴里蹦出来，但是为这个“蛋白质”，我琢磨了一路，不得其解。不得已打电话问老猫，老猫说是笨蛋 + 白痴 + 神经质的概括，我才知道被老猫的朋友骂了。

我是写小说的，拼的就是中国话，最为得意的就是驾驭语言的能力和天赋，常常自吹“能到出神入化的境地”。这天我却突然意识到哪儿出了问题，有点儿不对劲儿。吃过早饭端详着书房内整架整架的中外文学作品，古人的、洋人的、自己的、朋友的，感到有些恍惚。对我来说，这些生命中无比重要的东西，将付之东流，面临着无人理会，无人继承，无人赏识，无人打理，被狗屁不通的“暴雨梨花汗”颠覆。我的失落是由衷的，一种难言的悲哀将我彻底打垮，从精神到身体。纵然也知道写作是件任其埋没与流传的事情，但是明白自己的作品到了连家族后代也不在乎，不敬重的时候，这种被冷落了的难堪，一辈子扯淡白干的悲哀从心底升起。像是写完一个长篇的收笔，有种紧张疲惫后的失重，五脏六腑一刹那全被掏出，人变做了空壳，忽忽闪闪腾飞起来……

来打扫卫生的小时工在桌旁边发现了我，她说我当时倒在地上，手里还拿着电话。亏得她来得及时，也亏得那天是礼拜一，她早晨该来的日子。要不，这个世界就没有我了。

是心脏出了问题。

黑桃老 K 和皇贵妃，用时髦的话说，是在“第一时间”赶到了医院。这个“第一时间”是我最反感的词汇，也是新闻上用得最多最烂的词。什么是“第一时间”？“第一时间”究竟有多长？全是不清楚！第一时间赶来的晚辈表情是急切的，感情是真挚的，他们是我唯一的亲人，我对他们的“第一时间”无可挑剔。

病床前，老猫一边给我剥橘子一边朝我伸出大拇指，赞我为“小强”。这回不敢造次，战战兢兢问“小强”为何物。老猫说，小强是《唐伯虎点秋香》里的蟑螂，生命力顽强至极。

……差点再次晕厥。

出院后黑桃老 K 再不让我一个人单独居住，直接把我接到了他的家里，让我在那个两层小楼里颐养天年。但是我过得不快活，我总是想念四环以外望京地区的那套两居室，站在 21 层楼上，能够遥望到当年老家四合院的位置，尽管雾霾中那里已是一片高楼。站在楼上，能够看到尘寰中熙熙攘攘的人，来来往往的车，还能够每天赶那热闹的、五花八门的早市。踯躅房内，都是旧物，满满当当的锅碗瓢盆，满满当当的书稿，满满当当的日子，满满当当的回忆……

在黑桃老 K 这儿什么也没有，窗外连个人影也看不见。屋里的摆设大而无当，让人不踏实。磨盘进了客厅，权做茶几；树桩子当作了矮凳，角落里不伦不类摆了个佛头；楼梯口弄了个长流水的大缸，挤眉弄眼地闪着几盏小灯喷着水雾；两条土黄的布从二楼垂直吊下，庙里的帷幔一样，把明朗的大厅隔得影影绰绰，遮遮掩掩……

黑桃老 K 说这一切都是皇贵妃的朋友设计，那朋友是设计博士，这样的效果既有文化品位又有现代气息，充满张力。我见过那博士，脑后梳着马尾巴，留着小胡子，说话百分之八十我听不明白，像个“天外来客”。“天外来客”张嘴 Grumpy、迪亚吉列夫，闭嘴抽象的精粹、隐藏的奢华，我不知道他要表达什么。我问他知道落地罩吗，答曰不知；犀背式罗汉床呢，亦不知；碧纱橱呢，还不知。我觉着“来客”的理念停留在看山不是山，看水不是水的档次。象征大于实际，两脚悬在半空，倒是天马行空般的自在，却是无法捕捉的虚无。

当然，不是我的房子，我自无权做主，但住在这样的环境里我别扭，有进了咖啡馆的感觉。这个咖啡馆还不是老式塞纳河左岸的传统咖啡馆，是掩盖文化欠缺的权宜之计。

儿子小区的大门口尽职尽责的保安，阻挡了一切闲杂人等，也阻挡了红米白盐的日子。望着窗外灰蒙蒙的天空，我一天可以不说一句话，屋里除了空调的嗡嗡声，再没了声响和活物。我活跃了大半生的思维停滞了，那些鲜活动荡，繁杂充实的喜怒哀乐如同一场梦，说断就断了，代之以苍白清冷，寡淡平庸……我怀疑自己已经患上了海默氏综合征。

黑桃老 K 在通县狗市上花两万块钱弄来了 Aki 。白毛黄耳，双眼皮，小白熊的模样。初来时在我的怀里瑟瑟地抖，小爪子抓着我衣裳不放。皇贵妃不让老猫接触狗，说玩物丧志，怕建立感情，影响学习。其实老猫语文、数学已经两门不及格了，用老猫自己的话说是这些跟狗“没有一毛钱关系”。

现在 Aki 长大了，卷尾直耳，很有了狗的模样，平日不离我的左右，比儿子亲，比孙子亲。晚上 Aki 睡在我的床沿下，一见我到盥洗室刷牙洗脸，它就钻进我的卧室，靠着床帮倒头装睡。任你怎么拉，怎么推就是不出去，只好认了，成了彼此的习惯。一天夜里，我胸口憋得出不来气，难受压抑。Aki 见状，双脚搭在我身上，用嘴使劲拱我。我终于坐起来，好些了，Aki 蹲坐在地上，歪着脑袋看着我，不肯睡去。夜色中，它那双眼睛分外清亮，有担忧，有关切，更有鼓励的成分在其中。我将它那毛茸茸的大脑袋抱在怀里，泪水夺眶而出。老 K、皇贵妃在楼上，老猫卧室的位置在更为遥远的角落，他们都在熟睡中，只有 Aki 离我最近，跟我最直接。

杂志社编辑来约小说稿，电话被老 K 截了。他对人很不客气地说，人病了，不写！你们就想着自己的杂志，怎么不想想写稿的作家？

我说，儿子，怎么跟人说话哪，你以为你妈是谁！

我接过电话，回到自己房间，向小编辑道歉，告诉她，最近不能创作，身体不好是主要原因，另外还要出趟门，寻找一个失散多年的人，这要花费我很大精力，再不找就没有机会了。真到了另一个世界，将无颜面对已故的父亲。

编辑听了半天没说话，最终她说她能理解我，又补充说其实我的寻找本身就是一篇好文章，用不着怎么加工。

二

山路紧盘一直向上，Aki 不见了踪影，我知道走不多远它会折回头来寻我。有汉子骑着摩托从山梁上下来，我问瓠家梁还有多远，汉子刹住车说没多远，快到了，再绕两个弯就能看见村了。汉子说，您老太太不坐车，赶上佘太君了。佘太君曾经在我们这儿打过仗，梁顶上现在还有军寨遗迹。

我说我跟佘太君差不多，这点山路对我它就不是个事儿。汉子说，您老真逗。前头那只白狗是您的吧？

我说是，汉子问卖不卖，我说不卖，汉子说挺肥实。我还想问周宾的事，汉子不想再纠缠，驾着摩托顺山道溜下去了。

果然绕了两个弯就看见了村子，白墙青瓦，绿树环绕，红花盛开，一看便是“社会主义新农村”的统一手笔。急呼几声 Aki，没有回应，想来打前站去了。村口有座石砌的圆拱门，破旧衰败，苍凉悠远；一棵老槐从石缝间穿出，根深叶茂，如障如云。立刻给身后的白墙青瓦冠以了历史，托起了深沉。

正赞那树，见 Aki 叼着一只鸡，兴奋地朝我跑过来。鸡在狗嘴里扑腾惊叫，毛羽飞散，丧心掉胆。Aki 全然不管，将鸡放在我跟前，摇着尾巴向我邀功，以博夸奖。这只北海道犬，祖上是狩猎的猎犬，是敢和狗熊撕咬的犬种，有着见活物就扑的习性。到山庄来，凸现了“鬼子进村”的本性，这点倒是我没想到的。正在教训 Aki，有胖女人横着从石门内冲出来，绕过 Aki，一把扯住我让赔鸡。我有些沮丧，问赔多少，女人说，散养的，吃蚂蚱、虫子长大的，四百！

我立刻掏钱，想着自己还要在村里住，得息事宁人，和地主争执就没意思了。女人想了想说，差点儿忘了，这鸡还是正下蛋的，八百！

我说，妹子，全聚德烤鸭一只三百。

女人扑哧乐了，说，那就五百！我们这是绿色食品纯天然，没有一点儿假冒伪劣的原生态，它全聚德不能比！

一个男人走过来，看来是女人的爷儿们，指着女人说，钻钱眼儿里啦，让人家上咱家吃鸡去不就完啦，急赤白脸至于嘛。

我问这村里哪家能住宿，男人说，你说的是农家乐吧？我们家就行，已经拾掇好了，还没正式开张。

女的说，每宿二百，不管饭。

男的瞪了女的一眼，回头对我说，三十！按铺位结算。

就跟着夫妻俩去他们家，一问，男人姓王，瓠家梁的老户，他们家在村里住了几百年了。我说我得跟他打听个人。老王说这儿上上下下没有他不认识的，连村里屎壳郎姓什么他都知道。

我问瓠家梁有没有叫周宾的，老王说没有。我说，历史上从来没有过？

他说，从来没有过。

哦……

西边的太阳沉入脚下，万千彩云把天空渲染得一片锦绣，我感叹山村景致的变换，赞美天空的凄艳。老王嗅了嗅鼻子说，彩云接日头，明天要下雨。

Aki 一挣一挣还要往前蹿，被我用狗绳死死拽住。

我被安置在王家正房西间，新被子、新脸盆、新窗帘、新拖鞋，白墙还散发着涂料味儿，看来是真的在打造农家乐了。老王媳妇把鸡扔在墙角，喊着让小翠刷锅炖鸡。小翠大概是王家闺女，一挑门帘从东厢房跑出来，嘴里还嗑着瓜子。透过门帘我看见正房东间炕上盘腿坐着个老太太，嘴里叼着一杆长长的旱烟袋。老太太神态安稳，像是前清人物，跟本朝没有关系。

我跟王家人说不吃鸡，大晚上的，豖一肚子肉消化不了。媳妇问我要吃什么，我说喝粥，我刚看了他们厨房的柴锅里正滚着芸豆粥，我吃这个就很对味儿。媳妇说豆粥是给太太熬的，我说能给太太就能给我，我也爱喝粥。媳妇还说要整几个肉菜，我说都不用，喝粥就咸菜挺好。来日方长，我得在这儿住些日子。

媳妇还在犹豫，我说，看了你们搁在窗台上的菜谱，一只炖鸡的价格是一百五，鸡我不吃，钱我掏了。以后的店钱饭钱，按天算，一天一百，半月一结账。前提是你们家老太太吃什么，我吃什么。

老王说，您打算住多久？

我说，一个月。

媳妇说，我们家太太九十多了，以喝粥为主，您能行？

我说，我也七十多了。

老王跟他媳妇核计了一下，觉得还行，简单明白，我不浪费，他们也没吃亏。

院里有棵大树，开了一树红花，香气袭人。我问是什么树，老王说是香花槐，有年头了，他爷爷种的。老王媳妇告诉我，家里的自来水可以接来随便喝，是直接引下来的山泉，去年政府给村里接的，惠民工程。这点城里不能比，城里的水脏，喝了拉稀。

太阳一下山天就黑，山里的夜晚来得快。Aki 其实是个胆小鬼，跟屁虫一样紧紧跟着我，在我脚底下绊来绊去，很是讨厌。晚上我喝了一碗粥，给它掰了半个饼子，闻了闻，不吃，那是吃惯了肉肠拌饭的主儿。

不吃就不吃，饿几顿连屎也吃。

一切都是自找。

晚上，我歪在炕上有一搭没一搭地看电视，抗日加谍战。演员一色港台腔，女的一惊一炸地叫唤，男的动辄便扎势举枪，非此表演便没有其他招数。完全是一帮未熟的半大猫在想入非非，过家家。越看越没劲。

Aki 靠着炕在打呼噜，睡梦中爪子一动一动地，不知在梦中是奔跑还是抓鸡。

窗外下起了雨，雨点砸在屋瓦上，砸在院落石板上，渐紧渐急，奏出一片声响。起风了，飒飒凉气从门缝涌入，带着雨的湿寒，草的青气，灌满瓠家梁的山村小屋。

老王顶着草帽往墙外的炕洞里填了把柴，炕上渐渐有了暖意。他在招呼小翠给太太加条毯子，说现在气温降得厉害，别把太太冻着了。我注意到，老王将奶奶呼之为“太太”，肯定是老人的孙辈了。太太是老北京旗人的称呼，现在还这样叫的几乎没有了，深山小村还依旧保留着，实在难得。

身旁的手机在震动，是黑桃老 K 打来的电话，不接，任它去震。

离开家的时候我在餐桌上留了字条，说要到一个叫苦雨斋的地方转一转，让他们放心，别瞎找也别瞎猜。走些日子，给心放假，让眼睛过节，体会一下心无挂碍的境地，应该是退休老人经常享受的。

我没有将出行的目的告诉他们，事情还没有结果，周宾尚在不确定之中，他的存在与否跟他们没一点儿关系。

连着三个电话打来，有老 K 的，有贵妃的，看来是急了。

急了就急了。

哪个作家没有特立独行的主意，谁都有点儿小个性呢。

后半夜来了个微信，是老猫发来的，这小子夜里不睡觉，肯定发自被窝：

> 奶奶，您真行，玩失踪，这可是我梦寐以求的游戏，让您抢先了。奶奶，我好想好想和您一起装逼，只是白骨精的皇贵妃看得太紧，朕离不开。但是我会去找您，咱们后会有期。
>
> ——屌丝孙子老猫

老猫成了“屌丝”，不知是诚意自谦还是玩世不恭。我的所作所为被他简化成“装逼”，如同一幅庄重严肃的油画，被扯得变了形，失去了原本的意义。什么东西一到了老猫们手里，立刻变了味儿。

当然，老猫是只好老猫，孙子是个好孙子，有着一切现代少年的优秀与不足。老猫每天的任务除了上学就是在网上研究各类武器，将那些现实生活中毫无用途的枪炮坦克搞得门儿清，记那些武器型号比记数学公式熟练得多。世界上各类的枪被他用彩色打印机打印出来，贴了卧室满满一墙，花里胡哨让我看着眼晕。老猫问我看中哪一杆，我顺手指着最下头的一杆说这个。老猫撇撇嘴说，落伍了呢，这是79冲锋枪，咱们自产的，中越战争上用过。每分钟可打650发子弹。

我又指上头的一个说，那个。

老猫说，这个也不怎么样，日本自卫队用的99式突击步枪，名古屋生产的，工厂跟丰田汽车差一个字，叫丰和。

老猫说给我看一杆最新式美国枪，让我开开眼，看他十个手指头在电脑键盘上的速度，只让人眼花缭乱，火流星般地不可捕捉。十指的灵活并不代表着思想的灵动，终日沉湎于不着边际的武器，让我想起了那些美国打杀大片和中国战争题材电视剧。老猫对武器着迷，对网络上心，一天到晚魂不守舍，茫茫然胸无大志。有一回我跟他推心置腹地说，孙子，长点志气，咬咬牙，把那些破枪先撂一撂，咱们把那两门不及格的窟窿堵上行不？

老猫说，不行。

我说，你已经不小啦，奶奶照你这么大的时候都加入共青团了，准备着为共产主义事业奋斗终生呢。

老猫说，您那时候什么也没有，更没有网络可上，不入团您干什么！

……

突然的，从老猫想到了周宾。

周宾那个时代又是一种别样情景。

三

周宾原名金载澄，从家里出走的时候十八岁，是北京崇实中学高中二年级学生，品学兼优，一表人才。他是1940年中秋节的时候离开家的，走时在他的房间里留了一张条子：

四哥、四嫂：我走了，不要找我。到了该回来的时候我自然会回来，……也或许永远回不来了。

弟载澄

民国二十九年中秋于苦雨斋

金载澄把他在后院的住室命名“苦雨斋”，取的是明朝诗人谢榛《苦雨后感怀》的句子，“苦雨万家愁，宁言客滞留”的意境。那时候的北平正在日本人的铁蹄之下，在凄风苦雨之中挣扎，人心苦痛，山河无色。

这张普通的纸条我父亲一直保留到去世，内中的“四哥、四嫂”指的是我的父母亲，金载澄在金家“载”字辈排行老六，是我父亲的弟弟。人称我父亲为四爷，称金载澄是六爷，四爷跟六爷之间差了三十几岁。就是说，金载澄是我的亲六叔。

母亲不止一次地对我描述过当时的情景，她说她和我的父亲急急火火地到前门火车站堵截逃逸的金载澄，疯了一样到他的同学家挨家找寻，不顾一切地冲到学校找校长要人，都没有半点结果。用现在的话说是，金载澄人间蒸发了，蒸发得无影无踪，连个泡也没冒。事后得知，那次出走的有十几个学生，是东城各学校的精英。

半年后家里收到了一封由南边秘密捎来的信，金载澄说他到了重庆，参加了国民政府军事委员会的干训团，改名周宾。

当时日本人在北平活动很猖獗，特高课、新民会，特务、宪兵，鹰犬爪牙遍布角角落落。周宾的情况家里处于严格保密状态，除了我的父母，再没任何人知道，这样的事情泄露出去是要掉脑袋的。

后来我们家来过一个叫王宝贵的年轻人，自称是周宾在崇实中学的同学。王宝贵告诉父亲，周宾在印度兰姆伽美国军事基地做英文翻译。北平走出去的那批人，大多都到南方战场去了。由此，父亲知道金载澄参加了远征军，在印缅打仗。王宝贵说家里有什么话可以说给他，他会设法找人给周宾传达过去。父亲低头想了半天，大概是要说的太多，最终托王宝贵递过去一句话：无论是什么结局，都得回家，回到北平。

其实父亲对他的兄弟做了最坏打算的准备。

那次王宝贵的到来，还偷偷送来一张照片，照片上的周宾穿着国民党军服，很英俊，很精神，照片的背后有几行小字：

弟兄们向前走，

五千年历史的责任已落在我们的肩头。

我们不愿做亡国奴，

只有誓死奋斗！

以为是一首诗，后来才知道那是中国远征军的军歌。

别离岁岁如流水，立尽西风雁不来。抗战胜利以后，父亲最终也没等到他兄弟的消息。由此，父亲更珍爱这张照片，装了镜框，挂在他的书房里，时时地张望，时时地叹气。我小时候见过这张照片，也见过后面的诗句，那个戎装的青年在框子里向我张望，比我所有的哥哥们都漂亮，都有气质。

照片在解放后被取下，“文革”的时候付之一炬。看着照片上那双略带忧郁的眼神和那些“向前走”“历史的责任”之类字迹被烈焰吞噬，我有些难以道出的悲凉。为从未谋过面的周宾，为我的父亲，这一对嫡亲的兄弟。

那时父亲已被造反派揪出，从专案部门他得知了失踪兄弟的一鳞半爪，进过国民党干训团、入过三青团、任过印缅远征军翻译、缅甸战场下落不明……

是国民党就是敌人，是翻译官就是特务。下落不明有几种可能：死了，归依美国了，投降日本了，解放时逃窜台湾了……我曾建议父亲花点精力把周宾的下落调查清楚，也给我们小辈一个交代。这个飘忽的阴影，几十年不曾出现的虚幻人物，把我们影响得有点儿灰暗。但是父亲不为所动，他任着人们去说，去猜，在周宾的事情上，保持着沉默。

父亲殁于“文革”初期，身患癌症的他，一通批斗过后生命的迹象已很是渺茫。离世的前几天，他把我叫到他的住室，一个拥挤的堆着杂物的小间。前院的大房被造反派占用，变成了街道革命委员会。

时值深秋，这是北京被称为“秋霖”的日子，雨水连日不断，房檐滴着水，墙根湿漉漉泛着潮，屋里的家具用手一摸又黏又湿，甚不清爽。后院的小房低矮单薄，没有廊子，雨脚直接扫在窗玻璃上，打出一片迷蒙。一只十五瓦的灯泡从房梁上吊下来，照着屋里的杂乱，照着父亲苍白憔悴的脸。他的相貌已经走了形，我甚至怀疑床上躺着的究竟是不是我的父亲。

父亲闭着眼半天没有说话，他在大口喘气。窗外萧瑟秋雨，肃杀之气油然，我知道离别的时刻不会遥远。

许久，父亲睁眼慢慢环视了一眼小屋，像是对我，也像是对自己说，这是老六住过的屋子……

我明白，这就是被金载澄冠名苦雨斋的所在了，三十多年前那个青年是从这里起身的。

父亲艰难地从枕头下摸出一个纸包，打开来是当年金载澄留给家里的那张条子，字迹很匆忙潦草，可以想见离家的激动和仓促。纸包里还有一张父亲的字迹，同样写得很匆忙，简单几个词，现出了他写字时的紧张慌乱。

京西　瓠家梁　苦雨斋

父亲点着纸条的地址吃力地说，……以后有了机会你去找他……替我……周宾，你六叔……叫他一声……回家……

末了，父亲特别叮嘱了一句，不要通过官方。

眼泪溢出了父亲的眼眶，在他那近乎干枯的身体里竟然还能淌出这样汹涌的泪水，这是我没有想到的。更让我吃惊的是这座小屋的主人金载澄，那个叫周宾的人还活着，无声无息地落脚在了北京西郊一个叫瓠家梁的地方。

金家的不少内幕出人意料。

世界上的许多事不可思议。

日暮秋风，枕前泪语，我记住了父亲的嘱托，记住了那个风雨凄紧的夜晚。

替父亲找兄弟落实起来实在是难，不通过官方，是避开了公安局的户籍环节，谨小慎微的父亲为他隐姓埋名的兄弟设身处地想得很周全，他怕过着平静生活的周宾卷入波澜动荡之中。

四

千辛万苦地来了，瓠家梁却没有周宾这个人，更没有什么文绉绉的苦雨斋，莫不是当年父亲得到的信息错了？

我明白，对周宾和苦雨斋事情的调查必定结束在我的手中，黑桃老 K、老猫们对我父亲这代人经历的事情毫无兴趣。对老 K 们来说，金家的六爷金载澄，瓠家梁的逃逸者周宾，“文革”中去世的外祖父金载源，这些扯淡的事儿是他们退了休的母亲、奶奶自以为是的“游戏”，是一个文化人自我设计的“文化苦旅”，一场“春秋大梦”，吃饱了撑的。

第二天雨没停，晌午饭我跟王家老太太一块儿在屋里吃，小炕桌上摆了煎饼和粥，一盘炒鸡蛋，一把青翠的香葱，一碟新鲜黄酱。炕沿离地很高，我侧身坐着脚挨不着地，很别扭，像老太太一样盘腿坐炕，我没那本事，只好脱了鞋，在炕桌对面扭来扭去，不断变换姿势。

老人一动不动，看着我在对面折腾。老太太手里的烟袋荷包上缀了一块绿翠，那块翠绿得深沉，润得悠长，绝对是罕见的物件。闭塞山村竟然有如此珍宝，让我不敢小瞧。

老太太不拿正眼瞅我，自顾自地卷了一张煎饼，张嘴便咬。那煎饼卷得粗壮丰满，空前绝后。我注意到，老人卷煎饼熟练地道，是把两个单张错落相叠，左搭右，兜底托起，动作麻利熟练，没有一丝汤水滴出。

我也卷了煎饼，两张相叠，左搭右，兜底托起，饼卷不散不塌，直立在我的手中。咬了一口，喷香。春饼是金家的看家饭，金家的孩子个个儿有卷春饼的本事，打小老家儿手把手地教过。为怕饼卷形象不好，把筷子夹在饼里一起卷，吃时把筷子一抽，卷饼竹子般挺立。吃饼的小碟讲究无汤无水无散菜，干干净净，把春饼吃成了大散关那是饭桌上的大忌。

老人不动声色地喝了口粥。

我也喝了一口粥。

我说，太太，您认识周宾吗？

老人哑着嗓子说，别叫我太太，我可不是您的太太。

我说我是随着小翠爸爸叫呢。我们家也管奶奶叫太太。

老人不言语，她的不高兴是显而易见的。

我索性直截了当跟她聊周宾，想的是九十多岁的人应该对瓠家梁前后七十年的事了如指掌，除非她是老糊涂。我说，周宾 1940 年从家出走再没回来，后来听说他落脚在了瓠家梁……

老太太很认真地听着我说话。

我说，您告诉我，周宾哪儿去了？

老太太拿起了烟袋，用烟锅在烟荷包里挖，荷包上的绿翠借着窗外光亮一晃一晃的，闪出一道道炫目的光。老太太拉出烟锅一看，没装满，又挖。看来她没有回答问话的意思。我说，我是替父亲来找周宾，我父亲临死还念着他。周宾是我父亲的亲弟弟，我的六叔，他从家里走的时候才十八，还是个大孩子。家里人没了我们得找，一代人接着一代人地找，以了却一个家族几十年的惦念，也给周宾一个完整的回归……

我说得很悲壮，连我自己也被自己的语言感动得快哭了。

老王进来，见了我的悲切模样说，该吃饭就吃饭，扯那些八竿子打不着的事影响食欲。太太一辈子活得敞亮，从来不为辛酸事伤神，硬硬朗朗过了九十。人活着，就应该像您似的。

我注意到老王第三人称用的是“您”，尊称，这是北京城里老住户才会使用的词，山旮旯的农民会说“您”，有些奇妙了。

我再一次提起周宾，老王说，昨儿个跟您说了，我们这儿没这个人。瓠家梁统共两大姓，姓王的和姓胡的，再无其他。

我问有没有外来入住的，老王说，穷乡僻壤只有走出去的，没有来落户的，这几年更是这样。但凡有点能耐的在山里更是待不住，年轻的都出去了，眼下的瓠家梁只剩下老弱病残，像我这样没本事又没钱的只好窝在家里陪老太太。

我说，六七十年前也没人来落户？

老王说他当过瓠家梁的文书，自有户籍制度以来，瓠家梁的人口进出都有案可查，没有姓周的。我问瓠家梁的户籍是哪年建立的，他说1953年。

老太太已装好了烟，老王赶紧凑过去把烟锅点了，老太太足足地喷了一口烟，缭绕的烟将那张苍老的没有表情的脸遮得严严的。

我知道，该撂筷子了。

走出房间我意识到，自始至终老太太没有回答有关周宾的任何问题，甚至没说过一句话。

老太太已经成精了。

午饭后冒着雨在村里转，石板路上上下下的，水流得很急，把鞋弄湿了。Aki很兴奋，不放过任何一个水沟、泥坑，在泥水里恣意扑腾，浑身脏得已经失去本来面目，整个一条落水狗模样。村里的鸡和猫见Aki过来，纷纷上墙上树，那些模样甚不中看的土狗串子夹着尾巴躲在门后头偷偷窥探，偶尔露出一嗓子“汪”！Aki舍我其谁的轩昂气势，如入无人之境的二逼派头让人可气又可笑。女人们抱着孩子站在房檐下朝着Aki指手画脚，咧着嘴笑，笑眼前跑动的泥球一样的狗。Aki不因自己的面目而收敛，向着每一个关注它的人摇尾示好，甚至肚皮朝天地翻在人家脚下，不管不顾地把两只脏爪搭上人家的前襟，引起一片惊呼躲闪。

这样的插曲是很好的搭讪前提，感谢狗儿有意无意的周旋，让我省了许多麻烦。我会没话找话地把话题从狗绕到周宾身上来，提到周宾，男人们女人们迷茫不解地冲我摇摇头，他们对 Aki 比对周宾有兴趣，称赞 Aki 是一条好性情、有人缘的狗狗。问及品种，我说日本北海道。人们说，哦，电影《非诚勿扰》里葛优去的那个地方！

黑桃老 K 又来过电话，没接。

老猫发来微信，说老 K 准备报警了。我给老猫回了信，说一切安好，老 K 报警是吓唬人呢，大可不必当真。老猫回信说他昨天在军事网搜罗到了他钟爱的 48 歼 20 战斗机，那三角形的黑机身有着幻境的灵感，魔鬼的因素，诡异漂亮。

跟“天外来客”一个腔调！找到“魔鬼的机身”有什么实际意义吗？什么意义也没有，空对空，“48 歼 20”再优秀，它对付不了数学不及格。

一下没看住，Aki 钻进了一个小院，木头门，土院墙，破例没贴白瓷砖。院里传出一阵惊呼，原来是狗把主家的黑猫追上了窗户，不敢下来了。我奔进屋去，拢住 Aki ，那猫还是不敢下来，胆战心惊地抓着纱窗朝下叫唤。主家是个十几岁女孩子，模样清秀，丹凤眼，梳条粗辫子，穿双红塑料拖鞋。她把鞋脱下来拍 Aki 脑袋，身子离得远远的，怕 Aki 咬她。小翠也在这家屋里，毕竟跟狗厮混熟了，小翠一边骂着 Aki 坏狗，一边把它扯到屋外，在一棵树上拴了。黑猫见狗走了，立即从窗上蹿下来，刺溜钻到柜子底下，再不出来。我问小翠怎么在这里，小翠说这是她舅爷家，她屋老太太的娘家。问姑娘是谁，说是表妹王樱桃。我说，敢情也姓王啊！

小翠说，可不，村里大部分都姓王呢。

眼前两个鲜活水灵的姑娘让人看着甚是喜爱，樱桃和小翠两个在屋里缝鞋底，一人一只，鞋底有莲花和莲蓬的图案。我问给谁做的装殓鞋，小翠说是给老太太，老太太岁数大了，这些东西得提早准备着。樱桃说，要赶着做呢……

话说出口觉着不合适，脸通地红了说，并不是盼着老姑太太死，是我们要出门……

我揪了揪樱桃的大辫子问她们要到哪儿去，樱桃说她们在商量进北京打工的事。村口贴了绿纸的招工告示，说廊坊的工厂在招人，她们想去试试。问是什么厂，说是化工厂。小翠说，老太太不让去呢，跟我闹了两天了，连我给装的烟也不抽，还让我爸看着我，怕我偷偷跑了。其实我爸才不管……

樱桃说，老姑太太怕咱们出去受欺负，该干什么不该干什么，您的主意正着呢。

小翠说的老太太和樱桃说的老姑太太指的是一个人，我的房东王家老太太。

樱桃家的墙上有两个大镜框，里头装了不少陈旧照片，有的已经发黄、发霉，看不出眉眼。那些照片大部分是樱桃的父母和亲戚，有些是在照相馆照的，还有着西洋楼房的布景，脚前摆放着假花和痰盂。我将那些陌生的人脸一张一张审视过去，企图在其中找到一些感兴趣的内容。小翠在我身后说，您又在找周宾吧，他不在这上头。

我说，那他在哪儿？

小翠脑袋一歪说，在天上呗。

一句玩笑的话让我心里一震，童言无忌，想的是周宾已经不在人间了。是的，如果他还活着，也已经是九十多的老人了，瓠家梁能与之相匹敌的只有王家老太太。

从樱桃屋里出来，Aki在树下表示着它的不满，将树上的花朵抖搂得满地都是，一地粉红，一地缤纷，散发着奇香。我问树是不是和小翠家院里一样的树，小翠说是，叫香花槐，都是她老爷爷种的。香花槐是瓠家梁独有的，跟别处开白花的槐树不同，这里的槐树开红花，一到这个季节，满山遍野的花都开了，红灿灿一片，像天上的火烧云，美得让人没法说。

樱桃说，山外头人这个时候扛着“长枪短炮”就进来给花照相，蹲在梁顶上，成宿成宿的不下来。这也是小翠爸要办农家乐的原因。

院里的香花槐粗壮得抱不拢，看来有几十年树龄了。雨润青槐，古人总是把槐花和雨水联系在一起。眼前蒙蒙的细雨，湿淋淋的小院，湿淋淋的白狗，湿淋淋的空气，倒是一幅水汽氤氲的油画。

小翠见我观赏这棵树，告诉我，她老爷爷喜欢槐树，后面山梁上成片成片的槐树林子都是您一人栽的。她老爷爷一辈子在山上种树，就住在山梁上，除了种树，不干别的。我问她老爷爷叫什么名字，小翠说，我没见过您，听说我爷爷、奶奶去世时候您还活着，大家都叫他富贵爷。

我说，富贵爷，这个名字真好。这么说你老爷爷应该叫王富贵。

我说，你富贵爷怎么把自己喜欢的香花槐也种到樱桃家的院里呢？

樱桃插话说，他娶的是我们家的老姑太太啊！老姑太太也喜欢香花槐，我们村里的人都喜欢香花槐。前几天区长还来了，领着一帮专家，看了我们的树林子，说这种树在全国也少见，种树的富贵爷了不起，说有什么性?

小翠说，前瞻性。

五

我把红槐花的照片发给了老猫，描述了它的罕见和奇特。两分钟之内，老猫回了信息：

> 香花槐　拉丁名 Robinia pseudoacacia cv. idaho 别名富贵树，落叶乔木，豆科槐属，蝶形花科，花色粉红，花朵浓郁芳香，可同时盛开 200 ~ 500 朵小花，壮观美丽。树干笔直，树形自然开张，苍劲挺拔，观赏价值极高。原产地西班牙，属外来品种。

好一个老猫，调查如此详细，如此迅速，依靠的是网络。这些资料让我去搞，没有个几天工夫怕是不行。

每天跟王家老太太一起喝粥，有一天我跟老王媳妇建议用槐花裹上面，可以蒸槐花饭，蘸上醋蒜汁，河北人都这么吃，挺香的。老太太说，红槐花不能吃。

这是几天来老人跟我说的唯一一句话。见我在疑惑中，老王媳妇说，红槐花有毒，大凡沾了红颜色的一般都不能入口，老辈儿说，红色是人血。

哦……

的确，满嘴嚼红花的感觉不是多么美妙。

雨水淅淅沥沥下得没完没了，单调的雨声催得人发困发闷，无所事事，用电脑玩“连连看”游戏。这是老猫最不屑的游戏，说我玩这个应该“含羞自绝于人民”。我说我不“含羞”，我的水平就是“连连看”，我羞什么！

Aki 鬼头鬼脑从门缝挤进来，趴在桌底下神情沮丧，我看到它的后腿有一大块伤，流着血。我想拽过来看，它不让，藏在身子底下。一会儿见我不再注意，开始用舌头舔，舔完了一瘸一拐又出去了。近几日村里的狗们开始联合起来对付 Aki，土游击队们觉醒了，敌疲我扰，敌进我退，依靠本地优势把鬼子 Aki 搞得狼狈不堪，经常是伤痕累累地回来，情绪万分低落。

狗们的事情自有狗们的规矩，不去干预。

雨水中的山居小院，真成了地道的苦雨斋，我不知这连绵的雨水何时会放晴。北方在春末夏初多有这样恼人的天气，雨水过后紧接着是暴热，该开镰收麦了。下午的时候我看见王家老太太站在台阶上，指挥着王家媳妇举着一把扫帚在半空里抡。悄悄问小翠这是干什么，小翠说，天老不晴，老太太让我妈扫云彩呢。

我说，这是什么风俗，跟我玩的“连连看”一个档次啊！

小翠说，我妈是扫晴娘，只有结了婚的媳妇才能干这事。

有意思。

周宾仍然没有结果。

这样住下去料也再不会有什么结果。

香花槐的气味充盈着整个村落，浓郁得化解不开。

我的寻找停滞了，如同一团麻团在手里，找不出头绪。也许压根儿就没有头绪，这团麻在初始的时候被人将头和尾牢牢地打了个结，故意让人无从择出了。

索性就这么住着，对寻找已经失望，对我父亲提供的线索从根部就给予了质疑。水落石出的事情大结局只有发生在电视剧的设置中，现实生活里只有平庸和无奈。山区恬静清淡的生活对我也有好处，来了以后心脏竟然没闹过毛病，体力也恢复了不少。

雨打深巷少人迹，风扫槐花片片飞。这里是养老的绝佳之地。

小翠告诉我，她和樱桃已经报了名，到镇医院做了体检，净等着工厂来表填写。这事情家里谁都知道，就瞒着老太太一个人。老王的农家乐还是没人来住，梁上漫山遍野的红槐花寂寞地开放着，独特的香气让人沉醉，迷迷瞪瞪不知该干些什么。老王说，主要是外头人不知道，不知道这片好看的槐树林子，不知道瓠家梁顶的古老寨子，不知道这里空气的清纯，山泉的难得，可惜了。

想起佘太君的军寨的遗迹，想的是传说附会。杨家将抗金，主战场在山西、燕北，离北京还差得远。这里的寨子大半是村落抵御土匪的围子，或是明代的边防工事，这样的构建在京西常见。问老王，老王说那个寨子没什么名堂，一片乱石废墟，兔奔狐蹿，没人上去。我说，赶天晴了，我想上去看看。

老王说，我陪着您。您看了写篇文章给咱们好好宣传宣传，就当给瓠家梁打广告了。

我问他怎知道我会写文章。老王说，现在的人想藏哪儿也藏不住，没有秘密可言，您的情况“百度”上一点全齐活，连照片都一张不落。

我无言。

老王说，小翠点了您，知道您写过电视剧。什么时候您也给我们这儿写个电视剧，也让我们名扬天下，让全国人都来旅游，那我们就立个牌位把您供上。

我说，老王你到此为止吧，你以为我是谁啊，一个退休的老大妈，到这儿来找一个叫周宾的。周宾没找着，看这儿清静，住两天。

老王说，没有周宾我们可以编一个周宾，咱们让他有他就有了。再给他配个花旦，演一出《柜中缘》。我上小学的时候有个梆子剧团来这儿演过这出戏，至今记忆犹新。

我说我是认真的，不是来写戏的。老王说，人生就是戏，戏就是人生，有时候很难把它们分清楚。

我说老王还是一套一套的。老王说他毕竟当过二十几年文书，严格说也是瓠家梁的文化人。

Aki 领着几只狗大模大样地进了院，被老王不客气地轰了出去。一段时间的磨合，它已经和村里的狗打成一片，脏兮兮混迹狗群，不分彼此。现在是整天不着家，连晚上睡觉也不进屋，再没了小狗依人的娇嫩，俨然是一条中华田园犬的做派了。

狗比人更能尽快适应环境。

老猫来微信说黑桃老 K 到日本福冈出差去了，要走半个月，皇贵妃最近关了三里屯咖啡店在海淀开了个更大的，正在装修。不叫咖啡馆叫 Club，进口了一大批“猫屎咖啡”。每天早出晚归，这回装修走的是精神病路线，全部复古，托人走后门参观了故宫漱芳斋，想照着乾隆的思路装，搞出一个集饮食、娱乐为一体的高级休闲会所。皇贵妃忙，他成了快活的散仙。老猫还向我告密，皇贵妃为了复古，去望京我的家中，拉了一车东西到 Club 去了。

我能想到眼下的状况，如果我生活在其中，也会跟老猫一样成为无人问津的“散仙”，其实是多余的赘肉。但是赘肉有赘肉的可用之处，在煎锅里翻滚，可炸出喷香的油渣，油渣葱花饼也可成为餐桌上一道美味主食。

皇贵妃构思她的乾隆因素，已非一日之念，早就看中了我两居室的一个光绪粉彩三乐图灯盏和一副对联，几次三番想要拿走，被我拦下。灯盏是父亲所遗，普通的江南民窑产品，因为来自后院“苦雨斋”小屋，就显得格外重要，那是金载澄留给家里最后的念想了。父亲将它擦拭得干干净净，很有品位地摆在多宝槅上。

对联是去世的七哥所赐，“香稻啄余鹦鹉粒，碧梧栖老凤凰枝”，摘录的是杜甫的诗句，表达了他对我这个小妹妹从西北回归北京的喜悦。望京地区的两室一厅虽称不上高大碧绿的梧桐树，总算有了栖老之所，是件值得庆贺的事情。老七一辈子画画，与世无争，是画界难得的清静之人。他的字规矩雅致，有着欧体的风范。两件器物都不值钱，算不得什么古董，不过是有着年代的风韵罢了。

我搬进儿子的家，无形中等于放弃了自己的家，那里成了所需的后备仓库，小辈到旧家拿东西，理所当然。金家是世家，“文革”浩劫过后所剩物件无多，都一件一件地散了，如同那些凋零的再也收不拢的子弟。媳妇不拿自己当外人，是对这个家的认同，对婆婆的认同。

我的娘家，一个京城有名望的大家族留给孩子们最大的遗产是冷漠，是各自的独立，这是我一生在努力克服的。跟小门小户“打虎亲兄弟，上阵父子兵”的热闹和关照不同，金家绝没有那些豁出命的照护，那些拉扯不断、黏黏糊糊的亲情。儿子、媳妇都不姓金，他们用不着理会母亲娘家的家族家风。在他们看来，我的是我的，你的还是我的，一家人用不着分彼此。道理虽对，却终归让人心里不爽。怎么档子事儿呢，毕竟我还活着，还是一个独立的人。

皇贵妃的猫屎咖啡曾经是她店里自以为得意的主打产品，我领着文学朋友去她的店铺喝茶，她死乞白赖宣传“猫屎”，说是外国一种叫麝香猫的动物吃了咖啡果拉出来的籽，炒了研磨，有种可贵的香味儿。数量很少，很珍贵，懂咖啡的人专门喝这种咖啡，高端品位，不是一般人所能理解的。为了“品位”，我请我的朋友每人喝了一杯，小小的一个花杯子，酒盅大小，装了黑糊糊大半杯，跟店面的装修一样，形式大于内容。几个人不敢大口喝，用唇慢慢地抿，抿过后大眼瞪小眼地互相张望，既没品出麝香味儿也没尝出猫屎味儿。但都说地道，都说好，整个翻版了一回《皇帝的新衣》。末了一结算，一千七！还是打了折的！

回来跟儿子学说，儿子笑而不应。

老猫倒是干脆，说我是富豪烧钱，绝对让贵妃宰了。

皇贵妃不高兴地说，怎么是我宰了？你以为炒咖啡豆像哗啦哗啦炒瓜子吗？那些麝香豆工艺复杂讲究，要清洗、烘焙、发酵，时间、气压、温度都有要求，不能错一丝一毫。今年的猫屎豆卖到了一百克两千块，一杯猫屎咖啡的定价在一百四以上才不会赔本！

儿子说，享受生活的快乐是不能用价值衡量的。

老猫说，本人缺少护驾精神，我这样的二逼屌丝没有上书房行走的本钱，是不配进皇贵妃的咖啡馆的。我也是猫，哪天把贵妃藏的那些咖啡豆都吃了，拉它一堆，也叫猫屎咖啡。

老猫开始没正经地调侃了。

窗外的雨还没有停，山峰隐藏在云雾中，什么也看不清楚。老王披着雨衣拿长竹竿通沟眼，院里积了水。Aki 在水里蹚来蹚去，跟着捣乱。我的思路从猫屎咖啡收了回来，觉着跟自己儿子、媳妇斤斤计较，忒小家子气。写了一辈子小说，应该是越活越明白，超越生活，超越是非，超越得失，超越生死。不能想得太多。

虽然不断宽慰自己，还是决定回到城里后搬回自己的小窝去，想的是任何时候不能失去自我。

老年的日子，不知道在哪儿过得不顺，也不知道下一步该怎么走。养老的生活也是在摸索之中，人这一辈子，经验是靠自己一点点积累的。真是活到老学到老。

小翠和樱桃一人拿着一张招工表格到我屋里来填，怕被老太太瞧见。两个丫头围着桌子叽叽咕咕地商量，逢有不会填写的还要拿过来问我。比如“主要社会亲属”一栏，她们不知道哪些该算作“主要社会亲属”。我告诉她们，主要社会亲属指的是父母、祖父母、兄弟姐妹。樱桃说，我的老爷爷是王宝贵，小翠的老爷爷是王富贵，这老哥俩早死了。

我说，死了就不填。

我心里像是被谁捅了一下子，用老猫的话表达是“肾上腺素一下爆了表”，我拉住樱桃说，再说一遍，你老爷爷叫什么？

樱桃说，叫王宝贵。

我说，你老爷爷认字？

樱桃说，嗯哪。他当过村里初级小学教员。

我问哪年去世的？樱桃说，早了，我还没生。我大哥也没生，大姐也没生。阿姨您认识我老爷爷？

我说，不认识。

我脑袋里嗡嗡作响，像有一支签子，努力地努力地要从一片混沌的雾中穿越出去，却又不容易。从父亲、母亲私下的谈论中，七十年前，给我们家里送信的青年叫王宝贵，是六叔的同学，崇实中学的学生……至多，我逮了那么一耳朵，并没有认真记忆。想的是这样的事情，前头有父亲在顶着，用不着我张罗，却没想到最后竟然轮到了我来认证。现在想，父亲匆忙记下的地址，大概也是来自王宝贵的提供，是路上偶遇，是专程递达，不得而知。

在我的要求下，老王带我再一次来到樱桃家，在墙上的人众中寻找王宝贵。终于，在老王的指点下，我看到了一张二寸见方的黑白照片。相片上的人很小，穿着黑色棉袄棉裤，戴着棉帽子，背景是一片荒山，几块乱石，称不上景致，王宝贵呆呆地站在石头跟前，一副木然模样。我问照片背景是哪儿，樱桃爸爸说是他爷爷在瓠家梁梁顶上照的。那时候槐树还没有长起来，山是光秃秃的。我努力地企图看清相片上的小人儿，终不能够。照片的模糊有年代原因，更有摄影技术原因。看不清照片，老王觉得很抱歉，说乡下人压根儿不照相，尤其在那个时候，老舅爷能有这张照片留下来也是奇迹。

话说回来，搞清王宝贵的长相实无多大必要，我要了解的是王宝贵和周宾在瓠家梁的关系，他把周宾到底藏哪儿去了。

樱桃爸爸说，听我爹说，我爷爷是个开朗豁达的人，一辈子坦诚待人，没和村里人红过脸。死的时候他的学生和乡里、县里干部都来了，送葬的队伍排出一里多地。就是现在，村里最大最整齐的坟也是我爷爷的，我爷爷是受人尊敬的先生呢！

我说，你爷爷到过我们家，这点是你没想到的吧？历史上许多故事，老先辈并没有把真相全告诉我们，所谓的坦诚也是有条件的。

樱桃爸爸很惊奇，他说没听他父亲说过爷爷还有过这样的事，他的上一辈，老王的上一辈早在十几年前就不在了，他们知道的情况或许更多。

我深感来得晚了，是上上辈的事情了，错过了寻找周宾的最佳机会。我说，我们家在北京戏楼胡同，国子监成贤街对面，崇实中学在成贤街南边胡同，很近。王宝贵老先生早先在崇实中学念过书，跟我的六叔金载澄是同学。我六叔离家以后，托王宝贵给我们家送过信。这两个人应该是莫逆之交，是掰不开的朋友。这话说起来是七十年前的事情了。

樱桃爸爸说，是这样啊！这么说咱们有缘分，是老爷子冥冥中把您领家来了。贵客啊！

我说，历史大转盘转到这一步大概也到了该水落石出的时候。当年的远征军在中国抗日战场的功绩已经得到了肯定，数万英灵魂魄得到了慰藉，瞑目九泉。金载澄参加远征军，九死一生，残留性命，辗转回归，内地局势已经大变。他没敢直接回家，而是投奔了王宝贵，被王宝贵安置在了瓠家梁。王宝贵以妹妹相嫁，以亲戚相称。周宾淡泊生存，不求华丽，不被打扰，默默终老。

樱桃爸爸说，不可能！

老王也说不可能，村里收留外人，这种瞒天过海的事根本藏不住。更何况还是个国民党的兵。

樱桃爸爸补充说，准确叫法是国民党残渣余孽，藏匿阶级敌人是立场问题，村里没有谁有这么大的胆子。

我说，您家老先生王宝贵有。北平沦陷时候他能冒着危险给金家送信，解放后敢偷偷告诉金家周宾在瓠家梁苦雨斋，他就有这胆子。

樱桃爸爸说，我爹一辈子耕读传家，政治清白，拥护共产党，尊敬毛主席，光明磊落，没有一点历史污点，在瓠家梁近乎完人，谁一提我爹都敬重得什么似的。您说的这件事是大事，我爷爷到死也没透露藏人半点……

一时冷了场。我说，周宾留在瓠家梁，融入其中不显山露水，他必须更名换姓，更改性情，认祖归宗，给自己重新设计人生……

老王说，您这是唱《四郎探母》哪，杨延辉改名木易，娶代战公主，在番营一十五载……

我说，您别以为瓠家梁没有代战公主。

小翠说，阿姨，您是在编电视剧吧？

六

明天是端午节。

雨停了。

樱桃给老姑太太送过来十几个粽子，几斤猪肉。粽子是小枣江米，典型的河北金丝小枣，用马莲细细地捆着，包得精致匀称。猪肉是村里前晚儿宰的黑猪，说是自家泔水养了大半年，没有一点儿外来饲料的嫌疑，专门是“给自己吃的”。送粽子的竹筐不能空着回去，小翠家的回礼是两个缠绕得光彩鲜亮的香包，半斤绿豆糕和六尺小碎花布。农家的礼数古朴周到，让人从中体味到了人情和传统。香包是我前天和老王媳妇坐在院里树底下缠的，五彩丝线裹着填满各样香料的菱形硬纸盒，再坠上一串串珠子，是个很有审美情趣的细致活儿，我干得很投入。香槐树上的花朵不时飘落下来，掉在衣服上，掉在头上。手里的香和树上的香融成一体，觉着这个节过得香喷喷很舒坦，是从心里往外的舒坦。我对老王媳妇说，城里槐花早开过了，叶子都密密地起荫了，瓠家梁的花才开。

老王媳妇说，山里气候凉，比外头能晚半个多月，开红花的槐树比开白花的还要晚十几天。去年城里有人要买香花槐，不要苗子要现成大树，一棵给十几万，老王跟我都动了心，坡上那么多大树，卖几棵不是什么事儿。

我说，老太太肯定不答应。

老王媳妇说，让您猜着了，差点儿没跟我们拼命哪！王家老爷子的心全在树上，老太太的心全在老爷子身上。您以为老爷子活在那些树里……卖树就是卖老爷子。

两个女人，在香槐树底下闲聊，为即将到来的节日做着装点。白狗 Aki 趴在我的脚边，睁一只眼，闭一只眼，表面在睡觉，其实尾巴一动一动的，一门心思瞄着在窗台上晒太阳的花猫。我把香包搁在 Aki 黑鼻子上让它闻，它一激灵，打了个响亮的喷嚏，不满意地站起身，大肥屁股一扭一扭地扭到街上去了。我说，Aki 你上哪儿？

Aki 回头看了我一眼照走不误。这家伙，来了几天，交了一帮狐朋狗友，脾气渐长，有了自己的小主意，有点儿不听话了。老王媳妇扑哧笑了，说大半是搞对象呢。我说，搞什么搞？狗 Aki 让我们家给骗了，它是个太监。

老王媳妇说，可怜见儿的，在城里当狗也活不顺畅。

我说，乡下的日子好，我许久没有这样清闲了。

老王媳妇说，既然好，您就住着，别把自个儿当外人儿。

说着，老王媳妇把一个缠好的香包挂在了我衣扣上，一股药香直冲鼻孔。我想起了去年的端午节，轰乱而浮躁的端午节，首先开战的是商家，进入超市，铺天盖地的是粽子，各样粽子，枣泥的、火腿的、鲜肉的、鲍鱼的、燕窝的……包装精美绝伦，跟那些皇贵妃的装修理念一样，形式大于内容。端午早晨，皇贵妃孝敬了我一盒粽子，拿来了很珍惜地放在桌上，说了自己也舍不得吃的话，言外之意粽子价格高昂，非寻常之物。我不太领情，估计这东西也是别人送她的，借花献佛罢了，年节这些货色多是送来送去，转着圈串门。粽子的外包装是天坛祈年殿模样，拆毁“祈年殿”让我颇费力气，拿来改锥、钳子仍是无从下手。想起小区进门处有提示：有困难找物业，遂把"祈年殿"抱到物业处请求帮忙。物业穿制服的小伙子加上穿制服的小丫头折腾半天才掀了"祈年殿"的顶，从"殿"里掏出一盒茶叶，半天又摸出一瓶葡萄酒，最后才是两个粽子，羞怯怯只有巴掌大小，看着实在可怜。茶叶送了丫头，红酒给了小子，我用手指头勾着两个粽子回家，一个豆沙馅，一个红枣馅。

豆沙我吃了，红枣老猫吃了。

老猫一边吐着枣核一边说，这破粽子也好意思上市，硬得像砖，丿家迫切需要提高逼格！

我说，粽子的逼格比"祈年殿"还高。

中午，王家厨房传出了肉香，味道醇厚，酸甜的香味糅入满院槐香让我几乎不能自持——醋焖肉！这是金家独有的烧肉厨艺，烹饪方法来自紫禁城钟粹宫小厨房，我的老祖母常被传进宫去聊天，带出了这套方法。现在出现在瓠家梁老王家的餐桌上，有点匪夷所思。

山村的王家与京城的金家相近的信息不是一点儿。

老猫来信息了。

苦雨斋好玩吗？

翻检老猫的信息，净是飞机、大炮、坦克车一类，皇贵妃这几天忙，大撒把，看来孩子真的放了野羊。香花槐的信息夹在其中，小子又发了一遍。"香花槐，拉丁名 Robinia pseudoacacia cv. idaho 别名富贵树，落叶乔木……外来品种。”

猛然，我的目光停留在“富贵树”三个字上，如同被谁推了一把，“富贵树”“外来品种”，“王富贵”“富贵树”，漫山遍野的富贵树，宣告了王富贵在这里的存在。存在于天地之间，存在于明月清风之下，“老爷子活在老太太心里，活在那些树里”。说者无意，听者有心，我的思路豁然开朗，哦，原来是这样——

我激动地推开窗户朝院里望，满院阳光，满院落花。

老太太在隔壁房里吭吭地咳嗽。

是我摊牌的时候了。

因为过节，樱桃爸爸还特意给我端过来一碗炸油糕，说是过端午必吃的，瓠家梁的本地风俗。赶上饭点也不回了，陪着老太太一块儿吃。自然有酒，牛栏山二锅头里还点了一筷子雄黄。王老太太饭量佳酒量也颇佳，喝了满满一瓷盅，竟然不动声色。我把第二盅又给老太太满上，竟然也没有拒绝。老太太把一块颤巍巍、肥瘦相间的醋焖肉夹进嘴里，吃得很惬意，一副满足的模样。我说，醋焖肉做法知者有限，王家是打哪儿学来的？

王家媳妇说，祖传的。

老太太说，锁头，明天是正日子哪！

老王说，太太，我记着哪。

老太太总是在关键的时候打岔。

酒过数巡，饭已大饱，我把话语切入正题，正儿八经对老王和老太太说，你们必须正面回答我的问题，我不想再兜圈子了。

老王奇怪地说，您什么意思？怎跟来了公安局干部似的。

我说，我想知道王富贵究竟是谁！

老王说，是我爷爷，这点没有疑问。

我指着烟筐箩里的绿翠说，这块满绿满翠的冰种老翠来自缅甸的龙塘，不是有人将它从缅甸带回，草野山乡不可能有这样物件。毫无疑问，王家有人去过缅甸，这人除了王富贵还能有谁？

老王说，这块翠我爷爷那个时候就用着，有年头了，再之前有没有我还真不知道。太太，您成亲的时候这块翠就在，是吧？

老太太用苍老的手摩挲着绿翠，不屑于回答。

我说，王家的醋焖肉及一系列语言的蛛丝马迹，说明了王富贵并非瓠家梁土著。如果没错，他应该就是从缅甸回来，被安排在这里的远征军翻译官周宾！

老王愣愣地看着我，樱桃爸爸愣愣地看着我，老太太也愣愣地看着我。

老王说，可我爷是文盲，您连自己的名字也不会写，一辈子杨白劳一样，只会按手印儿。您一生没出过瓠家梁，连乡里也没去过，更不知道什么外国的缅甸。是吧？太太。

老王再次把话头递给他奶奶，老太太却盯着院里的小翠，根本没听我们说话。小翠和樱桃两个丫头正进进出出，忙得不亦乐乎。老太太说，翠儿这是要出门呢。

老王说，小翠哪儿也不去，您放心。

老太太说，我的翠得随时让我瞅见，除非我咽气了，随她到哪儿去。

老太太说的是院里的人，也不乏是手里的翠。

又要跑题。

我让老王详细说说他爷爷，老王抓抓脑袋挺为难，说他爷爷这辈子真没什么好说的，还不如他老舅爷王宝贵有说头。他爷爷跟老舅爷是出了五服的兄弟，都是“贵”字辈的。就跟他和樱桃爹似的，他叫王政才，樱桃爹叫王孝才，几百年瓠家梁的排辈不乱，看名字就知道谁是属于哪一支哪一家。我们家的老祖和王宝贵家的老祖打上几辈就分支了，所以村里上街王宝贵的妹子能嫁到下街王富贵家当媳妇。

我问老太太是哪年嫁过来的。老王也不知哪一年，樱桃爸爸说是解放前国民党溃败那一年。听他爹讲过，当时村里住满了国民党的兵，乱哄哄的，像没头的蜂。老姑奶奶坐在轿里，轿子围着瓠家梁绕了一圈，后头跟了一大群兵，起哄架秧子，差点把轿顶掀了，把吹喇叭的帽子都挤掉了，送亲太太的鞋也不见了踪影。

大家说这些话的时候，王老太太面无表情地坐着，好像大伙的谈论跟她没关系。

老王说他们家世代是瓠家梁老户，他老祖叫王大河，祖父叫王富贵，他爹叫王三来，他叫王政才，他在外头打工的儿子叫王开放。一条脉络清清楚楚，没有任何假冒伪劣在其中。纵然有个叫周宾的，这个周宾往哪儿插呢？更何况还是个懂洋文的翻译官。

樱桃爸爸补充说，老姑爷爷王富贵是个老实巴交的农民，话语不多，一个人在山上种树、养树，整年也不见下来。村里人叫他王老闷儿，木讷得厉害，问十句答不上一句，人们怀疑他智力有缺陷。

老王反驳说，我爷爷一点儿不傻。给瓠家梁留下那么一大片槐树林子，可是得有心劲和毅力呢。周围荒山连着荒山，只有咱们这儿是绿的。那些香槐苗子，是我爷一根一根插枝养起来的，他几十年的心血全铺在山梁上。

樱桃爸爸说，也是呢，搁现在评个绿化标兵，劳动模范绰绰有余。

我说，说说你们家的醋焖肉。

老王说，醋焖肉瓠家梁家家都会做，做法打大宋佘老太君在瓠家梁安营扎寨时候就留下了。瓠家梁的百姓不会做红烧肉，只会做醋焖肉。

樱桃爸爸说他们家也会做醋焖肉，而且他媳妇做得最好。其实这可能是胡地的做法，跟中原大不一样。瓠家梁，瓠家梁，老县志上记的是胡笳梁，这儿曾经是两边争夺的地方。

老太太在炕沿哐哐磕烟灰，很是不耐烦的模样。其实一切的症结就在她身上，可她咬定青山不放松，就是不说话。

我认为脉络已经很清楚了，所缺的就是老太太最后的肯定。看来她没有认账的意思，她的缄默不言或许是初始的某种约定，是几个人一生的承诺。那个王宝贵临死不是也跟后人只字不提周宾的事情吗！言多令事败，器漏苦不密，一切都在藏巧于拙。心系一处一处，守口如瓶，无论时局如何变化，绝不吐露半字。瓠家梁的周宾，雨后观山，参透人生，不著色相，不留声影，留下姹紫嫣红的红槐花飘洒于山野之间。

尽管周宾的事没有得到王家的认可，老王仍旧坚定地认为王富贵就是王富贵而非什么周宾；樱桃爸爸也不赞同他爷爷窝藏国民党残渣余孽的龌龊之举；我还是断定周宾就是生活在瓠家梁，更名改姓的王富贵。

我决定明天到梁顶上去，去看王富贵的长眠之地。老王说他明天也上去，明天是他爷爷的九十六冥寿，乡下人按虚岁算，九十六是大日子。每年这天老太太都记着，以前是老太太亲自来，后来是督促孙子来，没有一年落过空。

我偷偷盘算金载澄的年龄，大概也是这个岁数……

院里，群狗乱吠，一阵嘈杂，以 Aki 叫声最为响亮。一个声音在愤怒叫喊，狗 Aki，你狗咬吕洞宾想造反哪！看朕不灭了你！

嘿，老猫怎么来了?!

一身短打扮的老猫出现在瓠家梁的王家院里，是骑着他的山地车来的，脸上是油汗，身上是灰土，裤腿挽得老高，正抡着头盔在和 Aki 周旋。Aki 兴奋得有些过头，蹦起来往老猫身上扑，扑得老猫衣裳上全是狗爪子印儿。

我奇怪老猫怎么会找到这里，老猫说我的微信明明白白泄露了我的“藏身之处”，连发信的地图都画得一清二楚，现在的世界没有秘密可言。我说，黑桃老 K 怎就找不着我，还张罗着报警。

老猫说，他是不想找您，那个职场的熟练工舔屁之风跟得很紧，孰重孰轻他掂量得准极了。老 K 心里只有老板，没有亲娘，更没有朕，不可救药了。

七

早晨，我奔梁顶而来。

前面走着老猫、樱桃和小翠，三个年轻人已经很熟识了。通过老猫我知道小翠和樱桃也有网名，是“八卦良相”和“爱答不理”。几个人从昨天晚上已经在微信里频频互动了，在一个院里待着，各自抱着一部手机，用微信说话。这种状态我不能理解，麻烦不麻烦呢？有话面对面说不好？

跑在年轻人前头的是一群狗，大概村里的狗全来了，黑的、黄的、四眼的、麻色的，白 Aki 夹在其中，轰轰烈烈一大帮，像是要干什么重大事情。老王走在最后，怀里抱着烧纸。樱桃爸爸也跟着，把老太太的烟袋攥在手里。

越走槐树越多，越走树干越粗壮，大树们最终连成了一片，盖满山岭。每棵树上都开着累累花朵，红花映着朝日，红光赫赫，灿若云霞。一阵风吹来，槐花乱落如红雨，扯动一山春色，飘逸壮观，人和树都罩护在清爽甘甜的香气中。在这纷飞花瓣中，我的眼眶溢满了泪水。

昨天晚上我给老猫讲了周宾和王富贵的事情，老猫一口咬定我的推理没有错，说他要是周宾他也会这么做，他要是王宝贵，他也会这么安排。中国远征军那一批人，闯过了刀山火海，滚过了毒蛇炼狱，看透了人间生死。最终，心甘情愿归于沉寂。我说，周宾于瓠家梁落户主要是怕影响北京城里的亲人，他认为他的主动消失对大家都好，但终归是念着家。

老猫问我，决定战争胜负的主要原因是什么，我说是正义。老猫说我的话是宛如狗屎的正确废话。老猫说，是武器和战略！

我说，决定战争胜负的不是武器而是人，是用毛泽东思想武装起来的人。人民，只有人民，才是战胜一切阶级敌人的有力武器。

老猫说，哪儿凉快哪儿歇着去吧！您这刀枪不入的义和团思想比慈禧太后还慈禧太后，睁眼看看现在都什么年代了。

老猫说，缅甸战场日军地面动用的有坦克、重炮，空中使用的是东条英机式飞机，这种飞机在老东条授意下一改再改，改得七零八落，全是手工制造。不是靠那些精英飞行员操纵，难得有战斗力。人家美国飞机机械化大生产，P－51 驱逐机，号称野马，最优秀全能活塞动力战斗机，二战名机。还有 B－25 米切尔轰炸机，当时是世界明星战斗机，有炮塔，双尾翼。用于缅甸战场的还有 B－29，是轰炸主力，所向无敌，后来把日本本土炸得稀里哗啦，朝广岛、长崎撂原子弹的就是它……

我快睡着了。

迷迷瞪瞪睁眼一看，老猫意犹未尽，在说二战飞机，就说，这些跟周宾没关系哪……

老猫说，怎么没关系，他是翻译，没有他的沟通，没有美国支援，中国输得更惨！1942 年 5 月美国第 10 航空队调往北非，放弃缅甸战场制空权。中国远征军在没有空中掩护下作战，苦苦支撑缅甸战局，以悲壮的失败换回北非战场的决定性胜利，自己近乎全军覆没。您记着，在战争对抗中，无论进攻还是防守，火力永远是决定的因素。在那场战争中，周宾能活着回来绝对是九死一生……

我说，他本来是北平的中学生，是金家的六爷，自己跑到抗日前线去了。

老猫说，命，是悲催的命。

我说，要是中国、日本再打起来，你也能像周宾一样参战上缅甸吗？

老猫说，上缅甸干吗，脑子进水啦？我直接上美国！

我说，美国现在跟日本是一式的，你当汉奸哪？

老猫说，什么叫汉奸，这个词得重新界定……

我有些气恼地说，什么重新界定，汉奸就是汉奸！

瓠家梁顶是这片山峦的制高点，山上有老早的建筑遗迹，老青砖，大石头，三合土勾勒，砌出一道逶迤的短墙。许多地方坍塌得面目皆非，只能让人凭空想象了。说是佘太君抵御辽国的军垒有些牵强，但毕竟也与战争有关联，哪个朝代说不准了。古寨的东面是绝壁，笔直岩石刀削一般，看不到山底。站在崖边朝远望，几座低矮的山峰后面是丘陵，丘陵之外那片迷蒙的万丈红尘就是城市了。山寨上的香槐花在怒放，近景茂盛槐花像一个框架，将云里雾里的遥远城市圈在其中，好一幅美丽图画！

老猫在我身后赞叹，哇噻——酷毙了！

又说，奶奶，这样好的地方您应该早带我来。

小翠说，喜欢你可以年年来，咱们就当亲戚走动。

老猫说，咱们本来就是亲戚，干吗还“就当”？

老王指着紧靠短墙的一座石砌突起说，这就是他爷爷的坟。老王说，这坟选得讲究，不是坐北向南，是坐西向东，东边为大为正，京郊那些汉朝老古坟都是坐西向东。我爷爷的坟背靠酷峪寨，面向大平原，脸朝着北京。天气好的时候，白天能看见玉泉山的尖塔，夜里能观赏万家灯火，这大好位置是老舅爷给挑的。

我以为自己听差了，追问眼前的山寨叫什么，老王说，酷峪寨。岩底这条沟叫酷峪，九十九里长，早年间沿沟走可以直通北京阜成门。

酷峪寨——苦雨斋

苦雨斋——酷峪寨

天哪，父亲字条上的错误一错几十年！

身边的石堆即是金载澄的安息之所，七十多年前走出家门，最后终结在这里。远远地看着京城，看着家，心中无限的思念，无限的纠结，化作无尽的香花槐，无言中透给后人香中略含苦涩的信息。

老王在烧纸，嘴里念念有词。樱桃爸爸将烟袋点燃，摆在坟前说，老姑爷爷，上来的时候老姑太太让我替您给您点锅烟，让您好好歇着。老姑太太惦记着您，我们都惦记着您。

翠绿的坠子随同烟荷包被樱桃爸爸摆在墓前石头上，映着天光，沐着春风，晶莹剔透，如有生命。我想我应该说些什么，这是六叔七十多年后第一次面对来看望他的家人，他想知道的太多。

我说，六叔，这几十年家里变化很大，戏楼胡同的家拆了，盖了大楼，您回去怕也不认识了；您的四哥、四嫂，我的父母上世纪60年代故去了，我父亲走的时候还念着您，让我来找您；我的七个哥哥，舜铨、舜铻那一拨，您所见过的七个侄子都已去世；我的六个姐姐，舜锢、舜锦她们，您所见过的六个侄女，也都死了；金家我这一辈只剩了我自己，我是您没见过面的最小一个侄女金舜铭。您经历了很多，我们……也经历了很多……

我泣不成声。

老猫把我推开说，不行，我得说两句！

我担心从这厮嘴里冒出大不敬的网络泡来。

老猫说，老舅爷，我叫老猫，是金舜铭的孙子，您的重外孙，从根上说我身上也流着金家的血。老猫是我的网名，我大名叫顾大愚。照顾的顾，大小的大，愚公移山的愚，其实就是大傻……嘿嘿……

我说，行了，你不说了！

老猫不管，继续说，我也是崇实中学的学生，咱们是校友。您是先辈，您在关键时候的表现让我敬佩，其实我也不错，品学兼优，尽管有两门没过关，也不影响主流。您是英文翻译，托您的保佑，我的英文在班上名列前茅，我对此引以为骄傲……您那一辈人是我的榜样，我得跟您学。

老猫回过身对我说，奶奶，我要给老舅爷磕头。

我说，磕吧，替我，也替金家后辈。

老猫说，我谁也不替，我就替我自己，我给远征军战士磕头。

老猫跪在坟前，一招一式磕得认真到位，其他人站在旁边看。几个年轻人站在崖边，向着空旷的山峦齐声高喊：

老爷爷——

老姑爷爷——

老舅爷——

大风从崖底腾起，卷着一团团红槐花铺撒过来。花朵、风和我们绞在一起，难分彼此……

黑桃老K开着车来接了。

临走的时候Aki死活不上车，是拽着绳子硬拉上去的。老猫喜欢红槐花，老王给老猫挖了一棵香花槐苗子，说回去种在花盆里也能开花。老猫说他回去摆在皇贵妃的Club里，搁在“碧梧栖老凤凰枝”的下头，一定很得体，很好看。同车走的还有小翠和樱桃，她们要到廊坊工厂去报到。

我到厢房跟王家老太太告别。老太太躺在炕上，脸朝着墙，一言不发，烟荷包扔在笸箩里，上头的翠没了，拴在了小翠脖子上。

车开了，那些狗紧跟着车跑，Aki从后窗望着它的一群朋友十分激动。瓠家梁的狗随着车跑出七八里，车拐了几个弯，看不见了。Aki趴在座位上呜噜呜噜叫唤，可能在哭。

到北京，我搬回了望京自己的家，家里东西少了许多，架上的书一本没动。

老猫发来信息，说小树香花槐被皇贵妃扔了，皇贵妃说槐树的槐字里边有鬼，不吉利。

后记

一曲新词酒一杯

去年天气旧亭台

这是本记载北京生活的小说集，里面有我的影子，我的生活，有我的街坊和儿时的玩伴。是一代人的记忆，也是一代人的足迹。现在有了些年纪，又远离故土，便常常想起过去的事情，想起深邃安静的胡同，想起移动的半街房影……茫然四顾，亲人老去，家族失落，胡同拆迁，邻里无寻。旧日感觉已经走远，连同那些明明灭灭的故事一起隐于历史的深处，如同一阵阵的风，淡了、散了……

记忆中的胡同，一棵老槐，两只寒鸦，几堆残雪，半街房影，召唤的气息是如此强烈，如同母亲站在家门口的张望。这些让我踏着树的阴影、雪的清寒走进了那些往事，走进了我的童年。回归市井，回归人间烟火，是我无法逃离的宿命。我爱北京的日子，我是北京的孩子。

难忘那些柴米油盐的邻居，难忘东屋西屋进进出出的人，前院的三大爷，后院的二丫头，台阶上慵懒酣睡的猫，鸟笼里蹦跳歌唱的鸟；平和安稳，守成幽默，日子顺畅，日子艰难。难忘院里的金鱼缸和墙上那只缓缓爬行的小水牛儿以及它身后留下那条浅浅的线，长满青苔的屋根蛐蛐声高声低，青砖青瓦的山墙日升日落，传来门外一声悠扬的吆喝“磨剪子咪抢菜刀”……

时间在这里有了重量。

胡同里的人物，个个都是一部精彩的故事，每一个人的生命都与众不同；在泛出北京人特有的生活色彩的同时折射出了历史的发展，社会的变动。这一切为我的写作提供了丰富的素材，也是我非常宝贵的积淀。

我写文章，下笔之前从不知自己要写的是短篇中篇还是长篇。就好像面对一条被雪覆盖着的胡同，我拿着笤帚要把通往各家的路扫出来，从哪儿下笤帚全凭感觉。也许歪七扭八地扫出些没用，人家的街门锁着；也许扫到路边险些掉进沟里；也许扫到半截，门后头露出小四儿的半张脸或是听到狸“七七八八”的歌声……但是我知道，我终究会把这些门后头的美丽景致和街坊一个一个呼唤出来，让今天的人来欣赏他们，感受他们。这是我写作的自信，是我面对空白的电脑首先产生的意念。

在今天，什么都可以作假，文学也可以作假，但是唯独感受不能作假。在审视旧事的时候，我们时不时也会冒出一丝剪不断理还乱的认同，这从文学上看恰好就成了不可替代的“独特”。

在网上有一个群，名字叫“豆汁记”。那里头有一群我的粉丝，是一群很有文化品位的人，他们中不乏博士、硕士，有动、植物学家，也有工人和家庭妇女。我管他们叫“丝丝”，他们管我叫“老大”。老大不是黑社会的“老大”，是“鼠老大”，其实就是一只大耗子，我是属老鼠的。丝丝们自称“吃货”，其原因之一是大家都喜爱美食。

《豆汁记》是京剧传统剧目，群里的人都喜欢京剧，其中有票友和专业演员。他们的网名也有特色，丸子、焦圈、豆花、辣酱、大米、酱肘子、揪片儿……总之大伙离不开吃，只要一聊到吃，潜水的就都冒泡了。大家都喜欢戏，无论是京剧、昆曲还是秦腔，甚至是相声，随便拉出一个都能唱两句，说一段。大家所操持的职业不同，但都对中华传统文化敬重而喜爱。

那年中秋节晚上，我和他们在颐和园景福阁赏月，宽展的廊庑下，丝丝们载歌载舞地演了一出昆曲《牡丹亭》，唱了段《法门寺》，歌舞曼妙，美食环绕。因一篇《豆汁记》，因了对传统文化的共鸣，让我和这些读者们相聚在亭台园林之中，这是我的福气，是一个作家和读者难得的交流机会。

当时有人提出不能辜负了北京秋日的朗朗夜空，不能忘却老祖先留下的这些美轮美奂的建筑，建议我写一些亭台楼阁的系列中短篇，把老北京的故事继续讲下去。“豆汁记”群主馒头、窝头甚至给我开出了单子：亭、楼、阁、轩、榭、堂、馆……挨着个儿慢慢写来。当时我手头的长篇小说《状元媒》刚刚脱稿，群友们的动议让我有了新的创作激情。这是作者与读者的互动，是互联网时代的得天独厚。

跟北京作家协会谈及这个创意，得到了他们的大力支持，被列为北京作协的重点扶持项目。北京十月文艺出版社为这些篇目结集出书，找人画插图。家乡的支持让我感动，离别许久，他们还记得我这个走出京城的游子，记着北京胡同里的丫儿。纵然是旧家没了，北京却有了一个更广泛的家，有了许多亲人般的知音，这是我至今想来就感到欣慰的。

于是就有了《后罩楼》，就有了《唱晚亭》，有了一系列"建筑物"。所谓的亭台楼阁不过是个容器，是形状各异的瓶子，里头装的是酱油是醋甚或是酒全由我安排。但我深信，它们应该都是轻松好看的故事。

"一曲新词酒一杯，去年天气旧亭台。"

人影树影，诗意盎然；风声雨声，无知无念。人世兴衰，岁月更替，或许都是命中注定。胡同沉寂了，但是在这座城市里蕴藏的无处不在的大气底蕴，却依然荡漾在我们周围，浸润着我们，温暖着我们。

走南闯北，我不能忘记我的胡同，不能忘记胡同给予我文字中的爱和敬意，尊严和高尚，从胡同我看到了这座城市内里的厚重和达观。

斑驳日影下，昔日那只小水牛儿沿墙爬行的印记，化作了通往心灵家园的天路，化作了我笔下挥之不去的思念……

叶广芩

2015年8月于名古屋

图书在版编目 (CIP) 数据

去年天气旧亭台 / 叶广芩著. — 北京 : 北京十月文艺出版社，2019.9

（叶广芩京味小说三部曲）

ISBN 978-7-5302-1877-8

Ⅰ. ①去… Ⅱ. ①叶… Ⅲ. ①中篇小说—小说集—中国—当代 Ⅳ. ① I247.5

中国版本图书馆 CIP 数据核字 (2018) 第 218313 号

去年天气旧亭台

QUNIAN TIANQI JIUTINGTAI

叶广芩 著

出　版　北京出版集团公司
　　　　北京十月文艺出版社

地　址　北京北三环中路 6 号

邮　编　100120

网　址　www.bph.com.cn

发　行　新经典发行有限公司
　　　　电话（010）68423599

经　销　新华书店

印　刷　北京盛通印刷股份有限公司

版　次　2019 年 9 月第 1 版
　　　　2019 年 9 月第 1 次印刷

开　本　880 毫米 ×1230 毫米 1/32

印　张　12.25

字　数　240 千字

书　号　ISBN 978-7-5302-1877-8

定　价　49.80 元

质量监督电话　010-58572393

如有印装质量问题，由本社负责调换。